HEYNE <

Das Buch

Dr. Miles Fleming ist ein brillanter junger Neurologe mit einer erstaunlichen Entdeckung: mit Hilfe einer neuen Generation von optischer Computertechnologie gelingt es ihm, bisher unentdeckte Bereiche des menschlichen Gehirns zu erforschen, ja sogar neue Erkenntnisse über das Leben nach dem Tod zu gewinnen, die mit wissenschaftlichen Begriffen nicht mehr zu erklären sind. Doch nicht nur Fleming will den Grenzbereich zwischen Leben und Tod erkunden: Auch der Rote Papst, der charismatische Anführer einer von der katholischen Kirche abgespaltenen religiösen Bewegung namens *Kirche der Seelenwahrheit*, versucht, mittels der neuen Technologie seine größenwahnsinnigen Pläne zu verwirklichen. Fleming muss sich auf einen gefährlichen Kampf einlassen, bei dem nicht nur seine Seele, sondern auch das Schicksal der gesamten Menschheit auf dem Spiel steht ...

»Cordy ist eine Adrenalininjektion ... er wird seine Reputation als Antwort auf Michael Chrichton auf Dauer festigen können.«
Mirror

Der Autor

Michael Cordy war bis 1993 als Marketingleiter in einem englischen Konzern tätig, bis ihm mit *Das Nazareth-Gen* auf Anhieb ein Bestseller gelang, der in über 25 Ländern erfolgreich war. Mit *Mutation* konnte er sich als einer der besten britischen Thrillerautoren etablieren.
Michael Cordy lebt mit seiner Frau Jenny in London.

MICHAEL CORDY

LUCIFER

Träger des Lichts

Roman

Aus dem Englischen
von Sepp Leeb

WILHELM HEYNE VERLAG
MÜNCHEN

Die Originalausgabe
LUCIFER
erschien 2001 bei Bantam Press

Umwelthinweis:
Dieses Buch wurde auf
chlor- und säurefreiem Papier gedruckt.

2. Auflage

Redaktion: Jochen Stremmel
Deutsche Erstausgabe 03/2003

Printed in Germany 2004
Umschlaggestaltung: Nele Schütz Design, München
Gesetzt aus der Stempel Schneidler
Satz: Buch-Werkstatt GmbH, Bad Aibling
Druck und Bindung: Bercker, Kevelaer
http://www.heyne.de

ISBN: 3-453-86515-4

Für Jenny

LUZIFER: Luci-fer: aus dem Lateinischen – Träger des
Lichts (*lux*, Licht; *ferre*, tragen)

VORSPIEL

Das Licht der hellen runden Lampe über dem achtjährigen Kind wird schwächer, als das Anästhetikum zu wirken beginnt. Das kleine Mädchen greift nach der Hand, die neben der seinen auf dem Operationstisch liegt. Sie drückt sie, und das andere Mädchen erwidert den Händedruck. Es drückt zu, so fest es kann, denn es fürchtet, die sich ausbreitende Dunkelheit könnte sie für immer trennen. Wie viele Kinder hat es instinktiv Angst vor der Dunkelheit, denn auf einer sehr elementaren Ebene weiß es, dass Licht das Universum in zwei Teile teilt: Tag und Nacht, sichtbar und unsichtbar, gut und böse, lebendig und tot.

Doch diese Dunkelheit ist gnädig. Sie bringt Bewusstlosigkeit, bevor die chirurgische Säge in ihren Schädel schneidet. Sie kann nicht hören, wie sich das Metall mit einem schrillen Sirren durch den Knochen frisst, kann nicht sehen, wie sich die Lichter des OP in dem feinen roten Nebel aus Knochen und Gewebe brechen, kann nicht riechen, wie sich der Geruch von Blut mit dem des Desinfektionsmittels mischt.

Sie nimmt nichts anderes mehr wahr als ihr Selbst – ihr Bewusstsein –, das in einem Dunkel von solcher Intensität schwebt, dass es einen eigenen Geruch, eine eigene Farbe, einen eigenen Geschmack hat. Sie fühlt sich geborgen in diesem samtigen Zwischenstadium, wie im Mutterschoß.

Der Neurochirurg legt die Säge beiseite und schneidet mit dem Laserskalpell in das weichere Gewebe. Seine Hände sind ruhig, aber trotz aller Erfahrung ist er sich bewusst, dass diese Operation einzigartig ist: So etwas wurde noch nie versucht. Kein Lehrbuch kann ihm sagen, wo er schneiden soll.

Als ihm nach dreizehn Stunden und siebenundzwanzig Minuten eine Schwester den Schweiß von der Stirn tupft, gestattet er sich ein erschöpftes Seufzen. Das Schlimmste ist überstanden. Denkt er zumindest.

Nur wenige Sekunden später brechen die Lebenszeichen-Monitore neben dem Operationstisch in hektisches Piepen aus.

Im selben Moment durchbohrt ein winziger weißer Lichtpunkt das samtige Dunkel, welches das kleine Mädchen umhüllt. Sie schwebt nicht mehr. Stattdessen schießt sie jetzt durch einen schwarzen Strudel auf das Licht zu. Zuerst ist es nur ein Punkt, aber sie bewegt sich so rasch darauf zu, dass das Licht als ein Kegel erkennbar wird, ähnlich dem Strahl einer Taschenlampe. Dann ist sie plötzlich in dem Licht, ist ein Teil davon. Sie bewegt sich mit solcher Geschwindigkeit, dass das Licht um sie herum stillzustehen scheint. Es ist jetzt kein kohärenter Strahl mehr, sondern es besteht aus unzähligen Teilchen, die an ihr vorbeitreiben und sich in der Dunkelheit verlieren wie strahlend helle Schneeflocken aus Licht. Sie wird sich bewusst, dass an ihrer Seite eine vertraute Präsenz ist, die sie durch den silbrigen Schneesturm behutsam auf die Spitze des Kegels, auf seinen Ursprung zu zieht. Die Verbindung ist intensiv, tröstlich. Jetzt, wo sie wieder zusammen sind, hat sie keine Angst mehr.

Dann setzen die Schmerzen ein, keine körperlichen Schmerzen, sondern emotionale, psychische Schmerzen. Gleichzeitig zieht sie etwas mit ungeheurer Kraft in den Strudel zurück, fort von dem Kegel aus Licht. Und es reißt sie von der Präsenz an ihrer Seite los. Sie versucht zu schreien, klammert sich verzweifelt an die geliebte Präsenz, die Sehne für Sehne, Zelle für Zelle von ihr losgerissen wird, während sich das zurückweichende Licht wieder zu einem fernen und kleiner werdenden Ganzen verdichtet.

Plötzlich blickt sie auf sich selbst hinab und beobachtet, wie der Chirurg und die Schwestern hektisch versuchen, sie auf dem Tisch wiederzubeleben. Der OP ist von grellem weißem Licht überflutet. Alles wirkt so klar, so hell. Sie blickt auf sich selbst auf dem Operationstisch hinab und beobachtet wie gebannt die klaffende, feucht schimmernde Wunde an der linken Seite ihres Kopfs und die zierliche Gestalt, die neben ihr unter einem grünen Tuch liegt, und dann sieht sie, wie die Schwester die Finger der kleinen Hand aufbiegt, welche die ihre so fest gehalten hatte. Sie merkt, dass sie zum ersten Mal in ihrem Leben allein ist.

TEIL EINS

Auf der Suche nach der Seele

1

VenTec Foundation. Alaska. Neunundzwanzig Jahre später

Nicht blinzeln zu können war das Schlimmste; das und die eisige Angst in ihrem Bauch, hervorgerufen durch das Wissen, dass sie sterben würde.

Als Mater Giovanna Bellini zu sich kam und merkte, dass sie, vollkommen bewegungsunfähig, mit kahl rasiertem Schädel und aufgespreizten Augen auf der Laborliege lag, wusste sie, welches Schicksal sie erwartete. Sie hatte nicht nur hunderten solcher Experimente selbst beigewohnt, sondern auch aktiv ihren Beitrag dazu geleistet, indem sie den Versuchspersonen die Sterbesakramente gespendet hatte. Im Gegensatz zu ihr waren diese Menschen jedoch unheilbar krank und infolge der Unausweichlichkeit ihres Todes für das Projekt unentbehrlich gewesen.

Aber dafür trugen sicher nicht die Wissenschaftler die Verantwortung. Sie hatte in den vergangenen neun Monaten mit ihnen zusammengearbeitet, ihnen bei etwas geholfen, was sie für Gottes Willen gehalten hatte. Der Rote Papst persönlich hatte sie beauftragt, den Sterbenden die letzte Ölung zu erteilen, und ihr erklärt, sie leiste damit einen wichtigen Beitrag zu einer großen und heiligen Mission. »Stellen Sie das Tun der Wissenschaftler nicht in Frage, Mater Giovanna, denn sie tragen wie Sie das scharlachrote Kruzifix der Kirche der Seelenwahrheit auf ihrer Brust.«

Aber irgendwann hatte sie einfach nicht mehr länger Stillschweigen bewahren können. Sie war dem Heiligen Vater schon treu ergeben gewesen, als er noch ein hoher Kardinal des Vatikans gewesen war, und war ihm ohne Zögern gefolgt, als er sich von Rom lossagte, um seine eigene Kirche zu gründen. Wie sollte sie also gerade jetzt, nachdem sie mit einer so verantwortungsvollen geistlichen Pflicht betraut worden war, das in sie gesetzte Vertrauen enttäuschen, indem sie nichts sagte?

In ihre Augen wurde eine brennende Flüssigkeit getropft, aber sie konnte nicht zurückweichen.

Lieber Gott! Hilf mir!

Mit letzter Willenskraft formte sie die Wörter, aber kein Laut kam über ihre Lippen. Sogar ihre Schreie waren stumm. Das paralysierende Medikament, das ihr die blonde Frau in dem weißen Schutzanzug mit dem reflektierenden Visier injiziert hatte, hatte ihren Körper abgeschaltet.

Zu Beginn der Experimente hatte Mater Giovanna das Labor jedes Mal sofort verlassen, nachdem sie der jeweiligen Versuchsperson die Letzte Ölung erteilt hatte, aber irgendwann hatte sie angefangen, noch eine Weile an der getönten Glastür stehen zu bleiben, weil sie sehen wollte, wie sie den entscheidenden Moment des Todes exakt bestimmten. Nachdem sie so die Endphase der letzten drei Experimente mitbekommen hatte, hatte sie keinen anderen Ausweg mehr gesehen, als Schwester Constance, ihrer ältesten und besten Freundin, davon zu erzählen und sie um Rat zu fragen. Schwester Constance hatte ihr versprochen, nicht gegen das in sie gesetzte Vertrauen zu verstoßen, und ihr geraten, sich direkt an den Roten Papst zu wenden und ihn darauf aufmerksam zu machen, dass die Wissenschaftler nicht warteten, bis die Patienten starben, sondern sie schon vorher töteten.

Woher wussten sie, dass sie sie verraten hatte? Und wie konnten sie es wagen, ihr das anzutun, obwohl sie doch wussten, dass sie unter dem Schutz des Roten Papstes stand?

Selbst als ihr Oberkörper aufgerichtet und die transparente Kugel über ihren Kopf gestülpt wurde, hielt sie noch verzweifelt nach einem kurzen Aufleuchten von Rot in ihren Augenwinkeln Ausschau – nach einem scharlachroten Gewand, das die Ankunft Monsignore Diageos oder vielleicht sogar des Roten Papstes persönlich angekündigt hätte. Doch sie entdeckte keinen derartigen Hinweis auf ihre Rettung, als die durchsichtige Kugel um ihren Hals geschlossen wurde.

Die Kugel hatte mehrere aus unterschiedlichen Materialien bestehende Schichten, und das durch sie gebrochene Licht war von einer kalten Schönheit, wie Mondlicht auf einem dunklen, einsamen See, und spendete Mater Giovanna keinen Trost. Die blonde Wissenschaftlerin klappte den vorderen Teil der Kugel wie das Visier eines Astronauten hoch. Die Kontaktlinsen, die in Mater Giovannas aufgespreizte Augen eingesetzt wurden, bedeckten den ganzen Augapfel und kratzten auf der Hornhaut. Dann wurde an ihrer rechten Schläfe mit Gel eine Elektrode angebracht, worauf ihr kahl rasierter Schädel zu jucken begann.

Schlimmer als diese Beschwerden war jedoch das Wissen, dass sie nichts ahnend mit angesehen hatte, wie andere dasselbe Schicksal erlitten hatten. Man hatte ihr gesagt, dabei handle es sich um Freiwillige, die vor ihrem Ende nichts mehr spüren würden. Doch jetzt wusste sie, dass das nicht stimmte. Das machte ihr mehr Angst als alles andere; sie hatte gesündigt und musste die Absolution erteilt bekommen, bevor sie starb.

Als ihre Angst in Verzweiflung umschlug, wollte sie weinen, aber es kamen keine Tränen.

Wo sind Sie, Heiliger Vater?, schrie sie stumm. *Warum retten Sie mich nicht?*

»Gleich beginnt der Countdown«, verkündete die blonde Frau ruhig.

Mater Giovannas Herz, einer der wenigen Muskeln, die dem lähmenden Mittel trotzten, schlug heftig in ihrer Brust. Sie geriet in Panik, nicht, weil sie sterben musste, sondern weil sie nicht von ihren Sünden freigesprochen worden war.

Vergib mir, Herr, und sei meiner Seele gnädig. Das durchsichtige Visier wurde wieder nach unten geklappt. Dann drang ein geruchloses Gas in die Kugel ein und tauchte die scheidende Welt in fahles Grün. Sie hörte, wie der Countdown begann, und wusste, ihr Tod stand unmittelbar bevor.

2

Tate Modern. Bankside, London. Achtunddreißig Minuten zuvor

Das warme Licht eines milden Oktobernachmittags hatte die Themse in geschmolzenes Gold verwandelt. Der schwarze Mercedes, der an der Millennium Bridge vorbeifuhr, war mit extrem dunkel getönten Fenstern und Spezialdichtungen ausgestattet, sodass kein ultraviolettes Licht in das Fahrzeug dringen konnte. Bradley Soames, der auf dem Rücksitz saß, blickte nach links auf die St. Paul's Cathedral hinaus, deren prächtige Kuppel dem Petersdom in Rom nachempfunden war. Auf der rechten Seite, am anderen Ufer des Flusses, ragte eine modernere Kathedrale auf – eine Kathedrale der Technologie. Der würfelförmige Ziegelbau mit dem hohen viereckigen Schornstein anstelle eines Glockenturms war einmal ein Kraftwerk gewesen. Jetzt beherbergte er der Welt größtes Museum für moderne Kunst.

In der dunkel getönten Scheibe erblickte Soames sein Spiegelbild. Er mochte sein Aussehen nicht: Mit den blauen Augen und dem gewellten Haar, das die Farbe und Konsistenz von Golddraht hatte, war er durchaus zufrieden, aber seine Haut, ein blass gesprenkeltes Mosaik aus Narbengewebe, ließ ihn wegsehen. Er wandte sich seinem Assistenten zu, der auf dem Beifahrersitz saß. »Die meisten Pressevertreter sind zwar sicher schon bei der Präsentation, Walt, aber ich möchte trotzdem den Seiteneingang nehmen.«

»Wie Sie wünschen, Dr. Soames«, erwiderte Walter Tripp, ein eleganter Schwarzer mit schütterem Haar und einer runden, randlosen Brille. Er trug einen dunklen Anzug mit weißem Hemd und blutroter Seidenkrawatte. »Der Museumsdirektor hat zwar den Beobachtungsraum über dem Saal nach Ihren Wünschen abschirmen lassen, aber über den Eingängen gibt es keinen UV-Schutz.«

»Kein Problem, ich werde mich verhüllen.« Soames sah auf die Uhr. In Kürze würde Amber Grant in der Turbinenhalle ihre Präsentation beginnen. Bis zu seinem Auftritt bei der Veranstaltung war es zwar noch über eine Stunde, aber um zu sehen, ob sich seine Vermutungen bestätigten, wollte er Amber schon vorher beobachten.

Als der Wagen nach rechts auf die Southwark Bridge bog, krempelte er die Manschetten seines gefütterten schwarzen Jacketts nach unten und schob die Hände in die Handschuhe, die sich an ihren Enden befanden. Als der Stoff an seiner linken Hand über die noch nicht ganz verheilte Narbe streifte, wo das letzte Melanom entfernt worden war, verzog er das Gesicht. Damit auch kein noch so kleiner Fleck Haut dem Licht ausgesetzt wurde, dichtete er die Handschuhe mit Klettstreifen ab und zog sich die Kapuze über den Kopf. Dann setzte er eine überdimensionale getönte Brille auf, die seine gesamte obere Gesichtshälfte verdeckte, und brachte an der Kapuze einen Lappen an, der wie ein Schleier die untere verhüllte. Als der Wagen anhielt, war seine Haut vor der Herbstsonne geschützt.

Soames stieg aus und blickte an der fensterlosen roten Ziegelwand hoch, welche die Südfassade des Baus bildete, dann folgte er Tripp zu einem Seiteneingang. Neben dem Haupteingang waren an Fahnenstangen Banner mit dem Titel der Ausstellung aufgehängt: »The Shape of Light« (Die Gestalt des Lichts). Da Optrix Hauptsponsor der Ausstellung war und dem Museum eine Spende in Höhe von mehreren Millionen Pfund hatte zukommen lassen, hatte es für die heutige Veranstaltung, in deren Verlauf der europäischen Presse die neue Lucifer-Softscreen vorgestellt werden sollte, die Turbinenhalle zur Verfügung gestellt bekommen.

Zwei Museumsangestellte, die Soames an seiner Schutzkleidung erkannten, führten ihn durch die höhlenartige Eingangshalle, vorbei an den Besuchern, die sich um das mit Glaswänden abgetrennte Restaurant und den Geschenkladen drängten, und durch die Menschenmenge, die darauf wartete, zu den oberen Ausstellungsräumen zugelassen zu werden. In einem Lift fuhren sie zu einem provisorisch von der ehemaligen Turbinenhalle abgetrennten Raum in der fünften der insgesamt acht Etagen hinauf. Auf Soames' Wunsch war der Raum, von dem aus er die Präsentation in der Turbinenhalle verfolgen wollte, mit einem optischen Computer mit Zugang zum Optical Internet und einem kleinen Kühlschrank voll Coca-Cola ausgestattet worden.

Sobald die Museumsangestellten gegangen waren, holte Tripp einen bleistiftgroßen UV-Detektor aus seinem Jackett und vergewisserte sich, dass der Aufenthalt im Raum unbedenklich war. Dann nickte er Soames kurz zu, worauf dieser seine Oberbekleidung ablegte und in die riesige Turbinenhalle hinabsah.

Der Anblick war atemberaubend. Die Halle war über vierzig Meter hoch und sechzig Meter lang. Anstelle von Pfeilern zog sich an den grauen Wänden ein Skelett aus Eisenstützen hoch, und das Schwindel erregend hohe Flachdach ruhte auf einem Gewölbe aus eisernen Deckenträgern. Das Rückgrat aus Oberlichtern, das die Mittelachse des Dachs entlanglief, wurde von horizontalen schwarzen Jalousien verdunkelt, und auf ähnliche Weise waren auch alle anderen natürlichen Lichtquellen abgedeckt. Quer über die Rückwand der Halle spannte sich ein weißes Transparent mit dem Logo und dem Firmenmotto von Optrix Optoelectronics »Es werde Licht«. Darunter war ein großes Podium aufgebaut, von dem man auf das Publikum aus zweihundert geladenen Journalisten, Großkunden und Meinungsmachern hinabblickte. Durchbrochen wurden die exakt angeordneten Sitzreihen nur von fünf Lichtskulpturen, die fünfzehn Meter in die Höhe ragten. Von Optrix bei der bekannten Künstlerin Jenny Knowles in Auftrag gegeben, leuchteten sie in dem gedämpften Licht wie lebendige Wesen. Obwohl sie aus nichts anderem bestanden als Licht, wirkten die abstrakten Kunstwerke, darunter eine Nachbildung der Doppelhelix, eine verblüffende Interpretation der Milchstraße und eine fünfzehn Meter hohe irisierende Darstellung des Wassermoleküls, wie Skulpturen aus einem festen Material. Niemand kannte das physikalische Gesetz, das diesem Effekt zugrunde lag, besser als Soames: Licht war sowohl eine Ansammlung subatomarer *Teilchen*, so genannter Photonen, als auch eine abstrakte *Welle*.

Diesem Dualismus verlieh das sechste Exponat Ausdruck, eine Versuchsanordnung, welche die gesamte andere Hälfte der Halle einnahm. Sie bestand aus zwei dünnen Trennwänden, die, mindestens drei Meter hoch und sechs Meter breit, parallel zueinander im Raum zu schweben schienen. Der erste Schirm war weiß und mit zwei senkrechten Schlitzen versehen. Der zweite bestand, ähnlich einem Fernsehschirm, aus schwarzem Glas. Auf die weiße Wand war eine Laserkanone gerichtet, deren Strahl durch die Schlitze auf den schwarzen Schirm dahinter fiel. Doch anstatt zwei senkrechte Lichtstriche auf ihn zu werfen, war darauf ein regelmäßiges Streifenmuster, ähnlich einem Strichcode, zu sehen.

Alle paar Minuten wurde das Streifenmuster auf dem schwarzen Schirm anscheinend ohne erkennbaren Grund schwächer, und der Strahl der Laserkanone löste sich in lauter Einzelimpulse auf, wie Schrotkugeln aus Licht. Jeder Impuls schien gleichzeitig durch beide Spalte zu dringen und hinterließ einen Lichtpunkt, wenn er auf den schwarzen Schirm traf. Doch statt dass sich aus den Impulsen zwei den Schlitzen entsprechende Lichtstriche bildeten, entstand aus den Lichtpunkten nach und nach wieder das strichcodeähnliche Streifenmuster, das sich über die volle Breite des Schirms erstreckte. Fast war es, als würde jeder Lichtimpuls einer exakt festgelegten Choreographie folgen und seinen genauen Platz in dem Muster kennen.

Es war dieses Ausstellungsstück, das es Soames ganz besonders angetan hatte. Er wurde nie müde, die Anomalien der Quantenwelt zu erforschen, in der Teilchen, kleiner als ein Atom, den physikalischen Gesetzen spotteten, die Newton für die so genannte reale Welt aufgestellt hatte.

Als die Saalbeleuchtung schwächer wurde und die Skulpturen verschwanden, ging ein Raunen durch die Menge. Sichtbar war jetzt nur noch das sechste Ausstellungsstück, dessen einzelne Lichtimpulse auf dem schwarzen Schirm weiterhin dieses unerklärliche Streifenmuster bildeten. Sekunden später wurde der höhlenartige Raum von ätherischer Musik erfüllt, und eine nach der anderen erschienen die Skulpturen wieder.

»Willkommen im Zeitalter des Lichts«, hörte er Dr. Amber Grant auf dem Podium am Ende der Halle sagen, als die Saalbeleuchtung langsam wieder anging. »Optrix möchte heute das Mysterium des Lichts mit Ihnen feiern und Ihnen unsere Meisterschaft im Umgang damit demonstrieren.« Sie deutete auf das Exponat mit der Laserkanone. »Zuerst das Mysterium. Stellen Sie sich folgende Versuchsanordnung vor: zwei parallele, hintereinander stehende Schirme. Im vorderen bringen Sie einen senkrechten Spalt an und richten einen konstanten Lichtstrahl darauf. Was sehen Sie?«

Sie lächelte. »Ganz einfach. Auf dem hinteren Schirm wird eine einzige senkrechte weiße Linie sichtbar, hervorgerufen von dem Licht, das durch den Spalt im vorderen fällt. Doch nun machen wir *zwei* Spalte in den vorderen Schirm und richten eine Lichtquelle darauf. Was passiert jetzt?« Dr. Grant deutete auf das Exponat. »Sie sehen auf dem hinteren Schirm nicht, wie Sie vielleicht erwarten würden, *zwei* senkrechte Linien, sondern ein Streifenmuster aus Licht und Schatten. Dieser Effekt ist die Folge von Lichtwellen, die sich von jedem der zwei Spalte ausbreiten und wie Wellen auf einem Teich interferieren. Dieses berühmte Doppelspalt-Experiment, das zum ersten Mal vor über zweihundert Jahren durchgeführt wurde, ist der unumstößliche Beweis dafür, dass sich Licht in Wellenform fortbewegt.«

Diese Feststellung ließ Amber Grant eine Weile im Saal stehen, bevor sie fortfuhr: »Dann entdeckte Einstein 1906, dass Licht nicht nur Welle ist, sondern auch eine Ansammlung subatomarer Licht*quanten* – was wir inzwischen Photonen nennen. Einsteins ursprüngliche Bezeichnung für dieses Phänomen wurde der Oberbegriff für die seltsame subatomare Welt, in der alles unterhalb eines Atoms sowohl als abstrakte *Welle* wie als substanzielles *Teilchen* existieren kann. Doch selbst dieser Dualismus ist nicht das *wahre* Geheimnis der Welt der Quanten.«

Amber Grant deutete auf das Ausstellungsstück, das wieder angefangen hatte, Lichtimpulse auszusenden. »Die Skulptur hinter Ihnen stellt eine moderne Fassung des Doppelspalt-Experiments dar. Bei diesem Experiment werden von einer Lichtquelle eine Reihe *einzelner* Lichtquanten oder Photonen ausgesandt. Doch statt entweder durch die eine oder durch die andere Öffnung zu dringen und auf der hinteren Wand einen Lichtfleck zu bilden, bewegt sich jedes Photon gleichzeitig durch beide Spalte und interferiert mit sich selbst. Wenn es durch die Spalte dringt, bildet es auf dem Detektorschirm der hinteren Wand nach und nach das gestreifte Welleninterferenzmuster, gerade so, als wäre es sich seines individuellen Platzes sehr genau bewusst und dazu bestimmt, sich wie eine Welle zu verhalten.

Wird das Experiment jedoch mit zwei Teilchendetektoren auf der anderen Seite jedes Spalts durchgeführt, stellen wir fest, dass sich jedes Photon wie ein einziges Teilchen verhält. Wie ein Kieselstein folgt es einem bestimmten Weg durch *einen* Schlitz und trifft nur auf einen Teilchendetektor.

Diese *konkreten* Experimente deuten darauf hin, dass Photonen Bewusstsein haben. Sie verhalten sich je nach dem, wie sie beobachtet werden, unterschiedlich. Und was noch eigenartiger ist: Sie scheinen auch telepathische und hellseherische Fähigkeiten zu besitzen. Sie wissen schon, bevor sie durch die Spalte gehen, ob sie sich wie eine Welle oder wie ein Teilchen verhalten sollen. Jedes Photon scheint die Versuchsanordnung zu kennen und vorhersagen zu können, welchen Zustand es annehmen soll.«

Sie machte eine kurze Pause. »So viel zum Mysterium des Lichts. Doch wie ist es nun um unsere Meisterschaft im Umgang mit ihm bestellt? Wir von Optrix glauben behaupten zu dürfen, so tief wie kaum jemand sonst in die Quantenphysik eingedrungen zu sein und uns deshalb mithilfe dieses Dualismus die Kraft des Lichts zunutze machen zu können, das, wie wir alle wissen, das ideale Medium für Computertechnik und Kommunikation ist. Sein Leistungsvermögen als Datenträger ist kolossal: Ein einziger Laserblitz kann den Inhalt sämtlicher Bibliotheken der Welt in einer Sekunde übertragen. Es kann in so viele verschiedene Wellenlängen aufgespalten werden, wie der Regenbogen Farben hat, womit es ideal für eine parallele Verarbeitung ist. Und natürlich ist es schnell – es gibt nichts, was schneller ist.

Inzwischen ist es acht Jahre her, dass Optrix den ersten optischen Computer auf den Markt gebracht und damit die Welt verändert hat. Wenn Sie in die Anfangsjahre dieses Millenniums zurückblicken, werden Sie sich erinnern, dass Silizium als überholt galt, als man an die physikalischen Grenzen der Prozessorgeschwindigkeit stieß. Selbst bei Intel musste man zugeben, dass Moores berühmtes Gesetz, demzufolge sich die Prozessorgeschwindigkeit alle achtzehn Monate verdoppeln würde, nicht mehr aufrechtzuerhalten war.

Deshalb wurden, als der erste optische Computer – der Lucifer One – auf den Markt kam, alle bestehenden Gesetze über den Haufen geworfen. Plötzlich waren kein Prozessor-Chip auf Siliziumbasis und kein Arbeitsspeicher und keine Festplatte mehr nötig, weil der Lucifer alle diese Funktionen – Verarbeitung, Zwischenspeicherung und Speicherung der Daten – mit subatomaren Photonen erledigte. Ein Quarz-Mainboard aus optischen Schaltkreisen bildete in Verbindung mit einer Kugel, die Prozessorzellen aus gefangenen Photonen enthielt, einen Rechner mit der Prozessorgeschwindigkeit der schnellsten Sache, die es im Universum gibt. Licht. Optrix machte Moores Gesetz über Nacht zu einem Anachronismus.«

Amber schritt über das Podium. Soames konnte sie von seinem Standort aus zwar nicht besonders gut sehen, aber er konnte ihre verstärkte Stimme hören, und die atemlose Stille im Saal ließ keinen Zweifel daran, dass sie die Zuhörer ganz in ihren Bann geschlagen hatte. Es waren ihre charismatische Persönlichkeit und ihr scharfer Verstand gewesen, die ihn von Anfang an so an ihr fasziniert hatten. Dass sie auch noch blendend aussah, war eher nebensächlich gewesen. Alle diese Vorzüge würden jedoch bedeutungslos werden, wenn sich heute Abend sein Verdacht bestätigte.

Soames sah Walter Tripp an, der den optischen Computer einschaltete und den Zugangscode für den Data Security Provider der Stiftung eingab, um Zugriff auf die Live-Videoaufnahmen von einem in 7000 Kilometer Entfernung durchgeführten Experiment zu erhalten. Auf dem Photonenbildschirm, der die Bilder dreidimensional erscheinen ließ, konnte Soames sehen, wie die Glaskugel über dem Kopf der Versuchsperson angebracht wurde. Er richtete seine Aufmerksamkeit wieder auf Amber Grant. Bald würde er die Bestätigung erhalten.

»Als Geschäftsführerin von Optrix Industries«, hörte er sie sagen, »möchte ich Sie daran erinnern, wie weit wir in den letzten acht Jahren gekommen sind, wie weit wir ins Lichtzeitalter vorgestoßen sind. Oft denke ich, unser Motto ›Es werde Licht‹ sollte eigentlich lauten: ›Wir drängen die Finsternis zurück‹. Denn genau das versuchen wir die ganze Zeit zu tun. Für den Fall, dass Sie vergessen haben, welch ungeheuren Sprung wir vollzogen haben:

Der Lucifer kann eine Berechnung zehn hoch achtunddreißig mal schneller durchführen als ein alter elektronischer Pentium-IV-Computer. Mit anderen Worten, der Lucifer kann in weniger als einer Sekunde eine Berechnung anstellen, für die ein altes IBM ThinkPad die Entstehungszeit des Universums bräuchte.

Das Lucifer-Design ist bereits ein Klassiker. Der durchsichtige Würfel, der eine mit Memory- und Prozessorzellen interagierende Glaskugel mit Photonen enthält, die auf einem Glasfaser-Mainboard sitzt, ist inzwischen nicht mehr aus den Wohnungen und Büros der Welt wegzudenken. Inzwischen operieren weltweit über neunzig Prozent sämtlicher privat und gewerblich genutzten Computer, die alle von Optrix oder seinen Lizenzbetrieben produziert wurden, auf optischer Basis. Und das Internet ist vollständig optisch – drahtlos übertragene Signale und Glasfasern verbinden heute die Welt mit Lichtgeschwindigkeit. Viele Menschen sprechen deshalb schon lange nicht mehr vom Internet, sondern vom Optinet.«

Waren Amber Grants Ausführungen bisher von unverhohlenem Stolz geprägt gewesen, schlug sie jetzt bescheidenere Töne an. »Obwohl ich das Aushängeschild von Optrix bin und als Miterfinderin des optischen Computers gelte, ist mir sehr deutlich bewusst, dass die meisten wirklich bahnbrechenden Ideen, die wirklich relevanten Einsichten in einige der Quantenanomalien des Lucifer, von meinem Mentor, dem Präsidenten von Optrix Optoelectronics, stammen. Das eigentliche Genie, dem wir den Lucifer zu verdanken haben, ist nämlich Bradley Soames, weshalb Sie es sicher freuen wird zu hören, dass er sich zu einem seiner seltenen öffentlichen Auftritte bereit erklärt hat und heute Nachmittag zu Ihnen sprechen wird.«

Ohne auf das aufgeregte Getuschel zu achten, das darauf im Parkett laut wurde, blickte Soames weiter unverwandt auf den Computermonitor, auf dem gerade zu sehen war, wie an der Schläfe der Versuchsperson eine Elektrode angebracht wurde. In wenigen Minuten wäre es so weit, und dann würde Amber Grant, sollte sich sein Verdacht bestätigen, in aller Öffentlichkeit kompromittiert. Dann ließe sie sich leichter überreden, das zu tun, was nötig war.

»Doch wenden wir uns nun der Zukunft zu«, fuhr Amber

Grant unten im Saal fort. Im selben Moment setzte ein tiefes, rhythmisches Wummern ein. Gleichzeitig wurde die Beleuchtung schwächer, bis nur noch die im Takt der Musik pulsierenden Lichtskulpturen zu sehen waren. »Seit Optrix den Lucifer auf den Markt gebracht hat, haben wir ständig neue und bessere Technologien entwickelt, um die vielfältigen Möglichkeiten dieser revolutionären Erfindung optimal auszuschöpfen. Und in dieser Tradition dürfen Sie auch die heutige Präsentation sehen. Die Lucifer Soft-Screen stellt eine vollkommen neuartige Möglichkeit der Datenpräsentation dar. Lassen Sie mich Ihnen das jetzt vorführen.«

Das Tempo der Hintergrundmusik wurde schneller, und Soames beobachtete, wie Amber Grant zu einem Tisch im hinteren Teil des Podiums ging und auf ein berührungsempfindliches Steuerpult tippte, das neben einem durchsichtigen, von innen heraus leuchtenden Kubus stand. Darauf erschien hinter ihr ein rechteckiger blauer Bildschirm mit dem Lucifer-Logo. Er war zunächst nur dreißig Zentimeter hoch, wurde aber immer größer, bis er über drei Meter hoch und dreieinhalb Meter breit war. Wie die Skulpturen erschien er massiv und undurchsichtig, obwohl er ebenfalls nur aus Lichtpartikeln bestand.

Anstelle des Lucifer-Logo wurde auf dem Schirm ein bewegtes Echtzeit-Bild Amber Grants sichtbar. Es war, als stünde hinter ihrer einen Meter fünfundsiebzig großen tatsächlichen Gestalt ein gigantischer zweieinhalb Meter großer Zwilling, der jede ihrer Bewegungen exakt imitierte. Die Auflösung war unglaublich. Ihre dunkle Haut und das dichte schwarze Haar schienen auf dem Bildschirm von innen heraus zu leuchten, und ihre grünen Augen strahlten. Wenn sie lächelte, kamen regelmäßige weiße Zähne zum Vorschein, und ihr Chanel-Kostüm glänzte, wenn ihr riesiges Alter Ego über das Podium schritt.

»Diese Soft-Screen-Technologie«, fuhr sie fort, »drängt die Finsternis im wahrsten Sinn des Wortes zurück und kann, in vernünftigen Grenzen, jede Größe annehmen, die Sie haben wollen. Bei direktem Lichteinfall so gut sichtbar wie konventionelle LCD- und LED-Displays, ist dieses Gerät rückwärts kompatibel, sprich, es kann mit allen bisherigen Lucifer-Modellen verwendet werden. Die Display-Fläche kann für Präsentationen wie diese vergrößert, beziehungsweise für Laptops oder den privaten Gebrauch minimiert werden.« Das Bildschirmbild schrumpfte auf Briefmarkenformat, dann dehnte es sich wieder zu voller Größe. »Und natürlich ist das Ganze tragbar.« Dr. Grants vergrößertes Abbild lächelte das Publikum an. »Man könnte sagen, es ist der leichteste Bildschirm der Welt.«

Das Publikum klatschte; einige standen sogar auf, um zu applaudieren, und Soames wurde von ihrer Begeisterung mitgerissen. Dann räusperte sich Tripp und sagte: »Gleich ist es so weit, Sir.«

Ohne Amber aus den Augen zu lassen, sah Soames auf den kleinen Computermonitor neben Tripp. Das Visier der Versuchsperson war nach unten geklappt worden, und die Kugel um ihren Kopf füllte sich mit einem grünen Gasgemisch aus Cäsium und Flavion. Die Wissenschaftlerin in dem weißen Schutzanzug hielt eine Fernbedienung in der Hand. Die Kamera fuhr näher heran, bis auf dem Bildschirm nur noch das Gesicht der Versuchsperson zu sehen war.

Dann geschah es.

Die Elektrode an der Schläfe der Versuchsperson funkte, und im selben Moment ließ ein noch hellerer Funke, der aus den Augen der Versuchsperson zu kommen schien, die gasgefüllte Kugel wie eine Glühbirne aufleuchten. Als er auf das Rechteck aus dunklem Glas traf, das in das Visier eingelassen war, bildete sich darauf ein gestreiftes Welleninterferenzmuster wie bei der Versuchsanordnung in der Turbinenhalle. Bevor der Funke schließlich ganz im Äther verschwand, leuchtete er noch einen Moment wie ein Lichthof in der aus Glasfaser bestehenden Außenschicht der Kugel auf.

Das Experiment an sich war belanglos. In den vergangenen neun Monaten hatte Soames hunderte solcher Versuche beobachtet und war deshalb am Ausgang des heutigen nicht besonders interessiert. Die Versuchsperson, Mater Giovanna Bellini, war tot, und er bezweifelte, dass das Experiment erfolgreich verlaufen war. Ihn interessierte nur sein möglicher Zusammenhang mit dem, was gerade in der Turbinenhalle geschah, wo Amber Grant plötzlich zu wanken begann und sich an den Kopf fasste.

In genau dem Moment, in dem der Funke aus Mater Giovannas Augen sprang und den Zeitpunkt ihres Todes anzeigte, hatte Amber Grant taumelnd einen Schritt nach vorn gemacht und sich vor Schmerzen an die linke Schläfe gefasst. Inzwischen war sie in die Knie gesunken, und Leute aus dem Publikum eilten aufs Podium, um ihr zu helfen.

Ohne den Blick von Amber Grant abzuwenden, griff Soames nach seinem Handy und wählte eine Nummer in Cambridge. Beim dritten Läuten nahm jemand ab. Soames verlor keine Zeit. »Stellen Sie mich bitte zur Direktorin durch.«

»Dr. Knight ist gerade in einer Besprechung –«

»Sagen Sie ihr, Bradley Soames möchte sie sprechen. Sofort.«

Wenige Sekunden später war sie am Apparat. »Virginia«, sagte er, »die Sache ist dringend. Der Wissenschaftler in Ihrer Klinik, für den ich Stiftungsgelder bereit gestellt habe ...«

»Miles Fleming?«

»Ja, er soll Amber Grant untersuchen – *sofort*.«

»Aber das könnte –«

»Jetzt ist keine Zeit für lange Diskussionen. Amber braucht dringend Hilfe. Ich verdopple die Förderung, über die wir für Flemings NeuroTranslator gesprochen haben. Sie wird in den nächsten zwei Stunden bei Ihnen eingeliefert.«

Drei Minuten später war Soames, begleitet von Tripp und Angehörigen der Optrix-Belegschaft, in der Turbinenhalle und stand bei Amber Grant, die zusammengekrümmt auf dem Boden lag. Er trat ans Mikrophon und wandte sich an die Anwesenden: »Würden Sie bitte alle den Saal verlassen und sich in die Eingangshalle begeben. Wir werden Sie in Kürze zurückrufen, und dann werde ich die Präsentation persönlich weiterführen.«

Sobald er sich vergewissert hatte, dass die Optrix-Mitarbeiter und das Museumspersonal die Gäste vom Podium weggelotst hatten, beugte er sich über Amber Grant, die reglos am Boden lag. Er hob ihren Kopf, schob ihr zwei Schmerztabletten den Hals hinunter und flößte ihr einen Schluck Wasser ein. »Amber, ich bin es. Ich habe bereits alles Nötige veranlasst, dass Sie mal jemand gründlich daraufhin untersucht, was es mit diesen Migräneanfällen auf sich hat. Und kommen Sie mir bitte nicht wieder damit, das Ganze wäre nicht weiter tragisch.«

Er wartete, dass sie etwas erwiderte, aber das tat sie nicht.

Er konnte es sich nicht verkneifen. Er musste sie danach fragen.

Er musste es wissen. »Haben Sie die Schmerzen an derselben Stelle wie früher?«

»Ja«, flüsterte sie mit schmerzverzerrtem Gesicht.

»Wo?«, fragte er. »Zeigen Sie auf die Stelle.«

Ihre Hand zitterte, als sie auf die schmerzende Stelle zeigte. Aber sie berührte nicht ihren Kopf – sie zeigte auf eine Stelle in der Luft, die fast zehn Zentimeter von ihrer linken Schläfe entfernt war.

3

Klinisches Forschungszentrum Barley Hall. Cambridge, England

Es waren Momente wie dieser, in denen Miles Flemings Glaube an das Mögliche, der in den letzten elf Monaten einer harten Bewährungsprobe unterzogen worden war, wiederhergestellt wurde. Er wandte sich dem jungen Mann zu, der neben ihm saß. »Der Arm okay, Paul?«

Paul rückte die Elektrodenkappe aus blauem Maschengeflecht auf seinem Kopf zurecht und blickte auf den Computermonitor vor ihm, in dessen oberer Hälfte eine anatomisch exakt nachgebildete Figur zu sehen war. »Alles klar, Doc. Keinerlei Schmerzen.«

»Nicht mal ein leichtes Zwicken?«

Paul grinste. »Nein. Nichts.«

»Okay, dann versuchen Sie noch mal, ihn zu bewegen. Heben Sie ihn über den Kopf.«

Fleming beobachtete, wie die Figur auf dem Bildschirm ihren rechten Arm hob, und behielt zugleich die heftig ausschlagenden waagrechten Linien auf der unteren Bildschirmhälfte im Auge. »Ausgezeichnet, Paul. Ihre Hirnströme machen einen stabilen Eindruck. Die Alpha-Wellen haben Sie jetzt gut unter Kontrolle. Nehmen Sie den Arm wieder runter. Prima.« Er wandte sich seinem Forschungspatienten zu, der sich, die Stirn vor Anspannung in tiefe Falten gelegt, darauf konzentrierte, den Arm auf dem Bildschirm zu steuern. Der 26-Jährige trug ein Nike-Sweatshirt und ausgewaschene Jeans. Sein rechter Ärmel hing leer von seiner Schulter herunter.

Vier Jahre zuvor hatte Paul bei einem Arbeitsunfall seinen Arm verloren und war seitdem in der fehlenden Gliedmaße von heftigen Schmerzen geplagt worden, bis er nach Barley Hall kam. Fleming hatte die Erfahrung gemacht, dass viele Amputierte an Phantomschmerzen leiden. Sie kommen aus dem Gehirn, das in seinem neuralen Netz eine virtuelle 3D-Landkarte des Körpers gespeichert hat und oft auch dann noch Signale an ein Körperteil sendet, wenn dieses längst amputiert ist. In Pauls Fall hatte Fleming mithilfe des NeuroTranslators festgestellt, welche Hirnströme die Schmerzsignale an den fehlenden Arm sendeten, und sie auf diese Weise abstellen können. Paul hatte so gut auf die Behandlung angesprochen, dass sich Fleming vor einem Monat dazu entschlossen hatte, nicht nur die Schmerzsignale abzustellen, sondern auch die Steuersignale zu verstärken.

»Okay, auf dem Bildschirm machen Sie Ihre Sache schon ziemlich gut.« Fleming wandte sich der Latex-Puppe in der Ecke zu. »Wie kommen Sie mit Brian zurecht?«

Paul grinste. »Kein Problem.«

»Sie sind sich Ihrer Sache ganz schön sicher. Dann machen Sie doch mal den Eiertest.«

»Den was?«

Fleming stand auf und ging zu dem künstlichen Körper. »Brian« war zwar geschlechtslos, aber im Übrigen war jeder prothetische Muskel und jedes Gelenk unter seiner Latexhaut denen eines durchschnittlichen menschlichen Körpers nachgebildet. Fleming holte eine Schachtel aus der Tasche seines zerknitterten weißen Kittels, öffnete sie und nahm ein in Watte gepacktes Ei heraus. Er ging zu dem kleinen Tisch neben der Puppe und legte das Ei auf die eine Seite, die Schachtel auf die andere. Beides befand sich in Reichweite von Brians rechter Hand.

Dann ging er ans andere Ende des hohen viktorianischen Raums und stellte sich an das Glasfenster, das den Think Tank, wie das Forschungslabor von den Barley Hall-Mitarbeitern allgemein genannt wurde, vom Beobachtungszimmer trennte. Er beugte sich über die Workstation und gab mit der Tastatur neben dem leuchtenden Würfel ein paar Befehle ein. »So, jetzt sind Sie an Brian angeschlossen. Der Rest seines Körpers braucht Sie nicht zu interessieren. Konzentrieren Sie sich nur auf den rechten Arm. Heben Sie das Ei hoch und legen Sie es in die Schachtel zurück.«

»Von hier?«, fragte Paul, der drei Meter vom Ei entfernt stand.

»Konzentrieren Sie sich nur darauf, Ihren fehlenden Arm zu bewegen. Genau so, wie Sie es mit der Figur auf dem Bildschirm gemacht haben.«

Vor Konzentration verzog Paul das Gesicht.

»Strengen Sie sich nicht zu sehr an. Stellen Sie sich vor, Brians Arm wäre Ihr Arm.«

In diesem Moment winkelte sich der Arm der Puppe am Ellbogen ab, und die Hand schoss vor und stieß fast gegen das Ei.

»Vorsichtig. Lassen Sie sich Zeit.«

Die Hand öffnete sich langsam, bewegte sich auf das Ei zu und packte es. Paul sah Fleming grinsend an.

»Nicht schlecht, wirklich nicht schlecht«, sagte Fleming. »Aber das war der einfache Teil des Manövers. Jetzt müssen Sie das Ei nämlich hochheben und in die Schachtel legen. Achten Sie auf die Feedback-Sensoren in den Fingerspitzen.«

Die Hand der Puppe hob sich und bewegte sich auf die Schachtel zu. Dann schloss sie sich plötzlich und zerdrückte die Schale des Eis, sodass Dotter und Eiweiß auf die Tischplatte tropften.

Fleming lachte und klopfte Paul auf die Schulter. »Schwerer als auf dem Bildschirm, nicht? Trotzdem, guter erster Versuch.«

In diesem Moment klopfte es und Schwester Frankie Pinner steckte den Kopf zur Tür herein. Die attraktive dunkelhaarige 30-Jährige mit dem strahlenden Lächeln war die Oberschwester von Flemings Forschungsteam, das im Ostflügel von Barley Hall untergebracht war. »Dr. Fleming, es ist jetzt vier Uhr. Sie wollten Visite machen.«

Fleming sah auf die Uhr. »Danke, Frankie. Könnten Sie so lange hier bleiben und Paul helfen, seine Übungen zu Ende zu bringen?« Er wandte sich wieder Paul zu. »Immer schön weiterüben. Sobald Sie mit Brian zurechtkommen, kriegen Sie Ihren eigenen Arm.«

Er verließ den Think Tank, ging ein Stück den Gang hinunter und stieß eine Schwingtür auf der linken Seite auf.

Die Forschungsstation von Barley Hall war ein imposanter eichenvertäfelter Saal mit hohen Spitzbogenfenstern, durch die man auf den künstlich angelegten See und die Rasenflächen auf der Rückseite der Klinik hinausblickte. Als der viktorianische Bau ein Internat gewesen war, hatte der Saal als Turnhalle gedient. Inzwischen war er in sechs geräumige Einzelzimmer unterteilt, die um einen offenen Zentralbereich mit Sesseln und einem Fernsehgerät gruppiert waren. Sie dienten zur Unterbringung der Patienten, die während der klinischen Tests hier schlafen mussten. Die meisten blieben ein paar Nächte, bevor sie wieder nach Hause oder in eins der großen Spezialkrankenhäuser wie zum Beispiel das Stoke Mandeville in Buckinghamshire zurückkehrten, das eine eigene Abteilung für Rückenmarksverletzungen hatte.

Im ersten belegten Abteil konnte Fleming durch die halb offenen Fliegengittertüren ein schlafendes Mädchen liegen sehen. »Wie geht es ihr?«, fragte Fleming die Krankenschwester, die an ihrem Bett stand, flüsternd. Das Mädchen war vor einem Jahr, zwei Monate nach seinem sechzehnten Geburtstag, von seinem Freund auf dessen Motorrad mitgenommen worden. Er hatte den Sturz mit ein paar Schrammen überstanden, aber sie hatte sich die Wirbelsäule gebrochen und war seitdem querschnittsgelähmt. Einen Tag zuvor hatte ihr Flemings Team in die untere Wirbelsäule und in die Beine elektrische Implantate eingesetzt. Nun hoffte er, ihr Gehirn würde mithilfe des NeuroTranslators in die Lage versetzt, den geschädigten Wirbelsäulenbereich zu umgehen und ihre Beine direkt zu steuern.

Die Schwester blickte auf. »Es geht ihr gut, Dr. Fleming. In ein paar Tagen müsste sie eigentlich für ihren ersten Auftritt im Think Tank bereit sein.«

Das Abteil neben dem des Mädchens gehörte Paul, und die Türen der nächsten beiden waren geschlossen. Fleming öffnete jede einen Spalt breit, um zu seinen Schützlingen hineinzusehen. Beide Patienten schliefen. Nach einem prüfenden Blick auf die Überwachungsmonitore ging er weiter zum fünften Abteil. Als er sich ihm näherte, begann ihn seine berufsbedingte Distanziertheit im Stich zu lassen.

Obwohl er erst sechsunddreißig war, hatte Fleming schon so viel Leid gesehen, dass er unempfindlich dafür geworden war. Er konnte ein Lied davon singen, wie ein von einem Schutzengel behütetes Leben von einem Moment auf den anderen zerstört werden konnte. Wenn er während seiner ärztlichen Tätigkeit etwas gelernt hatte, dann Folgendes: Leid schlug willkürlich zu, und es hatte keinen Sinn, auf irgendeinen Gott zu bauen, damit er einen davor bewahrte.

Trotz all seinem Fatalismus fiel es ihm jedoch nach wie vor

schwer, die grausame Realität dessen zu akzeptieren, was dem Insassen von Abteil fünf vor elf Monaten zugestoßen war. Es bestärkte ihn in der Überzeugung, dass es keine Garantie für Permanenz gab. Seine Familienangehörigen und Freunde, insbesondere seine Ex-Freundinnen, hatten ihm oft vorgeworfen, er wolle die Veränderung um der Veränderung willen. Aber das stimmte nicht.

Als er in Cambridge studiert hatte, war er einmal richtig verliebt gewesen – und bereit, sein Leben mit ihr zu teilen. Aber sie hatte einen zwanzig Jahre älteren Professor geheiratet. Es hatte Fleming das Herz gebrochen, aber er hatte es überlebt. Seitdem hatte er sich auf eine ganze Reihe von Beziehungen eingelassen, ohne dass eine von ihnen wieder den Funken echter Leidenschaft in ihm geweckt hätte. Mehr als eine seiner Freundinnen hatte sich von ihm getrennt, weil er sich nicht auf eine Ehe hatte einlassen wollen. Jedes Mal, wenn es ernst geworden war, hatte er einen Rückzieher gemacht. Veränderung bedeutete Abenteuer. Jede Veränderung – selbst eine Veränderung zum Schlechteren – barg Möglichkeiten, und nach dem Möglichen zu streben, selbst wenn die Chancen noch so schlecht standen, war sein bewährtes Gegenmittel gegen das Leid.

Die meisten Patienten auf dieser Station und mit ihnen viele andere, die er in den letzten Jahren behandelt hatte, hatten von einem Arzt gesagt bekommen, ihr Zustand sei hoffnungslos und jede Form von Heilung oder Veränderung zum Positiven sei ausgeschlossen. Und das fand er unerträglich. Ganz besonders im Fall des Patienten in Abteil fünf.

»Miles!«

Virginia Knight, die Direktorin von Barley Hall, stand in der Tür der Station. Die große, schlanke Amerikanerin, die in ihrem klassischen marineblauen Kostüm sehr elegant wirkte, war bereits über fünfzig, sah aber jünger aus. Dazu trug auch ihr blondes Haar bei, das zwar kurz geschnitten, aber so füllig gestylt war, dass es ihrem langen, intelligenten Gesicht etwas von seiner Schärfe nahm. »Könnte ich Sie kurz in meinem Büro sprechen, Miles? Es ist gewissermaßen dringend.«

Fleming blickte auf Abteil fünf. Das konnte warten. Der Patient würde ihm nicht weglaufen.

4

Büro der Direktorin

Das im Mittelteil des viktorianischen Baus gelegene Büro hatte kunstvolle Simse, hohe Fußleisten und ein herrliches Erkerfenster, von dem man auf die Auffahrt und die gepflegten Rasenflächen hinausblickte.

Miles Fleming verschränkte die Arme und setzte sich auf das voluminöse Chesterfieldsofa, das die an Schlaflosigkeit leidende Direktorin nachts oft benutzte. »Das kann doch nicht Ihr Ernst sein, Virginia! Seit wann ist eine Migräne dringend?«

Virginia Knight erhob sich von ihrem Schreibtisch und ging zur Espressomaschine. Sie machte zwei Espressi und gab einen davon Fleming. »Die Sache ist wichtig, Miles. Glauben Sie mir.«

Fleming schüttelte den Kopf. »Aber ich brauche den Think Tank und den NeuroTranslator heute Abend. Im Moment ist Paul gerade dort, außerdem müssen wir Rob noch für seinen morgigen Kommunikationsversuch fertig machen. Wir stehen ohnehin schon unter enormem Termindruck. Nach unseren Erfolgen mit Jake ist das Interesse am NeuroTranslator enorm. Wir haben bereits eine endlos lange Warteliste für Forschungspatienten, da kann ich nicht einfach jemanden vorziehen und das Projekt zurückstellen – vor allem nicht jemanden mit *Kopfschmerzen*, Herrgott noch mal.«

Virginia Knight seufzte. »Miles, Sie scheinen zu vergessen, dass sich sowohl Jake als auch Rob vorgedrängt haben.«

»Das war etwas anderes. Sie können die beiden nicht mit diesem Fall vergleichen.«

»Für *Sie* war es etwas anderes – deshalb habe ich auch nie moniert, dass mein Vorgänger hinsichtlich Ihrer Prioritätenjongliererei beide Augen zugedrückt hat –, aber wenn man die strikten Forschungsvorgaben des Vorstands von Barley Hall beim Wort nimmt, war es eindeutig ein Verstoß gegen die Vorschriften. Was ich damit sagen will: Als Leiterin von Barley Hall muss ich tun, was für die Klinik am besten ist, und deshalb müssen Sie sich für diesen Patienten Zeit nehmen. Noch heute Abend.«

Miles Fleming nahm einen Schluck von seinem Espresso. Er hatte nichts gegen Virginia Knight, aber sie war nicht der Grund, warum er vor acht Jahren nach einem Medizinstudium in Cambridge und einer Promotion in Neurologie in Harvard nach Barley Hall gekommen war. Im Gegensatz zu Knight, die von der Medizin ins Management übergewechselt war, war ihr Vorgänger mit Leib und Seele Wissenschaftler gewesen, eine reine Forschernatur. Der große und inzwischen leider verstorbene Professor Henry Trier war einer von Flemings Lehrern in Cambridge gewesen. Und als Trier die Leitung des Neurological Trusts übernommen hatte – einer Forschungseinrichtung, die von privaten Wirtschaftsunternehmen, der Cambridge University und der Abteilung für Rückenmarksverletzungen im Stoke Mandeville ins Leben gerufen worden war –, hatte Fleming die Gelegenheit ergriffen, mit ihm zusammenzuarbeiten.

Acht Monate zuvor war Trier einem Herzinfarkt erlegen, und Virginia Knight, die bereits zahlreiche Vorstands- und Aufsichtsratsposten innehatte, wurde zu seiner Nachfolgerin ernannt. Fleming war klar, warum die Wahl auf sie gefallen war: Was Management, Public Relations und die Beschaffung von Geldern anging, war sie unschlagbar, aber manchmal machte er sich Sorgen, dass ihr finanzielle Gesichtspunkte über die Patienten und die Forschung gingen.

»Um die Frage, wer sich wo vorgedrängt hat, mal beiseite zu lassen«, fuhr sie fort und suchte auf ihrem Schreibtisch nach einer Zeitschrift, »möchte ich Ihnen kurz die Vorteile erklären, die es mit sich brächte, wenn Sie Dr. Amber Grant heute Abend untersuchen würden.« Sie reichte Fleming die Zeitschrift. »Zuallererst: Ist Ihnen klar, wer sie ist?«

»Sicher habe ich von ihr gehört.« Und das war, was ihm Sorgen machte. Amber Grant war reich und berühmt, und das machte sie in Knights Augen besonders behandlungswürdig. Bei der Zeitschrift handelte es sich um das *Time Magazine*, und das Cover zierte ein geschöntes Portrait von Bradley Soames, das man in jeder Publikation sehen konnte, und daneben das auffallend hübsche Gesicht seiner Geschäftspartnerin Amber Grant. Unter dem Bild stand: »Die Lichtzauberer im Rampenlicht«.

Fleming blätterte in der Zeitschrift. Auf Seite sechs fand er ein Interview mit Amber Grant, dessen Veröffentlichung zeitlich zweifellos auf die groß angekündigte Vorstellung der neuen Lucifer Soft-Screen abgestimmt worden war. Die Entwicklung von Flemings NeuroTranslator, der mit einem Lucifer-Rechner lief, wäre ohne diese von Grant und Soames entwickelte Technologie nicht möglich gewesen. Trotz aller Verärgerung wurde auch Flemings Neugier geweckt, und das ganz besonders, als er sich einem Feature über den enigmatischen und öffentlichkeitsscheuen Bradley Soames zuwandte – den Mann, der als Kopf von Optrix galt.

»Nur zu«, sagte Knight. »Lesen Sie's.«

Fleming überflog den Artikel. Weite Teile davon käuten die mittlerweile sattsam bekannte Legende des Mannes wieder, aber einige Passagen weckten dennoch Flemings Interesse – insbesondere die über Soames' frühe Jahre:

> Bradley Soames leidet an *xeroderma pigmentosum*, besser bekannt unter der Abkürzung XP; dieses durch ein mutiertes Gen verursachte Syndrom hat zur Folge, dass selbst ein noch so kurzer Kontakt mit Sonnenlicht zu Hautkrebs führt. Viele Psychologen haben Spekulationen darüber angestellt, wie sich Soames, ein Sprössling der reichen Soames-Öldynastie – angeblich wurde er während einer totalen Sonnenfinsternis geboren –, entwickelt hätte, wenn er nicht mit dieser Krankheit geschlagen worden wäre.
>
> Mit Sicherheit wäre er weniger exzentrisch geworden, aber es ist fraglich, ob er auch so phänomenal erfolgreich geworden wäre. Es ist wohl mehr als nur eine Ironie des Schicksals, dass es ausgerechnet diesem hoch begabten jungen Mann, der sein ganzes Leben lang ein so spezielles Verhältnis zum Licht hatte, beschieden sein sollte, dessen Kraft zu zähmen und sich dessen Geschwindigkeit zunutze zu machen.

Von früher Kindheit an gezwungen, sich zum Schutz vor UV-Strahlung in geschlossenen Räumen aufzuhalten, beschäftigte sich Soames mit geradezu fanatischer Besessenheit mit Photonen, jenen subatomaren Elementarteilchen der elektromagnetischen Strahlung, aus denen sich das zusammensetzt, was ihn zu einem Leben hinter Kerkermauern verdammt. Er konzentrierte sich mit der ganzen Kraft seines Intellekts auf das Licht und gelangte schon im Alter von dreizehn Jahren zu der Überzeugung, dass Photonen zur Verarbeitung, Speicherung und Übertragung von Daten verwendet werden könnten.

Als sogar die fähigsten Privatlehrer, die Soames' Eltern für ihren Sohn angestellt hatten, ihrem extrem begabten Schüler nicht mehr genügen konnten, schrieb dieser sich mit sechzehn Jahren am Cal Tech in Pasadena ein, einer der renommiertesten Technischen Hochschulen der Welt, und promovierte dort zwei Tage vor seinem achtzehnten Geburtstag mit summa cum laude, in einem Alter also, in dem die meisten Studenten dort erst zu studieren beginnen. Aber er hatte sich nicht am Cal Tech immatrikuliert, um dort das Examen zu machen; in erster Linie hielt er Ausschau nach einem geeigneten Partner. Er suchte jemand, der nicht nur über die entsprechenden intellektuellen Fähigkeiten verfügte, seine Ideen zu verstehen, sondern auch über die Energie, die Führungsqualitäten und die Persönlichkeit, um das zu tun, was er nicht konnte – ins Licht hinauszutreten und ihm zu helfen, seinen Traum zu verwirklichen. Diese Person war eine Doktorandin, die sich mit Quantenphysik beschäftigte: Amber Grant.

Viele Leute, unter ihnen auch Amber Grant, hatten mit dem Gedanken gespielt, einen optischen Computer zu entwickeln, aber sie alle hatten ihre Idee auf der Basis von Glasfasern zu verwirklichen versucht, was selbst für den Fall, dass es geklappt hätte, mit einem ungeheuren Kabelsalat verbunden gewesen wäre. Soames ging völlig anders an die Sache heran: Er baute mit akustischen Mitteln das starke elektrische Feld auf, das nötig war, um Elektronenloch-Paare lang genug auseinander zu halten, damit das Licht und die darin gespeicherten Daten eingefangen werden können, bevor man es wieder auf den Weg schickt.

Soames' Vision und Amber Grants Engagement sowie eine Reihe relativ unbedeutender Neuerungen, von denen allerdings jede für sich eine Aufsehen erregende Dissertation abgegeben hätte, führten vor acht Jahren zur Entwicklung des ersten optischen Computers für den Hausgebrauch. Dadurch wurde das in San Francisco beheimatete Optrix Industries zu einem der am schnellsten wachsenden Unternehmen, das die Welt je gesehen hat.

Neben seiner Tätigkeit für Optrix verbringt Bradley Soames zunehmend mehr Zeit in seinem privaten technologischen Forschungszentrum in Alaska: Die VenTec Foundation …

»Die Sache ist die«, sagte Knight, als Fleming aufsah, »dass Soames *Ihr* Forschungsprojekt mit einer Spende in Höhe von mehreren Millionen Dollar unterstützen möchte.« Sie lächelte. »Sie wissen doch, was ich ständig über den Christopher-Reeve-Effekt sage? Jedenfalls werden Sie nicht leugnen können, dass eine Stammzellenregeneration des verletzten Rückenmarks als das Nonplusultra der neurologischen Forschung gilt, und aufgrund dieses Umstands ist es augenblicklich erheblich leichter, für Bobby Chans gentechnologische Abteilung im Westflügel Gelder locker zu machen.«

Fleming gestattete sich ein sarkastisches Grinsen. »Wohingegen meine Arbeit im Ostflügel nach wie vor als mechanische Flickschusterei angesehen wird und nicht als echte Lösung – auch wenn es, realistisch betrachtet, noch Jahrzehnte dauern wird, bis Bobbys Abteilung mit konkret anwendbaren Ergebnissen wird aufwarten können.«

Knight lachte. »Also, was die Einschätzung Ihrer Arbeit angeht, tut sich bereits einiges. Ihr erstaunlicher Erfolg mit Jake hat ziemlich Wellen geschlagen. Und das müssen wir uns zunutze machen. Bradley Soames interessiert sich für den NeuroTranslator, und er ist bereit, beachtliche Summen in seine Entwicklung zu stecken.«

Für Fleming war das nichts Neues: Erst vor sechs Monaten war Soames indirekt an ihn herangetreten, um ihm einen Wechsel zu VenTec vorzuschlagen. »Und als Gegenleistung für diese substanzielle Unterstützung soll ich seine geschätzte Kollegin mit dem NeuroTranslator untersuchen? Abgesehen davon, dass sie wegen einer Migräne kollabiert ist – was fehlt ihr wirklich?«

Knight tippte auf einen braunen Ordner auf ihrem Schreibtisch. »Das ist ein weiterer Grund, weshalb Sie sich ein wenig Zeit für sie nehmen sollten. Sie ist der Traum eines jeden Forschers. Ihre Krankengeschichte ist hoch interessant, und gerade Ihnen als Neurologe könnte sie zu erstaunlichen neuen Erkenntnissen verhelfen. Stellen Sie sich da also bitte nicht quer, Miles, mit ihr haben Sie das große Los gezogen. Sie bringt sie mit Ihrem Zeitplan höchstens einen Tag ins Hintertreffen – ein sehr geringes Manko angesichts der damit verbundenen Vorteile.«

Trotz aller Vorbehalte war Flemings Interesse geweckt. »Was für Vorteile?«

»Sie ist einzigartig«, sagte Knight. »Ich maile Ihnen Ihre vollständigen Unterlagen, aber diese kurze Zusammenfassung sollte Ihnen schon mal einen ersten Eindruck davon verschaffen, was ich meine.«

Widerstrebend griff Fleming nach dem Ordner. Virginia Knight verstand es hervorragend, andere zu manipulieren, und deshalb traute er ihr nicht über den Weg. Mit einem weiteren Blick auf die schöne Frau auf dem Titel des *Time Magazine* sagte er: »Ich verstehe trotzdem noch nicht, warum ich sie bevorzugt behandeln soll. Ihr wurde doch nichts amputiert, oder?«

Mit einem breiten Lächeln ließ sich Virginia Knight in ihren Stuhl zurücksinken. »Vielleicht nicht im gängigen Sinn«, sagte sie, als Fleming den Ordner aufschlug und mit angehaltenem Atem die obenauf liegende Röntgenaufnahme betrachtete.

5

Barley Hall. 17 Uhr

Als der Krankenwagen mit Amber Grant in Barley Hall eintraf, dämmerte es bereits. Die lähmende Migräne hatte nachgelassen, aber wie immer fühlte sie sich noch schwach und kraftlos. Die Anfälle kamen ohne Vorwarnung, und sie hatte sich damit abgefunden. Ihr jüngster Anfall hatte sie jedoch gewaltig geärgert. Weil sie während einer wichtigen Präsentation zusammengebrochen war, hatte sie das Gefühl, versagt zu haben. Ihre Arbeit war eins der wichtigsten Dinge in ihrem Leben, und nun hatte sie sich selbst und alle anderen enttäuscht – in Anwesenheit der verdammten Medien. Außerdem würde sie das wichtige Essen an diesem Abend versäumen *und* die verschiedenen PR- und Geschäftstermine, die vor ihrem Rückflug nach San Francisco für den nächsten Vormittag angesetzt waren. Trotz der Schmerzen hatte sie in die Turbinenhalle zurückkehren und weitermachen wollen, aber Bradley Soames hatte darauf bestanden, dass sie hierher kam. Unabhängig davon, was die Spezialisten sagen würden, war Amber fest entschlossen, morgen nach Hause zu fliegen, um ihre kranke Mutter Gillian zu besuchen.

Als sie durch das imposante Eingangstor von Barley Hall fuhren, blickte sie auf die grünen Rasenflächen hinaus. Doch trotz der hereinbrechenden Dunkelheit und des nahenden Winters wirkte alles üppiger als in Kalifornien, und unwillkürlich verglich sie das viktorianische Herrschaftshaus mit den nüchternen amerikanischen Krankenhäusern und Kliniken, in denen sie als Kind gewesen war.

Bis vor neun Monaten waren diese Kliniken nur eine Erinnerung an schwere Zeiten gewesen. Aber in letzter Zeit spielten Kliniken, Ärzte und Untersuchungen wegen der zunehmend heftigeren Migräneanfälle wieder eine größere Rolle in ihrem Leben. In den vergangenen sechs Monaten hatte sie sich jeder nur erdenklichen Untersuchung unterzogen, darunter einer PET, einer CAT und einer MRT. Allerdings war dabei nichts herausgekommen, was Licht in die Ursachen ihrer Anfälle gebracht hätte. Als Soames sie persönlich aus der Turbinenhalle zum Krankenwagen begleitet hatte, hatte sie eher skeptisch auf seinen Vorschlag reagiert, einen weiteren »Spezialisten« aufzusuchen. Er hatte jedoch darauf bestanden, dass sie sich von Dr. Miles Fleming untersuchen ließ.

»Amber, Sie haben mir ständig Vorhaltungen gemacht wegen des Schadens, den meine Haut in meiner Kindheit erlitten hat, bevor meine Krankheit als XP diagnostiziert wurde. Etwa jeden zweiten Monat halten Sie mich davon ab, meine Hautärztin zu feuern, und drängen mich stattdessen, ihren Rat zu beherzigen und mir noch ein paar Melanome entfernen zu lassen, bevor sie mir endgültig den Garaus machen. Und wissen Sie was? Sie sind wahrscheinlich der einzige Mensch auf der ganzen Welt, auf den ich höre. Deshalb möchte ich jetzt, dass Sie auch mal auf mich hören. Lassen Sie sich wegen Ihrer Kopfschmerzen mal gründlich untersuchen. Denn dieser Miles Fleming versteht etwas von seinem Geschäft. Mit seinem NeuroTranslator hat er sich wie kaum ein anderer die Möglichkeiten des optischen Computers zunutze gemacht – und das schließt auch die neue Generation der Gen-Sequencer ein.« Soames betrachtete die meisten Menschen als Idioten und den Rest als mittelmäßig, weshalb der Umstand, dass er eine so hohe Meinung von dem 36-jährigen Engländer hatte, ein großes Lob darstellte.

Die Pfleger hatten einen Rollstuhl für Amber Grant bereit gestellt, aber sie lehnte ab und ging zu Fuß in die noble Empfangshalle. Sie empfand es als zutiefst demütigend, als Invalide betrachtet zu werden. Obwohl sie die meiste Zeit ihres Lebens damit zubrachte, in irgendwelchen Laboratorien zu arbeiten, hielt sie sich viel darauf zugute, dass sie jeden Morgen mehrere Bahnen im Optrix-Pool schwamm, um sich fit zu halten. In der Eingangshalle wurde sie von einer Schwester mit einem Klemmbrett begrüßt.

»Guten Abend, Dr. Grant. Ich bin Oberschwester Frankie Pinner. Können Sie gehen? Brauchen Sie etwas gegen die Schmerzen?«

»Vorerst nicht, danke.«

»Würden Sie dann bitte im Wartebereich Platz nehmen, während ich Dr. Fleming hole. Wenn Sie etwas brauchen, sagen Sie einfach an der Rezeption Bescheid.«

In einer Ecke der großen Halle standen mehrere Rücken an Rücken aufgestellte Stühle. Auf einen davon setzte sich Amber und holte ihr mobiles Kommunikationsset aus der Jackentasche. Als sie das Gerät, das nicht größer war als ein Handy, aufklappte, kam auf der einen Seite ein berührungsempfindliches Tastenfeld zum Vorschein, auf der anderen eine Tastatur mit Zahlen. Sie drückte auf eine Taste des Tastenfelds, worauf ein Display aus dem Klappscharnier kam. Gerade als sie ihre E-Mails und Anrufe abrufen wollte, hörte sie, wie hinter ihr jemand laut Luft holte und »Wahnsinn!« hauchte.

Als sie sich umdrehte, sah sie einen kleinen Jungen, der von dem Sitz hinter ihrem über ihre Schulter spähte. Er hatte stachliges blondes Haar, ein ausdrucksstarkes, offenes Gesicht und große graue Augen, die fasziniert auf die hochmoderne Soft-Screen ihres Communicators starrten. Eine Frau, die zu alt war, um seine Mutter zu sein, saß neben ihm und las eine Zeitschrift.

»Gehört das dir?« Der Junge legte seine kleine Hand auf ihre Schulter und wand sich die Rückenlehne seines Sitzes hinauf, um besser sehen zu können.

Sie lächelte ihn an. »Ja.«

»So ein Ding hab ich noch nie gesehen.«

»Es ist auch ganz neu.«

»Woher hast du es?«

»Ich habe es selbst gemacht.« Sie verbesserte sich. »Das heißt, meine Firma hat es gemacht.«

Der Junge sah sie prüfend an, dann fragte er sie vollkommen ernst: »Bist du ein Genie?«

Ein weiteres Lachen. »Nein.«

»Mein Onkel ist ein Genie«, sagte er nüchtern.

»Was du nicht sagst? Wie heißt du?«

»Jake.«

»Hallo, Jake. Ich bin Amber.«

Er lächelte sie an. »Was kann das Teil da alles?«, fragte er.

»Alles Mögliche. Telefonieren, E-Mails verschicken, Computerkram, den Wetterbericht abrufen, Sportergebnisse …«

»Sind auch Spiele drauf?«

»Klaro.«

»Kann es einem auch die Fußballergebnisse sagen?«

»Sicher.« Von Sport hatte sie keine Ahnung. Zu Hause hielt sie sich zwar über die Ergebnisse der Forty Niners auf dem Laufenden, aber nur, weil Optrix das Football-Team sponserte. »Zu welcher Mannschaft hältst du denn?«

»Zu Manchester United natürlich«, sagte er, als könnte nur ein Vollidiot für eine andere Mannschaft sein. »Ich stehe auf Fußball.«

»Wahrscheinlich spielst du auch selbst ziemlich gut.«

»Inzwischen nicht mehr so. Aber ich werde wieder besser.«

Irgendetwas an der Art, wie er das sagte, ließ sie stutzen.

»Dr. Grant.« Als Amber aufblickte, sah sie, dass die Schwester mit dem Klemmbrett zurückgekehrt war. »Wenn Sie mir bitte folgen würden. Ich bringe Sie gleich in den Think Tank. Wenn Sie auf die Toilette müssen oder ein Glas Wasser haben wollen, sagen Sie mir bitte einfach Bescheid. Die Aufnahmeformulare können wir später ausfüllen.«

»Ich muss gehen, Jake«, sagte Amber Grant und erhob sich, um der Schwester zu folgen.

Nachdem sie aufgestanden war, drehte sie sich um und blickte auf den Jungen hinab. Erst jetzt sah sie, warum er nicht mehr so gut Fußball spielen konnte. Es versetzte ihr einen Stich – sie wusste nur zu gut, wie es war, ein Kind zu sein, das anders war als die anderen, aber sie ließ sich das Mitleid nicht anmerken, sondern bückte sich nur, um ihm die Hand zu schütteln. »War schön, dich kennen zu lernen, Jake. Viel Glück mit Manchester United.«

»Tschüss, Amber«, sagte er mit einem Grinsen.

Die Schwester führte Amber Grant in den Ostflügel und dort einen langen Flur hinunter. Schließlich öffnete sie ihr die Tür eines an den Think Tank angrenzenden kleinen Raums, der mit einem Schreibtisch, einem Lucifer-Computer, zwei Sesseln und einer Reihe Monitore ausgestattet war. Durch ein Fenster konnte man in den Think Tank blicken, weshalb sie annahm, dass es sich um ein Beobachtungszimmer handelte. Die Schwester schenkte ihr ein Glas Wasser ein und ging.

Amber setzte sich in einen weichen Sessel und blickte sich im Raum um. An einer Wand hing eine Korktafel. Daran waren Dankespostkarten und Fotos von Patienten und Mitarbeitern befestigt. Eins fiel ihr sofort ins Auge: Es zeigte zwei gebräunte Männer in Bergsteigerkleidung, die vor einem extrem blauen Himmel auf einem schneebedeckten Gipfel standen. Sie sahen sich ähnlich genug, um Brüder sein zu können, und hielten triumphierend die Hände hoch.

Dann fiel ihr Blick auf ihr Spiegelbild im Beobachtungsfenster. Sie sah blass und mitgenommen aus. Als sie abwesend ihr Haar zurückstrich, kamen ihre linke Gesichtshälfte und die dünne silberne Narbe zum Vorschein, die von der Schläfe zu ihrem Haaransatz hochlief. Jetzt war zu sehen, dass ihr linkes Ohr fehlte, ein Kontrast, der durch den auffallenden Gold- und Jadeanhänger an ihrem rechten Ohrläppchen noch verstärkt wurde. Sie hatte sich hartnäckig geweigert, sich einer kosmetischen Operation zu unterziehen: Irgendwie hätte sie es als Verrat empfunden, auch die letzte Spur der zahlreichen Operationen ihrer Kindheit zu tilgen.

»Frau Doktor? Ich bin Miles Fleming.«

Als er den Raum betrat, ertappte sie sich dabei, wie sie ihren Rock und ihre Harre glatt strich. Sie erkannte in ihm sofort einen der Männer auf dem Foto wieder. Er war anders, als sie ihn sich vorgestellt hatte. Abgesehen von seinem offenen weißen Kittel, sah er nicht wie ein Wissenschaftler aus, jedenfalls nicht wie die, die sie kannte. Außerdem überraschte sie seine körperliche Präsenz. Er war groß, mindestens eins dreiundachtzig, und bewegte sich mit der unbewussten Anmut, die nur den wirklich Koordinierten eigen ist. Sein dunkles Haar war so unordentlich wie seine zerknitterte Kleidung, und seine wettergegerbte Haut hatte eine kräftige Farbe. Als er ihr lächelnd die Hand reichte, bildeten sich kleine Fältchen um seine grauen Augen. Seine große Hand war warm und schloss sich fest um ihre.

»Entschuldigen Sie, dass ich Sie habe warten lassen, aber wir mussten verschiedene Umstellungen vornehmen.«

»Kein Problem. Und danke, dass ich so kurzfristig einen Termin bekommen habe.«

»Was ist mit Ihrer Migräne? Wie sind die Schmerzen jetzt?«

»Erträglich.«

»Gut. Ich erkläre Ihnen vielleicht erst mal in groben Zügen, was wir hier machen, und dann unterhalten wir uns über Ihre Beschwerden. Einverstanden?«

»Sicher.«

»Generell lässt sich sagen, dass unsere Arbeit hier in Barley Hall zwei Schwerpunkte hat. Im Westflügel befassen wir uns mit reiner wissenschaftlicher Grundlagenforschung, die sich vor allem auf die Regeneration von Stammzellen konzentriert – der Wiederaufbau von Rückenmark, Dinge in dieser Richtung. Hier im Ostflügel dagegen, in dem sich meine Abteilung befindet, ist die Forschungsarbeit stärker praktisch ausgerichtet. Wir haben uns darauf spezialisiert, Amputierten und Gelähmten zu helfen, mittels ihrer Hirnsignale ihre paralysierten Gliedmaßen wieder zu steuern, beziehungsweise ihre Prothesen zu bedienen.« Fleming lächelte Amber an. »Wir helfen ihnen auch, mit ihren Schmerzen zurechtzukommen.«

Amber gefiel sein Lächeln, aber sie war noch nicht bereit, ihm zu vertrauen. »Ach ja? Und was ist mit den Schmerzen in einem Körperteil, das gar nicht mehr existiert?«

»Das ist zufällig eine unserer Spezialitäten.«

6

Miles Fleming kannte mindestens zwei Fälle wie den von Amber Grant, einen in den Vereinigten Staaten und einen in Frankreich. Allerdings hatte sich keiner dieser beiden Patienten einer Operation unterzogen, und Fleming wusste auch von niemand, der eine solche Operation überlebt hatte. Und wie aus ihren Glanztaten bei Bradley Soames' Optrix hervorging, hatte Amber Grant diesen riskanten Eingriff nicht nur überlebt, sondern auch keinerlei Schaden an ihrem phänomenalen Verstand erlitten.

Fleming wandte sich dem Lucifer-Computer auf seinem Schreibtisch zu. Es war ein durchsichtiger Kubus, der eine Glasfaserspule mit einer pulsierenden Lichtkugel darauf enthielt. Dahinter befand sich ein Photonen-Plasmabildschirm vom Typ KREE8, der für die Wiedergabe scheinbar dreidimensionaler Bilder entwickelt worden war. Fleming drehte den Bildschirm zu sich herum, griff nach der schnurlosen Tastatur und rief im Data Security Provider von Barley Hall Amber Grants ärztliche Unterlagen auf. Die Daten waren auf der Stelle verfügbar – mit Lichtgeschwindigkeit.

Fleming sah erst die Röntgenaufnahmen auf dem Bildschirm an, dann Amber Grant. Als er keine sichtbaren Spuren des Eingriffs entdecken konnte, nahm er Ambers Haar und ihre Augen genauer in Augenschein. Sie trug ihr Haar so gescheitelt, dass es ihre linke Gesichtshälfte verbarg, und es war so dicht wie das Fell eines Tieres, tiefschwarz mit einem bläulichen Glanz. Auch ihre großen Katzenaugen waren von einer außergewöhnlichen Färbung: einem intensiven, goldgesprenkelten Grün. Sie hatte eine feine Nase und dunkle Haut. Von ihrem nicht von ihrem Haar verdeckten rechten Ohr hing ein auffallender goldener Ohrring. Ihre vollen Lippen waren von einem zarten Korallenrot. Sie war eine der exotischsten Frauen, denen Fleming je begegnet war.

»Darf ich die Stelle sehen, an der Sie operiert worden sind?«

»Sicher.« Amber strich ihr Haar auf der linken Seite zurück.

Fleming stand auf und ging auf sie zu. Als er sich zu ihr hinabbeugte, stieg ihm der Duft ihres Parfums in die Nase: dezent, aber betörend, wie eine seltene tropische Pflanze. Er untersuchte die feine silberne Narbe, die unter ihrem Haaransatz hervorkam, ihre Schläfe teilte und am Nacken wieder unter ihrem Haar verschwand.

Sie hatte keine Ohrmuschel, aber die Hautpartie war so gut verheilt, dass das Ganze mehr wie ein Fehlen als wie eine Entstellung aussah.

Er kehrte zu seinem Platz zurück und studierte wieder das Bild auf dem Monitor. »Wie ist das nun mit Ihren Migräneanfällen?«, sagte er. »Ihren Unterlagen zufolge haben sie vor acht oder neun Monaten eingesetzt, und bis dahin hatten Sie nie vergleichbare Kopfschmerzen. Nicht einmal als Kind.«

»Richtig.«

»Sie haben sie etwa zehnmal im Monat.«

»Im Schnitt.«

»Wie lang dauert so ein Anfall?«

»Je nach dem. Wenn ich nicht sofort ein Schmerzmittel nehme, wenn die Schmerzen einsetzen, können sie bis zu einer Stunde anhalten. Aber es sind vor allem die Nachwirkungen, die mich stören. Ich bin hinterher immer so kaputt, dass ich stundenlang zu nichts mehr zu gebrauchen bin.«

»Was nehmen Sie?«

»Tylenol Blue. Davon gehen die Schmerzen zwar nicht ganz weg, aber sie werden deutlich schwächer.«

Er nickte. »Können Sie den Schmerz beschreiben?«

Sie zuckte mit den Schultern. »Es ist, als würde eine glühend heiße Nadel in mein Gehirn eindringen und dort kleine Sprengladungen auslösen. Ich sehe Sterne vor den Augen, und mir wird übel. Manchmal, wie heute, breche ich sogar zusammen.«

Fleming verzog das Gesicht. »Hört sich nicht sehr angenehm an.« Er sah wieder auf den Bildschirm. »Treten die Schmerzen immer an derselben Stelle auf?«

»Ja.«

»Wo? Können Sie mir die *genaue* Stelle zeigen?«

»Ich spüre dort immer noch ein dumpfes Ziehen.« Sie hob die linke Hand, um auf die Stelle zu zeigen. »Hier.«

Fleming nickte und warf wieder einen Blick auf den Bildschirm. Sie deutete ein paar Zentimeter von ihrer linken Schläfe entfernt in die Luft.

»Ganz schön eigenartig, oder«, sagte sie mit leicht verlegener Miene. Sie griff nach dem Wasserglas.

Er zuckte mit den Achseln. »Ungewöhnlich, ja, aber nicht unerklärlich.«

Die Röntgenaufnahme aus Amber Grants ärztlichen Unterlagen, die auf dem Bildschirm zu sehen war, zeigte zwei Kinderköpfe, die in entgegengesetzte Richtungen blickten und an der linken Schläfe durch einen Knochengrat miteinander verbunden waren. Das Besondere an diesen siamesischen Zwillingen war jedoch, dass nicht nur ihre Schädel zusammengewachsen waren, sondern auch ihre Gehirne. Obwohl den beiden Mädchen ein beträchtlicher Bereich des Schläfenlappens gemeinsam war, hatten sie den Unterlagen zufolge unterschiedliche Persönlichkeiten mit individuellen Charakterzügen.

Als Amber Grant das Glas auf den Tisch zurückstellte, fiel Fleming auf, wie langsam und überlegt ihre Bewegungen waren. Wenn sie reglos dasaß, legte sie den Kopf ganz leicht auf die linke Seite, als lauschte sie auf etwas hinter sich.

Die Stationen ihres Lebens gingen aus ihren ärztlichen Unterlagen hervor: Als Amber und ihre Zwillingsschwester Ariel vor siebenunddreißig Jahren auf die Welt kamen, war ihre Mutter, ein armes brasilianisches Mädchen, nicht in der Lage, normale Zwillinge großzuziehen, geschweige denn siamesische. Sie waren in einem heruntergekommenen Krankenhaus in Sao Paulo abgeliefert, aber dank der Vermittlung eines Jesuiten von einem kinderlosen katholischen Ehepaar in den Staaten adoptiert worden.

Die ersten acht Jahre ihres Lebens verbrachten sie bei ihren Adoptiveltern in Kalifornien, wo sie von allen die tanzenden Zwillinge genannt wurden, weil sie sich fortbewegten, als tanzten sie miteinander. Ariel war die kräftigere, die dominante von beiden, während Amber stiller war. Dann traten an Ambers Nieren Komplikationen auf. Einen gewissen Teil ihres Blutes konnten die Zwillinge zwar untereinander austauschen und eine Weile reichten Ariels Nieren für beide aus, doch dann stellte sich heraus, dass auch ihr Herz das von Amber unterstützen musste und unter dieser zusätzlichen Belastung bald zusammenbrechen würde. Hätte man sie also nicht getrennt und Ambers Leiden separat behandelt, hätten sie nicht nur sterben müssen, sondern Amber hätte auch den Tod ihrer Schwester verursacht.

Eine zusätzliche Komplikation war, dass sie, obwohl sie zwei separate Persönlichkeiten waren, einen wichtigen Teil des Gehirns gemeinsam hatten. Es bestand eine winzige Chance, dass beide Mädchen ohne Beeinträchtigungen ihrer Gehirnfunktionen überleben würden, aber sehr hoch war die Wahrscheinlichkeit nicht. Ihre Eltern hatten jedoch kaum eine andere Wahl, als dem Eingriff zuzustimmen. Schon zwei Monate nach der Operation hatten sich Ambers Herz und Nieren stabilisiert, und sie konnte als geheilt entlassen werden. Ariel dagegen starb auf dem Operationstisch.

Fleming musste nicht erst Ambers ärztliche Unterlagen zu Rate ziehen, um zu wissen, dass sie wegen des Todes ihrer Schwester immer Schuldgefühle haben würde – schließlich waren sie getrennt worden, weil sie Ariel sonst umgebracht hätte. Vermutlich war das der Grund, weshalb Amber nie Anstalten unternommen hatte, ihr linkes Ohr nachbilden und den vernarbten Bereich verkleinern zu lassen. Von einem Psychologen einmal darauf hin angesprochen, hatte sie laut ihren Unterlagen geantwortet: »Wieso sollte ich mich einer Schönheitsoperation unterziehen? Sie war das Beste an mir.«

Fleming sah Amber an und stellte fest, dass sie ihn herausfordernd musterte. »Und«, sagte sie, »schon irgendwelche Ideen?«

Er drehte den Bildschirm so herum, dass Amber die Röntgenaufnahme der zwei zusammengewachsenen Schädel sehen konnte. Er deutete auf eine Stelle von Ariels Schläfenlappen. »Ihre Schmerzen sind hier zu lokalisieren, also genau da, wo das Gehirn Ihrer Schwester auf den Bereich traf, den Sie beide gemeinsam hatten. In einer Hinsicht ist das Ganze absolut simpel, und sicher haben Ihnen das auch schon andere Spezialisten gesagt, die Sie deswegen aufgesucht haben. Sie haben typische Phantomschmerzen. Das ist nicht weiter ungewöhnlich. In der Station am Ende des Flurs gibt es einen jungen Mann, Paul, der seit vier Jahren heftige Schmerzen in seinem abgetrennten Arm spürt. Mithilfe des NeuroTranslators ist es uns inzwischen gelungen, ihn von diesen Schmerzen, die für ihn vollkommen real waren, zu befreien. Wenn jemand bei einem Unfall einen Teil seines Körpers verliert, kann der Betreffende in dem fehlenden Körperteil weiterhin akute Schmerzen spüren. Häufig reflektieren diese Schmerzen die Umstände, unter denen die Gliedmaße zu Schaden kam, als ob gewissermaßen das letzte Notsignal, das ans Gehirn gesendet wurde, dasjenige wäre, an das es sich erinnert.«

Amber nickte. »Aber ich habe keine Gliedmaße verloren.«

»Das ist ja auch das Besondere an Ihrem Fall. Sie haben einen Menschen verloren.« Er überlegte, wie er seine Gedanken in Worte fassen sollte. »Was Sie einzigartig macht, Amber, ist, dass Sie einen Teil des lebenden Gehirns eines toten Menschen besitzen.«

Amber, die wie gebannt auf den Monitor mit dem Bild ihrer Schwester starrte, runzelte die Stirn. »Das ist mir durchaus klar. Aber was bedeutet es?« Dann erbleichte sie. »Wollen Sie damit sagen, ich spüre Ariels Schmerzen? Könnte sie immer noch irgendwie …«

Sie wirkte so entsetzt, dass Fleming ihr die Hand auf die Schulter legte. »Nein. Ich kann Ihnen versichern, dass es sich hier um *Ihre* Schmerzen handelt. Wie Pauls Arm stellt auch Ihr Gehirn lediglich eine Verbindung zu fehlendem Gewebe her, von dem es aus irgendeinem Grund glaubt, es wäre noch da. Ariel hat keine Schmerzen mehr. Sie ist tot.« Er versuchte dem Ganzen eine leichte Note zu geben. »Ich bitte Sie, Amber, Sie sind Wissenschaftlerin …«

»Ich bin Quantenphysikerin, Miles«, entgegnete sie, »und die Quantentheorie hat mich gelehrt, dass es nichts gibt, dessen man sich sicher sein kann.« Die Art, wie sie die Augen zusammenkniff, verriet Fleming, dass sie es satt hatte, von so genannten »Experten« für dumm verkauft zu werden. »Ich habe mein ganzes Leben lang versucht zu verstehen, was mit meiner Schwester passiert ist. Ich habe Philosophie, Physik und sogar Theologie studiert, und alles, was ich bisher gelernt habe, ist, dass wir nicht viel wissen.« Sie ließ sich mit einem angespannten Lächeln in ihren Sessel zurücksinken. »Worauf ich hinauswill, Miles: Ich gehöre nicht zu den Leuten, denen man versichern kann, dass etwas so ist und nicht anders.«

Fleming hob kapitulierend die Hände. Auch er hatte keine Ahnung, wie das Leben funktionierte. Aber eins wusste er: Wenn es vorbei war, war es vorbei. Es hatte keinen Sinn, seine Zeit damit zu vergeuden, sich über ein Jenseits den Kopf zu zerbrechen, weil es keins gab. Gott sei Dank. »Amber, ich möchte mir keineswegs anmaßen, mich auf eine Diskussion über die Launen der Quantenphysik mit Ihnen einzulassen, aber über das menschliche Gehirn weiß ich nun doch einiges. Es kann viele seltsame Dinge anstellen und einem vorgaukeln, dies und jenes wäre real – seien es nun Schmerzen in einem fehlenden Körperteil oder die Existenz eines göttlichen Wesens. Nachdem ich mich mein ganzes Berufsleben lang mit seiner Erforschung befasst habe, bin ich fest davon überzeugt, dass alles, was wir auf dieser Welt erleben, durch die elektrischen und chemischen Aktivitäten in diesem walnussartigen Organ in unserem Schädel erklärt werden kann. Liebe, religiöser Glaube, unsere Wahrnehmung unserer selbst, das alles kommt aus unserem *physischen* Gehirn. Unser Bewusstsein, unser Verstand, ist nichts Abstraktes, es entsteht aus der Gesamtheit des physischen Gehirns, und sobald die Physis tot ist, ist es auch der Geist. Sie sind noch hier, Amber, aber Ariel ist ins Nichts zurückgekehrt. Möglicherweise haben Sie Schmerzen, weil Ihr Gehirn noch immer Signale an Ihre Physis senden kann, aber Ihre Zwillingsschwester leidet nicht mehr. Das kann sie nicht, weil sie nicht mehr existiert. Das ist keine Quantenphysik. Das ist ein physikalisches *Faktum*.«

Amber lächelte, und ihr Ton war nicht mehr so scharf, eher scherzhaft als herausfordernd. »Wenn Sie hier vom Nichts nach dem Tod sprechen, muss ich Ihnen sagen, dass ich Katholikin bin.«

Fleming lachte. »Gibt es davon überhaupt noch welche? Ich dachte, die meisten Katholiken sind zur Kirche der Seelenwahrheit übergelaufen.«

Ihr Lächeln wurde breiter. »Ich bin nicht streng gläubig, aber Sie wissen doch, wie das ist. Wenn Ihr Patenonkel ein Jesuit ist, der Ihnen das Leben gerettet hat, und wenn Sie von einem katholischen Ehepaar adoptiert worden sind, hinterlässt das gewisse Verpflichtungen.«

»Da haben Sie vermutlich Recht«, sagte Fleming. »Jedenfalls

wissen Sie jetzt, dass ich ein Atheist mit überholten Newtonschen Gewissheiten bin, und ich weiß, dass Sie eine Katholikin mit quantentheoretischen Neigungen sind. Was wir dagegen noch nicht wissen, ist, warum Sie diese Migräneanfälle haben und was wir dagegen tun können. Die Antwort auf diese Fragen muss uns Ihr Gehirn geben.« Er stand auf, um zur Tür zu gehen. »Kommen Sie mit. Das ist vielleicht genau der richtige Zeitpunkt, um Sie mit dem NeuroTranslator bekannt zu machen.«

7

»Das ist das Forschungslabor«, sagte Fleming, »aber alle nennen es den Think Tank.«

Mit seiner hohen Decke und den Bilderleisten schien der Raum in krassem Gegensatz zu den hochmodernen Apparaturen darin zu stehen, den Sauerstoffflaschen, medizinischen Überwachungsmonitoren und sonstigen Geräten. Auf einem Tisch an der Rückwand des Raums befand sich auf einer dicken schwarzen Basis ein weiterer durchsichtiger Kubus; er enthielt eine pulsierende Lichtkugel von der Größe eines Fußballs. Daneben lagen eine blaue Elektrodenkappe und eine drahtlose Tastatur; an der Wand darüber war ein großer Plasmabildschirm angebracht.

»Hier werden Sie heute Nacht schlafen.«

»Kein Bett? Hier gibt's keinen überflüssigen Schnickschnack, nicht wahr?«

»Ihr Bett wird aus einem der Abteile in der Station hergebracht. Viele unserer Patienten sind bewegungsunfähig, deshalb ist es einfacher, sie zu bewegen. Das Intensivpflege-Equipment um das Bett herum ist für Notfälle vorgesehen. Der Zustand einiger unserer Forschungspatienten ist äußerst kritisch; deshalb gehen wir auf Nummer Sicher. Außerdem wird Brian auf Sie aufpassen.«

»Brian?«

Fleming zuckte mit den Schultern. »Ein idiotischer Name, aber er hält sich hartnäckig. Ganz zu Beginn schrieb ein Techniker einen Vermerk, in dem er den NeuroTranslator als *brain machine*, als Gehirnmaschine, bezeichnete. Dabei unterlief ihm ein Tippfehler, und seitdem nennen ihn alle Schwestern und Ärzte Brian. Idiotisch, aber zugleich verhindert es, dass wir die Nase zu hoch tragen.« Er ging zu der Puppe und tätschelte sie. »Auch dieser Bursche hier heißt übrigens Brian. Wir benutzen ihn, um Amputierten und Gelähmten beizubringen, Befehle zu denken.« Er hielt inne. »Was wissen Sie über den NeuroTranslator? Er baut auf dem Lucifer auf. Demnach müssten Sie über die grundlegende Technologie recht gut Bescheid wissen.«

Amber Grant kam näher und legte die Hand auf den durchsichtigen Würfel, betrachtete die pulsierende Kugel aus Licht darin. »Ich nehme an, der optische Prozessor stellt die Leistung und die Geschwindigkeit zur Verfügung, die nötig sind, um neurale Signale zu übertragen.«

»Ganz genau. Im Fuß gibt es außerdem einen Neuralsignal-Verstärker und einen Optisch-Analog-Konverter, um es den Hirnströmen einer Versuchsperson zu ermöglichen, direkt mit dem Computer zu kommunizieren.« Er nahm die blaue Kappe. »Dieses Ding nennen wir eine Denk-Kappe. Jede Masche ihres Geflechts ist mit einer Elektrode versehen, um die elektrischen Aktivitäten des Gehirns registrieren zu können. Die Verbindung zwischen der Kappe und dem Rechner erfolgt drahtlos. Im Grund genommen ist der NeuroTranslator eine verbesserte Biofeedback-Einheit, ähnlich den Biomuse-Systemen, die Anfang der neunziger Jahre von Lusted und Knapp entwickelt wurden, um Paraplegikern und Amputierten zu helfen.«

Amber Grant nickte. Sie hatte von den Biomuse-Geräten gelesen. Sie dienten in erster Linie zur Auffindung und Verstärkung elektrischer Impulse von Restmuskelgewebe und von Impulsen, die durch Augenbewegungen ausgelöst wurden. »Bloß, schätze ich mal, befindet sich der NeuroTranslator auf einem wesentlich höheren technischen Niveau. Zum Beispiel verwendet er keine EMG- oder EOG-Signale.«

»Stimmt. Er verwendet EEG-Signale. Vor sechs Jahren wurde mir klar, dass wir Computer wesentlich effektiver nutzen könnten, wenn wir uns die erheblich komplexeren elektrischen Signale zunutze machen würden, wie sie im menschlichen Gehirn anzutreffen sind. Dem lag die simple Idee zugrunde, das Denken selbst für unsere Zwecke einzuspannen.«

Bei dem Wort »simpel« musste Amber lächeln. Auf der elementarsten Ebene bestand die Aktivität des menschlichen Gehirns – das Denken – aus Elektrizität, die zwischen den verschiedenen neuralen Verknüpfungen im Hirn hin und her raste. Schon 1929 prägte der deutsche Psychiater Hans Berger den Begriff Elektroenzephalogramm oder EEG, um das Aufzeichnen von elektrischen Spannungsschwankungen im Gehirn zu benennen, die mithilfe an der Kopfhaut befestigter Elektroden festgestellt werden konnten.

Im Lauf der Jahrzehnte waren zahlreiche kontinuierliche EEG-Signale identifiziert worden: Alpha-Wellen können durch so einfache Handlungen wie das Schließen der Augen hervorgerufen werden; Beta-Wellen werden mit dem Wachzustand in Verbindung gebracht; Theta-Wellen werden von emotionalem Stress ausgelöst; Delta-Wellen treten im Tiefschlaf auf; und My-Wellen werden dem Motokortex zugeordnet – sie werden bei Bewegung oder bei der Absicht, sich zu bewegen, schwächer.

Fleming tätschelte die Kugel. »Dank Ihrem Lucifer-Computer war es uns möglich, alle gängigen Hirnströme zu identifizieren und zu analysieren sowie einige neue zu entdecken und auf diese Weise eine detaillierte Landkarte des Gehirns in Aktion zu erstellen. Durch die Verstärkung und Entschlüsselung dieser Wellenlängen – und insbesondere der Art, wie sie interagierten, um Patterns zu bilden – lernten wir, die elektrischen Impulse zu deuten.«

Amber begann zu verstehen, warum Bradley Soames von Flemings Erfindung so beeindruckt gewesen war. »Ich nehme an, der NeuroTranslator ist lernfähig.«

»Auf jeden Fall. Auf ganz ähnliche Weise wie bei der Feinabstimmung auf Funkwellen spürt das neuronale Netz des NeuroTranslators komplexe Gehirnaktivitäts-Patterns auf und ordnet sie konkreten Befehlen und Absichten zu. Bisher stand noch nichts oder niemand so nahe davor wie Brian, die Gedanken eines Menschen zu verstehen und auszudrücken und sein Denken zu kartographieren.«

»Hat Brian ein Bewusstsein?«

Fleming lachte. »Nein. Brian arbeitet mit Fuzzylogik und versteht es ganz hervorragend, unser Gehirn zu sondieren und herauszufinden, wie wir denken, aber er hat keinen eigenen Willen und kann nicht auf eine seiner selbst bewusste Weise denken, die wir als Voraussetzung für so etwas wie Bewusstsein betrachten. Wenn Sie sich selbständiges Denken als Ballspiel vorstellen, dann ist Brian ein genialer Zuschauer, Analytiker, Kommentator und Punktezähler, aber das Spiel selbst spielen kann er nicht. In erster

Linie analysiert und interpretiert der NeuroTranslator Hirnströme und versetzt uns in die Lage, diejenigen zu verstärken, die nützlich sind – zum Beispiel die Geh-Signale, die für ein Implantat in einem gelähmten oder prothetischen Glied erforderlich sind –, und diejenigen, die es nicht sind, hilft er uns abzuschwächen – wie zum Beispiel die Schmerzsignale an ein amputiertes Bein.«

Fleming setzte die Denk-Kappe auf und drückte auf einen Knopf der Tastatur neben dem Kubus. Das Plasma-Display ging an, und die Kugel im Innern des Würfels begann in einem atemberaubenden Farbenspektrum zu leuchten, als verschiedene Photonenfrequenzen parallel eine Unzahl von Berechnungen anstellten. »Achten Sie auf die Linien auf dem Bildschirm«, sagte Fleming. »Sie geben meine Hirnströme wieder. Und jetzt achten Sie auf den künstlichen Körper.«

Plötzlich schlugen die waagrechten Linien auf dem Bildschirm sehr stark aus, und die Puppe machte mit dem linken Bein einen Schritt nach vorn. Amber traute ihren Augen kaum. »Haben Sie das eben nur mit Ihrem Denken gemacht?«

»Ja, indem ich mein Denken auf eine ganz bestimmte Art gesteuert habe. Es ist zwar etwas Übung nötig, aber sobald man den Dreh raus hat, ist es relativ einfach. Brian ist ein Übungsgerät. Sobald unsere Patienten Brian beherrschen, bekommen sie noch raffiniertere Prothesen, beziehungsweise die Querschnittgelähmten noch raffiniertere Implantate. Wir stehen noch ganz am Anfang, aber die Resultate sind erstaunlich.«

Trotz ihrer anfänglichen Skepsis war Amber Grants Interesse erwacht. »Indem Sie also meine Hirnströme analysieren, hoffen Sie, die Signale, die meine Kopfschmerzen verursachen, zu finden und anschließend abzustellen?«

»Wir hoffen, diese Signale nicht nur unterdrücken zu können, sondern sie auch zu verstehen.«

»Und das alles können Sie heute Nacht schaffen? Ich muss nämlich morgen nach Hause zurückfliegen.«

Fleming runzelte die Stirn. »In einer Nacht schaffen wir bestenfalls, das Gerät auf Ihre allgemeine Wellenlängesignatur einzustellen. Um diese Voruntersuchung durchzuführen und festzustellen, wie der ›normale‹ Ruhezustand Ihres Gehirns aussieht, sind noch ein paar weitere Sitzungen nötig. Erst dann können wir

Ihr Gehirn während einer Phantommigräne analysieren und uns über eine mögliche Therapie Gedanken machen. Ihr Fall ist sehr speziell, und Sie sollten für Diagnose und Behandlung rund einen Monat einplanen. Und selbst dann werden wir noch mehr Zeit benötigen.«

»Sie machen es also entweder richtig oder gar nicht, hm?«

»Genau. Wir haben gerade eine Lücke, sodass wir schon in den nächsten Tagen mit der Behandlung beginnen könnten, aber ob wir Sie danach noch irgendwo dazwischenschieben können, kann ich Ihnen nicht garantieren.«

Sie überlegte kurz, dann traf sie eine Entscheidung. »Gut, ich muss zu Hause noch Verschiedenes erledigen. Aber angenommen, ich komme in ein paar Tagen zurück – wie wollen wir dann jetzt verfahren?«

»Frankie, die Oberschwester, wird alles für die erste Untersuchung hier im Think Tank vorbereiten.«

»Glauben Sie, der NeuroTranslator wird eine Erklärung dafür finden, warum die Phantommigränen erst seit ein paar Monaten auftreten?«, fragte Amber.

»Das weiß ich, ehrlich gesagt, nicht, Amber. Normalerweise treten Phantomschmerzen, wenn sie überhaupt auftreten, unmittelbar nach einem Trauma auf, aber Ihr Gehirn ist ein Sonderfall. Warten wir einfach ab, was uns Brian sagen kann.«

»Und wann können wir anfangen?«

Fleming sah auf die Uhr. »Na ja, wie mein alter Professor in Cambridge immer zu sagen pflegte: Der beste Zeitpunkt, um etwas Wichtiges zu beginnen, ist jetzt.«

8

Kapstadt, Südafrika

Schwester Constance hatte in den fünfundfünfzig Jahren ihres Lebens selten Todesangst verspürt.

Doch jetzt hatte sie welche. Sie stand mitten in der Nacht auf einem zehn Meter langen Fischerboot, dessen Besatzung ein blutiges Gemisch aus Fleisch und Eingeweiden ins Meer warf. Im Mondschein konnte sie erkennen, wie das Wasser plötzlich von kreuz und quer durcheinander schießenden Rückenflossen zu wimmeln begann. Sie dachte, der Fang von Haien sei verboten, hatte aber nicht den Mut, die Fischer zu fragen, ob das stimmte. Sie zog sich die rote Kutte fester um die Schultern, denn obwohl die Luft warm war, fröstelte sie. Auf ihren Lippen spürte sie das Salz der Wellen, die gegen das verankerte Boot schlugen.

Der Mond hockte voll und fett über der fernen Silhouette des Tafelbergs, und sie fragte sich, wann der Monsignore kommen würde. Jedes Mal, wenn sie den unrasierten Kapitän gefragt hatte, hatte er geantwortet: »Bald.«

Sie konnte verstehen, warum Monsignore Diageo darauf bestanden hatte, sich nicht in der Roten Arche mit ihr zu treffen. Aber warum ausgerechnet hier? Sie umklammerte das rote Kruzifix, das von ihrem Hals hing, blickte in den klaren Nachthimmel hinauf und bekreuzigte sich. »Der Monsignore wird schon seine Gründe haben«, sagte sie mit brüchiger Stimme zu sich selbst.

Schwester Constance hatte in der Kirche ein behütetes Dasein geführt, ein Leben ohne Fragen und Zweifel. Ihre schwierigste Entscheidung war gewesen, ihrer eigensinnigen Freundin, Mater Giovanna Bellini, von der Katholischen Kirche in die neue Kirche der Seelenwahrheit zu folgen. Aber selbst dieser Schritt war relativ schmerzlos gewesen: Sie hatte ein Halt gebendes Regelwerk gegen ein anderes ausgetauscht. Manchmal sagte sie im Scherz, der einzige wirkliche Unterschied sei die Farbe der Kutten.

Doch als Mater Giovanna sie vor zwei Tagen angerufen und ihr von den Experimenten erzählt hatte, war Schwester Constance klar geworden, dass die Kirche der Seelenwahrheit anscheinend doch sehr anders war. Und seit gestern, nach mehreren vergeblichen Versuchen, ihre Freundin zu erreichen, hatte sie sich Sorgen zu machen begonnen. Nach heftigen Gewissensbissen hatte sie schließlich ihr Versprechen gebrochen, Mater Giovannas Geheimnis für sich zu behalten, und hatte Monsignore Diageo auf dem Oberdeck der Roten Arche angesprochen und ihn gefragt, ob der Rote Papst von Giovannas Entdeckung wusste. Zwar hatte hatte ihr der Monsignore, sichtlich schockiert, gedankt, dass sie damit zu ihm gekommen war, aber er hatte sich geweigert, über diese »Bedrohung von allem, was dem Heiligen Vater heilig ist« auf der Roten Arche zu sprechen.

Er hatte ihr detaillierte Anweisungen erteilt, sich im Hafen an Bord der *Marie Louise* zu begeben und dort auf ihn zu warten. Die schweigsamen Besatzungsmitglieder hatten ihr an Bord geholfen, sich dann aber nicht mehr weiter um sie gekümmert; sie hatten die Leinen losgemacht und waren mit dem Boot die Küste hinuntergefahren.

Im Moment kamen gerade zwei Matrosen an ihr vorbei, die etwas hinter sich herzogen, was aussah wie das Hinterbein einer Kuh. Kaum hatten sie es über Bord gewuchtet, begann das Meer wieder von Haien zu brodeln, die sich hektisch über ihre Beute hermachten. Ein dritter Fischer stieß mit einem Bootshaken auf das hin und her zuckende Stück Fleisch ein und lachte, als die Haie es zerfetzten. Die Szene erfüllte Schwester Constance mit Angst und Abscheu, und sie seufzte hörbar, als das Tuckern eines anderes Bootes näher kam. Sie eilte nach achtern, wo ihre Erleichterung Freude wich, als der blutverschmierte Bootshaken das andere Boot längsseits zog und sie das einprägsame Gesicht des Mannes an der Reling erkannte.

»Monsignor Diageo, dem Himmel sei Dank«, stieß sie aufgeregt hervor. »Warum mussten wir uns ausgerechnet hier treffen?«

»Das ist eine äußerst heikle Angelegenheit, Schwester Constance. Haben Sie mit sonst noch jemandem darüber gesprochen, was Ihnen Mater Giovanna erzählt hat?«

»Nein, selbstverständlich nicht.«

Er sah sie scharf an. »Wirklich nicht?«

»Nein.«

Er nickte zufrieden. Sie beugte sich zu ihm vor und wartete, dass er ihr auf sein Boot half. »Weiß der Heilige Vater, was die Wissenschaftler tun?«, fragte sie. »Hat Mater Giovanna ihm erzählt, dass sie die Patienten töten?«

Diageo wirkte müde. »Er weiß es«, sagte er müde. Als er den Kopf abwandte, bemerkte Schwester Constance einen Ausdruck in seinen Augen, der ihre Ängste neu schürte. »Er hat es die ganze Zeit gewusst«, sagte er, und dann fügte er flüsternd hinzu: »Es tut mir Leid.«

Während sie verblüfft versuchte, die Bedeutung seiner Worte zu erfassen, sah sie, wie er die Matrosen anblickte, die den um sich schlagenden Haien weiter Köder zuwarfen.

»Wie wir abgemacht haben: Es darf keine Beweise geben«, sagte er, als wäre sie gar nicht da. »Nichts, was der Kirche angelastet werden kann.«

»Das verstehe ich nicht«, sagte Schwester Constance. Doch Diageo hatte sich bereits abgewandt, und im selben Moment hörte sie, wie die Maschine des Boots wieder ansprang.

Dann kamen die Matrosen, deren blutigen Hände röter waren als ihr Gewand, auf sie zu und drängten sie ins Heck des Fischerboots. Bevor sie protestieren konnte, stieß sie der Mann mit dem Bootshaken so fest gegen die Brust, dass sie rücklings ins Meer fiel.

Als ihr von der Kälte des Wassers die Luft wegblieb und der erste gierige Hai in ihren linken Fuß biss, verstand sie immer noch nicht, wie es dazu kommen konnte. Sogar noch, als die messerscharfen Zähne eines Weißen Hais sich in ihren Unterleib gruben und sie in Stücke rissen, schrie sie Monsignore Diageos Namen, fest davon überzeugt, das alles könne nur ein schreckliches Missverständnis sein.

9

Barley Hall

Nachdem er Amber Grant der Obhut der Oberschwester überlassen hatte, machte sich Fleming daran, nach seinen beiden letzten Patienten zu sehen. Er hielt sich zwar viel darauf zugute, alle seine Schützlinge mit demselben Maß an Mitgefühl und medizinischer Gründlichkeit zu behandeln, aber Rob und Jake nahmen dennoch eine Sonderstellung ein.

Als er sich auf den Weg zur Werkstatt machte, war er froh, dass er sich der Klinikleiterin gegenüber nicht zu sehr gesträubt hatte, Amber Grant zu behandeln. Der Fall war tatsächlich nicht uninteressant, und er war sicher, ihr helfen zu können. Außerdem konnte er, wenn er den Test auf morgen verschob, Rob eine Überraschung bereiten, die ihn bestimmt aufbauen würde.

Die Werkstatt von Barley Hall war die einzige Einrichtung von Flemings Forschungsabteilung, die sich nicht im Ostflügel befand. Aus Gründen, an die sich niemand mehr erinnern konnte, war sie in einem großen Schuppen am Ende des Westflügels eingerichtet worden, der ansonsten Bobby Chans Forschungsabteilung vorbehalten war. Hier gingen höchste Handwerkskunst und Wissenschaft eine Symbiose ein; hier wurden aus Elektronikbauteilen, Metall, Latex und Raumfahrt-Materialien Prothesen gebaut, die funktionierten und aussahen wie menschliche Gliedmaßen.

Als Fleming die Werkstatt betrat, zog ein Techniker gerade einen täuschend echt aussehenden Arm von einem Skelett aus Metall und Drähten. An einer Wand hingen der Größe nach geordnete Fuß- und Handmodell. Unter einer Werkbank stapelten sich Behälter mit verschiedenen Hautpigmenten, und in der hintersten Ecke des Schuppens legte Bill, der Werkstattleiter, letzte Hand an ein wohl geformtes linkes Bein. Rechts von Fleming lehnte eine Reihe fertiger Gliedmaßen an der Wand. Alle waren in Plastik verpackt und mit Etiketten versehen, wie Kleidungsstücke, die in der Reinigung auf die Abholung warteten. Hauptsächlich handelte es sich dabei um Arme und Beine unterschiedlicher Formen und Größen. Etwas abseits vom Rest war ein winziges Paar Beine. Die Beine waren so lebensecht, dass Fleming es kaum über sich brachte, sie anzusehen.

Bill schob seine Schutzbrille hoch, schaltete die Drehbank aus und deutete auf die Beine. »Inzwischen habe ich auch die letzte Latexschicht aufgetragen. Die Füße sind denen meines Sohns nachgebildet.«

Fleming hob sie hoch. Wie immer überraschte ihn ihr Gewicht, obwohl sie nicht schwerer waren als natürliche Gliedmaßen. Die Lebensechtheit, vor allem der Füße und Zehen, rührte ihn. »Sie sehen klasse aus, Bill, vielen Dank.«

Bill reckte ihm seinen erhobenen Daumen entgegen. »Viel Erfolg.«

Es lag am Charakter der Klinik, dass kaum jemand Notiz von Fleming nahm, als er mit den zwei kleinen Beinprothesen in den Ostflügel zurückging. Am Ende des langen Flurs blieb er vor der Flügeltür der physiotherapeutischen Abteilung stehen und spähte durch die runden Fenster in den großen Saal mit den Trainingsgeräten, Gehgestellen und dem Therapiebecken. Es hielten sich nur zwei Personen darin auf.

Sein Neffe Jake saß mit dem Rücken zur Tür auf dem Parkettboden und spielte mit ein paar Plastikbausteinen, während Pam Fleming, die Großmutter des Jungen, auf ihn aufpasste. Jake lebte seit dem Unfall bei seinen Großeltern väterlicherseits, und Fleming hatte seine Mutter gebeten, ihn um sechs Uhr in die Klinik zu bringen. Mit ihrem kurzen blonden, grau gesträhnten Haar erinnerte die fürsorglich über ihren Enkel wachende kleine Frau ein wenig an einen Vogel. Sowohl sie als auch Flemings Vater waren seit dem tragischen Unfall eine große Stütze gewesen.

Fleming beobachtete, wie Jake Steine aufeinander stellte, bis er einen Turm, der fast so groß war wie er selbst, gebaut hatte. Dann baute er einen zweiten und einen dritten. Nachdem er sie kurz bewundert hatte, stieß er sie vergnügt um.

Die Beine hinter seinen Rücken haltend, stieß Fleming die Tür auf und betrat den Saal. Als sich Jake zu ihm herumdrehte, waren die Folgen des Autounfalls vor elf Monaten deutlich zu sehen: Beide Beine des Jungen endeten über den Knien, das rechte unwesentlich länger als das linke. Obwohl er berufsbedingt ständig mit ähnlichen und schlimmeren Verstümmelungen zu tun hatte, war der Anblick der Verletzungen seines Neffen immer noch ein Schock für Fleming.

Sein einziger Trost war, dass er ihm wenigstens hatte helfen können. Weit davon entfernt, ein vorbildlicher Onkel zu sein, führte er ein typisches Workaholic-Leben, in dem seine Bergtouren die einzige Abwechslung waren. Und auch was stabile Beziehungen anging, war er nicht gerade ein leuchtendes Vorbild: Jeder Besuch Jakes in seinem Stadthaus an der Themse schien mit dem Auftauchen einer neuen Freundin zusammenzufallen. In einer Hinsicht schien er allerdings geradezu prädestiniert, dem Sohn seines Bruders zu helfen: Er hatte dafür gesorgt, dass Jake wieder gehen konnte.

»Hallo, Mum.« Fleming begrüßte seine Mutter mit einer Umarmung und einem Kuss auf die Wange.

»Alles in Ordnung, Milo?« Pam Fleming wirkte aufgeregt, voller gespannter Erwartung. Sie hatte solches Vertrauen zu ihm, dass ihm manchmal Angst und Bange wurde. Beim Begräbnis von Jakes Mutter hatte er sie zu einer Freundin sagen hören: »Rob und Miles standen sich immer schon sehr nahe, schon als sie kleine Jungen waren. Da ist es wirklich ein großes Glück, dass Miles jetzt helfen kann.« Fleming hatte den Eindruck, als könnten seine Eltern das Geschehene nur verkraften, weil sie alle ihre zerbrechlichen Hoffnungen in ihn setzten. Und er hatte große Angst davor, sie nicht erfüllen zu können.

Er drückte ihre Hand. »Alles bestens, Mum. Du wirst gleich sehen.« Er beugte sich zu seinem Neffen hinab. »Hallo, Jake.«

Der kleine Junge bedachte ihn mit einem verschmitzten Grinsen. »Hallo, Onkel Milo.«

Fleming hielt ihm die Beinprothesen hin, und Jakes Augen leuchteten auf. »Wow.«

»Es sind die gleichen, mit denen du geübt hast, Jake, aber wir haben noch eine letzte Schicht draufgemacht, damit sie wie richtige Beine aussehen – wie *deine* Beine.«

Jake nahm sie an sich, als hätte er das tollste Weihnachtsgeschenk der Welt bekommen. »*Danke,* Onkel Milo.« Dann stülpte er die Prothesenlappen über seine Beinstümpfe, schloss mit einigen wenigen geübten Handgriffen die Implantate an und stand auf, als wären die Beine ein Teil von ihm. Die Muskelprothesen in den künstlichen Beinen erhielten ihre Anweisungen von den computerverstärkten und –übertragenen Gedanken des Jungen. Sechs Monate zuvor, fünf Monate nach dem Unfall, hatte Fleming Jakes persönliche Gedankensignatur vom NeuroTranslator heruntergeladen. Er hatte Elektroden unter Jakes Kopfhaut eingesetzt, und nun konnte Jake mit Prothesen und einem optischen Computer von der Größe einer Armbanduhr ohne Hilfe gehen und ein fast normales Leben führen. Er war der Erste gewesen, aber es gab auch schon andere, die von dieser Erfindung profitierten.

»So, Jake, und jetzt warte mal«, sagte Fleming. »Ich werde deinen Dad holen. Ich möchte, dass er das sieht.«

10

Think Tank. Später am Abend

»Du bist in den Nachrichten gekommen, auf CNN. Hab's zufällig gesehen, als ich vorhin aufgewacht bin. Was sind das denn für Sachen, Amber? Wie geht's dir?«

»Es geht so, Papa Pete. Was soll das heißen, du bist gerade aufgewacht? Von wo rufst du an?«

»Aus San Francisco.«

»Ich dachte, du bist im Vatikan.«

»Bin ich auch, aber ich musste kurz zu einer Krisensitzung mit ein paar Kollegen hierher.« Der New Yorker Akzent ihres Paten hörte sich mit einem Mal schroff an. »Wenn sogar die Jesuiten, die Elitetruppen des Katholizismus, zum Roten Papst überzulaufen beginnen, heißt das, die Lage ist wirklich ernst.«

»Es freut mich, dass du anrufst, Papa Pete«, sagte Amber, die sich auf keine Diskussion über den Roten Papst einlassen wollte. »Du hast lange nichts mehr von dir hören lassen.« Und sie wusste auch, warum. Seit ihre Adoptivmutter vor zwei Jahren schwer erkrankt war und Amber ihre Unterbringung im besten Hospiz der Bay Area veranlasst hatte, fühlte sich Pater Peter Riga, der Mann, der ihr das Leben gerettet hatte, hintergangen: Nicht nur wurde das Hospiz nicht von Katholiken geführt, sondern auch noch vom »Feind«, der Kirche der Seelenwahrheit des Roten Papstes. Amber hatte ihm klar zu machen versucht, dass sie ihrer Mutter jeden Wunsch erfüllen wollte, selbst wenn das hieß, dass sie ihr einen Platz in einem Hospiz besorgte, das von einer konkurrierenden Kirche geführt wurde.

»Ich habe deine Mutter erst gestern gesehen«, sagte Riga.

»Im Hospiz?«

»Sicher. Sie hat einen recht guten Eindruck gemacht.«

»Das ist lieb von dir, Papa Pete. Es war ihr furchtbar unangenehm, dass du nicht einverstanden warst, als …«

»Mach dir deswegen mal keine Sorgen. Hab ihr meinen Segen gegeben. Übrigens, sehr schön dort. Hab mich nur ein bisschen geschämt, dass sich die Heilige Mutter Kirche nicht im selben Maß um ihre Schäfchen kümmern kann.«

»Vieles ist nicht mehr wie früher.«

»Allerdings. Übrigens, ich muss noch ein paar Tage hier bleiben. Wenn du also rechtzeitig zurückkommst, könnten wir uns treffen.«

»Das fände ich schön. Ich rufe dich morgen an.«

»Gut, mein Kind. Pass gut auf dich auf.«

Amber schaltete ihren Communicator aus und legte ihn auf den Tisch neben ihrem Bett im Think Tank. Als sie das Gerät vor einer Weile eingeschaltet hatte, war es voll gewesen mit Genesungswünschen besorgter Bekannter. Die Nachricht von ihrem Zusammenbruch hatte sich in Windeseile verbreitet. Karen, die immer morgens mit ihr schwimmen ging und zugleich ihre beste Freundin war, hatte angerufen. Sogar Soames hatte eine kurze Nachricht hinterlassen, dass die Präsentation sehr gut gelaufen sei und sie ihn anrufen solle, wenn es etwas Neues gäbe.

Amber selbst hatte an diesem Abend nur einen einzigen Anruf gemacht; sie hatte im Hospiz kurz Bescheid gesagt, dass sie wie geplant zurückkehren würde. Ihre Mutter befand sich im Endstadium einer tödlichen Krebserkrankung, und Amber ließ sie nur äußerst ungern allein. Der Gedanke, dass sie auf Flemings Rat schon in Kürze wieder nach Barley Hall zurückkehren würde, versetzte sie in heftige innere Unruhe. Als sie sich im Bett aufrichtete, versuchte sie die über ihrem Kopf angebrachte Videokamera zu ignorieren. Sie hatte die blaue Elektrodenkappe auf, und ihre Kopfhaut juckte an den Stellen, wo das leitende Gel die Elektroden an Ort und Stelle hielt.

Der NeuroTranslator am Fuß ihres Betts maß mit einem leisen Summen die von ihrem Gehirn erzeugten elektrischen Impulse; in der unteren Hälfte des zweigeteilten Plasmabildschirms war ein Raster mit mehreren verschiedenfarbigen waagrechten Linien zu sehen, welche die einzelnen Wellen in ihrem Gehirn darstellten. Einige dieser Linien schlugen heftig aus, während andere fast vollkommen gerade blieben. Um auch andere Wellen zu zeigen, die in ihrer Gesamtheit das Muster ihrer Gedanken bildeten, scrollte der Bildschirm in regelmäßigen Abständen nach unten. Auf der oberen Bildschirmhälfte waren die äußeren Stimuli zu sehen, die dazu dienten, Ambers mentale Prozesse in Gang zu setzen. Im Moment betrachtete sie eine Abbildung, mit der das räumliche Sehen getestet werden sollte. Über eine Gruppe konzentrisch angeordneter Quadrate, die sich in der Ferne zu verlieren schienen, waren drei Linien gelegt, und nun sollte Amber bestimmen, welche Linie die kürzeste war. Trotz des Verdachts, dass es sich um eine optische Täuschung handelte und die zwei offensichtlich kürzeren Linien genau so lang waren wie die dritte, entschied sich Amber für die Linie auf der rechten Seite.

Inzwischen schlug sie sich schon über eine Stunde mit den Bildschirmrätseln und –übungen herum. Sie waren intelligent und gut gemacht und stimulierten die meisten kognitiven Prozesse in ihrem Gehirn, angefangen von verbalem und numerischem Denken über logisches Verständnis bis hin zu intuitivem Raten. Davor hatte sie eine Injektion bekommen, damit im Schlaf ihre unbewusste Nervenaktivität angeregt wurde und der NeuroTranslator auf diese Weise eine deutlichere Anzeige erhielt, wenn sie mit den, wie Oberschwester Pinner es nannte, »leichten mentalen Übungen« begann. »Dann brauchen Sie nur die Augen zu schließen, alle viere von sich zu strecken und Brian die ganze Arbeit tun zu lassen.«

Der Jetlag machte ihr nicht mehr zu schaffen, und die Rätsel waren interessant. Aber es fiel ihr schwer, sich zu konzentrieren. Ihre Gedanken schweiften ständig zu ihrer Mutter und ihrer Schwester ab. Vor allem zu ihrer Schwester.

Das Gespräch über ihre Zwillingsschwester und der Anblick der Röntgenfotos, auf denen sie noch zusammengewachsen gewesen waren, hatten wieder die alten Gefühle der Schuld, des Bedauerns und der Trauer in ihr wach gerufen. Sie tastete nach dem abgegriffenen Foto auf dem Nachttisch, das sie immer bei sich hatte. Darauf waren Ariel und sie zu sehen, wie sie sich vor einem Spiegel umarmten. Der Aufnahmewinkel war so gewählt, dass ihre beiden lächelnden Gesichter zu sehen waren und nichts sie zu verbinden schien als ihre Liebe füreinander.

So lange sie jetzt solo war, hatte sie verzweifelt versucht, ihr schlechtes Gewissen und ihre Wut über den Tod ihrer Zwillingsschwester in den Griff zu bekommen. Zuerst hatte sie sich dem Katholizismus zugewandt, doch so liebevoll und geduldig ihr Pate ihr auch die Weltanschauung der Heiligen Mutter Kirche nahe zu bringen versucht hatte, hatte sie ihre rigide Dogmatik wenig hilfreich gefunden. Danach hatte sie sich auf Philosophie und Physik verlegt, um verstehen zu lernen, warum die Dinge so waren, wie sie waren. Und schließlich hatte sie sich der geheimnisvollen Welt der Quantenphysik zugewandt und mit den nahezu telepathischen Beziehungen befasst, die die Milliarden von Teilchen aus elementarem Sternenstaub zusammenhielten, aus denen sich das ganze Universum zusammensetzte. Bisher hatte die Quantenphysik zwar noch keine eindeutigen Antworten liefern können, aber sie hatte eine unendliche Vielzahl von Möglichkeiten zu bieten. Und Ablenkung. Mochte Amber auch keinen Sinn in den Launen der Quantenwelt gefunden haben, hatte ihr die Suche danach zumindest Trost gespendet.

Schon die bloßen geistigen Anstrengungen und die schwere Arbeit, welche die Erforschung der Widersprüche und Dualismen der Quantenphysik erforderte, hatten sie von den Schuldgefühlen und der Trauer abgelenkt, die ihren Seelenfrieden störten, sobald sie länger untätig blieb. Aber so sehr sie sich an diesem Abend auch bemühte, ihre unverarbeiteten Gefühle für Ariel unter Verschluss zu halten, kamen sie dennoch immer wieder hoch.

Als Frankie Pinner den Kopf zur Tür hereinsteckte, verwandelte sich das Rätsel auf dem Bildschirm gerade in ein Kreuzworträtsel. »Ich mache jetzt Feierabend«, sagte die Oberschwester. »Morgen steht nämlich ein wichtiger klinischer Versuch an. Aber im Beobachtungszimmer ist die ganze Nacht eine Schwester. Sonst alles in Ordnung?«

Amber lächelte. »Ich kann mich nicht richtig konzentrieren und ich bin müde. Ist das schlimm?«

Die Schwester schüttelte den Kopf. »Überhaupt nicht. Die Stimuli dienen nur dazu, ein möglichst breites Spektrum mentaler Aktivitäten zu bekommen und Sie bei Laune zu halten. Brians Fuzzylogik ist flexibel. Machen Sie sich also keine Gedanken, wenn Sie der Schlaf überwältigt. Um die Wahrheit zu sagen, bei der Voruntersuchung bekommen wir die nützlichsten diagnostischen Daten ohnehin vom schlafenden Gehirn. Also, gute Nacht und schlafen Sie gut, Dr. Grant.«

»Gute Nacht. Danke.«

Sie wandte sich wieder dem Bildschirm zu und beendete das Kreuzworträtsel. Ihre Lider wurden immer schwerer, und sie bekam nicht mehr mit, dass andere Rätsel auf dem Bildschirm erschienen. In dem hyperluziden Zustand zwischen Wachen und Schlafen kehrten ihre Gedanken zu ihrer Schwester zurück.

Mit Unterbrechungen hatte sie die letzten dreißig Jahre das beunruhigende Gefühl gehabt, dass ihr Leben nicht ausschließlich ihr gehörte. Jedes Mal, wenn sie eine Beziehung einzugehen versucht hatte, hatte sie sich vorhalten lassen müssen, sie sei mit ihren Gedanken »ganz woanders« oder bei »jemand anderem«. Es war, als würde sie – egal, ob sie schlief oder wachte – in ihren Gedanken ständig von Ariel begleitet, so, als könnte sie sich einfach nicht von ihrer Zwillingsschwester lösen und ihr eigenes Leben führen, weil es nicht ganz das ihre war. Nur wenn sie sich in ihre Arbeit und ihre Forschungen stürzte, fand sie Frieden, eine Ablenkung von dem anderen Menschen in ihrem Kopf.

Von dem achtjährigen kleinen Mädchen, das sie mehr geliebt hatte als sich selbst.

Von dem achtjährigen Mädchen, das einmal ein Teil von ihr gewesen war.

Von dem achtjährigen Mädchen, das für sie gestorben war.

11

Die Station. Barley Hall

Als Fleming Abteil fünf der Forschungsstation betrat, galt sein erster Blick dem EKG-Monitor. »Wie geht es ihm, Emma?«, fragte er die Schwester, die neben dem Gerät saß. »Sein Herz stabil?«

Die Schwester lächelte. »Sein Zustand ist stabil. Es dürfte morgen keine Probleme geben.«

»Danke. Machen Sie mal eine Pause. Jetzt kümmere ich mich um ihn.«

Als er sich dem Bett zuwandte, sah er, dass die Schwester seinem Bruder sein verblichenes schwarzes Lieblingspolohemd von Ralph Lauren und eine Jeans angezogen hatte. Das Haar trug er im selben militärischen Kurzhaarschnitt wie während seiner Zeit in der Army. Wenn er aufrecht in seinem verstellbaren Bett saß, sah Rob immer noch gut aus, obwohl Hemd und Jeans inzwischen zu weit für seinen früher so kräftigen Körper waren.

Fleming ging um das Bett herum, um genau im Blickfeld von Robs intaktem Auge zu sein. »Hallo, Rob – die kognitiven Übungen hast du ausnahmslos glänzend bewältigt, und da dein Herz keine Fisimatenten macht, könnten wir eigentlich morgen den Versuch starten. Aber ich habe trotzdem noch eine große Überraschung für dich. Möchtest du sie sehen?« Fleming blickte auf den Computerbildschirm direkt unter Robs Gesicht hinab. Er war in sechzehn Felder unterteilt, in denen jeweils ein Wort stand. Sie stellten Robs gesamten Wortschatz dar, seit er einen Hirnschlag erlitten hatte, der mit Ausnahme seines linken Auges seinen gesamten Körper gelähmt hatte. Mittels elektrookulographischer Signale konnte Rob mit seinen Augenbewegungen einen Cursor über den Bildschirm führen. Befand er sich auf dem gewünschten Wort, blinzelte Rob, und eine Computerstimme sagte das Wort.

»Nein«, sagte die Computerstimme.

Fleming lachte. »Wenn das so ist, zeige ich sie dir natürlich nicht, du undankbarer Mistkerl.«

Er merkte, dass sein älterer Bruder zu lächeln versuchte – und dass dieses Lächeln ebenso bemüht wirkte wie seine eigene Munterkeit. Rob war immer sein großes Vorbild gewesen, ein Mann der Tat, der immer fitter, stärker und schneller gewesen war als er. Doch wenn er Rob jetzt ansah, überkam ihn eine niederschmetternde Traurigkeit, und er musste an Billy French denken.

Billy war ein Freund von ihnen gewesen, mit dem sie gegen Ende ihrer Schulzeit jeden Sommer in den Alpen verbracht hatten. Sie waren leidenschaftliche Bergsteiger gewesen und hatten sich an den höchsten Gipfeln versucht. Während Rob bereits ein echter Könner war, waren Billy und Miles lediglich begeisterte Amateure. Dennoch hatten sie unter Robs Führung die meisten Schwierigkeitsgrade bis hinauf zu ED, *extrémement difficile*, in Angriff genommen und sogar ein paar ABOs geschafft, so genannte *abominable* oder ›grenzenlos schwierige‹ Besteigungen. In der berüchtigten Eiger-Nordwand war es schließlich passiert.

Es war gegen Ende des Sommers gewesen. Fleming war neunzehn und sollte im Herbst in Cambridge sein Medizinstudium beginnen. Rob hatte vor, zu den Royal Marines zu gehen. Billy musste sich erst noch entscheiden, was er mit der Zukunft anfangen sollte, die so verlockend, voll unzähliger Möglichkeiten, vor ihnen lag.

Es war einer der regenreichsten Sommermonate seit langem, und die Steilwand war stellenweise mit Raureif und instabilem Schnee überzogen. Aber sie waren nach Grindelwald gekommen, um den Eiger zu ersteigen, und nichts konnte sie abschrecken. Im unteren Teil der Wand, nicht weit vom oberen Ende des Ersten Pfeilers, unterlief Billy ein Fehltritt. Seine Eispickel und die Steigeisen lösten sich aus dem brüchigen Eis und er stürzte in die Tiefe. Eigentlich hätten die Sicherungsseile seinen Sturz auffangen sollen, aber auch die Eisschrauben wurden aus ihrer Verankerung gerissen.

Rob und Miles, die sich sofort sicherten, konnten gerade noch verhindern, dass auch sie in die Tiefe gerissen wurden. Billy dagegen fiel, bis sich das Seil straffte, worauf er mit voller Wucht gegen einen Überhang schwang und sich das Genick brach. In wenigen Sekunden war aus einem kräftigen jungen Mann, der sich über seine Zukunft Gedanken machte, ein Querschnittsgelähmter geworden, der keine Zukunft mehr hatte.

In der Hoffnung, jemandem zu begegnen, der Hilfe holen konnte, versuchten Rob und Miles auf dem mühsamen Abstieg ihren notdürftig verbundenen Freund mit allen Mitteln bei Bewusstsein zu halten. Doch erst, als sie fast den Fuß der Wand erreicht hatten, tauchte jemand auf. Als sie Billy an der letzten Steilwand abseilten, wandte sich Rob plötzlich Miles zu. »Wenn mir mal so was passieren sollte, Milo«, flüsterte er, sein gebräuntes Gesicht so blass wie der Schnee, »dann kapp das Seil und lass mich fallen. Du bist nie lebendiger, als wenn du dem Tod nahe bist. Aber du bist nie toter, als wenn du in einem Leben gefangen bist, das du nicht leben willst. Darum, lass mich sterben. Das ist, was ich mir von dir wünsche. Ein bisschen Schmerzen, aber das ist nicht weiter tragisch, ein bisschen Angst und dann nichts.« Zwei Tage später starb Billy im Krankenhaus.

Die Fleming-Brüder hatten weiter Berge bestiegen, auch noch, nachdem Rob Susan geheiratet hatte. Auf der Suche nach immer neuen Gipfeln, die sie bezwingen könnten, hatten sie die ganze Welt bereist und dabei oft das Gefühl gehabt, Billy wäre noch bei ihnen, vor allem dann, wenn es brenzlig wurde. Fleming, der die Worte seines Bruders nie vergessen hatte, dachte immer, wenn seinem Bruder etwas zustoßen würde, dann in den Bergen oder in der Schlacht. Er wäre nie auf die Idee gekommen, Rob könnte einen Schlaganfall bekommen, während er in seinem Ford Mondeo auf der M1 nach Leeds unterwegs war.

Als er das Bett seines Bruders aus der Station auf den Flur hinausschob, sagte er sich wieder einmal, dass er ihm morgen helfen würde. Er dachte an die unzähligen Gelegenheiten, bei denen ihn Rob aus einer Gletscherspalte gezogen oder ihm auf einen schwierigen Gipfel geholfen hatte. Jetzt konnte einmal er seinem Bruder auf seinem härtesten Anstieg beistehen.

Jake hatte er bereits geholfen, wieder zu gehen. Rob würde er morgen helfen, wieder zu sprechen.

Er hoffte, dass Rob das auch wollte. Ihre Eltern wollten es, vor allem ihre Mutter. Ihre Mutter war bekennende Anglikanerin. Seit dem Unfall war sie noch gläubiger geworden und vertraute mit geradezu blinder Inbrunst darauf, dass ihr ältester Sohn dank Gottes Gnade und Miles' ärztlicher Kunst eines Tages wieder vollständig genesen würde.

Fleming wusste aufgrund der mühsamen Kommunikationssitzungen mit den Psychologen, an denen auch er teilgenommen hatte, dass Rob sterben wollte. Aufgrund seines Schlaganfalls hatte sein Bruder den Autounfall verursacht, dessentwegen er selbst querschnittsgelähmt, seine Frau tot und sein Sohn ohne Beine war. Fleming hatte zweimal versucht, seine Eltern auf Robs Depressionen hin anzusprechen, aber beide Male hatten sie die Sache abgebogen. »Das ist nur eine Phase«, sagten sie jedes Mal. »Wenn es ihm besser zu gehen beginnt, fühlt er sich gleich ganz anders.«

Und als Fleming ihnen zu erklären versucht hatte, es gäbe keine Garantie, dass es Rob jemals besser gehen würde, hatte seine Mutter tapfer gelächelt und gesagt, dass Gott und sie ihn noch nicht aufgegeben hätten. »Gott wird ihm beistehen.«

Genau wie in dem Moment, als Rob den Unfall hatte, hatte Miles Fleming gedacht, aber nicht gesagt.

Seiner Mutter kam nie auf die Idee, Rob könnte Gott die *Schuld* an dem geben, was passiert war.

Einen Moment lang beneidete Fleming Amber Grant. Sie hatte wenigstens den Trost zu wissen, dass ihre Schwester nicht mehr leiden musste. Die missliche Lage seines Bruders hatte Fleming nur in der Überzeugung bestärkt, dass es keinen Gott und kein Leben nach dem Tod gab. Ihm war noch nie so klar gewesen wie jetzt, dass kein Mensch eine andere Wahl hatte, als aus *diesem* Leben mit all seinem Leid das Beste zu machen, bevor sich das Nichts für immer seiner bemächtigte – und für immer war eine lange Zeit. Was seinen Bruder anging, hatte Fleming nur ein einfaches Ziel: ihm im Hier und Jetzt zu helfen. Er musste ihm zeigen, wie Jake geholfen worden war, und ihn gleichzeitig davon überzeugen, dass eines Tages auch er wieder unversehrt und glücklich sein konnte.

»Gleich sind wir da, Rob«, sagte er, als er das Bett zum Physiotherapiesaal schob.

Als sie sich der Schwingtür näherten, kam die Überraschung bereits auf den Gang herausgestürmt. Jake sprang so geschickt und behände herum, als wäre der Unfall nie passiert. »Dad! Dad! Schau mal, meine Beine!« Er rannte zum Bett und sprang daran hoch, um seinen Vater auf die Wange zu küssen.

Pam Fleming war ihrem Enkel auf den Flur hinaus gefolgt. »Er konnte es einfach nicht mehr erwarten«, sagte sie mit einem seligen Lächeln. »Er wollte sie unbedingt vorzeigen.«

Fleming wandte sich seinem Bruder zu und sah, dass ihn diesmal sogar sein intaktes Auge im Stich ließ. Wegen der Tränen, die daraus hervorströmten, konnte er es nicht dazu benutzen, die Wörter auf dem Bildschirm auszuwählen. »Spar dir deine Worte für morgen, Rob«, sagte Fleming. »Dann wirst du alles sagen können, was du willst.«

12

Im Think Tank

Als Amber Grant die Augen schloss, wachten die Videokamera und Brian über sie. Der NeuroTranslator schlief nie. Er maß Ambers Hirnströme, verglich sie mit denen während der Übungen, korrelierte ihre Gedankenpatterns mit seinem umfangreichen Datenmaterial und suchte all jene Patterns heraus, die signifikante Abweichungen aufwiesen. Er lernte ständig mehr über ihr Gehirn, kartographierte die elektrische Architektur ihres Geistes. Mithilfe des Lucifer-Prozessors, der sein eigenes Gehirn bildete, führte er alle diese Analysen mit Lichtgeschwindigkeit durch.

Solange Amber Grant wach gewesen war, hatte der NeuroTranslator nichts Ungewöhnliches entdeckt. Ebenso wenig hatten sich irgendwelche Unregelmäßigkeiten gezeigt, als sie das Bewusstsein verlor und rasch die zwei ersten Schlafphasen durchlief. Auch in der dritten Phase, als Ambers Körper in unregelmäßigen Abständen zu zucken begann, registrierte Brian kaum etwas, das außerhalb des normalen Spektrums lag. Selbst als Amber beim Eintritt in die vierte Schlafphase Schweiß auf die Stirn trat, ließ sich der leise vor sich hin summende Gedankenleser nicht aus der Ruhe bringen.

Erst als Amber Grant in die an den raschen Augenbewegungen zu erkennende REM-Phase eintrat, bemerkte Brian in dem noch nicht kartographierten, von Träumen beherrschten Unbewussten etwas Ungewöhnliches.

Sie schwitzte. Ihre Stirn war schweißüberströmt, und das Nachthemd klebte an ihrem Körper. Ihre Lippen bewegten sich und sie begann zu murmeln. Nach und nach wurden die Wörter zusammenhängender, und schließlich rief sie mit jammernder Kinderstimme ihren eigenen Namen: »Amber, Amber, wo bist du, Amber?«

Beim Eintritt in den Traumzustand wurden unter den Lidern unkontrollierte Bewegungen ihrer Augäpfel erkennbar. Ihr Körper zitterte wie unter heftigen Schmerzen. Dann beruhigte er sich, und ihre Augen gingen auf.

Erinnerungen zuckten vor ihr auf wie die durcheinander geratenen Scherben eines zerbrochenen Spiegels: Pater Peter Riga in seiner Jesuitenkutte, wie er Ariel und sie hochhob; das stolze Lächeln ihres Vaters, als sie das Abschlussexamen in Stanford mit Auszeichnung bestanden hatte; Bradley Scames mit seiner getönten Gesichtsmaske und der Schutzkleidung auf dem Campus der Cal Tech; ihre Mutter, wie sie ihr beim Einschlafen das Haar streichelte und einen Kuss auf die Wange gab; ihre Schwester, wie sie ihre Hand drückte und Wiedersehen flüsterte, bevor der Anästhesist ihnen beide die Narkose verabreichte.

Sie spürte, wie die Klinge in ihren Kopf schnitt. Durch den sengenden Schmerz konnte sie sich selbst schreien hören, dann vermischte sich ihre Stimme mit der Ariels, und beide klammerten sich aneinander, als sie auseinander gerissen wurden. In den sich ständig wiederholenden Fällen, in denen ihr Geist den Körper verließ, hatte Amber das Gefühl, irgendwie noch immer mit Ariel verbunden zu sein und jedes Mal von neuem von ihr losgerissen zu werden. Doch die Schmerzen waren emotionaler, nicht körperlicher Natur, eine Mischung aus Angst, Trauer und Wut. Auch jetzt versuchte sie wieder zu schreien, aber sie hatte keine Stimme. Sie versuchte, sich zu wehren, aber sie hatte keinen Körper. Sie war ein amorphes, von Dunkelheit umgebenes Wesen, das auf eine unbekannte Leere zuraste.

Vor ihr erschien ein heller Lichtkegel, der in der Dunkelheit flackerte und sie in sein Magnetfeld zog. Sie bewegte sich mit solcher Geschwindigkeit, dass sie sich kurz darauf in ihm befand, ein Teil davon wurde. Der Lichtkegel schien stillzustehen, und sein Strahl löste sich in lauter winzig kleine Teilchen auf, als sie mit ihm verschmolz, nicht mehr von ihm zu trennen war. Sie bestand nur noch aus einer Ansammlung schimmernder Lichtpartikel. Das Licht rief eine ganz bestimmte Erinnerung wach, und

Amber wartete, dass Ariel wieder zu ihr kam und sie zu seinem Ursprung führte.

Doch dann, gerade als sie dachte, Ariel könnte da sein, schlug die emotionale Qual zu neuen Höhen aus, und das letzte Band, an dem sie noch hing, riss sie schmerzhaft zurück. An diesem Punkt wünschte sie sich, sie könnte sich von ihm losschneiden und friedlich weiterschweben.

Aber es gab kein Entweichen vor dieser elastischen Fessel, die sie aus dem Licht zog, zurück in die Dunkelheit, zurück zu sich selbst …

Als Amber aus dem Schlaf hochschrak, schlossen sich ihre starr vor sich hin blickenden Augen einen Moment, dann gingen sie wieder auf. Der NeuroTranslator registrierte weiterhin jede ihrer Regungen. Und jetzt tröstete sie die Nachtschwester und trocknete ihr die Stirn.

Die Schwester war so mit ihrer Patientin beschäftigt, dass sie nicht auf die heftig ausschlagenden Hirnströme achtete, die über die obere Hälfte des NeuroTranslator-Bildschirms zuckten, als Brians neuronales Netz die abnormen Aspekte von Ambers Gehirnfunktionen aufzeichnete. Erleichtert, dass die Patientin sich wieder beruhigt hatte, brachte sie das Bettzeug in Ordnung und bemerkte deshalb nicht, dass sich im Summen des Geräts 26 Sekunden lang eine leichte Veränderung einstellte.

Als Amber Grant wieder einschlief und die Nachtschwester sich zurückzog, um eine Tasse Kaffee zu trinken, gab der NeuroTranslator wieder sein gewohntes gleichmäßiges Summen von sich.

13

Die Rote Arche. Kapstadt.
33° 55' S, 18° 22' O

Zehntausend Kilometer weiter saß Xavier Accosta, der Rote Papst, allein in seinem Büro auf dem Oberdeck der Roten Arche. Das ledergebundene Buch, das er in seinen Händen hielt, sah sogar noch älter aus als die hundert Jahre, die es alt war. Es war so oft auf derselben Seite aufgeschlagen worden, dass sein Rücken brüchig geworden war. Auch diesmal schlug Accosta es wieder auf derselben Seite auf. Mit einem tiefen Atemzug brachte er sein rotes Gewand in Ordnung und beugte sein versehrtes linkes Bein, um den Schmerz darin zu lindern. Schließlich begann er zu lesen. Genüsslich jedes einzelne Wort des vertrauten Textes kostend, wanderten seine dunklen Augen langsam über die Seite:

Auszug aus den *Archives d'Anthropologie Criminelle*,
Montpellier, 1905

Aufzeichnungen über das Experiment, das Dr. Baurieux
mit dem Verbrecher Languille durchgeführt hat und in dem
der Arzt mit dem abgetrennten Kopf des zum Tode
Verurteilten zu kommunizieren versucht, unmittelbar
nachdem dieser mit der Guillotine hingerichtet worden ist.

Unmittelbar nach der Enthauptung zogen sich die Augenlider und Lippen des zum Tode Verurteilten fünf oder sechs Sekunden lang zusammen … Ich wartete ein paar Sekunden, und dann ließen die Kontraktionen nach, das Gesicht entspannte sich, die Augenlider senkten sich etwa zur Hälfte über die Augäpfel, sodass nur noch das Weiße der Augen sichtbar war, genau wie bei sterbenden oder gerade verstorbenen Menschen. In diesem Moment rief ich mit lauter Stimme »Languille«, und dann sah ich, wie sich seine Augen langsam, und ohne zu zucken, öffneten. Die Bewegungen waren klar und deutlich erkennbar, der Blick war nicht stumpf oder leer, die Augen, die vollkommen lebendig waren, sahen mich unzweifelhaft an. Nach ein paar Sekunden schlossen sich die Lider langsam und gleichmäßig wieder.

Ich sprach ihn erneut an. Noch einmal hoben sich die Lider langsam, ohne Kontraktionen, und zwei eindeutig lebendige Augen blickten mich aufmerksam an, mit einem Blick, der sogar noch durchdringender war als beim ersten Mal. Dann schlossen sich die Augen wieder. Ich unternahm einen dritten Versuch. Keine Reaktion. Der ganze Vorgang dauerte zwischen fünfundzwanzig und dreißig Sekunden.

Dr. Baurieux, Montpellier, 1905

Es versetzte Accosta jedes Mal von Neuem in Angst und in Erregung, wenn er diese Worte las und sich vorstellte, was Languilles Augen gesehen hatten, als seine Seele den Körper verließ.

Er blickte zu den vier holographischen Plasmabildschirmen an der eichenvertäfelten Wand vor ihm auf. Zwei waren ausgeschaltet. Auf einem lief mit abgestelltem Ton das Endlosvideo seiner letzten Messe, auf dem anderen der BBC-Live-Bericht über die Rote Arche, wie sie mit ihren 80.000 Tonnen, der blutrote Rumpf und die weißen Aufbauten in der afrikanischen Sonne leuchtend, aus dem Hafen von Kapstadt auslief, um ihre Pilgerfahrt um die Welt fortzusetzen. Die über den Pier schwenkende Kamera fing die Menschenmassen ein, die einen letzten Blick auf die Verkörperung ihrer Kirche zu erhaschen versuchten, der Kirche der Seelenwahrheit, der schwimmenden Stadt, welche die virtuelle Kathedrale des Roten Papstes mitsamt dem ganzen technischen und administrativen Personal beherbergte, das die erste elektronische Kirche der Welt erst möglich machte.

Doch Kardinal Xavier Accosta hatte weder ein Auge für die Bildschirme noch für die spektakulären Ausblicke auf Kapstadt, die sich ihm durch das Aussichtsfenster links von ihm boten, als die Rote Arche in See stach. Er wartete ungeduldig auf den Bericht des Doktors über den Fortgang des Soul Project. Sie hatten nicht mehr viel Zeit, und wenn die Wissenschaftler ihr hochgestecktes Ziel nicht erreichten, wäre alles umsonst, was er in den zehn Jahren seit seinem Abfall von Rom erreicht hatte. Doch obwohl er es kaum erwarten konnte, dass sich der Doktor meldete, musste er ständig an Mater Giovanna Bellini denken. Er blickte auf das alte Buch hinab und versuchte, sie sich aus dem Kopf zu schlagen, doch je krampfhafter er sich darum bemühte, desto weniger gelang es ihm.

Ein unerwartetes Klopfen riss ihn aus seinen Gedanken.

Accosta verkrampfte. »Herein.«

Monsignore Paulo Diageos massiger Körper füllte fast die ganze Tür, als diese sich öffnete. Auch Diageo war ganz in Rot gekleidet, aber sein Gewand trug nicht wie das Accostas zwei goldene Streifen, sondern nur einen. Außerdem war Diageos Gesicht im Gegensatz zu Accostas feinen, photogenen Zügen derb, fast brutal: eine niedrige, von dunklen Brauen akzentuierte Stirn, tief liegende Augen, hängende Lider und ein breites, vorstehendes Kinn. Die fleischigen, fast femininen Lippen standen in auffälligem Kontrast zum Rest seines Gesichts und verliehen seiner im Übrigen indolenten Miene einen grausamen, verdrießlichen Zug.

Accosta wappnete sich für das Kommende. »Mater Giovanna? Irgendetwas Neues?«

Der Monsignore zuckte mit den Schultern. »Die Sache hat sich erledigt, Heiliger Vater.«

Wie Monsignore Diageo zählte auch Mater Giovanna Bellini zu seinen ältesten und treuesten Anhängern. Als Accosta vor zwanzig Jahren in den Vatikan berufen worden war, war sie eine einfache Nonne gewesen. Sie war ihm so treu ergeben, dass sie ihm ohne Zögern folgte, als er zehn Jahre später exkommuniziert wurde und seine eigene Kirche gründete. Zur Belohnung hatte er sie zu einer seiner ersten Priesterinnen ernannt.

Nach Jahren intensivster Forschungen hatte man vor neun Monaten im Zuge des Soul Project beschlossen, die neue Technologie an Sterbenden zu testen. Die dafür benötigten Versuchspersonen, unheilbar Kranke, die keine Angehörigen mehr hatten, rekrutierte man aus den kirchlichen Hospizen in aller Welt. Die betreffenden Personen wurden für tot erklärt und anschließend zum Sterben in die Foundation gebracht. Weil ihnen von einem Geistlichen die Sterbesakramente gespendet werden mussten und weil Mater Giovanna Bellini dem Roten Papst bedingungslos ergeben war, hatte man diese Aufgabe, in der Annahme, sie würde keine Fragen stellen, ihr zugeteilt.

Aber sie hatte natürlich doch Fragen gestellt. Als sie Accosta angerufen hatte, um ihm mitzuteilen, der Doktor und andere Mitglieder des Wahrheitsrates ermordeten die Versuchspersonen, hatte er längst gewusst, dass die unheilbar kranken Patienten eingeschläfert wurden; eine andere Möglichkeit, die Experimente durchzuführen, gab es nicht. Eigentlich hatte er Diageo nicht hineinziehen wollen, aber Mater Giovannas Fragen stellten eine ernsthafte Gefahr für das Projekt dar, und dabei stand einfach zu viel auf dem Spiel. Diageo hatte das Problem sofort verstanden, ohne dass viele Worte nötig gewesen waren, und Accosta hoffte, dass auch Mater Giovanna Verständnis haben würde, sobald sie sich der wahren Bedeutung dieser heiligen Mission bewusst würde.

»Es ist also alles in Ordnung?«

»Ich denke schon.«

»Ich brauche mir also keine Sorgen mehr zu machen?«

Die Andeutung eines Kopfschüttelns. »Nein, Eure Heiligkeit.«

Accosta versuchte sich seine Erleichterung nicht anmerken zu lassen, als er sagte: »Sehr gut.«

»Frank Carvelli ist in der Leitung.«

»Stellen Sie ihn durch.«

Einer der holographischen Plasmabildschirme ging an, und Accosta konnte Frank Carvelli Schuppen von seinem schwarzen Kaschmirjackett zupfen sehen. Er war das zweite Mitglied des drei Personen umfassenden Wahrheitsrates, der das Soul Project initiiert hatte. Er war mit Vorliebe schwarz gekleidet, hatte feine Gesichtszüge, glatte olivfarbene Haut und verdächtig schwarzes Haar, das er zu einem Pferdeschwanz gebunden hatte. Accosta fand ihn zwar eitel und oberflächlich, aber in Sachen Kommunikationstechnik war Carvelli eine absolute Koryphäe und somit für die Kirche und das Soul Project unersetzlich.

Carvelli war Chef von KREE8 Industries, einem Unternehmen, das in einem Marktbereich, der von Kommunikations- und Präsentationssoftware über Filmproduktion bis hin zu Public Relations reichte, weltweit führend war. Unter anderem hatte KREE8 die holographischen Plasma-Bildschirme entwickelt, auf denen Carvellis Bild jetzt erschien. Des Weiteren gingen 60 Prozent der digitalen Spezialeffekte sämtlicher Hollywood-Filme auf das Konto des Unternehmens, das sich darauf spezialisiert hatte, virtuelle Filmschauspieler zu kreieren und tote Stars wiederauferstehen zu lassen.

Die wahre Stärke von KREE8 lag jedoch im Optischen Internet, dem so genannten Optinet, wodurch es die Welt mit virtueller Echtzeit-Realität beglückte. Dass die Möglichkeiten des optischen Optrix-Computers so erfolgreich für den Aufbau von Accostas einzigartiger elektronischer Kirche hatten eingesetzt werden können, war einzig und allein KREE8, und hier vor allem Carvelli, zu verdanken. Die WebCrawler-Headsets von KREE8 ermöglichten es Millionen von Menschen, live an Accostas Gottesdiensten teilzunehmen, als wären sie persönlich dabei.

Außerdem war Carvelli sehr geschickt im Umgang mit den Medien. Seine Kontakte und sein Einfluss hatten maßgeblich dazu beigetragen, Accosta zu dem Phänomen zu machen, das er inzwischen war. Accosta war sich dessen zwar durchaus bewusst, aber er hegte den Verdacht, dass Carvelli ihn nicht aus tiefer Gläubigkeit unterstützte, sondern um der Macht und der Publicity willen, welche die Zusammenarbeit mit der größten Kirche der Welt mit sich brachte.

»Eure Heiligkeit«, sagte Carvelli, »die neuen Geräte sind praktisch fertig. Alles, was wir jetzt brauchen, ist ein Tag Ihrer kostbaren Zeit, um Ihr Äußeres und Ihre Muskelbewegungen zu speichern, ihr Stimmprofil zu erfassen und ein Ganzkörpermodell anzufertigen. Sie brauchen mir nur zu sagen, wo und wann, und ich werde die nötigen Schritte veranlassen.«

»Was meine Termine angeht, setzen Sie sich am besten mit Monsignore Diageo in Verbindung – das heißt, ist das nicht etwas verfrüht? Bisher konnten wir doch noch nicht einmal die erste Phase des Projekts erfolgreich zum Abschluss bringen.«

Carvelli nickte. »Die jüngsten Entwicklungen haben den Doktor zu der Ansicht geführt, dass der entscheidende Durchbruch unmittelbar bevorsteht. Er hat mir aufgetragen, alles vorzubereiten, damit wir sofort zur Tat schreiten können, wenn es so weit ist.«

Accosta schluckte seinen Ärger hinunter. Das Soul Project war heilig: Es war *sein* Projekt, und dennoch bestimmte über seinen Ablauf zunehmend stärker der Leiter des Wahrheitsrates, der Mann, der darauf bestand, mit dem anonymen Decknamen »der Doktor« tituliert zu werden. »Was sind das für jüngste Entwicklungen?«

»Wie Sie wissen, neigt der Doktor zur Zurückhaltung, und da er sich seiner Sache nicht hundertprozentig sicher ist, wollte er mir noch nichts über die näheren Einzelheiten erzählen, aber er ist zuversichtlich. Und wenn der Doktor zuversichtlich ist, hat die Sache normalerweise Hand und Fuß. Ich bin sicher, er wird Ihnen bei der nächsten Besprechung mehr erzählen. Was mögliche Termine für den Upload angeht, werde ich mich mit Monsignore Diageo kurzschließen.«

»Danke, Frank.«

Sobald Carvelli vom Bildschirm verschwunden war, klopfte Diageo wieder. »Eure Heiligkeit, Sie haben mich gebeten, Ihnen fünfzehn Minuten vor der Sendung Bescheid zu geben.«

Accosta erhob sich von seinem Stuhl. Nachdem er seinen schmerzenden Körper zu seiner vollen Größe von über einem Meter achtzig aufgerichtet hatte, streckte er sich und drückte seine breiten Schultern nach hinten. Trotz seiner achtundsechzig Jahre gab er mit seiner schlanken Figur in dem scharlachroten Gewand immer noch eine beeindruckende Erscheinung ab. Er spürte, wie das Adrenalin durch seine Adern strömte, als er sich innerlich darauf vorbereitete, zu seinen Gläubigen in aller Welt zu sprechen: zu den Millionen von Anhängern, die sich bereits einloggten, um an seinem virtuellen Gottesdienst teilzunehmen.

14

Barley Hall. Am nächsten Morgen

»Glauben Sie mir, Miles, ich bin gestern Nacht noch mal gestorben«, sagte Amber, blass und mitgenommen.

Fleming runzelte die Stirn. »Die Schwester meinte, Sie hätten einen Albtraum gehabt.«

»Das war kein Albtraum. Ich träume grundsätzlich nicht. Ariel hat geträumt, aber ich nie. Das war eins der Dinge, die uns unterschieden haben. Was gestern Nacht passiert ist, war so real. Es war eine Wiederholung der Nah-Todeserfahrung, die ich auf dem Operationstisch hatte, als ich fast gestorben wäre. Als Ariel gestorben ist.«

»Aber Sie sind nicht tot, Amber. Ich bin Arzt. Ich würde so was merken.«

Er setzte sich an den Schreibtisch in seinem Büro und versuchte, nicht auf die Uhr zu sehen. In weniger als zwei Stunden sollte der Versuch mit Rob beginnen, und Ambers Taxi wartete vor dem Eingang, um sie zum Flughafen zu bringen. Er war am Morgen früh aufgewacht und hatte nach einer Joggingrunde am Fluss und einem leichten Frühstück um sieben Uhr das Haus verlassen. Seine Mutter und Jake, die zurzeit bei ihm wohnten, wollten später in die Klinik kommen, damit Rob mit ihnen sprechen konnte, wenn bei dem Versuch alles klappte. Es war ein ungewöhnlich sonniger Oktobertag, und er war mit offenem Verdeck in seinem alten Jaguar-Kabrio durch die flache Moorlandschaft nach Barley Hall gebraust. Er hatte das Wetter als ein gutes Omen angesehen und war voller Zuversicht in der Klinik eingetroffen, sich die ersten paar Stunden des Tages auf den Versuch mit Rob vorbereiten zu können. Aber dann hatte ihm Amber Grant einen Strich durch die Rechnung gemacht.

»Also bitte, Amber. Ich kann verstehen, dass Sie wegen Ihres Traums ein wenig durcheinander sind, aber hören Sie sich doch mal selbst reden.«

»Es war kein Traum«, sagte sie hartnäckig und massierte ihr Ohrläppchen.

»Na schön, dann erzählen Sie mir diesen Traum – dieses Erlebnis, meine ich.«

»Das habe ich Ihnen doch schon gesagt: Ich verlasse meinen Körper und rase durch totales Dunkel auf ein helles Licht zu. Ich bewege mich so schnell, dass ich es einhole. Dann bin ich ein Teil von ihm. Und plötzlich werde ich wieder in meinen Körper und in mein Leben zurückgerissen, fast so, als wäre ich mit einem Gummiband daran befestigt. Am ehesten könnte man das Ganze als eine Art psychisches Bungee-Jumping beschreiben.«

»Und Ariel kam darin auch vor?«

»Genau das ist ja das Eigenartige. Ich habe sie zwar nicht gesehen, aber es bestand eine Art Verbindung zwischen uns – obwohl das nicht einfach zu erklären ist. Wie zwei gleich gepolte Magneten. Je mehr wir zusammenzukommen versuchten, umso stärker wurde die Kraft, die uns voneinander fern hielt. Es war wie bei zwei Atomen, die sich gegenseitig anziehen, wenn sie ein Stück voneinander entfernt sind, sich aber abstoßen, sobald sie sich zu nahe kommen. Wir waren wie zwei Menschen, die in einer Drehtür feststecken – auch wenn wir noch so sehr gedrückt haben, um uns einzuholen, haben wir es nicht geschafft.«

Fleming lächelte verständnisvoll. Seiner Meinung nach war durch den Zusammenhang, den Amber in ihrem Bewusstsein zwischen den Kopfschmerzen und ihrer toten Zwillingsschwester hergestellt hatte, in ihrem Unbewussten eine Flut von unterdrückten Erinnerungen und Emotionen ausgelöst worden. »Das hört sich alles sehr nach einem Traum an, Amber, oder nach einer verzögerten Erinnerung. Schauen Sie, Ariel beschäftigt Sie doch von Zeit zu Zeit immer noch sehr stark. Ist das richtig?«

»Ja.«

»Und gestern, als wir über Ihre Kopfschmerzen sprachen, haben Sie doch ganz besonders intensiv an sie gedacht. Von daher ist es also nicht weiter verwunderlich, dass Ihr Unterbewusstsein –«

»Es war mehr als das«, erklärte Amber mit Nachdruck. »Ein Teil von ihr hat nach mir gesucht; sie wollte Kontakt mit mir aufnehmen und hat ganz gezielt versucht, mich vor etwas zu warnen …« Als würde ihr bewusst, wie absonderlich sich das anhörte, runzelte sie die Stirn und hörte mitten im Satz zu sprechen auf. »Es hat sich nicht *angefühlt* wie ein Traum.«

»Das tun Träume selten, Amber. Damit der NeuroTranslator ihre neuralen Signale besser ablesen kann, hat Ihnen Frankie gestern Abend ein Stimulans gegeben, und das hat häufig zur Folge, dass das Unterbewusstsein durchlässiger wird – dadurch werden Träume ausgelöst, auch verdrängte. Jedenfalls ist das etwas Positives – es verschafft Brian mehr Material zum Analysieren, sodass er besser verstehen kann, was da drinnen vor sich geht. Amber, Träume sind sehr intensiv und erscheinen oft realer als die Realität. Wie bereits besprochen, schlage ich deshalb vor, Sie kommen in drei, vier Tagen noch mal her, damit wir die Analyse abschließen können. Können Sie es so einrichten, dass Sie bis zu einem Monat lang Ihre sonstigen Verpflichtungen vernachlässigen?«

Amber überlegte kurz, dann nickte sie. »Ja. Ich möchte diese Sache klären. Ich *muss* sie klären.«

»Und wir *werden* sie auch klären«, sagte Fleming. »Sobald Sie aus Kalifornien zurück sind, wird der NeuroTranslator seine bisherigen Untersuchungen zu Ende führen. Dann können wir auch alle weiteren Analysen machen, die möglicherweise erforderlich sind, bevor wir Ihr Gehirn untersuchen, wenn Sie gerade einen Anfall von Phantomkopfschmerzen haben. Ich werde mir Ihre ersten Untersuchungsergebnisse ansehen, sobald ich dazu komme. Sollte mir etwas Ungewöhnliches auffallen, gebe ich Ihnen sofort Bescheid. Können wir so verbleiben?«

»Werden Sie über das, was ich Ihnen gesagt habe, zumindest nachdenken?«

»Natürlich. Ich werde jeder Möglichkeit nachgehen. Sie sind zu mir gekommen, damit ich Ihre Phantomkopfschmerzen heile. Ich werde also nichts, was damit in Zusammenhang stehen könnte, unberücksichtigt lassen. Aber ich kann Ihnen jetzt schon sagen, dass es dafür eine rationale medizinische Erklärung geben wird. Die gibt es immer.«

Amber runzelte skeptisch die Stirn. »Wirklich?«

»Ja«, sagte er zuversichtlich. »Immer.«

15

Im Think Tank

Um elf Uhr war Fleming an Robs Bett. Sein Team hatte sich bereits im Think Tank eingefunden. Neben dem NeuroTranslator stand Greg Brown, ein blasser Australier mit Brille, der in Sydney und Kalifornien Computertechnik studiert hatte, bevor er nach Cambridge gekommen war, um als Flemings technischer Assistent und Computerspezialist zu arbeiten. Schwester Frankie Pinner hatte sich neben dem Bett postiert und überwachte auf den Monitoren Robs Lebenszeichen.

Fleming beugte sich zu seinem Bruder hinab. Da Robs augenaktivierter Kommunikations-Bildschirm für den Versuch entfernt worden war, musste er sich mit einem einmaligen Blinzeln für Nein und einem zweimaligen für Ja begnügen. »Rob, ist dir klar, was wir heute vorhaben?«

Ein zweimaliges Blinzeln mit dem linken Auge.

Fleming und Brown hatte Monate damit zugebracht, die entsprechenden Feineinstellungen am NeuroTranslator vorzunehmen, damit er nicht nur die Hirnströme verstärkte und auswertete, sondern die verschiedenen Muster auch bestimmten Wörtern zuordnete. Zu diesem Zweck hatte das Gerät im Lauf des vergangenen Monats Robs Hirnströme aufgezeichnet, wenn dieser ausgewählte Textpassagen las. Gleichzeitig hatte er seine Hirnstrom-Patterns den Wörtern zugeordnet, die er gerade las, und einfache Verbindungen gefunden. Indem Fleming nun den NeuroTranslator an einen Stimm-Synthesizer anschloss, hoffte er, die Wörter, die Rob dachte, in Sprache übertragen zu können. Und nun war der große Tag gekommen.

Er beschloss, seinem Bruder nichts vorzumachen. »Das Ganze

ist nicht ohne Risiken, Rob. Du musst dir darüber im Klaren sein, dass du, auch wenn dieser Versuch keine unmittelbare Gefährdung für dich darstellt, körperlich ziemlich angegriffen bist – und zwar insbesondere dein Herz. Jede Anstrengung kann also eine potenziell tödliche Belastung bedeuten. Wir können den Versuch immer noch verschieben. Wir stehen in keiner Weise unter Druck, weiterzumachen. Ich will und muss das klarstellen. Möchtest du trotzdem weitermachen?«

Robs Auge blinzelte zweimal.

»Den Ablauf kennst du ja inzwischen, Rob«, fuhr Fleming fort. »Auf dem Stimuli-Bildschirm werden jetzt verschiedene Wörter durchlaufen. Dabei handelt es sich um alle Wörter, die der Computer infolge der Übungen, die du letzten Monat gemacht hast, kennt. Wenn alle durch sind, lass dir Zeit und denke jedes Wort, das du sagen möchtest. Konzentriere dich nur auf das Wort, das du sagen möchtest. Versuche dich möglichst einfach auszudrücken und kümmere dich nicht um die Grammatik. Alles klar?«

Ein zweimaliges Blinzeln.

»Sehr gut.« Fleming blickte die anderen im Raum an. Frankie Pinner sah auf die Überwachungsmonitore. Fleming vergewisserte sich, dass das EKG stabil war und einen regelmäßigen Herzschlag anzeigte, dass zusätzlicher Sauerstoff vorhanden war und eine zweite Schwester zur Unterstützung an der Tür bereitstand. Brown stand am NeuroTranslator und studierte den Plasma-Bildschirm.

Die obere Hälfte des Monitors zeigte ein Raster, über das mehrere unterschiedlich stark oszillierende waagerechte Linien liefen. In der unteren Hälfte erschienen wie im Vorspann eines Films einzelne Wörter. Sie stammten aus den Texten, die Rob in den vergangenen vier Wochen in das neuronale Netz des NeuroTranslators eingegeben hatte. Es waren einfache Wörter wie *Hilfe, Liebe, gehen, brauchen, spielen, Ball,* der Wortschatz eines Kindes, das etwas kleiner war als Jake. Aber es waren Wörter, lebenswichtige Bausteine, um die Verständigungskluft zwischen Rob und der Welt zu überbrücken.

Beim Aufleuchten jedes einzelnen Wortes sah Fleming, wie sich die Linien in der oberen Bildschirmhälfte veränderten – das Wellenlängen-Muster, das die unverwechselbare Gedankensignatur des betreffenden Wortes darstellte. Fleming beobachtete die aufleuchtenden Wörter, bis sie die ganze Liste durch hatten.

»Programmierung abgeschlossen« erschien in der unteren Bildschirmhälfte.

Fleming sah Greg und Frankie an. »Können wir?«

Alle nickten.

Dann wandte er sich Rob zu. »Bereit?« Sein Blick heftete sich auf das linke Auge seines Bruders, und er wartete auf das zweimalige Blinzeln.

Es kam nicht.

Stattdessen hörte er ein Rauschen aus den zwei Lautsprechern über dem Bett kommen, und während er immer noch unverwandt auf Robs regloses linkes Auge blickte, sah er plötzlich aus dem Augenwinkel, wie sich in der oberen Hälfte des Plasma-Bildschirms etwas bewegte. Als er sich herumdrehte, leuchtete in der unteren Hälfte »Ja« auf. Was ihm jedoch einen kalten Schauer den Rücken hinunterjagte, war die deutlich zu verstehende Stimme, die aus den Lautsprechern kam und dasselbe Wort sagte. Ja.

Fleming wagte nicht, die anderen anzusehen, sondern hielt den Blick weiter auf Rob gerichtet. Er wollte ihm eine weitere geschlossene Frage stellen: »Würdest du mir zustimmen, dass ich besser aussehe als du, Rob?«

Wieder eine Pause, diesmal eine längere, und einen Moment dachte Fleming, das »Ja« wäre ein Zufallstreffer gewesen. Dann leuchtete der Bildschirm auf. Die Linien in der oberen Hälfte oszillierten, und in der unteren erschien ein Wort. Gefolgt von drei weiteren.

»Nein«, kam die Stimme aus den Lautsprechern. »Nein. Nein. Hässlich.«

Erleichtertes Gelächter füllte den Raum.

Zeit für eine offene Frage. »Kannst du mir sagen, wie du dich fühlst, Rob?«

Wieder eine Pause. Dann leuchteten in der unteren Bildschirmhälfte drei Wörter auf. Fast gleichzeitig ertönte aus den Lautsprechern die körperlose Stimme. »Gut. Zu. Sprechen.« Über Robs Gesicht strömten Tränen, und Frankie Pinner trat vor, um sie wegzuwischen. »Wie. Berg. Steigen. Freiheit.«

Fleming hatte eine »natürliche« Sprechstimme programmiert, weshalb Brians überkorrekte, abgehackte Wort-für-Wort-Äußerungen weniger roboterhaft klangen als die früherer Stimm-Synthesizer. In Flemings Ohren hörte sie sich dennoch unwirklich an.

»Es funktioniert«, zischte Brown neben Fleming. »Ich werd' verrückt, es funktioniert.«

Wieder das Rauschen, gefolgt von der Verzögerung. »Ja. Gut. Sprechen. Danke. Danke. Milo.«

»Es ist wunderbar, dich hören zu können, Rob«, sagte Fleming. »Mum und Jake warten draußen. Gibt es etwas, was du ihnen sagen möchtest, wenn sie reinkommen, um dich zu sehen?«

Ein Zischen. »Liebe Jake. Liebe Mum. Liebe Dad. Liebe Milo.«

»Wir lieben dich auch, Rob.«

»Sprechen. So Viel Sagen. Aber Nicht Können.«

»Mach dir da mal keine Sorgen, Rob. Lass dir ruhig Zeit. Im Moment sind nur wir beide da, du und ich. Und du kannst sagen, was du willst. Das weißt du doch. Alles, was du willst. Okay?«

»Schlechtes Gefühl Wegen Susan. Und Jake. Gefühl Wie Getötet Susan. Gefühl Wie Verletzt Jake.«

Miles sah seinem Bruder ins Auge. »Rob, was passiert ist, war schrecklich, aber es war nicht deine Schuld. Du hattest einen Hirnschlag. Du konntest nichts dafür.«

»Nein. Nein. Nein.«

»Rob, es war wirklich nicht deine –«

Doch als das regelmäßige Piepsen des EKG aus dem Rhythmus kam und zu einem durchgehenden Alarmton verschliff, merkte Miles Fleming, dass ihm Rob nicht hatte widersprechen wollen. Die drei Neins waren ein Ausdruck höchster Not gewesen. »Was nein, Rob?«, stieß er aufgeregt hervor, und auch sein Herz begann jetzt wie wild zu schlagen. »Sag schon, was los ist, Rob!«

Aus den Lautsprechern kam nur Rauschen, und Robs gelähmter Körper begann zu zucken.

»Was hast du, Rob?«, rief Fleming. »Sag uns, was los ist!«

Stille, durchbrochen nur von den unablässigen Alarmsignalen der medizinischen Apparaturen.

Frankie Pinner beugte sich über Rob und versuchte seinen zuckenden Körper auf das Bett niederzudrücken. Ihre Stimme war ruhig, aber eindringlich. »Blutdruck siebzig zu neunzig. Atmung mühsam. Er hat eine Tachykardie und braucht Sauerstoff.« Sie griff nach der Maske und stülpte sie ihm über den Mund.

Das EKG schlug nicht mehr aus.

»Die Elektroden laden«, ordnete Frankie Pinner an. Die andere Schwester stürzte zum Defibrillator. Die Lebenserhaltungssysteme blinkten und piepten wie verrückt.

Frankie packte die Elektroden. »Zurücktreten.«

Fleming blickte auf das EKG, als der Strom durch den gelähmten Körper seines Bruders schoss.

Nichts rührte sich.

Frankie versuchte es noch einmal.

Die Linie schlug nicht aus.

Und noch einmal.

Die Linie schlug flüchtig aus, bevor sie wieder verflachte.

Sie versuchte es ein viertes Mal.

Dann hörte Fleming Rauschen aus den Lautsprechern kommen, gefolgt von vier eindeutig verständlichen Wörtern, bei denen ihm fast das Herz stehen blieb. »Kapp. Das. Seil. Milo.«

Im selben Moment war er mit seinem Bruder wieder in der Eigernordwand und blickte auf Billy French hinab. *Du bist nie lebendiger, als wenn du dem Tod nahe bist. Aber du bist nie toter, als wenn du in einem Leben gefangen bist, das du nicht leben willst. Wenn mir das je passieren sollte, Milo, lass mich sterben. Das ist, was ich dann möchte. Ein bisschen Schmerzen, aber das ist nicht weiter tragisch, ein bisschen Angst und dann nichts.*

Fleming starrte auf die EKG-Linie, die auch nach vier Versuchen, das Herz seines Bruders wieder in Gang zu bringen, nicht ausschlagen wollte. »Rob, sprich mit mir.«

»Kapp Das Seil, Milo«, wiederholte sein Bruder.

»Wir brauchen das Epinephrin!«, fauchte Frankie Pinner die jüngere Schwester an, die an der Vakuumverpackung herummachte. Sie packte die luftdicht verschweißte Packung, riss die Folie auf und nahm die bereits aufgezogene Spritze mit dem Stimulans heraus. Sie hielt sie hoch wie einen Dolch, um sie Rob zwischen den Rippen hindurch direkt ins Herz zu stoßen.

Doch bevor sie zustechen konnte, packte Fleming sie am Handgelenk und hielt sie zurück.

»*Was soll das?*«

»Lassen Sie ihn«, sagte er ruhig. In seinen Augen brannten Tränen. »Lassen Sie ihn.«

»Aber, Miles«, protestierte sie. »Er –«

»Lassen Sie ihn«, wiederholte Fleming, während er das EKG beobachtete und auf das monotone Alarmsignal lauschte.

Er hatte jedes Gefühl dafür verloren, wie lang sie so dastanden, als er schließlich die Hand der Oberschwester losließ und sie leise sagte: »Er ist tot.«

Als ihn darauf die Schwestern und Greg Brown ansahen, spürte Fleming, wie etwas in ihm nach unten sackte. Noch vor wenigen Augenblicken war er Zeuge eines unglaublichen Erfolgs geworden, und auf einmal war alles schief gegangen. So war das nicht geplant gewesen. Er hatte Rob helfen wollen, wieder zu sprechen und sich irgendwann vielleicht auch seines Körpers wieder bedienen zu können. Er hätte seinen Bruder retten und beschützen sollen, wie dieser das in den Bergen so oft mit ihm getan hatte. Er hätte nicht dabeistehen und ihm helfen sollen, zu sterben.

Er starrte Rob auf dem Bett an. Er schien zu schlafen, doch als Fleming genauer hinsah, war sein Bruder ein Fremder für ihn geworden. Die Leiche sah zwar haargenau wie Rob aus, aber gleichzeitig auch anders, so, als ob sich die Essenz dessen, was Rob ausgemacht hatte, verflüchtigt hätte.

Er sah schwer schluckend auf die Uhr. »Todeszeitpunkt, elf Uhr achtundfünfzig.« Wortlos machte sich das Team ans Aufräumen, während Fleming sich innerlich darauf vorbereitete, seiner Mutter und Jake die traurige Nachricht zu überbringen, eine Nachricht, mit der er sich noch nicht abgefunden hatte. Er sagte sich die ganze Zeit: *Wenigstens hat Rob jetzt keine Schmerzen mehr. Er ist an einen Ort gegangen, wo ihn kein Leid erreichen kann.*

Dann, er wollte den Think Tank gerade verlassen, blieb er wie angewurzelt stehen. Aus den Lautsprechern des NeuroTranslators kam neues Rauschen. Es war lauter als zuvor, und die Stimme klang anders, undeutlicher, als risse die Verbindung ab.

»Milo. Hilf Mir. Ich Kann Mich Nicht Mehr Lange Halten. Ich Falle. Zieh Mich Hoch.«

Flemings Mund war trocken, aber er zwang sich, ruhig zu bleiben. Wie war das möglich? Was hatte er getan? »Rob, was ist los?« Hilfe suchend wandte er sich Frankie Pinner zu, aber sie beobachtete die Monitore.

Das Rauschen setzte erneut ein, noch lauter.

»Ich Falle«, sagte die Stimme. »Kann Mich Nicht Mehr Halten. Versprich Für Jake Zu Sorgen.«

»Ich verspreche es«, stieß Fleming hervor. »Aber halte durch, wir haben dich noch nicht verloren.«

Die Stimme löste sich auf, aber seltsamerweise hörte sie sich jetzt weniger abgehackt an. Mit einem Blick auf die obere Hälfte des NeuroTranslator-Bildschirms stellte Fleming fest, dass alle Hirnstromsignale verschwunden waren. Er entriss Greg das Steuerpult und scrollte das Display hektisch nach unten, aber alle Hirnstromlinien waren schnurgerade, die Signale inaktiv. Als er darauf nach oben scrollte, entdeckte er bei einem Hirnstromsignal im obersten Frequenzbereich einen Ausschlag.

»Milo, Hilf Mir. Es Ist Gar Nicht Gut. Irgendwas Ist Schlimm Hier. Ich Muss Dir Sag-«

»Was musst du mir sagen, Rob?«, stieß Fleming verzweifelt hervor. »Wie kann ich dir helfen?«

Die Wörter, die zunehmend mehr von Störgeräuschen überlagert wurden, hörten sich immer panischer an und waren kaum mehr zu verstehen.

»Keine … Hilfe … Du Musst … Wichtig … Gefährlich … Kümmere Dich Um Jake …«

Die gespenstischen Wörter gingen in Rauschen über und dann, endlich, in Stille.

»Mach schon, Rob«, stieß Fleming heiser hervor, sein trockener Mund rauer als Sandpapier. »Sprich mit mir.«

Er wandte sich Frankie Pinner zu und sah, wie sie auf ihre Armbanduhr schaute, bevor sie aufblickte. Ihre sonst so rosigen Wangen waren totenbleich, ihre Augen riesengroß. »Er ist längst tot, Miles«, flüsterte sie. »Wir haben ihn beim ersten Anfall verloren, und er wurde kein einziges Mal wiederbelebt.«

»Das ist unmöglich! Woher sind seine letzten Hilferufe gekommen?«

»Das weiß Gott allein«, sagte Frankie. »Jedenfalls ist er seit fast sechs Minuten klinisch tot.«

16

Marin County, Kalifornien. Einen Tag später

Ambers Maschine landete spät nachts, und sie kehrte in ihr luftiges, hallendes Haus in Pacific Heights zurück. Als sie am nächsten Morgen aufwachte, schien die Sonne. Der blaue kalifornische Himmel und die warme Brise, die von der Bucht hereinwehte, halfen das anhaltende Frösteln zu vertreiben, das sie bei dem Gedanken an den Todestraum immer noch überkam. Sie stieg in ihren Mercedes und fuhr über die Golden Gate Bridge nach Marin County, zum Hospiz der Kirche der Seelenwahrheit.

Die Nonne in dem roten Ordensgewand, die sie in der lichtdurchfluteten Eingangshalle an der Rezeption in Empfang nahm, machte einen sehr patenten Eindruck. »Ihre Mutter wird gerade gebadet, Dr. Grant. Wenn Sie so lange im Besucherzimmer Platz nehmen würden, hole ich Sie, sobald sie fertig ist.«

Zufrieden stellte Amber fest, dass der Linoleumboden im Hospiz neu und die Wände frisch gestrichen waren: Sie schuldete Gillian Grant mehr, als wenn sie ihre richtige Mutter gewesen wäre, und jedes Mal, wenn sie ein schlechtes Gewissen bekam, dass sie eine andere Kirche dafür bezahlte, ihr zu helfen, rief sie sich in Erinnerung, dass dieses Hospiz, das die Kirche der Seelenwahrheit von der Katholischen Kirche übernommen hatte, das beste in der Bay Area war.

Wie mit so vielen anderen katholischen Einrichtungen in aller Welt war es auch mit dem Hospiz bergab gegangen, je mehr die abtrünnige Kirche der Seelenwahrheit des Roten Papstes an Popularität gewonnen hatte. Früher waren Nonnen in schwarzen Gewändern durch diese Flure gehuscht, doch jetzt trugen sie Rot.

Das Hospiz bot in schöner Umgebung denkbar beste Pflege. Jeder Bewohner hatte sein eigenes Apartment mit Zugang zum Gemeinschaftspool, zum Restaurant und den herrlichen Gartenanlagen, die es ihrer Mutter ganz besonders angetan hatten.

Eigentlich hatte Amber, als vor fünf Jahren ihr Vater gestorben war, ihre Mutter zu sich nehmen wollen, aber Gillian hatte sich nicht mit dem Gedanken abfinden können, Amber zur Last zu fallen und ihre Unabhängigkeit aufzugeben. Deshalb hatte sie, als sie krank geworden war, darum gebeten, hier leben zu dürfen, wo sie in jeder Hinsicht bestens untergebracht war: Zum einen wurde sie rund um die Uhr betreut, zum anderen hatte sie ihren eigenen privaten Bereich.

Von der Wand über Amber blickte ein Bild des Roten Papstes herab. Selbst auf einem Foto strahlte der Mann Charisma aus. Er hatte eine scharf geschnittene Adlernase, ausgeprägte Wangenknochen und auffallend glatte olivfarbene Haut, die seine achtundsechzig Jahre Lügen strafte. Auf dem Kopf trug er ein scharlachrotes Käppchen von derselben Farbe wie sein prunkvolles Gewand und das Kruzifix, das an einer Goldkette von seinem Hals hing. Daneben befand sich ein Foto eines gigantischen Schiffes, dessen leuchtend weiße Aufbauten einem gotischen Dom nachempfunden waren. Die berühmte Rote Arche, auch der schwimmende Vatikan genannt, war ein kleiner Staat für sich, der sich auf einer nie endenden Pilgerfahrt rund um die Welt befand. Von dort aus predigte der Rote Papst, das Oberhaupt der ersten virtuellen Kirche überhaupt, den Gläubigen in aller Welt. Auf dem mit abgestelltem Ton laufenden Fernsehgerät in einer Ecke des Wartezimmers war zu sehen, wie der Rote Papst an Bord der Roten Arche einen seiner Online-Gottesdienste abhielt. Über den unteren Bildschirmrand lief folgender Text: *Nehmen Sie online am Gottesdienst teil: www.RedArk/Church_Soul_Truth.com.*

Hinter dem Stuhl neben Amber befand sich ein Sims, auf dem drei KREE8-WebCruiser lagen. Jeder bestand aus einem drahtlosen Standard-Headset mit Surround-Vision-Displayvisier, Kopfhörer, Mikrophon und Geruchs-Pad.

Ein Schild auf dem Sims lud Amber dazu ein, »sich an Bord der Roten Arche zu begeben und live an einem Gottesdienst des Roten Papstes teilzunehmen«. Sie setzte das Headset auf, steckte sich die Schaumstoff-Kopfhörer in die Ohren und brachte das Geruchs-Pad in die richtige Position.

Das Erste, was sie sah, waren eine Homepage und ein Videotrailer im MTV-Stil, in dem der Rote Papst vorgestellt wurde.

»Nach einer Nah-Todeserfahrung, die er als Fingerzeig auffasste, sein ganzes Streben und Denken auf das Spirituelle zu richten«, setzte die Stimme des Sprechers ein, »wurde Kardinal Xavier Accosta katholischer Priester und stieg rasch in immer höhere kirchliche Ämter auf, bis er schließlich nach Rom an den Heiligen Stuhl berufen wurde. Im Alter von vierundfünfzig Jahren war Seine Heiligkeit bereits einer der mächtigsten Männer der katholischen Kirche, einer der so genannten Drei Päpste von Rom. Neben dem Pontifex Maximus, dem Weißen Papst, und dem Generaloberen der Jesuiten, dem Schwarzen Papst, war Kardinal Accosta der Großinquisitor des Vatikans, der Rote Papst. Doch selbst damals schon hatte sich der fortschreitende Verfallsprozess der römisch-katholischen Kirche bemerkbar gemacht; aufgrund ihrer Frauenfeindlichkeit und der zahllosen Korruptionsfälle und Skandale, von denen die Kurie und viele Bistümer erschüttert wurden, musste sie um ihr Überleben kämpfen.

Seine Eminenz setzte sich für umfassende Reformen auf allen Ebenen ein; unter anderem plädierte er dafür, den Frauen mehr Mitspracherecht in der Kirche zu gewähren, das Zölibat aufzuheben und die Zielsetzung des Instituts der Wunder dahingehend zu ändern, dass es, statt Wunder nur zu bestätigen, künftig versuchen sollte, mithilfe modernster Technologien aktiv Beweise für das Wirken Gottes aufzuspüren. Doch die reaktionäre Rechte und ihr Marionettenpapst verstanden es, seine Neuerungsbestrebungen wirkungsvoll zu unterbinden.

Accosta wartete, bis der kranke Papst starb, bevor er zum Gegenangriff überging. Als eines der wenigen Mitglieder des Kardinalskollegiums, das unter siebzig war, war Kardinal Accosta *papabile* und hatte bald viele Unterstützer auf seiner Seite. Wenn er Papst wurde, konnte er die Kirche zu dem mächtigen spirituellen Leib umgestalten, der, wie er wusste, Gottes uneingeschränkte Zustimmung finden würde.

Aber es sollte nicht sein. Andere Kardinäle fürchteten seinen Ehrgeiz und seinen Reformeifer. Um den Status quo zu wahren, wählten sie einen der Ihren. Da konnte Seine Eminenz nicht mehr länger still halten. Er sah sich gezwungen, seine eigene Kirche heftig zu kritisieren und auf drastische Reformen zu dringen, um ihr Überleben zu sichern. Ermutigt wurde er dazu durch die massive Unterstützung, die er von inner- wie außerkirchlichen Kreisen erhielt, darunter auch von der mächtigen Laienorganisation Opus Dei. Schließlich wurde er vor den neuen Papst zitiert und exkommuniziert.«

Amber hörte sich weiter an, wie sich innerhalb von sechs Monaten ein beeindruckendes Aufgebot reicher und mächtiger Geldgeber formierte, die ihm halfen, die erste virtuelle Kirche der Welt – die Kirche der Seelenwahrheit – zu gründen, und dass Accosta zahlreiche Insignien seines alten Amtes beibehielt, darunter auch den Titel Roter Papst.

Die triumphalen Szenen von der globalen Pilgerfahrt der Roten Arche, mit denen der Videotrailer endete, wurden von einer Schilderung begleitet, wie Accostas virtuelle Pfründe in den letzten zehn Jahren zu dem erblüht war, was sie jetzt war: ein unverzichtbarer und integraler Bestandteil der modernen Welt, dem technologischen Fortschritt gegenüber stets aufgeschlossen und offen für neue Ideen.

Am unteren Rand der Homepage stand die Anweisung: »Drücken Sie den Knopf am Headset, um am Gottesdienst teilzunehmen.«

Das tat Amber, worauf sie unverzüglich in eine andere Welt versetzt wurde. Sie war nicht mehr im Besucherzimmer des Hospizes und sah sich auch kein Video an, sondern befand sich in der vordersten Sitzreihe eines unwirklichen Amphitheaters. Wenn sie den Kopf zur Seite drehte, konnte sie andere Gläubige sehen, als säße sie mitten unter ihnen. Fast konnte sie den Stoff des Mantels ihres Nachbarn spüren, und vor sich konnte sie die volle Stimme des Roten Papstes so deutlich hören, als wäre er nur wenige Meter von ihr entfernt.

»Der technische Fortschritt braucht den religiösen Glauben nicht zu untergraben«, erklärte er gerade in Beantwortung einer Frage. »Kein geringerer als Einstein hat gesagt, dass die Religion ohne Wissenschaft blind ist und die Wissenschaft ohne Religion lahm. Die Wissenschaft sollte den Glauben stärken und ihn zu etwas Potenterem machen. Nicht nur zu Wissen, sondern zu etwas wesentlich Ambitionierterem. Zu Wahrheit.«

Der Rote Papst saß auf einem einfachen Stuhl, der auf einem Podest stand. Die Zwanglosigkeit seines Auftritts erinnerte Amber mehr an eine Fernseh-Talkshow als an einen kirchlichen Gottesdienst, aber das war mit ein Grund, weshalb sich der Rote Papst bei Jung und Alt gleichermaßen so großer Beliebtheit erfreute. Seine zugkräftige Mischung aus charismatischer Führerschaft, transparenten religiösen Werten und fortschrittlichsten Technologien war unwiderstehlich. Immer wieder erklärten sich Filmschauspieler, Rockstars und führende Politiker aus aller Welt zu Gastauftritten in den Gottesdiensten bereit. Alle waren begierig darauf, sich im Abglanz seines Ruhms zu sonnen.

Amber war sich des Schniefens und Füßescharrens der Menschen um sie herum bewusst, und in ihre Nase drang der Geruch von Weihrauch. Sie betrachtete die hohen Säulen und Spitzbögen, die in einen makellosen Himmel emporragten. Es war, als befände sie sich nicht an einem irdischen Ort, sondern in einer Art himmlischem Tempel. Die Gemeinde der Gläubigen schien grenzenlos und repräsentierte all jene, die wie sie auf elektronischem Wege, online, am Gottesdienst teilnahmen.

Links von ihr schwebte eine mehrstellige Zahl in der Luft, die wie auf einem Taxameter ständig höher wurde. Sie gab die Zahl der Menschen an, die über das Optinet online am Gottesdienst teilnahmen oder ihn auf den Fernsehsendern verfolgten, die für die Übertragungsrechte zahlten. Wenn die Zahl stimmte, sprach der Rote Papst gerade zu mehr als 500 Millionen Menschen in aller Welt: Das entsprach fast der Hälfte aller Katholiken zur Blütezeit der katholischen Kirche. Die Kirche der Seelenwahrheit zählte weltweit bereits eine Anhängerschaft von über anderthalb Milliarden Gläubigen.

Am Rand von Ambers Blickfeld leuchtete ein rotes Licht auf, das sie auf ein Signal aus der realen Welt aufmerksam machte. Im selben Moment spürte Amber auch schon eine Hand auf ihrer Schulter. Sie nahm das Headset ab und wandte sich der Nonne zu, die vor ihr stand. »Dr. Grant, Ihre Mutter ist jetzt fertig. Sie können zu ihr kommen.«

17

Als Amber Apartment 11 im ersten Stock betrat, saß ihre Mutter, das feine graue Haar frisch gewaschen und gebürstet, in ihrem Rollstuhl. Die Glastür, die auf den ummauerten Balkon hinausführte, stand offen, und durch die transparenten Vorhänge strich leise raschelnd der Wind. Nach dem Bad und in dem entschärften Sonnenlicht sah Gillian Grant nicht krank aus. Sie war zwar herzzerreißend mager, aber ihre Wangen waren rosig und ihre hellen Augen strahlten. Es gab kaum Anzeichen des Krebses, der ihren Körper zerfraß.

Auf dem Nachttisch standen ein paar gerahmte Fotografien. Auf einer waren Ambers lächelnde Eltern an einem Strand zu sehen, auf einer anderen Amber und Ariel, beide im gleichen blauen Kleid. Eine dritte Aufnahme zeigte die ganze Familie zusammen mit Papa Pete Riga vor dem Petersdom in Rom. Ambers Pate stand, die Hände hinter dem Rücken verschränkt, in seinem schwarzen Priesterrock etwas abseits vom Rest der Gruppe.

Das Gesicht ihrer Mutter leuchtete auf, als Amber den Raum betrat und sie umarmte. »Amber, wie geht es dir? Ich habe im Fernsehen von deinen Kopfschmerzen gehört. Warum hast du mir davon nie etwas erzählt?«

Amber versetzte es einen Stich, dass ihre kranke Mutter sich Sorgen um ihre Gesundheit machte. »Ich wollte dich nicht unnötig belasten, Mom, und außerdem fehlt mir nichts. Es ist nichts Ernstes.« Sie setzte sich neben ihre Mutter. »Heute Abend bin ich mit Papa Pete zum Essen verabredet. Er hat mir erzählt, er war erst kürzlich bei dir.«

Gillian Grant nickte. »Wir haben uns über die alten Zeiten unterhalten, und er hat eine schwere Last von meinen Schultern genommen, weil er meiner Entscheidung, hier zu leben, seinen Segen gegeben hat.« Sie hielt inne. »Aber irgendetwas ist da im Busch, das spüre ich ganz genau. Was ist los?«

Amber seufzte. Dann erzählte sie Gillian alles – von den Kopfschmerzen, von Miles Fleming, vom NeuroTranslator und von ihrem Traum. »Das Verrückteste daran ist, dass ich das Gefühl habe, Ariel wollte mir etwas mit zu teilen. Es ist, als hätte sie meinen Kopf nie verlassen, seit sie gestorben ist.«

Ihre Mutter lächelte. »So eigenartig ist das gar nicht, Amber. Auch ich bin in Gedanken fast ständig bei Ariel. Deine Schwester und dein Vater werden immer in mir weiterleben. Und wenn ich einmal nicht mehr bin, werde ich in dir weiterleben. Wir sind unsere Beziehungen. Je näher das Ende meines Lebens rückt, desto mehr gelange ich zu der Überzeugung, dass das *alles* ist, was wir sind.«

Amber wollte ihr erklären, dass es mehr war als das, aber sie ließ die Sache auf sich beruhen, denn sie entdeckte in dem, was ihre Mutter gesagt hatte, eine tiefere Wahrheit. In der Welt der Quanten ging es nur um die Beziehungen und Verquickungen unter den Elementarteilchen: Warum sollte das bei den Menschen anders sein?

»Musst du, um dich gegen deine Kopfschmerzen behandeln zu lassen, noch einmal nach England zurück?«, fragte ihre Mutter.

»Ja, etwa einen Monat.« Amber runzelte die Stirn. »Allerdings mache ich mir etwas Sorgen –«

Ihre Mutter machte eine wegwerfende Handbewegung. »Wieso Sorgen? Du musst unbedingt nach England. Mach dir meinetwegen mal keine Gedanken. Ich werde noch hier sein, wenn du zurückkommst. Die Ärzte sagen, ich habe noch ein Jahr. Es ist also besser, du bringst es möglichst bald hinter dich.« Sie ergriff Ambers Hand und drückte sie. »Ich bin sehr stolz auf dich, Amber, und auf das, was du erreicht hast. Aber vielleicht sind diese Kopfschmerzen in Wirklichkeit sogar ein Segen – vielleicht hörst du jetzt endlich auf, dir für das, was mit Ariel passiert ist, ständig Vorwürfe zu machen, und fängst stattdessen an, ein eigenes Leben zu führen. Ariel hat bestimmt nur den einen Wunsch, dass du glücklich bist. Sie war immer sehr um dich besorgt, und die Vorstellung, dich in irgendeiner Weise zu belasten, wäre ihr sicher zutiefst unangenehm. Lass den Dingen einfach ihren Lauf.«

Amber lehnte sich in ihren Stuhl zurück und ließ sich von der Liebe und Weisheit ihrer Mutter wärmen. Sie würde ihr fehlen, wenn sie starb – obwohl es schwer war, an den Tod zu denken, wenn sie hier war, denn ihre Mutter war noch so voller Leben.

Später setzte Amber sie in den Rollstuhl und ging mit ihr im Garten spazieren, wo sie gemeinsam ihren Erinnerungen nachhingen und Pläne schmiedeten.

Zur Mittagszeit brachte sie Gillian in ihr Zimmer zurück und half ihr ins Bett. Bevor sie ging, küsste sie sie auf die Stirn, genau so, wie ihre Mutter sie und Ariel geküsst hatte, als sie noch Kinder waren. Als sie sich zum Gehen wandte, hielt sie noch einmal kurz inne, um dieses Bild des Friedens für immer in ihrem Gedächtnis festzuhalten: ihre schlafende Mutter, das durch die dünnen Vorhänge dringende Sonnenlicht, das üppige Grün auf dem Balkon.

Als sie die friedliche Szene ihrem Gedächtnis einprägte, konnte sie nichts von dem aufziehenden Gewitter ahnen. Oder dass sie ihre Mutter nie mehr in diesem stillen, lichtdurchfluteten Zimmer sehen würde.

Pacific Heights. Fünf Stunden später

»Die Sache ist die, Papa Pete: Ich glaube nicht, dass das, was ich in diesem Moment erlebt habe, ein Traum war.«

»Warum nicht? Wenn Ariel infolge des Gesprächs mit Dr. Fleming wieder verstärkt in dein Bewusstsein gerückt war, muss es ein Traum gewesen sein.« Die Jahre bei der Societas Jesu hatten Pater Peter Rigas New Yorker Akzent abgeschwächt, aber keineswegs ganz zum Verschwinden gebracht. Amber saß mit ihrem ganz in Schwarz gekleideten Paten in der großen Wohnküche. Mit seinem stark gelockten grauen Haar und den durchdringenden blauen Augen wirkte Papa Pete trotz aller Müdigkeit alterslos. Amber hatte ihre Zugehfrau nach Hause geschickt und selbst sein Lieblingsessen gezaubert, Spare Ribs mit Nudeln. Jetzt saßen sie und Papa Pete über ihren leeren Tellern und tranken den Barolo, den er aus Italien mitgebracht hatte. Sie erzählte ihm von ihrem Traum.

»Papa Pete, ich träume *nie*. Weißt du nicht mehr? Ariel hat ständig geträumt, aber ich nie – das war einer der Unterschiede zwischen uns. Was da neulich nachts passiert ist, hat mich sehr stark an die seltsame Nah-Todeserfahrung erinnert, die ich während der Operation hatte. Das war kein Traum.«

»Was war es dann?«

»Das ist, was ich herausfinden möchte. Weißt du noch, was dein erster Gedanke war, als du Ariel und mich in diesem Krankenhaus in Sao Paulo gesehen hast, in dem uns unsere richtigen Eltern ausgesetzt haben?«

Er nahm einen Schluck Wein und nickte. »Natürlich. Obwohl die Ärzte sagten, ihr wärt ein einziger biologischer Organismus, sah ich zwei separate Seelen.« Er kniff die Augen zusammen. »Worauf willst du hinaus, Amber?«

Sie versuchte ihre unmögliche Frage zu formulieren. »Miles Fleming meinte, ich besäße einen Teil des lebendigen Gehirns eines toten Menschen. Könnte ich dann auch noch die Seele dieses Menschen besitzen?«

Stirnrunzelnd schwenkte Riga den Wein in seinem Glas.

Amber fuhr fort: »Was wäre, wenn Ariels Seele nicht sterben kann, weil ein Teil ihres Geists noch in mir lebt? Was wäre, wenn sie nach all den Jahren durch Kopfschmerzen und Träume versucht, mit mir in Verbindung zu treten – mich dazu zu bringen, sie loszulassen?«

Die Falten auf Rigas Stirn wurden tiefer.

»Papa Pete? Sag etwas. Ich weiß, das hört sich ziemlich verrückt an, aber ich muss wissen, was du denkst.«

»Mein Kind, ich weiß nicht, was ich sagen soll. Das ist nichts, worauf ich dir eine schnelle Antwort geben kann. Ich habe in all den Jahren als Priester zu viel gesehen, um das sagen zu können – vor allem in Anbetracht deiner außerordentlich engen Beziehung zu Ariel. Die alten Philosophen glaubten bis hin zu Descartes, das menschliche Bewusstsein – die Seele – habe seinen Sitz im Gehirn.« Riga tippte an seinen Kopf. »Descartes gab sogar die genaue Stelle an. Er sagte, sie befände sich in der Zirbeldrüse. Was du da allerdings gerade gesagt hast, ist so … ungewöhnlich, dass ich nicht sofort eine spirituelle, philosophische oder rationale Erklärung dafür parat habe. Darüber muss ich erst in Ruhe nachdenken.« Er setzte sich zurück. »Jedenfalls, du denkst also tatsächlich, Ariel ist noch irgendwie am Leben? Was hat dieser Dr. Fleming dazu gesagt?«

Amber zuckte mit den Schultern. »Er ist ein kluger Kopf, und ich finde ihn sympathisch, aber er ist durch und durch Wissenschaftler und hat für solche theoretischen Fragen nicht viel übrig. Ihn interessieren nur praktische Lösungen. Er mag keine Dinge, die er nicht erklären kann, und schon gar nicht glaubt er an ein Leben nach dem Tod. Er hat mir versprochen, bis zu meiner Rückkehr allen möglichen Erklärungen nachzugehen, aber ich weiß, er ist fest davon überzeugt, dass ich nur geträumt habe.«

»Ganz nüchtern an die Dinge heranzugehen, ist nicht immer das Schlechteste«, sagte Riga. »Schau, Amber, ich fliege morgen nach Rom zurück und werde mir die Sache durch den Kopf gehen lassen. Ansonsten würde ich an deiner Stelle einfach abwarten, was Fleming dazu sagt. Ruf mich aber an, wenn es etwas Neues gibt. Ich bin sicher, es gibt eine rationale medizinische Erklärung dafür.«

»Hoffentlich«, sagte Amber und schob ihm die Flasche hin.

Riga legte die Hand auf sein Glas. »Ich nicht mehr, danke. Ich habe plötzlich Kopfschmerzen bekommen.«

18

Optrix Industries. Einen Tag später

Als Amber am nächsten Morgen über die Bay Bridge zur Optrix-Zentrale in Berkeley fuhr, war sie wieder zuversichtlicher. Die Gespräche mit ihrer Mutter und Papa Pete hatten sie in dem Glauben bestärkt, Fleming und sein NeuroTranslator würden auf eine rational erklärbare Ursache ihres Problems stoßen.

Doch als sie nun im isolierten Kokon ihres Mercedes saß, erschien es ihr keineswegs so ausgeschlossen, dass noch Spuren von Ariel, dem *Wellen*zustand ihres metaphysischen Bewusstseins, im *Teilchen*zustand des ihnen beiden gemeinsamen Bereichs ihres physischen Gehirns existierten. Auf einer Ebene, die sich nicht in Worte fassen ließ, hatte Amber nach wie vor das Gefühl, dass ihre Kopfschmerzen ein Symptom einer tiefer sitzenden Störung waren und dass Fleming, um sie zu heilen, mehr tun müsste, als lediglich mithilfe seines NeuroTranslators ihre Phantomschmerzen auszuschalten. Irgendwie musste er ihre Verbindung mit Ariel noch besser verstehen lernen.

Als sie stärker aufs Gas trat und die Bay Bridge im Rückspiegel hinter sich kleiner werden sah, tauchte vor ihr der wie eine Säule aus poliertem Ebenholz schimmernde Glastower von Optrix Industries auf. Während sie auf das mächtige Eingangstor zufuhr, fiel ihr Blick auf die schwarze Granittafel neben dem Pförtnerhäuschen, in die in Silber folgende Worte eingraviert waren:

Optrix Industries
Optoelektronische Forschungszentrale
Es werde Licht

Der Wachmann winkte sie durch, und sie parkte an einer von zwei UV-Licht-undurchlässigen Kolonnaden, die es Besuchern ermöglichten, das Gebäude zu betreten, ohne direkter Sonneneinstrahlung ausgesetzt zu werden. Sie ließ den Blick über den Parkplatz gleiten und entdeckte die schwarze Lexus-Sonderanfertigung mit den stark getönten Fenstern.

Die Eingangshalle erfüllte das Klicken von Absätzen auf Marmor. Amber wurde von der Sicherheitsbeamtin am Schalter begrüßt.

»Schön, dass Sie wieder zurück sind, Dr. Grant. Ich hoffe, es geht Ihnen inzwischen besser.«

»Viel besser. Danke, Irene.«

Sie betrat den ersten Aufzug und drückte auf den Knopf für die oberste Etage. Als die Tür wieder aufging, ging sie den gekrümmten Flur hinunter zu ihrem Büro, wo sie bereits von ihrer Sekretärin, einer großen, flotten Frau mit kurz geschnittenem blondem Haar, erwartet wurde. »Dr. Grant, wie geht es Ihnen?«

»Danke, gut, Diane. Irgendwelche wichtigen Nachrichten?«

»Professor Mortenson aus dem Zentrallabor hat angerufen. Sie haben Probleme mit den optischen Memory-Pixels.« Diane sah auf das Notepad in ihrer Hand. »Er sagt, die Elektronenloch-Paare haben sich als instabil erwiesen. Sie bleiben nicht so lange auseinander, wie sie das bei Raumtemperatur sollten.«

Amber runzelte die Stirn. Mortenson war einer ihrer ranghöchsten Physiker, aber wie viele ihrer Mitarbeiter ließ er es an Eigeninitiative fehlen. Sie musste zwar zugeben, dass das zum Teil ihre eigene Schuld war, weil sie so von ihrer Arbeit besessen war, dass sie an allen Aspekten der Entwicklungsarbeit beteiligt sein wollte. Trotzdem wurde es langsam Zeit, dass ihre Leute anfingen, selbständig zu denken. »Sagen Sie ihm, er soll sich noch mal das jeweilige Verhältnis der Gallium- und Aluminiumarsenidschichten im Halbleiter ansehen – und gleichzeitig die Energielevels der Photonen überprüfen. Wenn das nichts hilft, dann bitten Sie ihn um einen Vorschlag, wie er dieses Problem zu lösen gedenkt.« Sie reichte Diane ihre heftdünne Aktentasche. »Würden Sie sie bitte auf meinen Schreibtisch legen. Ich muss zu Bradley.«

Wegen seiner Krankheit verbrachte Bradley Soames einen großen Teil seiner Zeit nicht im sonnigen Kalifornien, sondern in der VenTec Foundation in Alaska, seinem privaten technologischen Forschungszentrum, in dem für einen anspruchsvollen Kundenkreis revolutionär neue Konzepte entwickelt wurden. Die Abwicklung der alltäglichen Geschäfte bei Optrix überließ er größtenteils Amber.

Der genaue Standort der VenTec Foundation, die sich irgendwo nördlich des Polarkreises befand, war ein streng gehütetes Geheimnis. Nicht einmal Amber kannte seine genauen Koordinaten, obwohl sie als Leiterin des Teams, das den optischen Computer entwickelte, vor zehn Jahren längere Zeit in der Foundation gearbeitet hatte und auch danach immer wieder dort gewesen war. Weil wenige Spitzenforscher bereit waren, längere Zeit in Alaska zu arbeiten, hatte Optrix seine Forschungszentrale in die Bay Area verlegt. VenTec war ein Bonus.

Auf ihrem Weg durch die oberste Etage des dunklen Towers kam Amber an den Büros der Leiter von Finanz-, Personal- und Werbeabteilung vorbei, die zusammen mit Bradley Soames und ihr den fünfköpfigen Firmenvorstand bildeten, der weltweit für die Wahrung der wirtschaftlichen Interessen von Optrix zuständig war. Während man von diesen drei Büros und dem Ambers einen spektakulären Blick auf die Bay Area hatte, lag das von Bradley Soames im Mittelpunkt des Kreises und hatte keine Fenster. Eine Doppeltür schirmte es von der Außenwelt ab.

Amber kannte den Ablauf und schloss erst die Außentür, bevor sie an die Innentür klopfte. Soames' Empfangsdame öffnete ihr lächelnd. »Guten Morgen, Dr. Grant. Er erwartet Sie bereits. Gehen Sie bitte gleich rein.«

Amber öffnete eine Tür aus dunklem Mattglas und betrat einen fensterlosen Flur, der zu Soames' Büro führte. Je weiter sie dem immer stärker gekrümmten Gang folgte, desto schwächer wurde das Licht, sodass sich ihre Augen schon an das Dunkel in Soames' Allerheiligstem gewöhnen konnten. Das Büro war rund. An den mit Stofftapeten bespannten Wänden hingen keine Bilder, und es gab auch keine Fenster. Die gefilterte Luft roch leicht aseptisch. Im hinteren Ende des Raums befanden sich eine Couch und ein mit Coca-Cola gefüllter Kühlschrank mit einer gläsernen Tür.

Soames saß, die Füße auf dem gekrümmten Schreibtisch in der

Mitte des Raums, weit zurückgelehnt in seinem Sessel. Er war umringt von Computerbildschirmen, mit deren Hilfe er sein weltumspannendes Imperium überwachte. Sein hellgrauer Baumwolloverall war mit integrierten Handschuhen und einer Kapuze versehen, die jedoch hier in seinem Büro, in das kein Sonnenstrahl drang, auf seinen Rücken hinabhing. Auch die Handschuhe hatte er zurückgeschlagen, sodass seine scheckigen vernarbten Hände zu sehen waren.

In dem Dämmerlicht hinter ihm konnte Amber zwei große Gestalten auf dem Boden liegen sehen, die sie aus gelben Augen anstarrten. Soames hatte seine zwei Wölfe aus Alaska mitgebracht. Er hatte sie als Welpen aufgenommen, damit sie ihm Gesellschaft leisteten, wobei ihm ihre nächtliche Lebensweise sicher sehr entgegengekommen war. Bei Optrix nannte sie jeder »die Schatten«, weil sie still, grau und immer in Soames' Nähe waren, wenn er sie dabei hatte. Er sprach mit ihnen in einer seltsamen gutturalen Sprache, die Amber nicht verstand. Er behandelte sie wie Haustiere und ermutigte auch Amber, sie wie solche zu behandeln. Aber sie hatte einmal gelesen, man solle einen Wolf auf keinen Fall umarmen und nicht auch nur einen Augenblick lang vergessen, dass er ein wildes Tier war. Sie brauchte nur in diese hellen, reglosen Augen zu blicken, um zu wissen, dass man gut daran tat, diesen Rat zu beherzigen.

Der größere der beiden Wölfe blickte sie kurz an, dann wandte er sich ab. Amber richtete ihre Aufmerksamkeit auf Soames, der sich ihrer Anwesenheit nicht bewusst zu sein schien. Während er in das Mikrophon seines Headset sprach, behielt er gleichzeitig die Monitore im Auge und las das *Wall Street Journal*. Er blinzelte unablässig.

»Das ist mir egal, Marty. Wenn Matrix überleben will, müssen sie auf unsere Bedingungen eingehen. Sie wissen doch selbst, was aus den Chips von Intel und Windows von Microsoft geworden ist, als der Lucifer rauskam. Jetzt ist das Internet dran. Es operiert jetzt auf optischer Basis – was sage ich denn, es heißt ja bereits Optinet. Und es ist in einem ganz erheblichen Maß auf Optrix-Technologien angewiesen, Marty. Wir befinden uns inzwischen im Lichtzeitalter. Datenübertragung mit Lichtgeschwindigkeit, das ist, was im Moment angesagt ist. Matrix muss unter unseren

Bedingungen mit uns zusammenarbeiten oder es bleibt im dunklen Zeitalter zurück und geht unter.«

Eine Weile stand Amber nur da und beobachtete sein blasses Gesicht mit den beunruhigenden blauen Augen und dem goldblonden Haar. Viele fühlten sich in Soames' Gegenwart unwohl. Sie nicht. Sie war zwar nie mit ihm warm geworden und betrachtete ihn nicht als Freund – um das Wesen von Freundschaft zu begreifen, war er emotional zu abgekapselt –, aber aufgrund ihrer eigenen Kindheitserfahrungen verspürte sie eine gewisse Affinität zu ihm. Außerdem war es ein Privileg und eine Inspiration, von seinem Intellekt zu profitieren. Die Zusammenarbeit mit ihm machte ihr Leben wertvoll und ihren Beitrag zum Wohl der Menschheit bedeutsam.

»Nein, Marty, da gibt es nichts zu diskutieren«, sagte Soames abrupt ins Mikrophon. »Denken Sie noch mal darüber nach. Wiederhören.« Er drückte auf einen Knopf an einem der Monitore, unterbrach die Verbindung und wandte sich mit einem Grinsen Amber zu. »Wie ist es gelaufen?« Bevor sie antworten konnte, fuhr er fort: »Haben Sie schon gehört? Das Nobel-Komitee hat endlich beschlossen, mir den Nobelpreis für Physik zu verleihen, aber ich habe ihnen gesagt, ich will ihn nicht. Ich brauche das Geld nicht, und schon gar nicht bin ich auf die Anerkennung dieses Häufchens mediokrer alter Knacker angewiesen.«

Bevor Amber etwas erwidern konnte, holte er unter seinem Schreibtisch etwas hervor, das aussah wie eine Kreditkarte. »Sehen Sie sich mal diesen optischen Prototyp an, den VenTec entwickelt hat. Fax, E-Mail, Videophon, drahtlose Optinet-Anschlussfähigkeit und die Rechnerleistung eines ausgewachsenen Computers – und das alles in Ihrer Handfläche. Beachtlich, finden Sie nicht?«

Ein Auge immer auf die Wölfe gerichtet, nahm Amber das Gerät von ihm entgegen und setzte sich. »Nicht übel … ich wusste gar nicht, dass Sie an so etwas arbeiten.«

Soames sah sie nicht mehr an. Er überflog wieder die Zeitung. »Wir müssen über die China-Initiative sprechen. Ich weiß, VenTec kann ein Basismodell des optischen Computers bauen, das so billig ist, dass bald in jedem chinesischen Haushalt eines stehen wird – bis, sagen wir mal …«

Amber Grant seufzte überdrüssig. Es war, als hätte sie es mit einem Kind zu tun – einem extrem intelligenten, mächtigen und sprunghaften Kind, aber einem Kind eben. Sie sprach etwas lauter: »Bradley, kann man denn nicht mal eine Minute vernünftig mit Ihnen reden?« Sie wartete, dass er aufblickte. »Ich komme gerade aus der Klinik.«

»Ich weiß«, sagte er mit einem feinen Lächeln, das zwischen seinen vernarbten Lippen unpassend makellose Zähne zum Vorschein kommen ließ. »Haben sie schon was gefunden?«

»Natürlich nicht. Ich habe erst die Grunduntersuchung hinter mir. Was Miles Fleming angeht, hatten Sie übrigens Recht. Er ist sehr clever. Wie ging's hinterher noch bei der Lucifer-Softscreen-Präsentation in London?«

»Sehr gut – das heißt natürlich erst, nachdem alle aufgehört hatten, sich Ihretwegen Sorgen zu machen. Ich musste noch am selben Abend zur VenTec Foundation zurückfliegen, aber sie schienen alle schwer beeindruckt von der Präsentation. Doch jetzt erzählen Sie mal genauer, was Flemings erste Eindrücke waren.«

»Das weiß ich noch nicht. Ich muss noch mal nach Barley Hall zurück. Einen ganzen Monat lang.«

Soames zuckte mit den Schultern. »Nehmen Sie sich so viel Zeit, wie Sie brauchen. Ich muss unbedingt wissen, was es mit diesen Kopfschmerzen auf sich hat ...«

Sie lachte. »*Sie* müssen das wissen? Ich würde doch mal meinen, dass das vor allem mein Problem ist, Bradley.«

»Aber ja, natürlich«, sagte er verlegen. »Halten Sie mich einfach über alles auf dem Laufenden, was Fleming herausfindet.«

Fast wollte Amber ihm schon von ihrem Traum erzählen, aber irgendetwas an seinem fast klinischen Interesse hielt sie davon ab. Stattdessen sagte sie: »Ich würde vorschlagen, wir hängen das Ganze nicht zu sehr an die große Glocke. Wir wollen doch nicht, dass sich die Investoren übertriebene Sorgen über meinen Gesundheitszustand machen. Ich finde, wir sollten als Grund für meinen Zusammenbruch bei der Präsentation berufliche Überlastung und die Sorge um meine Mutter angeben und dem Optrix-Vorstand sagen, dass ich wegen einer dringenden Familienangelegenheit Urlaub nehme. Ich kenne mindestens zwei Leute, die die Leitung der wichtigsten Projekte ohne weiteres so lange übernehmen können. Und die anderen kommen auch ohne mich ganz gut zurecht.«

Soames nickte. »Wie es scheint, haben Sie alles bestens im Griff. Deshalb würde ich vorschlagen, Sie erledigen erst mal alles, was hier noch geregelt werden muss, und fliegen dann umgehend nach England zurück.«

Amber lächelte. »Danke für Ihr Verständnis, Bradley.«

»Keine Ursache.« Sein vernarbtes Gesicht legte sich auf unnatürliche Art in Falten, als er ihr Lächeln erwiderte. »Mir ist durchaus bewusst, dass Sie unbedingt auf Ihre Gesundheit achten müssen.«

Als sie sich zum Gehen wandte, hörte sie, wie er sich räusperte. Das war ein untrügliches Zeichen dafür, dass er gleich etwas sagen würde, was er als eine Idee hinstellen würde, die ihm gerade erst gekommen war. »Nur so ein Gedanke«, sagte er auch prompt. »Sehen Sie zu, dass Fleming bei seiner Diagnose nicht zu eingleisig vorgeht. Wenn ich Sie wäre, würde ich ihn dazu anhalten, auch mal einen Blick nach links und nach rechts zu werfen. Sie wissen schon, alle Möglichkeiten in Betracht ziehen, auch wenn sie noch so abwegig erscheinen.« Er zuckte mit den Schultern. »Nur ein spontaner Gedanke.«

Amber runzelte die Stirn. Es war ein guter Gedanke, zumal er ihren eigenen Befürchtungen Ariels wegen so nahe kam, dass ihr leicht unbehaglich wurde. »Danke, Bradley. Ich werde daran …«

Aber er war in Gedanken schon längst wieder woanders, versunken in seine Computermonitore. Das war die Sache mit Bradley: Gerade wenn man dachte, er wäre menschlich und einfühlsam, bekam man sehr drastisch vor Augen geführt, dass er nicht tickte wie andere Menschen.

19

Die Rote Arche. 33° 26' S, 16° 12' O. Einen Tag später

Ungeduldig mit den Fingern auf seinen Schreibtisch trommelnd, wartete der Rote Papst an Bord der Roten Arche darauf, dass der holographische KREE8-Plasmabildschirm anging. Als der Doktor, mit einer blutroten kreuzförmigen Brosche an seinem weißen Kittel, endlich darauf erschien, wirkte sein Gesicht gespenstisch dreidimensional. Darauf bedacht, sich seinen Abscheu vor dem Mann nicht anmerken zu lassen, betrachtete ihn Kardinal Xavier Accosta einen Moment. Er brauchte den genialen Wissenschaftler und war, wenn auch zähneknirschend, froh über sein selbstloses Engagement. Nicht nur, dass er aus dem Hintergrund geholfen hatte, die Gründung von Accostas virtueller Kirche zu finanzieren – der Doktor hatte mit seinem enormen technischen Knowhow auch maßgeblich dazu beigetragen, dass sie in einem so erstaunlichen Tempo hatte wachsen können. Des Weiteren war es in erster Linie seinem Genie zu verdanken, dass sich Accostas großer Traum, das Soul Project, in die Tat hatte umsetzen lassen. Trotzdem fand er den jungen Mann nicht sympathisch.

Der Doktor war nicht zimperlich in der Wahl der Mittel, um seine Verbindung zur Kirche der Seelenwahrheit geheim zu halten, und obwohl er sich Accosta immer unterordnete, war in seinem Blick und seinem Ton etwas Unverschämtes, das Accosta missfiel. Er war der Einzige, der es schaffte, Accosta mit »Eure Heiligkeit« anzusprechen und dabei herablassend zu klingen.

Accosta sah ihn lächelnd an. »Können Sie mir etwas zeigen, Doktor?«

Bradley Soames neigte ehrerbietig den Kopf. »Ja, Eure Heiligkeit. Ich habe mit Frank Carvelli und dem dritten Mitglied des Wahrheitsrates über alle einhundertachtzig Versuche gesprochen.« Eine Pause. »Am letzten Experiment lassen sich unsere Fortschritte am besten demonstrieren.«

Mit einem kurzen elektronischen Knistern ging der Plasmabildschirm neben Soames an. Darauf war eine Frau zu sehen, die auf einer Laborliege lag. Ihr glatt rasierter Kopf befand sich unter einer Glaskugel mit einem Visier wie an einem Astronautenhelm. Darin eingelassen war ein kleines konkaves Quadrat aus mattiertem Glas, das an einen winzigen Fernsehschirm erinnerte.

Da das Visier hochgeklappt war, konnte man die aufgespreizten Lider der Frau sehen. Ihre Augäpfel waren von leicht getönten Linsen bedeckt.

Zuerst merkte Accosta nicht, wer die kahl rasierte Frau war, doch als die Kamera näher an sie heranfuhr, erkannte er Mater Giovanna Bellini. Er war so bestürzt, dass er nur mit Mühe einen entsetzten Aufschrei unterdrücken konnte. Er sah Soames scharf an und versuchte an seinem Gesicht abzulesen, was in ihm vorging, aber die ausdruckslose Miene des Wissenschaftlers verriet nichts. »Wie können Sie es wagen, so etwas zu tun?«, fuhr er Soames an. »Auf wessen Anweisung ist das passiert?«

Soames zuckte entschuldigend mit den Schultern. »Aber, Eure Heiligkeit, mir blieb doch gar keine andere Wahl, nachdem Monsignore Diageo mir zu verstehen gab, sie stelle in *Ihren* Augen eine Gefahr für das Projekt dar ...«

Accosta biss die Zähne zusammen. Er hatte nicht damit gerechnet, dass Soames so weit gehen könnte. Monsignore Diageo war immer sehr diskret, wenn sich drastische Maßnahmen nicht vermeiden ließen, aber Soames schien es richtig Spaß zu machen, ihn auf die Probe zu stellen. »Sie war mir treu ergeben. Ich konnte doch nicht ahnen, dass Sie – *das* tun würden.«

»Was hätte ich denn Ihrer Ansicht nach mit Ihrer unbequemen Priesterin machen sollen, Eure Heiligkeit?«

Schweigen.

Soames lächelte. »Mater Giovanna ist nicht umsonst gestorben, Eure Heiligkeit. Wenn Sie sich ansehen, wie sie stirbt, werden Sie sehen, wie weit wir bereits gekommen sind.«

Von diesem Moment an hasste Accosta Soames. Er hasste seine

jugendliche Arroganz und seine Freude an den rücksichtslosen Maßnahmen, die ihm selbst so schwer zusetzten. Aber vor allem hasste er Soames, weil er ihm nicht gestattete, sich in dem Glauben zu wiegen, sein Abrücken von Mater Giovanna Bellini, einer seiner treuesten Anhängerinnen, hätte etwas anderes als ihren Tod zur Folge haben können. Bei der Marine hatte er gelernt, kriegsbedingte Verluste zu akzeptieren, und er hatte sich schon vor langem damit abgefunden, dass Opfer gebracht werden mussten, um Gottes Werk zu verrichten, aber ein schlechtes Gewissen hatte er trotzdem.

»Dr. Soames«, sagte er schroff, »unternehmen Sie künftig, was das Soul Project angeht, nichts mehr ohne meine ausdrückliche Genehmigung. Und jetzt lassen Sie mich das Experiment sehen.«

Soames nickte. »Wie Sie wünschen, Eure Heiligkeit.« Er räusperte sich. »Bevor wir beginnen, ein paar Hintergrundinformationen: Die Quantenphysik hat uns gelehrt, dass das menschliche Bewusstsein sowohl als Teilchen, unser physisches Gehirn, wie auch als Welle, die Gedanken in unserem Geist, existiert. Außerdem lehrt uns die Physik, dass Energie nicht einfach verschwinden kann; sie muss irgendwohin. Das ist bei der Lebensenergie nicht anders. Und aufgrund jüngster Quantenexperimente wissen wir, dass zum Zeitpunkt des Todes unsere Lebenskraft – unser Bewusstsein – unseren Körper in Form einer kohärenten Ansammlung subatomarer Photonen verlässt. Diese Photonen können wir mithilfe eines modifizierten Photonen-Detektorschirms beim Verlassen des Körpers beobachten. Interessanterweise hinterlässt jedes Individuum ein unverwechselbares Welleninterferenzmuster. Um Übertragungsstörungen zu vermeiden, wird der Schädel der Versuchsperson kahl geschoren, und um die Lebenskraft für das menschliche Auge sichtbar zu machen, benutzen wir getönte Kunststoffkontaktlinsen, Flaviongas und grüne Lichtspektren, welche die elektromagnetische Strahlungsfrequenz künstlich modifizieren.«

Accosta musste sich zwingen, sich nicht abzuwenden, als er, den Blick auf die Augen der Frau geheftet, finster auf den Bildschirm starrte, auf dem nun zu sehen war, wie ein grünes Gas in die Glaskugel strömte und dem Gesicht der Frau ein krankes aktinisches Aussehen verlieh. Am rechten Bildschirmrand war gerade noch die an ihrer linken Schläfe befestigte Elektrode zu erkennen. Aus dem Off ertönte ein Countdown.

Vier ... drei ... zwei ... eins.

Von der Elektrode löste sich ein Funke, gefolgt von einem Lichtblitz, der selbst auf dem Bildschirm so intensiv war, dass Accosta blinzeln musste. Gleichzeitig wurden Mater Giovannas Augen unter den Kontaktlinsen vollkommen ausdruckslos, wie zwei ausgebrannte Glühbirnen.

Accosta brach beim Anblick dieser starren Augen der Schweiß aus, und sein Herz begann heftig zu schlagen. Trotz seiner heftigen Schuldgefühle haftete dem damit einhergehenden Kitzel fast etwas Sexuelles an. Was hatte sie gesehen, als sie starb? Was sah sie jetzt gerade?

»Lassen Sie mich Ihnen erklären, was passiert ist, Eure Heiligkeit. Dieser Ablauf war typisch für die letzten Versuche.«

Auf dem Monitor war noch einmal dasselbe Experiment zu sehen, allerdings aus größerem Abstand. Accosta konnte jetzt Mater Giovannas ganzen Körper auf dem Laborbett liegen sehen. Am Fuß des Betts befanden sich zwei Monitore.

»Ich spiele das Ganze noch mal ab, aber diesmal über zweihunderttausendmal langsamer als normal. Licht bewegt sich mit einer Geschwindigkeit von dreihunderttausend Kilometern pro Sekunde fort. Nur in extremer Zeitlupe kann man erkennen, wie erfolgreich wir die Lebensenergie kanalisiert haben. Ich beginne an der Stelle, wo der Elektroschock verabreicht wird, denn das ist bedauerlicherweise die einzige Möglichkeit, den Todeszeitpunkt exakt zu bestimmen.«

Als diesmal der Lichtblitz aufleuchtete, sah ihn Accosta als einen Funken, der aus den Augen der Frau kam. Irgendwie trat ein einziger Funke gleichzeitig durch beide getönten Kontaktlinsen aus, bevor er auf den winzigen Detektorschirm im Visier traf und auf dem bis dahin dunklen Monitor ein Streifenmuster aus weißen Strichen sichtbar werden ließ.

»Ich bitte zu beachten, wie schön hier der Welle-Teilchen-Dualismus der Quanten zu sehen ist. Aus Gründen, die wir noch nicht ganz verstehen, tritt die Lebensenergie durch die Augen aus und gestattet uns auf diese Weise, das klassische Doppelspaltexperiment nachzustellen. In dem Moment, in dem die Lebensenergie Mater Bellinis Körper verlässt, dringt sie durch beide Augen und trifft auf den Detektorschirm im Visier. Sehen Sie das Interferenzmuster, das auf dem Schirm erscheint, wenn die Ansammlung von Lichtteilchen – oder Photonen – den Körper verlässt und interferiert. Dieses Streifenmuster ist unverwechselbar das von Mater Giovanna Bellini, gewissermaßen der Strichcode, der ihre Seelensignatur darstellt.«

Accosta, der Soames' Kommentar aufmerksam zuhörte, nickte und verfolgte nun auf dem Bildschirm, wie der Funke sich auf die Hülle der Glaskugel zu bewegte. Als er auf sie traf, raste er, obwohl die Aufnahme in extremer Zeitlupe lief, im Bruchteil einer Sekunde über jeden Millimeter der eng gewundenen durchsichtigen Faser in der Außenschicht und ließ sie vorübergehend wie einen Lichthof aufleuchten. Dann war das Licht verschwunden.

»Das ist das Problem«, sagte Soames. »Jetzt können wir zwar den Weg des Bose-Einstein-Kondensats bestimmen und kanalisieren, aber –«

»Sie meinen doch die Seele«, sagte Accosta.

»Ja, Eure Heiligkeit. Bose-Einstein-Kondensat ist lediglich der korrekte quantenphysikalische Terminus für das Bosonensystem, das die Seele bildet.«

Accosta runzelte die Stirn. »Einfacher ausgedrückt, sagen Sie also nichts anderes, als dass Sie die Seele beim Verlassen des Körpers zwar in bestimmte Bahnen lenken, sie aber nicht lange genug in der Kugel um den Kopf festhalten können, dass sie auf dem Oszillographen eine Leuchtspur hinterlässt?«

»Ich sage nur, es wird seine Zeit dauern, Eure Heiligkeit. Genauso, wie Elektrizität immer die Erde sucht, sucht diese Energie immer den Himmel. Sie auch nur eine Millisekunde aufzuhalten, um sie messen zu können, ist sehr schwierig. Aber Sie müssen zugeben, dass schon der Beweis des Quantendualismus von Gehirn und Geist – oder Körper und Seele – ein enormer Fortschritt ist. Allein der Nachweis der Existenz der Quantenseele in Gestalt eines Bosonensystems aus Photonen ist eine bahnbrechende Entdeckung.

Bei dem Versuch, die Frequenz der Seele zu bestimmen, verlässt man jedoch das Reich der Quantenphysik und begibt sich in das Reich der Quantenmetaphysik. Das Zeitfenster des Todes ist so klein, dass es praktisch unmöglich ist, die aus einem Experiment gewonnenen Erkenntnisse auf das nächste zu übertragen. Der Tod eines jeden Individuums ist anders, so dass wir auf die simple Methode des Ausprobierens angewiesen sind und nur hoffen können, irgendwann die richtige Frequenz herauszubekommen. Wenn die Menschen öfter als einmal sterben würden, könnten wir uns auf eine Person konzentrieren und jedes Mal, wenn sie stirbt, selbstkorrigierende iterative Experimente durchführen. Dann hätten wir die Frequenz des Bose-Einstein-Kondensats – der Seele – im Handumdrehen herausgefunden.«

»Aber Menschen sterben nun mal nicht öfter als einmal. Wie dicht stehen Sie also schon davor, die Frequenz der Seele messen zu können?«

»Sehr dicht. Im Prinzip gibt es das, was wir zu erreichen versuchen, in der Optoelektronik bereits. Genau so, wie ein optischer Computer eine kohärente, mit Daten kodierte Ansammlung von Licht-Photonen einfängt, sollten wir in der Lage sein, eine intakte Seele als ein kohärentes Bosonensystem aus Lebens-Photonen lang genug einzufangen, um ihre Frequenz zu bestimmen. Dafür brauchen wir nur Zeit.«

»Wir haben aber keine Zeit. Welche anderen Ausweichmöglichkeiten stehen uns zur Verfügung?«

»Der Wahrheitsrat hat sich mit allen in Frage kommenden Technologien eingehend befasst, um zu prüfen, ob sie, so unterschiedlich sie auch sein mögen, für unsere Zwecke geeignet sind. Die aussichtsreichsten Projekte haben wir im Auge behalten und ihnen umfangreiche finanzielle Unterstützung angeboten, damit wir über die neuesten Entwicklungen auf dem Laufenden gehalten werden. Trotzdem halten wir diese Methode nach wie vor für die am besten geeignete.«

Accosta runzelte die Stirn. »Frank Carvelli meinte, Sie wären von einem unmittelbar bevorstehenden Durchbruch überzeugt.«

»Überraschenderweise hat sich erst vor kurzem etwas Neues ergeben, dem ich sehr gründlich nachgehe. Aber darüber möchte ich mich erst äußern, wenn sich ein paar meiner Vermutungen bestätigt haben.« Er hielt inne. »Aber vielleicht möchten Sie ja erst mal eine Pause einlegen, Bilanz ziehen …«

»Nein. Nein. Auf gar keinen Fall«, sagte Accosta hastig. »Wenn überhaupt etwas, müssen Sie die Experimente beschleunigen. Was wir hier in Angriff genommen haben, duldet keinen Aufschub, zumal wir, falls Ihr Vertrauen in diese neue Technologie begründet ist, unserem Ziel schon so verlockend nah sind. Wir haben es fast geschafft. Es steht einfach zu viel auf dem Spiel.«

»Aber nach Ihrer Reaktion auf Mater Giovannas Tod, sollten wir da nicht …?« Soames sprach den Satz nicht zu Ende.

Accosta sah ihn finster an. Er hasste es, auf diesen Mann angewiesen zu sein, und nicht zum ersten Mal fragte er sich, welche Gründe den Wissenschaftler in Wahrheit bewogen, ihm zu helfen. Mit eisig beherrschter Stimme sagte er: »Nachdem Sie Mater Giovanna getötet haben, Dr. Soames, ist es sogar noch dringlicher, das Soul Project erfolgreich zum Abschluss zu bringen. Ich werde nicht zulassen, dass ihr Tod umsonst war.«

20

Surrey, England.
Ein Tag später

Den Blick unverwandt nach vorn gerichtet, saß Miles Fleming in der vordersten Bank der alten Kirche und sagte sich immer wieder, dass er bei der Rückkehr nach Barley Hall eine rationale Erklärung dafür finden würde, warum sein Bruder noch sechs Minuten nach seinem Tod gesprochen hatte. Das beschäftigte ihn stärker, als er beschreiben konnte.

Die uralte kleine Kirche, nicht weit vom Wohnsitz seiner Eltern in Surrey, roch nach Weihrauch, Bienenwachspolitur und dem Staub der Vergangenheit. Die dunklen Holzbänke waren abgenutzt, und die steinernen Wandtafeln gedachten Gemeindemitgliedern, die in Jahrhunderte zurückliegenden Kriegen gefallen waren.

Jemand hat mal gesagt, Begräbnisse seien für die Lebenden, nicht für die Toten, und genau diesen Eindruck hatte Fleming heute. Obwohl selbst überzeugter Atheist, hatte er Jake und seinen Eltern zuliebe ein kirchliches Begräbnis organisiert. Seine Mutter und sein Vater mussten daran glauben, dass ihr Sohn sich an einem besseren Ort befand, und für Jake wurde es durch das Ritual leichter, das Geschehene zu verstehen und zu akzeptieren.

Die Kirche war bis auf den letzten Platz besetzt, und hinten mussten sogar ein paar Leute stehen. Außer den Familienangehörigen waren auch viele von Robs Freunden gekommen: In dem kleinen Dorf südlich von London hatte sich eine bunte Mischung aus zackigen Militärs in Uniform, Leuten in Anzug und Krawatte und sogar ein paar verwitterten Bergfexen in zerknitterten Fleece-Jacken eingefunden, um Rob die letzte Ehre zu erweisen.

Als Fleming mit fünf Militärkameraden Robs den Sarg in die Kirche trug, überkam ihn das unwiderstehliche Bedürfnis, einfach hinauszuschreien, dass er seinen Bruder hatte sterben lassen und nach seinem Tod sprechen gehört hatte. Aber stattdessen hatte er den Sarg mit den anderen vor dem Altar abgestellt und anschließend auf der vordersten Bank Platz genommen. Dort saß er nun neben seinen Eltern und Jake, der die ganze Zeit den Sarg anstarrte. Er konnte Jakes warmen Oberschenkel an seinem spüren und seinen Atem hören. Er bekam zwar den gemessenen Ton mit, in dem der anglikanische Geistliche sprach, aber nicht den Sinn seiner Worte. Alles, worauf er sich konzentrieren konnte, waren die abgerissenen Atemzüge seines Neffen, zumal er ständig auf irgendwelche Anzeichen lauschte, dass der Junge einen Zusammenbruch erlitt.

Um sich nicht mit dem Tod seines Bruders auseinander setzen zu müssen, hatte sich Fleming in den vier Tagen, die seitdem vergangen waren, ganz auf die zahlreichen praktischen Angelegenheiten gestürzt, die zu erledigen waren. Nachdem er Virginia Knight benachrichtigt und den Totenschein ausgestellt hatte, hatte er Urlaub genommen, um zu seinen Eltern zu fahren und das Begräbnis zu organisieren. Nach außen hin wirkte er nüchtern und gefasst, aber innerlich fühlte er sich vollkommen taub, während der Schock und der Schmerz unter einer dünnen Schutzschicht vor sich hin brodelten.

In Cambridge, als er seiner Mutter und Jake die traurige Nachricht überbrachte, hatte er sich nur noch mit Mühe beherrschen können. Seine Mutter war kurz in sich zusammengesunken und hatte den fassungslosen Jake an ihre Brust gedrückt. Er hatte sich auf die Lippen beißen und heftig gegen die Tränen anblinzeln müssen, als sie dann ihn umarmte und ihn mit den Worten zu trösten versuchte: »Miles, du hast alles getan, was du konntest. Niemand hätte mehr für ihn tun können. Er ist jetzt in Gottes Obhut.« Aber er hatte nicht alles in seiner Macht Stehende getan, um seinem Bruder zu helfen. Obwohl er wusste, dass das Stimulans Rob vermutlich nicht wieder ins Leben zurückgeholt hätte, musste er mit dem belastenden Wissen leben, die Schwester zurückgehalten und seinen Bruder sterben gelassen zu haben. Er hatte seinen Eltern noch nicht erzählt, was er getan hatte, und würde es wahrscheinlich auch nie tun, weil sie es nicht verstehen würden – für sie zählte das Leben mehr als Leiden.

»O Herr, allmächtiger, allwissender, gnädiger Gott …«

Die Worte des Priesters drangen durch Flemings Gedanken und ließen wilde Wut in ihm aufsteigen. In seinen Augen war in diesen paar Worten die ganze Crux jedes menschlichen Glaubens an Gott auf den Punkt gebracht. Entweder wusste Gott von dem Leid und konnte ihm ein Ende machen, aber es war ihm egal, was hieß, dass er nicht gnädig war. Oder er wusste von dem Leid, und es war ihm nicht egal, er konnte aber nichts dagegen tun, was hieß, dass er nicht allmächtig war. Oder er konnte etwas gegen das Leid tun, und es war ihm nicht egal, er wusste aber nichts davon, was hieß, dass er nicht allwissend war. Es war *unmöglich*, dass Gott allmächtig, allwissend und gnädig war.

Fleming schaute zu seinen Eltern hinüber. Seine Mutter sah klein und zerbrechlich aus, und sein Vater, ein Architekt im Ruhestand, kam ihm zum ersten Mal alt vor. Aus dem Bedürfnis heraus, in ihrem Glauben Halt zu suchen und in dem Leid, das Fleming schon lange als grausam und willkürlich betrachtete, einen Sinn zu erkennen, blickten beide den Geistlichen an. Fleming wünschte sich, *ihm* stünde jetzt der Trost blinden Glaubens zu Gebote. Aber so einfach war die Sache nicht.

Obwohl sein Bruder praktisch tot gewesen war, als er ihn gebeten hatte, »das Seil zu kappen«, und obwohl er glaubte, richtig gehandelt zu haben, als er ihn von seinem Leiden erlöste, quälte ihn dennoch das Wissen, dass Rob nicht nur sechs Minuten, *nachdem* er gestorben war, noch einmal gesprochen hatte, sondern sich dabei vor allem auch nicht so angehört hatte, als wäre er von allem Leid erlöst.

Während Fleming sich mit dem Für und Wider seiner Entscheidung herumschlug, versuchte er, die widersprüchlichen Gedanken in seinem Kopf zum Schweigen zu bringen, denn er wollte einfach nicht glauben, Rob könnte woanders sein als im Nichts. Es musste im NeuroTranslator zu einer Verzögerung, zu irgendeiner Funktionsstörung, gekommen sein, durch die der Eindruck entstanden war, als hätte Rob nach seinem Tod gesprochen, und was Miles Fleming gehört hatte, waren nicht die Worte einer gequälten Seele gewesen, sondern das letzte panische Luftschnappen eines sterbenden Geistes, bevor das Nichts sich seiner bemächtigte.

Fleming musste das glauben, denn seine Überzeugungen ließen ihm keine andere Wahl. Der Gedanke, das Bewusstsein seines geliebten Bruders könnte weiter leben und leiden, war ihm unerträglich. Vor allem, nachdem er ihn nicht zu retten versucht hatte.

Im Moment sprach gerade ein Offizier aus Robs Regiment über seinen verstorbenen Kameraden. Der schwache irische Akzent und die ohne jedes falsche Pathos vorgetragenen Erinnerungen des Mannes schienen Rob wieder vor der Trauergemeinde erstehen zu lassen. Rob »als den besten Vater, den besten Sohn und den besten Bruder, aber vor allem als den besten Mann« bezeichnet zu hören, trieb Fleming Tränen in die Augen.

Doch erst als er Jake neben sich aufschluchzen hörte und sich die Schwere seines Verlustes vorstellte, spürte er, wie in seinem Innern ein Damm brach. Die Tränen waren schmerzlos, als sie kamen, ein Ablassen aufgestauten Drucks. Er zog Jake an sich, und gemeinsam weinten sie in hemmungsloser Trauer.

Drei Stunden später

Nachdem sich nach der Totenwache im Haus seiner Eltern auch die letzten Trauergäste verabschiedet hatten, ging Fleming in den Garten. Es hatte ihm gut getan, Robs Freunde zu sehen, aber er fühlte sich mürbe und zerschlagen. In der hereinbrechenden Dämmerung setzte er sich auf die Bank unter dem Ahorn, auf den er und sein Bruder immer geklettert waren, nachdem seine Eltern aus dem Peak District hierher gezogen waren.

Obwohl er das Haus und die mit ihm verbundenen Erinnerungen als tröstlich empfand, zog es ihn nach Barley Hall zurück. Bevor er von der Klinik losgefahren war, hatte er zunächst den NeuroTranslator zu seiner Beruhigung auf irgendwelche Funktionsstörungen überprüfen wollen, aber dann hatte er sich doch dafür entschieden, sofort zu seiner Familie zu fahren. Doch je länger er die seltsame Verzögerung in seinem Kopf schwären ließ, desto mehr bemächtigte sie sich seiner Gedanken. Es genügte nicht, nur zu glauben, dass das Ganze nichts zu bedeuten hatte; er musste es *beweisen*.

Aus der Küche kam eine kleine Gestalt in die Abenddämmerung herausgeschlendert. »Onkel Milo?«

Obwohl Jake mit den Beinprothesen noch nicht vertraut war, bewegte er sich damit so natürlich, dass Fleming sich nicht vorstellen konnte, jemand könnte etwas Unbeholfenes an seinem Gang feststellen. »Hallo, Jake. Komm doch her.«

Der Junge setzte sich neben ihm auf die Bank und lehnte sich an ihn.

»Milo, warum mussten sie sterben?«

Fleming legte den Arm um Jake. Die letzten vier Tage hatte Jake seine Großmutter immer wieder gefragt, was mit seiner Mum und seinem Dad passiert war, und sie hatte ihm vom Himmel und von Gott erzählt. Fleming hatte sich mehr um Jakes Zukunft Gedanken gemacht: Nach langen Diskussionen hatten sie sich darauf geeinigt, dass sich zunächst seine Großeltern seiner annehmen würden, dass aber Fleming ihn adoptieren würde. »Wir können einfach nicht immer sagen, warum im Leben etwas passiert, Jake«, antwortete er. »Es passiert einfach. Aber ich weiß, deine Mum und dein Dad haben dich sehr lieb gehabt, und ich habe dich auch sehr lieb, und Grandma und Grandpa haben dich auch sehr lieb. Wir haben immer noch uns, Jake.«

»Aber wo sind Mum und Dad jetzt? Haben sie E-Mail?«

Fleming musste lächeln. »Wenn sie welche haben, haben sie mir die Adresse nicht gesagt.«

»Aber wo, *glaubst* du, ist Dad? Irgendwo muss er doch sein, Milo.«

»Na ja, ich schätze mal, er lebt in unseren Erinnerungen und in unseren Herzen.«

»Aber was denkt er gerade? Kann er mich sehen?«

»Das weiß ich nicht«, antwortete Fleming. »Ich glaube, dein Dad hat sich einfach nur schlafen gelegt. Er war krank, und jetzt ruht er sich aus.«

»Wovon träumt er dann?«

Unwillkürlich musste Fleming an Amber Grants Traum denken und an ihren Eindruck, der Geist ihrer Schwester würde in ihr weiterleben. »Wenn er irgendwas träumt, dann bestimmt von schönen Dingen – von dir zum Beispiel und von all den anderen Menschen, die er gern hat.«

»Was passiert, wenn er aufwacht?«

»Vielleicht wacht er nicht mehr auf. Vielleicht ist er in einen langen, friedlichen Schlaf gesunken, der kein Ende hat.«

»Oma sagt, Mum und Dad sind im Himmel.«

»Kann schon sein.«

»Sie sagt, der Himmel ist ganz weit oben und voll schöner Dinge.«

»Also, wenn dieser Ort schön ist und sehr weit oben, dann hat ihn dein Dad bestimmt gefunden. Er ist ein guter Bergsteiger.«

Jake blickte zu den Sternen hinauf und seufzte. »Milo«, begann er schließlich und runzelte vor Konzentration die Stirn, »wenn Gott den Himmel gemacht hat, der so gut ist, warum lässt er dann zu, dass sowas passiert, was schlecht ist? Warum hat er mir Mum *und* Dad weggenommen? Er braucht doch nicht beide.«

Fleming fragte sich, was seine Mutter darauf erwidert hätte. Dabei hatte Jake noch nicht mal erwähnt, dass ihm der anscheinend allmächtige, allwissende und gnädige Gott auch seine Beine weggenommen hatte. »Das weiß ich nicht, Jake. Vielleicht ist Gott, falls es ihn gibt, sehr habgierig und dachte, deine Mum und dein Dad wären so was Besonderes, dass er sie unbedingt selbst haben müsste.«

»Der Himmel ist doch ein *guter* Ort, oder nicht?« Jakes ernstes Gesicht war besorgt.

»Klar.« Fleming zerzauste seinem Neffen das Haar.

»Dann sind Mum und Dad also glücklich – weil im Himmel alle glücklich sind, oder?«

Fleming hielt Jakes durchdringendem Blick stand. »Sicher, Jake, das sind sie bestimmt.«

Aber natürlich war er sich nicht sicher.

Wer hätte das sein können?

21

Think Tank.
Neun Stunden später

Um zwei Uhr vierzig morgens schlief Amber Grant im Think Tank von Barley Hall tief und fest. Sie war am Nachmittag aus San Francisco zurückgekommen und hatte durch Virginia Knight von Rob Flemings Tod erfahren. Die Schwestern hatten ihr geholfen, sich in ihrem Abteil einzurichten, wo zu ihrer Freude bereits eine Grußkarte von Pater Peter Riga mit einer Schachtel der belgischen Pralinen auf sie wartete, die sie so gern mochte. »Ich bin sicher, alle Untersuchungen werden ergeben, dass du einen exzellenten Verstand hast. Ruf mich an, wenn du reden möchtest. Papa Pete.«

Danach war sie in den Think Tank gefahren worden, damit sie dort mit den Übungen und Analysen fortfahren konnte. Sie schlief jetzt seit achtzehn Minuten und trat gerade in die REM-Phase ein, den Traumzustand.

Als ihr bewusstloser Geist aus ihrem Körper gezogen wurde, begann sie zunächst, zu zucken und dann immer heftiger um sich zu schlagen. Doch wenig später lag sie wieder reglos in ihrem Bett, und die raschen Augenbewegungen setzten ein. Ihre Lider öffneten sich, und sie starrte blind an die Decke. Diesmal wurde sie sogar noch schneller aus ihrem Körper gezogen – so schnell, dass sie kaum atmen konnte –, und sie raste mit beängstigender Geschwindigkeit auf das helle Licht zu. Alles war komprimiert, das Dunkel schwärzer, das Licht heller. Sie war ganz sicher, dass das Licht diesmal irgendeine entsetzliche Wahrheit enthüllen und sie für immer verschlingen würde.

Als sie darauf zuraste, konnte sie nichts anderes tun, als lautlos in das Nichts zu schreien …

Miles Fleming fuhr durch das Tor von Barley Hall und die Zufahrt hinauf. Er parkte vor dem Eingang. Im grellen Schein der Sicherheitsscheinwerfer wirkte der auf dorischen Säulen ruhende Portikus sehr imposant, aber Fleming blickte nicht auf, als er das Gebäude betrat und in sein Büro eilte.

Er war nach dem Gespräch mit Jake früh zu Bett gegangen und kurz nach zehn Uhr in unruhigen Schlaf gesunken. Zwei Stunden später war er von einem düsteren Traum, an dessen Inhalt er sich nicht mehr erinnern konnte, schweißüberströmt aufgewacht. Die Sache ließ ihm keine Ruhe mehr. Er verließ das Haus seiner Eltern und fuhr nach Barley Hall. Er musste herausfinden, warum Rob mithilfe des NeuroTranslators noch nach seinem Tod hatte sprechen können. Er musste eine rationale Erklärung dafür finden, und zwar *sofort*.

Vorbei an der Nachtschwester, die an ihrem Schreibtisch döste, eilte er den schwach erleuchteten Flur des Ostflügels hinunter, als er aus dem Think Tank den klagenden Schrei eines Kindes kommen hörte. Er blieb abrupt stehen. Zurzeit waren in Barley Hall keine Kinder. Als er dann auch noch hörte, was das Kind sagte, stockte ihm der Atem.

Vorsichtig öffnete er die Tür zum Think Tank gerade weit genug, um Amber Grant mit der blauen Elektrodenkappe auf dem Kopf reglos auf dem Bett liegen zu sehen. Ihre Haut glänzte vor Schweiß, und ihre Augen standen offen. Zwar war auch ihr Anblick Besorgnis erregend, aber was Fleming entsetzt zusammenfahren ließ, war die kindliche Stimme aus ihrem Mund.

»Amber, Amber, wo bist du?« Sie klang erschrocken und frustriert.

Er ging leise zum NeuroTranslator. Das Gerät oszillierte in allen Farben des Regenbogens, während es mit seinen optischen Parallelprozessoren unzählige simultane Rechenvorgänge durchführte. Er drehte an zwei Knöpfen des Steuerpults und legte einen Schalter um. Eigentlich hatte er keine Ahnung, was er zu hören erwartete, als die Lautsprecher angingen, und er wollte sie schon nach wenigen Momente wieder ausschalten, als ein Laut durch das leise Rauschen drang.

Einen Schrei wie dieses Aufheulen hatte er noch nie gehört. Die erste spontane Assoziation, die ihm dazu kam, als er nach dem Schalter tastete, um es auszumachen, war eine Bibelstelle, über die sein Bruder und er beim Religionsunterricht immer nur mit leichter Beklommenheit gelacht hatten. *»Aber die Kinder des Reichs werden ausgestoßen in die Finsternis; dort wird Heulen sein und Zähneknirschen.«*

Trotz all seiner Skepsis in Glaubensdingen ging Fleming die verzweifelte Klage tief unter die Haut. Sie war aus dieser Welt gekommen, es war der Schrei einer gequälten Seele.

Mühsam um Fassung ringend, wandte er sich dem Bett zu. Amber lag inzwischen wieder ganz ruhig da und atmete regelmäßig. Ihre Augen waren geschlossen, und sie gab keinen Laut mehr von sich. Fleming verließ den Think Tank und ging in sein Büro. Plötzlich machte er sich keine Sorgen mehr, nicht erklären zu können, wie Rob nach seinem Tod hatte sprechen können. Inzwischen fürchtete er, es zu können.

22

Die Rote Arche. 33° 15' S, 16° 06' O.
Am selben Abend

Xavier Accosta mochte die Nacht nicht. Es gab noch so viel zu tun, und wenn er schlief, bewirkte er nichts. Es hatte Zeiten gegeben, in denen er kaum Schlaf gebraucht hatte, aber das war lange her. Die Nacht war auch die Zeit es In-sich-Gehens: Wenn er mit sich und seinen Gedanken allein war, kamen die Zweifel. Dann wurde sein Glaube auf die Probe gestellt.

»Geben Sie mir eine ehrliche Antwort, Monsignore«, sagte er zu seinem Assistenten, der ihm in seiner Kabine an Bord der Roten Arche bei den Vorbereitungen für die Nacht zur Hand ging. »Glauben Sie, der Doktor und die Wissenschaftler werden es rechtzeitig schaffen?« Paulo Diageo war der einzige Mensch auf Erden, dem gegenüber er seine Zweifel äußern konnte. Der Monsignore hatte schon für Accosta gearbeitet, als dieser vor über zwanzig Jahren an die Kurie in Rom berufen wurde. Und er hatte ihm als Erster die Treue geschworen, als er den Vatikan verlassen hatte. Der aus den Elendsvierteln Neapels stammende Diageo hatte ihm einmal erzählt, dass er in seinem Leben zwei einschneidende religiöse Entscheidungen getroffen hatte: eine irdisch motivierte, als er, um seiner Herkunft zu entfliehen, in den Dominikanerorden eingetreten war, und eine spirituelle, als er Accosta zum ersten Mal predigen gehört und beschlossen hatte, ihm zu folgen. Er war ein harter Mann mit einem scharfen, erbarmungslosen Verstand, der immer noch Kontakte zur säkularen Unterwelt hatte – einige behaupteten sogar zur Mafia –, und Accosta wusste, dass er alles für ihn tun würde.

Diageo nahm Accosta die roten Gewänder ab, faltete sie und

legte sie in den Wäschekorb. Dann griff er mit überraschender Behutsamkeit nach den frischen Gewändern für den kommenden Tag, entfernte die Plastikhülle und hängte sie in den hohen Mahagonischrank. Zum Schluss nahm er den weißen Frotteebademantel vom Bett und half Accosta hinein. »Nicht die Wissenschaftler werden dafür sorgen, dass sich Ihre Bestimmung erfüllt, Eure Heiligkeit«, sagte Diageo mit seiner tiefen, schleppenden Stimme, als Accosta in die Ärmel des Bademantels schlüpfte. »Das wird Gott bewerkstelligen. Er wird nicht zulassen, dass die Zeit zu knapp wird. Sie sind zu wichtig für Seine Pläne.«

Accosta fand Trost in der ruhigen Gewissheit des Monsignore.

Diageo ging ins angrenzende Bad. »Das Wasser ist eingelassen, Eure Heiligkeit«, sagte er, als er zurückkam. »Ihre Schmerzmittel und die Medikamente sind neben dem Bett. Wünschen Sie sonst noch etwas?«

»Nein. Gott sei mit Ihnen, Monsignore.«

»Und mit Ihnen, Eure Heiligkeit. Wenn Sie –«

»Danke, Monsignore. Ich werde läuten, wenn ich Sie brauche.«

Nachdem Diageo gegangen war, hinkte Accosta ins Bad. Seine Privatgemächer waren schlicht. Der kostbarste Gegenstand darin war ein Zierdegen, der in seiner Scheide über dem Bett hing. Er bewahrte dieses Erinnerungsstück an seine Zeit als Kapitän der argentinischen Marine auf, weil er darin ein Symbol des nie endenden Kampfes sah, den er für die Erlösung der Menschheit focht.

Im Bad ließ er den Bademantel von seinen Schultern gleiten und legte seine Unterwäsche ab, dann stellte er sich nackt vor den Spiegel. Für sein Alter und die Verletzungen, die er im Lauf der Jahre erlitten hatte, sah er immer noch erstaunlich fit aus. Am auffälligsten waren die Narben auf seinem lädierten linken Bein und seinem entstellten Unterleib, Hinterlassenschaften der schweren Verletzung, die vor Jahren sein Leben von Grund auf verändert hatte.

Damals war er ein vollkommen anderer Mann gewesen, ein junger, heißblütiger Soldat, der Gottes Beistand für etwas Selbstverständliches hielt. Alles, was damals für ihn zählte, war Erobern: im Krieg, im Beruf und bei den Frauen. Dann hatte ein britischer Harrier-Jet vor den Falkland-Inseln seinen Kreuzer versenkt. Er konnte sich nicht mehr an die Explosion erinnern oder dass er mit einem Hubschrauber von dem sinkenden Kriegsschiff geholt worden war. Doch obwohl dieser Vorfall über dreißig Jahre zurücklag, konnte er sich noch an jede Einzelheit der elfstündigen Operation erinnern, mit der ihm die Ärzte in Buenos Aires das Leben gerettet hatten. Er hatte zwar die ganze Zeit unter Narkose gestanden, aber von einer Stelle über dem Operationstisch hatte er verfolgt, wie die Chirurgen seinen zerfetzten Unterleib zusammenflickten. Er hatte sich gefragt, ob er am Leben bleiben oder sterben würde.

Als er nach der Operation zu sich kam, war ihm klar gewesen, dass sein Leben eine andere Richtung einschlagen musste. Gott hatte ihn auserwählt. Damit er fortan sein Augenmerk von weltlichen Dingen auf geistliche verlagerte und Seinen höheren Zielen diente, hatte Er seine Seele geschont und nur seinen Körper versehrt. Er hatte Accosta die Gnade des Leidens erwiesen, damit er von seinen Schmerzen unablässig daran erinnert würde, dass er Gottes Gesandter auf Erden war.

Er hinkte ins Bad und prüfte die Wassertemperatur, bevor er in die Wanne stieg. Als er sich in das heiße Wasser gleiten ließ und spürte, wie die Wärme in seine schmerzenden Knochen drang, tröstete er sich mit dem Gedanken an das, was er erreicht hatte, seit er von Rom abgefallen war. In nur zehn Jahren hatte er die Kirche der Seelenwahrheit zur wichtigsten Glaubensgemeinschaft der Welt gemacht.

Doch selbst dieser phänomenale Erfolg war bedeutungslos, wurde ihm bewusst, als er aus der Wanne stieg und sich abzutrocknen begann. Er schlüpfte in sein Nachtgewand und griff nach dem Glas Wasser und den Tabletten auf dem Nachttisch, um die Pillen in der Reihenfolge einzunehmen, in der Diageo sie ihm hingelegt hatte, und dabei ein kurzes Gebet zu sprechen. Er hoffte, Diageo hätte Recht und Gott würde Bradley Soames genügend Zeit einräumen, um das Soul Project zu einem erfolgreichen Abschluss zu bringen.

Er ließ den Kopf auf das Kissen sinken und machte das Licht aus. Doch als ihm aus der Dunkelheit Mater Giovannas aufgespreizte Augen vorwurfsvoll entgegenstarrten, vergrub er das Gesicht im Kissen. Um ihren Tod – und den der anderen – zu rechtfertigen, *musste* das Soul Project gelingen. Die Vorsehung musste Größeres mit ihm vorhaben, als Gottes Stellvertreter auf Erden zu sein. Damit sein Leben – und Mater Giovannas Tod – überhaupt einen Sinn hatten, musste er Gottes Stellvertreter auf Erden *und* im Himmel werden.

23

Barley Hall

Fleming rannte durch die dunklen, verlassenen Flure von Barley Hall in sein Büro, wo er seinen Computer anmachte und nach Eingabe seines Passworts im Data Security Provider die geschützten NeuroTranslator-Dateien öffnete. Nachdem er in der Datenbank das Ordner-Icon »Rob Fleming« gefunden hatte, holte er tief Luft und klickte es an, worauf eine Reihe von Dateinamen erschien.

In wenigen Sekunden hatte er den Bildschirm in zwei Hälften unterteilt. Auf der linken waren Robs Hirnströme zu sehen, auf der rechten das Quicktime-Videomaterial, das die Kameras im Think Tank bei seinem Tod aufgenommen hatten. Eine Uhr am unteren Bildschirmrand gestattete Fleming, die Videoaufzeichnung der Vorgänge Robs Gehirnaktivitäten auf der linken Bildschirmhälfte zeitlich zuzuordnen.

Als er das Experiment noch einmal von Anfang an abspielte, versuchte er, die Aufzeichnung so objektiv wie möglich zu betrachten. An der Stelle, an der Rob zum ersten Mal »sprach«, richtete er sein ganzes Augenmerk auf die Oszillationen der Hirnstromsignale. Jedem Wort ließ sich ein individuelles, aus verschiedenen Hirnströmen bestehendes Identifikationsmuster zuordnen, aber Fleming konnte an keinem etwas Ungewöhnliches entdecken, als er die linke Bildschirmhälfte nach oben scrollte.

Bis Rob den Anfall bekam.

Auf der rechten Bildschirmhälfte war zu sehen, wie Frankie die Elektroden des Defibrillators auf Robs Brustkorb anbrachte. Auf der linken Hälfte schlugen Robs Hirnströme wie in einem letzten Aufbäumen heftig aus. Dann verflachten sie einer nach dem anderen zu geraden Linien und zeigten seinen Gehirntod an.

In den nächsten sechs Minuten belebten sich die Hirnströme nicht wieder. Bis auf einen. Eine Wellenlänge, so weit oben im Frequenzspektrum, dass sie gerade noch auf der Skala war, schlug deutlich erkennbar aus, als Rob seine letzten Worte sprach. Es schien ausschließlich auf sie zurückzuführen sein, dass er auch nach dem Tod noch sprechen konnte. Sie war anders als alles, was Fleming bis dahin gesehen hatte. Er tippte mit dem Finger auf den Bildschirm, und ein Dialogfenster erschien. Und als er auf seine Titelleiste sah, stand dort kein Name, sondern nur ein Wort: »Unbekannt«.

Fleming tippte auf den nach links zeigenden Doppelpfeil auf der Zeitleiste am unteren Bildschirmrand und spulte das Quicktime-Video an den Anfang des Experiments zurück. Als er diesmal die linke Bildschirmhälfte nach oben scrollte, stellte er fest, dass das unbekannte Gehirnsignal bis zu dem Moment, in dem Rob starb, inaktiv war.

Fleming versuchte zu verstehen, was passiert war. Er spielte das Experiment zwei weitere Male ab, diesmal allerdings mit eingeschaltetem Ton, um Robs computergestützte Äußerungen hören zu können. Dabei behielt er ständig die verschiedenen Wellenlängen im Auge, insbesondere die unbekannte am oberen Bildschirmrand.

Schließlich stellte er zwei Dinge fest. Zum einen schien die neue Wellenlänge Rob in die Lage versetzt zu haben, nach seinem Tod flüssiger zu sprechen als davor, fast so, als hätte sie schneller als sämtliche anderen Hirnströme Robs zusammen gelernt, sich des NeuroTranslators zu bedienen. Die zweite Beobachtung war, dass diese Wellenlänge, obwohl sie bei Robs Tod aktiviert wurde, in diesem Moment nicht auf dem Bildschirm *erschien*. Inaktiv und am oberen Rand des Spektrums unbemerkt, war sie am Anfang des Experiments in Brians neuronalem Netz gewesen.

Die erste Beobachtung konnte sich Fleming nicht erklären, aber der Grund für die zweite lag auf der Hand: Der NeuroTranslator hatte die mysteriöse neue Wellenlänge nicht bei Robs Tod entdeckt. Sein neuronales Netz war bei einem anderen Patienten auf sie gestoßen, und zwar bei einem Patienten, der erst vor kurzem eingeliefert worden war.

Fleming beugte sich vor, tippte auf den Bildschirm und ging in das Dateienverzeichnis des NeuroTranslators, um Amber Grants Daten aufzurufen.

Auf der rechten Bildschirmhälfte erschien die Quicktime-Aufnahme ihrer ersten Nacht im Think Tank. Sie warf sich im Schlaf herum, doch dann beruhigte sie sich plötzlich, ihre Augen gingen auf, und sie schrie mit der Stimme eines kleinen Mädchens. Als hätte sie sich selbst verloren, rief sie mehrere Male ihren eigenen Namen.

Bei einem Blick auf die linke Bildschirmhälfte schnürte sich Fleming die Kehle zusammen. Zunächst schlugen die Wellenlängen heftig aus, genau wie Robs Signale, als er starb. Doch dann veränderten sich die Hirnstromsignale auf dem Bildschirm. Einen Augenblick lang waren sie, als wäre das Gehirn tot, vollkommen flach, bevor im obersten Bereich des Frequenzspektrums ein unverwechselbares Signal erschien.

Fleming war sofort klar, dass es sich dabei um die neue Wellenlänge handelte, die es Rob ermöglicht hatte, nach seinem Tod zu sprechen. Er starrte auf den Bildschirm. Dann streckte er langsam, wie in Trance, die Hand nach den Icons auf dem Monitor aus, öffnete Amber Grants Datei von diesem Abend und spielte die Szene, die er gerade im Think Tank beobachtet hatte, noch einmal ab.

Als er Amber im Schlaf beobachtete, achtete er vor allem auf ihr Verhalten beim Eintritt in die REM-Phase. Es schien, als setzte sie sich heftig zur Wehr, als würde sie irgendwohin gezogen, wohin sie nicht wollte. Beim Eintritt in die Traumphase erschlaffte ihr Körper. Die meisten Menschen fallen beim Eintritt in die REM-Phase in eine Art Paralysezustand, weil Pons und Medulla von der Gehirnbasis Signale das Rückenmark hinunterschicken, welche die Muskelaktivität hemmen und die betreffende Person daran hindern, ihre Träume auszuagieren. Ambers Signale waren schwach, und sie öffnete die Augenlider, als suche sie etwas. Sie sprach mit der Stimme, die er wenige Augenblicke zuvor gehört hatte – mit der eines Mädchens.

Fleming beobachtete, wie die Hirnströme auf der linken Bildschirmhälfte ins Flackern gerieten und schließlich flach wurden. Gleichzeitig verfolgte er auf der rechten Seite, wie Amber im Schlaf redete, und dann sah er, wie er in den Think Tank kam, zum NeuroTranslator ging und die Lautsprecher anmachte. Als der schauerliche Schrei vom Band ertönte, beobachtete Fleming auf der linken Bildschirmhälfte den unbekannten Hirnstrom. Er zuckte im Takt mit dem Schrei, als reflektierte er jeden einzelnen Moment der Qual, der sich in ihm Ausdruck verschaffte. Und die ganze Zeit konnte er Amber Grant ihren *eigenen* Namen rufen hören.

Fleming, der wie kaum ein anderer mit dem menschlichen Gehirn vertraut war, wünschte sich nichts mehr, als das Ganze als eine Anomalie einer gequälten Psyche abtun zu können – oder als ein verzögertes Gedächtnis-Syndrom. Aber das konnte er nicht.

Ihm fiel wieder ein, was Amber Grant ihm über ihren Todestraum erzählt hatte. Sollte sie vielleicht doch Recht gehabt haben? Gab es, weil sie einen Teil des lebendigen Gehirns eines toten Menschen besaß, vielleicht doch eine Verbindung zwischen ihrem lebendigen Bewusstsein und dem ihrer toten Zwillingsschwester. Möglicherweise war ihr Todestraum eine Erinnerung an ihre Nah-Todeserfahrung auf dem Operationstisch gewesen und der Schrei, den er gehört hatte, der Todesschrei ihres Geistes, artikuliert von dem unbekannten Hirnstrom. Und die Kinderstimme war möglicherweise nicht aus Ambers, sondern aus Ariels Bewusstsein gekommen.

Hatte Amber dem Sinn nach nicht gesagt, sie und ihre Zwillingsschwester versuchten, Kontakt miteinander aufzunehmen, seien aber, ähnlich zwei gleich gepolten Magneten, nicht in der Lage dazu? Fleming lehnte sich in seinen Sessel zurück und massierte sich die Schläfen. Sein Kopf fühlte sich heiß an, als hätte er Fieber, und seine Hände zitterten. Er wollte sich schlafen legen und das alles vergessenen, aber der Schrei ging ihm nicht aus dem Kopf. Egal, wie er die Daten auf dem Bildschirm auszulegen versuchte, er kam immer wieder auf eine einzige mögliche – unmögliche – Erklärung zurück.

Irgendwie war bei Ariels Tod eine Spur ihres Bewusstseins in dem lebenden Teil von Ambers Gehirn zurückgeblieben, den Ariel mit ihr geteilt hatte. Im Gegensatz zu anderen Körperteilen werden Gehirnzellen nicht erneuert, und zwischen den Zwillingen waren Reste einer mentalen Verbindung erhalten geblieben. Anscheinend versuchte ein Teil von Ariels Bewusstsein mit ihrer lebenden Schwester Kontakt aufzunehmen, während ein Teil von Ambers Bewusstsein sich mindestens zweimal auf eine traumatische Reise in den Tod begeben hatte. Auf irgendeiner unbewussten Ebene strebten sie im Niemandsland zwischen Leben und Tod eine Wiedervereinigung an.

Wenn die Hardwareverbindung zwischen den Zwillingen ihr gemeinsam genutztes Gehirngewebe war, dann war der Software-Link dieser einzigartige und unerklärliche Hirnstrom. Aber dieser Hirnstrom verband nicht nur Amber und Ariel, er hatte auch Rob ermöglicht, sich mitzuteilen. Möglicherweise war dieses neurale Signal, dieser »Seelenstrom«, die universelle Verbindung zwischen abstraktem Geist und physischem Gehirn – zwischen Leben und Tod.

Als er die Videoaufnahme der im Schlaf sprechenden Amber und den aus den Lautsprechern des NeuroTranslators kommenden Schrei noch einmal abspielte, erinnerte sich Fleming an seinen Traum und an Jakes Frage nach dem Himmel. Ihm lief ein kalter Schauder den Rücken hinunter.

Dafür musste es eine rationale Erklärung geben.

Er war so in seine Gedanken vertieft, dass er heftig zusammenzuckte, als er die Gestalt bemerkte, die einen Meter neben ihm stand und auf seinen Computerbildschirm blickte. Die Leiterin von Barley Hall hatte zwei Tassen Espresso in den Händen.

»Virginia, was machen Sie denn hier?«

»Ich habe meine Schlaflosigkeit als Ausrede, Miles. Welche haben Sie?«

»Wie lang stehen Sie schon hier?«

Virginia Knight blickte wieder auf den Bildschirm. Ihr Gesicht war bleich. »Lang genug. Was hat das zu bedeuten?«

Fleming war froh, sich mit jemand aussprechen zu können. »Setzen Sie sich, Virginia. Ich bin nicht ganz sicher, was ich da habe, aber es gibt ein paar Dinge, die Sie wissen sollten.«

Die Rote Arche. 18° 10' S, 16° 01' O.
Zweiundneunzig Minuten später

Xavier Accosta wurde durch ein lautes Klopfen an der Tür seiner Kabine geweckt. Er schlug die Augen auf und versuchte sich zu orientieren. »Was ist los?«

Die Tür ging einen Spalt breit auf, und auf die edelsteinartigen Farben des abgetretenen chinesischen Teppichs fiel ein Dreieck aus Licht. Monsignore Diageo streckte den Kopf durch die Öffnung. »Entschuldigen Sie bitte die Störung, Eure Heiligkeit, aber da ist ein dringender Anruf für Sie.«

»Kann das nicht warten?«

Diageo öffnete die Tür weiter, sodass das Dreieck aus Licht größer wurde, und trat in den Raum. »Nein, Eure Heiligkeit, das kann es nicht.« Er hielt ein schnurloses Telefon in der Hand.

»Wie spät ist es?«

»Halb vier, Kapstadter Zeit.«

Stöhnend griff Accosta nach dem Telefon. Zuerst erkannte er die Stimme des Anrufers nicht, doch als er merkte, wer es war, verflog sein Ärger, und mit einem Mal war er hellwach.

Er hörte mit wachsender Euphorie zu. Obwohl es so vieles gab, was er wissen wollte, kämpfte er gegen das Bedürfnis an, den Anrufer mit Fragen zu bombardieren. Stattdessen wartete er geduldig, bis der Anrufer zu sprechen aufhörte. Dann stellte er drei Fragen. Nachdem er sich die Antworten aufmerksam angehört hatte, erteilte er vier Anweisungen. Schließlich dankte er dem Anrufer, hängte auf und gab dem wartenden Diageo das Telefon zurück.

Er schlug die Bettdecke zurück, sprang auf und eilte praktisch ohne die leiseste Spur eines Hinkens ins Bad.

»An die Arbeit, Monsignor Diageo«, rief er über seine Schulter. »Es gibt viel zu tun. Endlich hat der Herr unsere Gebete erhört. Jetzt dürfen wir Ihn nicht enttäuschen.«

24

Barley Hall. Am nächsten Morgen

Amber wachte erschöpft auf. Die Erinnerung an den Traum von letzter Nacht, der ihr bedeutsamer schien als der erste, bedrückte sie. Sie hatte das frustrierende Gefühl, dass da etwas war, woran sie sich hätte erinnern sollen, etwas, das mit Ariel zu tun hatte. Es war, als könnte sie zwar hören, dass ihre Schwester ihr durch eine dicke, verzogene Glasscheibe etwas zurief, aber nicht verstehen, was sie sagte. Als sie sich anzog, dachte sie voller Erwartung an das Wiedersehen mit Miles Fleming und hoffte, die vorläufigen Analysen des NeuroTranslators würden bereits erste Rückschlüsse auf die Ursachen ihres Problem zulassen. Am Nachmittag wollte sie Papa Pete anrufen.

Sie war insgesamt wieder optimistischer, als es klopfte und Professor Virginia Knight den Think Tank betrat. Ihre Frisur war verdrückt, und ihr Kostüm sah aus, als hätte sie es die ganze Nacht getragen. »Entschuldigen Sie, wenn ich störe, Dr. Grant, aber ich habe schlechte Nachrichten. Der Zustand Ihrer Mutter hat sich drastisch verschlechtert. Die Hospizleitung rät Ihnen dringend, baldmöglichst in die Staaten zurückzukehren.«

Das war das Letzte, was sie erwartet hatte. Der Schock traf sie mit der Wucht eines Faustschlags. Amber wusste, dass ihre Mutter nicht mehr lange zu leben hatte, aber bisher hatte sie diesen Gedanken nicht an sich herangelassen. Ihre Phantomkopfschmerzen und ihr Traum waren plötzlich nicht mehr wichtig. Sie musste nach Hause.

»In etwas mehr als zwei Stunden ginge ein Flug. Wenn Sie in den nächsten fünfzehn Minuten losfahren, erreichen Sie ihn noch. Es wartet bereits eine Limousine, um Sie nach Heathrow zu bringen.« Virginia Knight lächelte mitfühlend. »Das Ganze tut mir außerordentlich Leid. Wenn ich irgendetwas für Sie tun kann, bitte, geben Sie mir Bescheid.«

Amber sah auf die Uhr. »Besteht die Möglichkeit, vor meiner Abreise noch kurz mit Dr. Fleming zu sprechen?«

»Wenn Sie noch rechtzeitig zum Flughafen kommen wollen, nicht. Wenn er heute überhaupt in die Klinik kommt, dann sicher erst später.«

Auf die NeuroTranslator-Befunde würde sie also warten müssen. »Könnten Sie ihm bitte wegen seines Bruders mein Beileid aussprechen und ihm und seinen Mitarbeitern in meinem Namen danken? Außerdem wäre noch zu klären, wann ich zurückkommen und die restlichen Untersuchungen machen lassen kann.«

»Machen Sie sich deswegen mal keine Sorgen. Die Klinik wird sich mit Ihnen in Verbindung setzen, damit Sie da, wo Sie aufgehört haben, mit der Behandlung fortfahren können. Das ist kein Problem.«

Um neun Uhr fünfzehn fuhr Amber in einer Limousine von Barley Hall los. Im Rückspiegel beobachtete sie, wie der herrschaftliche Bau in der Ferne verschwand. Als der Wagen die Abzweigung nach Cambridge passierte, sah sie den Jaguar E nicht, der in die Gegenrichtung fuhr.

Fünfzehn Minuten später, als die ersten Wegweiser zur M11 und nach London auftauchten, bot ihr der uniformierte Chauffeur eine kleine Flasche Evian an. Sie war durstig und trank davon.

Auf der M11 befiel sie plötzlich starke Lethargie. Als sie die M25 erreichten, war sie bewusstlos. An der Abzweigung zur M4 fuhr der Chauffeur an den Wegweisern nach Heathrow vorbei in Richtung Maidenhead weiter. Dort bog er in die Einfahrt eines großen viktorianischen Backsteinbaus. Auf dem weißen Schild am Tor stand: Hospiz der Kirche der Seelenwahrheit. Darunter befand sich das Wappen der Kirche, eine stilisierte Darstellung der Roten Arche mit einem kreuzförmigen Mast.

Die Limousine fuhr hinter dem Hauptgebäude in eine Garage. Dort wurde Amber Grants lebloser Körper aus dem Wagen gehoben, in das Leichenschauhaus des Hospizes getragen und in einen mit Sauerstofftanks und IV-Tropf ausgestatteten Sarg gelegt.

Totenschein und Überführungspapiere waren auf den Namen

Jane Smith ausgestellt und mit dem Stempel des Hospizes versehen. Auf die Blankoformulare waren zwei Ärzteunterschriften gekritzelt.

Die ruhige, eingespielte Effizienz, mit der das für Amber zuständige Personal seiner Arbeit nachging, legte den Schluss nahe, dass sie so etwas nicht zum ersten Mal machten. Schließlich wurde der weiße Sarg verschlossen, in einen Leichenwagen verladen und zur Frachtabfertigung von Terminal 4 gefahren.

Zwei Stunden später befand sich die bewusstlose Amber Grant in der Luft. Sicher verstaut im klimatisierten Laderaum einer Boeing 747, hatte sie es bequemer als der verwöhnteste Erste-Klasse-Passagier.

Die Rote Arche. 18° 06' S, 16° 03' W

Der Rote Papst fühlte sich so voller Energie, dass er die Schmerzen, die seinen Körper plagten, nicht mehr spürte. Mit einem bodenlangen roten Gewand bekleidet, schritt er in seinem Büro im Vorschiff der Roten Arche auf und ab. Das Gefühl, dass sein Lebenswerk möglicherweise kurz vor seiner Vollendung stand, war so stark, dass er es fast schmecken konnte.

»Sind Sie so weit, Doktor?«, fragte er das schemenhafte Gesicht auf dem Bildschirm über seinem Schreibtisch.

»Im Labor laufen gerade die letzten Vorbereitungen, Eure Heiligkeit«, antwortete Soames. Er lächelte. »Wir werden auf jeden Fall rechtzeitig fertig.«

»Hält sich der Wahrheitsrat bereit?«

»Sobald Sie hier eintreffen, werden Ihnen alle Mitglieder zur Verfügung stehen – persönlich oder online.«

»Sehr gut.« Accosta wandte sich Diageo zu, der schweigend an der Tür stand. »Monsignore, haben Sie auch alle anderen Schritte veranlasst? Sich gegen alle Eventualitäten abgesichert?«

»Unsere Kontakte in London und –«

Accosta lächelte Diageo an. »Keine Einzelheiten, Monsignor Diageo.« Diageos zwielichtige Kontakte in der säkularen Welt hatten ihre Vorteile, aber die Bürde, die Accosta zu tragen hatte, war auch schon schwer genug, ohne dass er von ihnen wusste.

»Tun Sie, was Sie tun müssen, Monsignore. Sagen Sie mir einfach, dass alles an Ort und Stelle ist.«

Diageo nickte. »Das ist es.«

»Sehr gut.« Accosta drehte sich um und blickte durch das riesige Panoramafenster auf die endlose Weite des Ozeans hinaus. Er zog ein Taschentuch aus der Tasche seines Gewandes und hustete hinein. Diageo trat auf ihn zu, aber Accosta winkte ab. »Geben Sie auf der Brücke Bescheid, sie sollen volle Kraft voraus nach Norden fahren. Und sie sollen beide Hubschrauber startklar machen. Spätestens in vierundzwanzig Stunden will ich in der Foundation sein. Entschuldigen Sie mich bitte bei den Leuten, mit denen ich heute hier an Bord hätte sprechen sollen, und lassen Sie bei den Gottesdiensten Wiederholungen meiner Predigten laufen.«

Er blickte auf das weiße Taschentuch. Es war rot gefleckt. Er spürte keine Angst: Er war fest davon überzeugt, dass er bereit wäre, wenn es so weit war.

25

Barley Hall. 9 Uhr 30

Trotz seiner Müdigkeit brummte Miles Fleming der Kopf angesichts der jüngsten Entwicklungen, als er seinen Jaguar parkte und in die Klinik eilte, um Amber Grant zu sehen. Nach der aufregenden Entdeckung von letzter Nacht hatte Virginia Knight ihn nach Hause geschickt, damit er sich ein paar Stunden hinlegte. Er hatte so fest geschlafen, dass er den Wecker überhörte, der ihn wie jeden Tag um sechs Uhr weckte.

Er konnte nicht aufhören, darüber nachzudenken, was diese neue Wellenlänge bedeuten könnte. Es musste eine rationale Erklärung dafür geben; dessen war er sich sicher. Er brauchte nur Zeit, um sich eingehender mit dieser Frage zu befassen. Der Wissenschaftler in ihm konnte es kaum erwarten, der Sache auf den Grund zu gehen, denn inzwischen war ihm klar, dass er hier auf etwas gestoßen war, was selbst die Entdeckung der Mikrowellen vor ein paar Jahrzehnten weit in den Schatten stellte. Andererseits hätte er das Ganze jedoch auch am liebsten wieder rückgängig gemacht, denn die Existenz dieser neuen Wellenlänge stellte alles in Frage, woran er glaubte. Was war, wenn die menschliche Existenz über dieses Leben hinausreichte? Was war, wenn es ein Jenseits gab? Welche Konsequenzen hatte das für seine ausschließliche Ausrichtung auf das Hier und Jetzt? Und was bedeutete es für Robs Seele? Und war der Himmel, wie Jake hatte wissen wollen, ein *guter* Ort? Wollte er die Antworten darauf wirklich wissen?

»Miles, ich muss etwas mit Ihnen besprechen«, rief Virginia Knight, als Fleming an ihrem Büro vorbeikam. Nachdem er eingetreten war, forderte sie ihn mit umwölkter Miene auf, Platz zu nehmen. Nach Robs Tod war sie mitfühlend, aber distanziert gewesen, und sie hatte genau wissen wollen, was passiert war. Letzte Nacht, als er ihr von Amber Grant erzählte, hatte sie sehr zurückhaltend reagiert. »Miles, ich habe inzwischen mit den anderen Vorstandsmitgliedern gesprochen«, begann sie, »und es bestehen da ein paar Bedenken, auf die ich Sie hinweisen sollte.«

Fleming runzelte die Stirn. »Was für Bedenken?«

»Eigentlich wollte ich noch etwas damit warten, aber da Sie schon mal hier sind, sollten wir vielleicht besser gleich darüber sprechen. Da Ihr Bruder bei einem Experiment hier in Barley Hall gestorben ist, müssen wir umso mehr darauf achten, dass unser Ruf in puncto Sicherheit in keiner Weise Schaden nimmt.«

»Virginia, Rob war mein Bruder. Für mich ist das alles ganz fürchterlich, aber Robs Tod war keine Folge der Experimente.«

»Miles, hier geht es um den Eindruck, den das Ganze in der Öffentlichkeit erweckt. Ich weiß, es war nicht Ihre Schuld, und eine externe Untersuchung wird auf keinen Fall –«

»Eine Untersuchung? Was soll das heißen?«

»Eine reine Formsache. Sie wissen ja selbst, wie es ist. Da sind Sponsoren, an die wir denken müssen, und es stehen umfangreiche Spenden auf dem Spiel. Es sind Gerüchte in Umlauf, dass Sie nicht alles in Ihrer Macht Stehende getan haben, um das Leben Ihres Patienten zu retten, und die wollen wir selbstverständlich im Keim ersticken, bevor die Presse das Ganze in einem Maß aufbauscht, das in keinem Verhältnis zum tatsächlichen Sachverhalt steht. Es geht einfach nur darum, dass wir Sie ein paar Wochen in Urlaub schicken, und sobald die Untersuchung Sie dann entlastet hat – was, wie wir alle wissen, sicher der Fall sein wird –, können Sie Ihre Arbeit wieder aufnehmen. Bei voller Weiterzahlung Ihres Gehalts, selbstverständlich, und –«

Fleming fiel aus allen Wolken. »Sie suspendieren mich? Soll das ein Witz sein, Virginia, oder was? Ich habe Ihnen bereits gesagt, dass ich nach *vier* erfolglosen Versuchen, meinen Bruder wieder zu beleben, die Schwester davon abgehalten habe, ihm Epinephrin zu spritzen. Was passiert ist, belastet mich ungeheuer, aber ich würde es wieder so machen. Er war eindeutig tot, und ich wollte sein Leiden nicht verlängern. Mir ist kein Fehler unterlaufen. Da ist nichts vertuscht worden. Wir haben alles auf Video, Herrgott noch mal. Lassen Sie mich mit dem Vorstand reden. Ich kann alles erklären.«

Knight schüttelte den Kopf. »So Leid es mir tut, Miles, aber in diesem einen Punkt bin ich mit dem Vorstand einer Meinung. Wir müssen den Ruf von Barley Hall auf kurze Sicht wahren und Ihren auf lange. Auf diese Weise kann sich der Staub erst mal in Ruhe setzen, und es wird erst gar nicht der Verdacht aufkommen, dass hier versucht worden sein könnte, etwas zu vertuschen. Die Presse –«

»Was hat die Presse damit zu schaffen? Das geht sie doch überhaupt nichts an. Wie sollte sie überhaupt auf die Idee kommen, dass es hier etwas zu vertuschen geben könnte? Rob war mein Bruder, Herrgott noch mal.«

»Es tut mir Leid, Miles, aber dieser Punkt steht nicht zur Diskussion.«

Fleming konnte sich kaum mehr beherrschen. »Das ist vollkommen lächerlich, Virginia. Und was ist mit Amber Grant und dieser neuen Wellenlänge? Wir sind etwas absolut Außergewöhnlichem ganz dicht auf der Spur, und Sie wollen eine Untersuchung durchführen, ob ich Schuld am Tod meines Bruders bin oder nicht.«

»Das ist ein weiterer Punkt, über den ich mich mit Ihnen unterhalten muss, Miles. Es darf mit keinem Wort nach draußen dringen, was bei dem Experiment passiert ist. Es ist schon schlimm genug, dass Rob gestorben ist, aber auf gar keinen Fall wollen wir das Interesse an dieser Geschichte noch mit irgendwelchen Gerüchten über Mitteilungen aus dem Jenseits zusätzlich anheizen. Ich habe mit allen Beteiligten an dem Experiment gesprochen und ihnen klar gemacht, dass das Ganze nichts weiter war als ein Verzögerungseffekt. Was sie und alle anderen angeht, lautet die offizielle Erklärung, Robs neurale Signale waren aktiv, *bevor* er starb, wurden aber wegen einer Verzögerung im NeuroTranslator erst nach seinem Tod übertragen – ein technisches Problem also.«

Fleming hieb mit der Faust auf den Schreibtisch. »Und was ist mit Amber Grant?«

»Deswegen brauchen Sie sich vorerst keine Gedanken zu machen. Sie musste nach Kalifornien zurückfliegen. Ihre Mutter liegt im Sterben.«

»Sie ist heute morgen abgereist? Haben Sie ihr von –«

»Sie hat im Moment genug andere Sorgen, Miles. Ich glaube, wir sollten sie bis auf weiteres nicht mit diesen Dingen behelligen. Wenn die Sache mit ihrer Mutter geklärt ist und Sie wieder aus dem Urlaub –«

»Von meiner Suspendierung.«

»Schauen Sie, Miles, die Sache mit Rob tut mir ehrlich Leid, und ich weiß so gut wie Sie, welches ungeheure Pozential die Entdeckung dieser Wellenlänge möglicherweise in sich birgt. Aber wir müssen wirklich aufpassen, wie wir in dieser Angelegenheit weiter vorgehen. Im Moment können wir uns keine Sprünge ins Ungewisse leisten. Fahren Sie ein paar Wochen weg – es ist *keine* Suspendierung – und denken Sie noch mal in Ruhe über alles nach. Sobald die ganze Sache aus der Welt ist, können Sie voll rehabilitiert Ihre Arbeit wieder aufnehmen und sich auch näher mit dieser neuen Wellenlänge beschäftigen. Um Ihre Patienten wird man sich natürlich kümmern, ganz besonders um Jake, falls sich eine Nachbehandlung als nötig erweisen sollte, bevor Sie zurückkommen. Alle Experimente werden strikt nach Ihren Anweisungen durchgeführt. Fahren Sie nach Hause und spannen Sie aus. Machen Sie ein bisschen Urlaub, unternehmen Sie was mit Jake, versuchen Sie, auf andere Gedanken zu kommen.«

Fleming schritt im Raum auf und ab. »Wie soll ich in so einer Situation abschalten, Virginia? Das ist einfach grotesk. Vollkommen idiotisch. Was ist, wenn ich mich weigere?«

»Miles, Sie müssen mir vertrauen. Machen Sie mir die Sache doch nicht noch schwerer, als sie ohnehin schon ist. Es wäre mir äußerst unangenehm, Sie vom Sicherheitspersonal aus der Klinik entfernen lassen zu müssen, aber wenn Sie mich dazu zwingen, werde ich genau das tun.«

»Was? Sie wollen, dass ich jetzt *sofort* gehe?«

»So ist es am besten. Räumen Sie Ihren Schreibtisch auf und fahren Sie nach Hause. Machen Sie sich nicht die Mühe, irgendjemand Bescheid zu sagen oder irgendwelche Erklärungen abzugeben, das übernehme ich.«

Fleming holte tief Luft und presste die Arme fest an seine Seiten. Er wusste nicht, wie lange er sich noch beherrschen könnte. »Ich weiß nicht, was das alles eigentlich soll, Virginia, jedenfalls ist es hirnrissig. Das lasse ich mir nicht bieten. So können Sie nicht mit mir umspringen.«

Knight stand auf. »Miles, seien Sie vernünftig. Sie müssen etwas Abstand zu der Sache bekommen. Robs Tod war ein schwerer Schock für Sie, schwerer als Ihnen bewusst ist. Wenn Sie sich den Wünschen des Vorstands widersetzen, kann ich Sie nicht vor etwaigen Disziplinarmaßnahmen schützen.«

»Mich schützen!« Fleming ging um den Schreibtisch und blieb wenige Zentimeter vor seiner Chefin stehen. Er sah ihr in die Augen, bis sie sich abwandte. »Dass Sie eine Bürokratenseele sind, wusste ich schon immer, Virginia, aber eine solche Kleinkariertheit hätte ich Ihnen nicht zugetraut. Ich werde tun, was ich tun muss. Nicht mehr und nicht weniger. Wenn Ihnen das nicht passt, dann tun Sie, was *Sie* tun müssen. Glauben Sie mir, es gibt jede Menge anderer Institute, die mich mit offenen Armen aufnehmen würden.«

Zehn Minuten später raste Fleming auf schmalen Landstraßen nach Hause. Das Verdeck des Jaguar war offen, und die goldgelben Blätter der vorbeischießenden Bäume bewegten sich im Wind. Als er ihrem Rauschen lauschte, wurde er an den Schrei erinnert, der aus den Lautsprechern des NeuroTranslators gekommen war, und er war in Gedanken wieder bei seinem toten Bruder.

In diesem Moment – er bog gerade in Richtung Cambridge ab – kühlte sich Flemings weiß glühende Wut zu etwas Härterem ab. Ihm war klar geworden, dass er nicht geduldig abwarten durfte, bis die Untersuchung ihren Lauf nahm. Er fühlte sich Amber, Rob und Jake – und sich selbst – verpflichtet, dieser Sache weiter nachzugehen und ein paar Antworten zu finden.

Antworten auf Fragen nach Leben und Tod, die zu stellen bisher noch kein anderer Sterblicher in der Lage gewesen war.

26

VenTec Foundation. Alaska.
Achtzehn Stunden später

Der Chinook flog tief über die Brooks-Bergkette im Norden Alaskas. Accosta wischte das Glasfenster neben sich sauber und hielt nach der VenTec Foundation Ausschau. Er wusste, zu der umgebauten Bohrplattform konnte es nicht mehr weit sein, aber weder in der felsigen weißen Öde unter ihm noch auf den hohen Bergen auf beiden Seiten war etwas von ihr zu sehen. Dann blickte er nach oben, an den kreisenden Rotorblättern des Hubschraubers vorbei, und entdeckte auf dem höchsten Gipfel ein schwaches Glitzern von Sonnenlicht.

Als er durch das verschmierte Fenster spähte, konnte er auf dem Gipfelplateau ein Gebäude ausmachen. Auf acht schrägen Stützen ruhend, ähnelte die schwarze Glaskuppel einer riesigen Spinne. Neben ihr standen eine Satellitenschüssel und ein Sendemast, und aus ihrer gläsernen Außenhülle ragte ein Trichter in die Höhe. Direkt unter der Kuppel befand sich der mächtige Mittelpfeiler, der den Bau tief im Berg verankerte und das alte Bohrgestänge und das Bohrloch enthielt. An einer Seite der Kuppel war eine halbkreisförmige Stahlplattform angebracht. Accostas Magen machte einen Satz, als sich der Hubschrauber darauf niederließ.

Es war ein früher Oktobernachmittag, aber es begann bereits zu dämmern. Die Tage waren jetzt nur noch wenige Stunden lang, und in wenigen Wochen würde sich die Sonne monatelang überhaupt nicht mehr zeigen. Accosta konnte diesem trostlosen Ort nichts abgewinnen, aber er verstand, warum Soames seine Forschungszentrale hierher verlegt hatte; außerdem wusste auch er seine Abgeschiedenheit zu schätzen. Vor allem war er jedoch an dem Know-how und den Forschungseinrichtungen interessiert, die hier untergebracht waren und von Soames finanziert und verwaltet wurden.

Nachdem der Hubschrauber auf der Plattform gelandet war, halfen ihm seine Begleiter in die beißende Kälte hinaus, bevor sie ihn durch Schiebetüren aus dickem getöntem Glas in die Wärme des Empfangsbereichs führten. In die gläsernen Türen war ein großes V graviert und darunter das Motto: »VenTec – *An der Gegenwart vorbei in die Zukunft.*«

Als die Sicherheitstür zu dem für alle zugänglichen weißen Sektor mit einem leisen Zischen aufging, wurde Accosta der Mantel abgenommen. Im gedämpften Licht des fensterlosen Flurs, der sich dahinter auftat, wartete Dr. Bradley Soames in einem weißen Overall. Erleichtert stellte Accosta fest, dass er seine Wölfe nicht dabei hatte: Etwas an ihnen war wie nicht von dieser Welt, etwas, das ihm nicht geheuer war – und vor dem er sich fürchtete. Der Wissenschaftler begrüßte ihn wie einen geschätzten Gast: Er ließ sich auf ein Knie nieder und küsste das Kruzifix, das von seinem Hals hing.

»Willkommen, Eure Heiligkeit.«

»Danke, Doktor.«

»Die anderen Mitglieder des Wahrheitsrates sind –«

Accosta hob lächelnd die Hand. »Können wir das nicht später besprechen. Ich kann es kaum erwarten, sie zu sehen. Ist sie hier?«

»Wenn Sie mir bitte folgen würden, Eure Heiligkeit. Sie ist im schwarzen Sektor untergebracht.«

Accosta folgte Soames durch den weißen Sektor. Die Kuppel von VenTec war, ähnlich einer Torte, in vier gleich große Quadranten unterteilt, von denen jeder einer bestimmten Farbe zugeordnet war. In dem für alle zugänglichen weißen Sektor, der sich an den Eingangsbereich anschloss, befanden sich die Aufenthaltsräume und die normalen Labors. Zum blauen, grünen und schwarzen Sektor hatten nur Personen mit einer entsprechenden Genehmigung Zutritt. Darüber hinaus gab es unter der Kuppel, tief im Innern des Berges, einen fünften Sektor, den man durch einen Lift im Mittelpfeiler erreichte. Auch zu diesem roten Sektor hatte man nur mit einer Sondergenehmigung Zutritt.

Begleitet vom Klicken ihrer Absätze auf dem Buchenparkett,

gingen sie durch den weißen Sektor. Die klimatisierte Luft war geruchlos, aber von einem schwachen Rauschen erfüllt. Auf der linken Seite konnte Accosta eine Reihe von Großraumlabors sehen. Einige waren bis auf die fremdartigen Apparaturen in ihnen leer; in anderen wimmelte es von Technikern und Wissenschaftlern in weißen Overalls wie dem des Doktors. Eines enthielt lange Reihen von Computern, deren Bildschirme in einem intensiven weißen Licht flimmerten.

Im Wohnbereich wiesen weiße Pfeile an den nackten Wänden den Weg zu den verschiedenen Einrichtungen: Wohnungen, Restaurants, Kino, Krankenstation, Swimmingpool, Fitnessstudio und Gebetsraum. Die wenigen Außenfenster waren blau getönt und ließen die arktische Landschaft noch eisiger erscheinen.

Sie erreichten den Mittelpunkt des Baus, wo ein Lift in den roten Sektor hinabführte. Er war gekennzeichnet mit roten Hinweispfeilen und Warnhinweisen: *Zutritt nur für Berechtigte und nur mit Schutzbrille.* Als sie nach links weitergingen, kamen sie am Sicherheitseingang zum grünen Sektor vorbei.

Schließlich erreichten sie den schwarzen Sektor, den nördlichsten Abschnitt von VenTec, in dem das Soul Project untergebracht war.

Um die gläserne Sicherheitstür zu öffnen, legte Soames die Handfläche auf einen Sensor neben dem Schloss, und führte Accosta am Besprechungszimmer und am Kommunikationsraum vorbei zum Hauptlabor. Vor dessen Eingang stellte er Accosta einer auffallend gut aussehenden blonden Frau und einem großen Schwarzen mit Brille vor. Beide trugen das emaillierte Kreuz der Kirche der Seelenwahrheit auf ihren weißen Overalls. Den Moschusduft der Frau fand Accosta penetrant.

»Dr. Felicia Bukowski und Dr. Walter Tripp haben mir beim Soul Project assistiert. Der größte Teil der bisher geleisteten Arbeit ist im Wesentlichen ihr Verdienst.«

Accosta schüttelte ihnen die Hand. »Sie haben sich auf ein heiliges und ehrenvolles Unterfangen eingelassen, und ich danke Ihnen für Ihr Engagement und Ihren Erfindungsreichtum.«

»Es ist uns eine Ehre, an diesem Projekt mitzuwirken«, erwiderte Tripp.

»Ein Privileg, Eure Heiligkeit«, fügte die blonde Frau hinzu.

Accosta betrachtete die beiden einen Moment. Beide waren respektvoll, aber irgendetwas an ihrem Verhalten und der Art, wie sie sein Lächeln erwiderten, erschien ihm aufgesetzt. Er hielt sich viel darauf zugute, in die Herzen anderer Menschen blicken zu können, und obwohl er nicht genau hätte sagen können, was mit den beiden nicht stimmte, hatte er dennoch das Gefühl, dass sie sich über ihn lustig machten – zwei altkluge Kinder, die einem beschränkten Verwandten schöntaten. Er wischte diese Gedanken beiseite und ließ sich von Soames die Privatunterkünfte des schwarzen Sektors zeigen.

An der ersten Tür blieb Soames stehen und wies Accosta auf ein Bullauge in der Wand hin. »Da drinnen schläft sie. Die Wirkung des Mittels lässt bald nach.«

Accosta trat ganz dicht an das runde Fenster heran und spähte zu der Frau auf dem Einzelbett hinein. Sie hing an einem Tropf und war an einen Überwachungsmonitor angeschlossen, der mit beruhigender Regelmäßigkeit piepte. »Wie geht es ihr?«

»Gut. Sie wird sich ein wenig benommen fühlen, wenn sie zu sich kommt, aber sie wird hinreichend bei Kräften sein, wenn wir so weit sind.«

»Ausgezeichnet«, sagte Accosta. Ihr schwarzes Haar war über das Kissen verteilt, und ihre dunkle Haut schimmerte auf dem weißen Bettzeug, ihre langen Wimpern zuckten auf ihren Wangen. Als Accosta die schlafende Amber Grant betrachtete, fand er Gefallen an ihrer ätherischen Schönheit.

Sie war jedoch mehr als nur schön: Sie war ein Geschenk Gottes.

Amber hatte in letzter Zeit ohnehin schon manchmal Probleme gehabt, zwischen Traum und Wirklichkeit zu unterscheiden, doch jetzt fiel ihr dies unter dem Einfluss der Medikamente noch schwerer. Als sie die Augen aufschlug, stellte sie fest, dass sie in einem fremden Zimmer mit den Handgelenken an ein Bett geschnallt war. Als sie dann auch noch den Tropf und den Monitor sah, begann ihr Herz heftig zu schlagen. War das die Realität oder ein weiterer Albtraum?

Auf eine kurze Bewegung am Rand ihres Gesichtsfelds hin drehte sie den Kopf zu dem kleinen runden Fenster links von ihrem Bett, durch das sie ein dunkles Augenpaar anstarrte. Die Gier in diesem durchdringenden Blick brachte sie wesentlich mehr aus der Fassung als ihre angeschnallten Handgelenke und der Tropf. Das Gesicht des Mannes war ihr beängstigend vertraut, aber in ihrem benebelten Zustand erkannte sie die Adlernase und die markanten Wangenknochen nicht. Dann wich das Gesicht ein paar Zentimeter von der Scheibe zurück, sodass der ganze Kopf mit dem roten Käppchen sichtbar wurde. Sie hielt vor Entsetzen den Atem an, als ihr klar wurde, wer der Mann sein musste.

Das muss ein Traum sein, sagte sie sich. *Ein Albtraum.*

Denn er war der Teufel, der gekommen war, um ihre Seele zu holen.

27

Besprechungszimmer des schwarzen Sektors. VenTec Foundation

Die Beleuchtung war gedämpft. Accosta saß am Kopfende des langen, rechteckigen Tisches. Er wurde flankiert von Monsignore Diageo und Bradley Soames. Die Wölfe waren hinter Soames, stumm und reglos wie graue Statuen. Bukowski und Tripp, die am anderen Ende saßen, hatten ihre Hände vor sich auf dem Tisch liegen.

Auf einem der drei holographischen Plasmabildschirme vor Accosta war Frank Carvelli zu sehen, der abwesend an den unnatürlich schwarzen Fransen seines Pony zupfte. Der Chef von KREE8 Industries, der im Wahrheitsrat für Medienpräsentation und Public Relations zuständig war, war wie gewohnt ganz in Schwarz gekleidet, in einem Kaschmirsakko mit passendem Rollkragenpullover.

Trotz Carvellis weit reichender Medienkontakte war jedoch die Meldung über den entscheidenden Durchbruch nicht von ihm gekommen, sondern vom dritten Mitglied des Wahrheitsrates, das zu Accostas Ärger immer noch nicht online war. »Sagten Sie nicht, es wären alle da?«, fragte er Soames.

Der Doktor zuckte mit den Achseln. »Das sollten sie eigentlich, Eure Heiligkeit.«

Stirnrunzelnd blickte Accosta über Soames' Schulter, wo man durch den Einwegspiegel, der eine der Wände des Besprechungsraums bildete, in das blitzend weiße Hauptlabor sehen konnte. Dort lag die gläserne Kopfkugel mit aufgeklapptem Visier in einem transparenten Schutzbehälter neben der Laborliege, an deren Fuß eine ganze Batterie von Zusatzmonitoren und Instrumenten aufgebaut war.

»Fangen wir doch einfach an«, sagte Accosta unvermittelt. »Erklären Sie mir noch einmal, warum Amber Grant so wichtig ist.«

Carvelli beugte sich auf dem Bildschirm vor und Soames zeigte seine perfekten weißen Zähne, als er lächelte. »Ich kenne meine Geschäftspartnerin Amber Grant schon seit Jahren und habe ihre außergewöhnlichen Fähigkeiten immer sehr bewundert. Wie viel jedoch tatsächlich in ihr steckt, sollte ich erst erfahren, als wir vor neun Monaten mit den ersten Seelenfang-Experimenten begannen. Natürlich ahnte sie nichts von diesen Experimenten, aber sie wurde von diesem Zeitpunkt an von unerklärlichen Migräneanfällen geplagt. Nach und nach wurde klar, dass ihre Anfälle zeitlich mit den Experimenten zusammenfielen.« Er schilderte Amber Grants ungewöhnliche medizinische Vorgeschichte. »Sagt Ihnen der quantenphysikalische Begriff Wechselwirkung etwas, Eure Heiligkeit?«

»Nein.«

»Es ist eine unerklärliche, fast telepathische Verbindung zwischen Quanten, die irgendwann einmal interagiert haben. Diese Verbindung ist unmittelbarer Natur und funktioniert sogar, wenn sich die Teilchen in entgegengesetzten Teilen des Universums befinden. Aufgrund Amber Grants einzigartiger medizinischer Vorgeschichte glaube ich, dass zwischen ihr und ihrer toten Zwillingsschwester eine solche Wechselwirkung besteht. Ich habe bereits erklärt, wie Teilchen, wenn sie beobachtet werden, beim Doppelspalt-Experiment ihren Zustand ändern, als ob sie die Versuchsanordnung kennen würden. Und deshalb bin ich inzwischen davon überzeugt, dass wir, wenn wir ein Seelenfang-Experiment durchführen, den Welle-Teilchen-Dualismus der Seele zum Zusammenbruch bringen und dadurch eine Störung verursachen, die sich sofort auf das gesamte universelle Bosonensystem auswirkt, durch das alle Seelen miteinander verbunden sind.«

Carvelli auf dem Bildschirm nickte. »Und wegen der Wechselwirkung, die zwischen ihr und ihrer Schwester Ariel besteht, macht sich bei Amber Grant diese Störung in Form von Phantomkopfschmerzen bemerkbar.«

»So ist es«, sagte Soames und wandte sich wieder Accosta zu. »Und nun hat Miles Fleming, ohne es zu wissen, herausgefunden, dass Amber Grant das ideale Versuchskaninchen für das Soul Project ist.«

»Inwiefern?«, wollte Accosta wissen, der sich der Relevanz der komplizierten Quantentheorien noch immer nicht sicher war.

»Wie bereits gesagt, Eure Heiligkeit: Was wir brauchen, ist eigentlich etwas Unmögliches, jemand, der mehr als einmal sterben kann. Amber Grant besitzt einen Teil des lebenden Gehirns eines toten Menschen, und wenn ihre neuralen Signale beim Eintritt in die REM-Phase im richtigen Maß stimuliert werden, versucht ihr Unterbewusstsein mit ihrer toten Zwillingsschwester Kontakt aufzunehmen, und sie verlässt mental ihren sterblichen Körper. Indem wir sie in den Traumzustand versetzen, können wir jedes Mal, wenn sie ihren Körper verlässt und wieder in ihn eintritt, den Weg verfolgen, den ihr Geist – ihre Seele – nimmt. Und weil wir ihr Sterben beliebig wiederholen können, können wir iterative Schleifen laufen lassen, um ihre Frequenz zu bestimmen.«

»Wie können Sie sich dessen so sicher sein?«, fragte Carvelli vom Bildschirm.

In diesem Moment ging der zweite Plasma-Bildschirm an, und das dritte Mitglied des Wahrheitsrates erschien. Sie trug ein marineblaues Kostüm mit der obligatorischen kreuzförmigen roten Brosche am Revers. Von Beruf Ärztin, behandelte sie seit einiger Zeit nur noch einen Patienten: Accosta. Neben der Leitung einer großen englischen Klinik und verschiedenen anderen Verwaltungsposten hatte sie auch die Oberaufsicht über die Hospize der Kirche der Seelenwahrheit in aller Welt. Sie war die geheime Nachschubquelle, die Soames für seine Seelenfang-Experimente mit todkranken Patienten versorgte. »Entschuldigen Sie bitte meine Verspätung, Eure Heiligkeit, aber ich musste noch verschiedene Dinge erledigen, die dieses Meeting betreffen.«

Bevor Accosta etwas sagen konnte, machte Soames eine Geste in ihre Richtung. »Wir haben uns gerade gefragt, wie wir so sicher sein können, dass Amber Grant über eine einzigartige Gabe verfügt, Virginia. Vielleicht können Sie uns das erklären.«

Virginia Knight sah Accosta an. »Ich habe ihre Seele aufschreien gehört, Eure Heiligkeit. Und ich habe alle Daten Flemings gesehen. Die Beweislage ist überzeugend.«

Accosta versuchte seine Erregung zu zügeln – er hatte in Zusammenhang mit diesem Projekt schon einige Enttäuschungen erlebt. »Danke, Dr. Knight.« Er wandte sich wieder Soames zu. »Aber wie können wir Dr. Grant hier festhalten, ohne dass die Behörden Verdacht schöpfen?«

Wieder lächelte Soames. »Kein Problem. Sie hat Barley Hall offiziell verlassen, und bei Optrix erwartet man sie erst in einem Monat zurück. Die einzige Schwachstelle ist ihre Mutter.«

»Auch darum habe ich mich gekümmert«, sagte Virginia Knight knapp. »Da Gillian Grant in einem unserer Hospize untergebracht ist, war das nicht weiter schwer.«

»Wenn dem so ist«, sagte Soames, »dürften wir etwa einen Monat Zeit haben, bevor Ambers Verschwinden Probleme aufwirft.«

Knight hüstelte. »Und was ist mit Miles Fleming?«

»Was soll mit ihm sein?«, fragte Accosta. »Wurde er denn nicht kaltgestellt, von Barley Hall suspendiert?«

»Natürlich wurde er das, Eure Heiligkeit, nur lässt sich Dr. Fleming nicht so leicht kaltstellen. Er mag keine Phänomene, die er nicht erklären kann, er will sie unbedingt verstehen – und das umso mehr, als es der Tod seines Bruders war, der uns auf Dr. Grants außergewöhnliche Veranlagung aufmerksam gemacht hat. Genau aus diesem Grund ist er so gut, und genau aus diesem Grund müssen wir ihn im Auge behalten.«

»Natürlich werden wir ihn im Auge behalten«, schaltete sich Soames ein. »Schließlich brauchen wir ihn. Sehen Sie sich einmal die bisherigen Phasen des Projekts an.« Er begann Punkt für Punkt an seinen Fingern aufzuzählen. »Wir haben die Existenz der menschlichen Seele *entdeckt*, sie für das menschliche Auge *sichtbar gemacht* und mittels des Photonendekektors die individuelle Beschaffenheit jeder einzelnen Seele *identifiziert*. Jetzt, wo wir Amber Grant haben, sollten wir in der Lage sein, auch ihre *Frequenz* zu bestimmen. Aber damit das Soul Project in seiner Gesamtheit zum Abschluss gebracht werden kann ...«, Soames sah Accosta bedeutungsvoll an, » ... und damit sich *Ihre* Bestimmung erfüllt, Eure Heiligkeit, müssen wir auch die letzte Phase erfolgreich beendigen.« Soames wandte sich Carvelli zu. »Frank, obwohl Ihr spezielles Know-how in dieser Endphase zweifellos von entscheidender Bedeutung ist, sind wir auch auf Miles Flemings Mitwirkung angewiesen, und zwar insbesondere aufgrund der Tatsache, dass unsere bisherigen Versuche, seine Erfindung zu kopieren, nicht hundertprozentig erfolgreich waren und es zu viel Zeit kosten würde, sie selbst nachzubauen.«

»Dann behalten wir ihn also nur im Auge und warten ab?«, sagte Knight.

Soames grinste, als handele es sich hier um ein Spiel, das er ungeheuer genoss. »Wir werden uns seine Manie, unbedingt eine Antwort auf seine Fragen finden zu müssen, zunutze machen, um uns seiner Unterstützung zu versichern.«

»Das kann aber gefährlich werden«, sagte Carvelli.

Soames' Grinsen wurde breiter, und Accosta konnte seinen Abscheu vor dem Mann nur mühsam unterdrücken. »Natürlich wird es gefährlich. Vor allem für ihn.«

TEIL ZWEI

Die Seelenwahrheit

28

Rom. Vier Tage später

In der Ewigen Stadt war es für Oktober ungewöhnlich warm und schwül, und Fleming klebte das Hemd am Rücken, als er sich durch die Touristenscharen auf dem Petersplatz schlängelte. Bis zu seiner Verabredung um zwei Uhr blieben ihm noch zwanzig Minuten Zeit.

Er hatte in den letzten Tagen immer wieder vergeblich versucht, Amber Grant zu erreichen. Ihre Handynummer hatte er nicht, und auf ihrem Privatanschluss in Pacific Heights in San Francisco meldete sich nur der Anrufbeantworter. Als man ihm bei Optrix mitteilte, sie habe einen Monat Urlaub, und er darauf erklärte, er sei ihr Arzt, sagte man ihm nur, man dürfe ihm ihre Telefonnummer nicht geben: Laut Aussagen der Klinikleitung von Barley Hall werde wegen eines Kunstfehlers gegen ihn ermittelt.

Als er im Hospiz in Marin County anrief, um Gillian Grant eine Nachricht für ihre Tochter zu hinterlassen, war die Telefonistin ähnlich kurz angebunden. An diesem Punkt wurde ihm klar, dass Virginia Knight ihn sehr subtil, aber ganz gezielt ins Abseits zu schieben versuchte. In der Presse erschienen bereits unbestätigte Meldungen, er sei »genial, aber krankhaft ehrgeizig« und habe »seinen Bruder seinem persönlichen Karrierestreben geopfert«. Und als er am Tag zuvor in seinem Büro angerufen hatte, war sogar Frankie Pinner seltsam kurz angebunden gewesen und hatte sich geweigert, mit ihm zu sprechen: Sie dürfe nicht mit ihm reden, erklärte sie, bis »das alles aufgeklärt ist«.

Nachdem ihm alle diese Möglichkeiten verwehrt worden waren, war er schließlich nach Rom geflogen.

Ungeachtet der Hitze, der Abgase und des Lärms hob sich die

prächtige Kuppel des Petersdoms schimmernd gegen den dunstigen Himmel ab. Die ausgebreiteten Arme von Berninis flankierenden Kolonnaden schienen ihn an den Busen der Heiligen Mutter Kirche zu ziehen. Seit dem Niedergang des Katholizismus war diese einstige Bastion des Glaubens kaum noch mehr als ein beeindruckender Themenpark, Museum eines ehemals großen Reiches. Nur wenige der zahllosen Menschen, die sich auf dem Petersplatz aufhielten, waren Pilger; die meisten waren Touristen, die ein kulturelles Pendant zu Disneyland besichtigten. Um das Maß der Demütigung voll zu machen, trugen viele das rote Kruzifix der Kirche der Seelenwahrheit.

Als Fleming in die stille Kühle des riesigen Doms trat und zu Michelangelos gewaltiger Kuppel hochblickte, verspürte er keine Schadenfreude. Die zeitlose Schönheit des Petersdoms erfüllte ihn eher mit Demut. Dieser Ort war so durchtränkt von seiner Vergangenheit, dass er nur die Ohren an die Säulen zu halten brauchte, um seine Geheimnisse zu erlauschen. Als Stadt existierte Rom schon über 25 Jahrhunderte, und 15 davon war sie das Zentrum des christlichen Glaubens gewesen.

Er zündete eine Kerze für seinen Bruder an und sah zu, wie von der Flamme dünner Rauch emporkräuselte. Unabhängig davon, was er grundsätzlich von Religion hielt, ließ sich dennoch nicht verleugnen, dass sich hier Gelehrte jahrhundertelang intensiv mit der Ergründung der menschlichen Seele befasst hatten. Fleming war ein Atheist, der sich, nur mit ein paar wissenschaftlich erwiesenen Gewissheiten ausgerüstet, in unerforschte Gefilde vorwagte.

Aber aus diesem Grund hatte er sich nicht mit Pater Peter Riga in Verbindung gesetzt. Er hatte ihn einfach deshalb angerufen, weil Amber Grant ihn bei ihrer Einlieferung in Barley Hall als ihren nächsten Angehörigen angegeben hatte. Er war Flemings letzte Möglichkeit, sie zu erreichen. Obwohl Riga am Telefon eher reserviert gewesen war, hatte er sich zu einem Treffen mit Fleming bereit erklärt.

Fleming verließ den Petersdom und ging zum nächsten Taxistand. Das Taxi brauchte nur wenige Minuten, um ihn über den Tiber zur Ordenszentrale der Societas Jesu zu bringen, die in der verkommenen barocken Pracht von Borrominis Collegio di Propaganda Fide untergebracht war.

Er betrat das Gebäude – und fand sich in einer anderen Welt, fernab von der Hektik, dem grellen Licht und dem Lärm der Straßen Roms. Im Innern des Baus herrschte marmorne Stille. Nachdem sich Fleming am Empfang ausgewiesen hatte, wurde er von einem jungen Mann in einem schwarzen Priestergewand die breite Treppe hinaufgeführt.

Pater Peter Rigas Büro war in der obersten Etage am Ende eines langen, dunklen Gangs, und aus dem ehrfürchtigen Respekt, mit dem der junge Jesuit an die Tür klopfte, schloss Fleming, dass Riga in der Gesellschaft Jesu eine hohe Stellung einnahm.

»Herein«, dröhnte eine Stimme mit amerikanischem Akzent.

Der Raum war einfach, aber behaglich eingerichtet: ein Schreibtisch mit Messinglampe und Laptop, volle Bücherregale, zwei hohe Fenster, ein kleiner Tisch mit zwei einfachen Stühlen und auf dem Marmorboden ein abgetretener Teppich. Jeder Einrichtungsgegenstand war für sich genommen schön – die Bücherregale waren mit Arabeskenschnitzereien verziert, die Bücher in Leder gebunden und gepunzt –, aber der alte Nussbaumschreibtisch war einzigartig.

Dahinter saß, vom goldenen, durch eins der hohen Fenster fallenden Licht eingerahmt, ein breitschultriger Mann mit einem energischen, verwitterten Gesicht, kurz geschnittenen, lockigen grauen Haaren und durchdringenden blauen Augen. Als Fleming eintrat, stand er auf: Er war klein, nicht größer als eins fünfundsechzig, aber mit dem mächtigen Brustkorb eines Ringers. Er musste um die siebzig sein, schien aber in guter körperlicher Verfassung. Auf dem Schreibtisch stand ein schlichter Silberrahmen, der zwei Fotos enthielt. Auf einem stand ein jüngerer Riga neben einem lächelnden Paar mit zwei sich anscheinend umarmenden kleinen Mädchen. Auf dem anderen, offensichtlich jüngeren Datums, war Riga mit Amber Grant und ihrer Mutter abgebildet. Auf beiden war er, wie auch jetzt, von Kopf bis Fuß in Schwarz gekleidet.

»Willkommen, Dr. Fleming«, begrüßte Pater Riga seinen Gast mit rauer Stimme. Riga war nicht der typische salbungsvolle Geistliche – aber das waren Jesuiten, die intellektuelle Avantgarde der katholischen Kirche, ohnehin selten. Sein Akzent erinnerte Fleming an einen Freund in Harvard, einen Jungen aus den Straßen New Yorks, der dank eines Begabtenstipendiums an der Eliteuniversität hatte studieren können. Fleming begrüßte Riga mit einem kräftigen Händedruck.

Der Geistliche sah ihn aus wachen Augen prüfend an. »Und wie geht es meiner Patentochter?«, erkundigte er sich in einem Ton, in dem aufrichtige Besorgnis mitklang.

»Das hatte ich eigentlich von Ihnen zu erfahren gehofft.«

Riga nickte bedächtig, aber sein Gesichtsausdruck veränderte sich nicht. »Ich habe sie erst vor ein paar Tagen in San Francisco getroffen. Bei dieser Gelegenheit hat sie mir erzählt, dass sie wegen ihrer Phantomkopfschmerzen bei Ihnen in Behandlung ist und dass sie einen Todestraum hatte – bloß dass sie nicht glaubte, dass es ein Traum war. Sie meinte, irgendwie wäre Ariels Seele immer noch mit ihrer verbunden. Und sie war schon ganz gespannt darauf, wie Sie sich das Ganze erklären würden. Sind Sie mit Ihren Apparaten schon auf etwas gestoßen?«

Fleming beobachtete Riga sehr genau, aber die Miene des Geistlichen ließ keine Rückschlüsse darauf zu, wie viel er wusste. Da der Jesuit inzwischen vermutlich erfahren hatte, dass er von Barley Hall suspendiert worden war, hielt es Fleming für das Beste, ganz von vorn zu beginnen. Er erklärte Riga die Funktionen des NeuroTranslators und das Experiment mit seinem Bruder. Dann erzählte er ihm von Ambers körperlosem Schrei, den er nachts im Think Tank gehört hatte, und dass man ihn so lang suspendiert habe, bis die Untersuchungen zum Tod seines Bruders abgeschlossen seien.

Rigas unergründliche Miene verriet wenig, doch als Fleming ihm von der Seelen-Wellenlänge erzählte, glaubte er etwas über die reglosen Züge des Jesuiten huschen zu sehen – etwas, das Angst sehr nahe kam.

»Und sie ist abgereist, bevor Sie ihr das alles erklären konnten?«

»Ja, sie wollte ihre Mutter sehen.«

Riga nickte. »Ja, Gillian ist schwer krank. Jedenfalls haben Sie nicht mehr mit Amber gesprochen, seit Sie die Klinik verlassen haben?«

»Nein.«

Riga kniff die Augen zusammen. »Okay, aber was soll nun eigentlich an dieser Seelen-Wellenlänge Ambers so Besonderes sein?«

»Liegt das denn nicht auf der Hand?«

»Aber was interessiert das *Sie*, Dr. Fleming? Amber hielt Sie nicht für religiös.«

»Das bin ich auch nicht. Ich bin ein Mann der Wissenschaft. Ich glaube weder an Gott noch an ein Leben nach dem Tod und will auch nicht an eines glauben. Aber ich bin auch jemand, der die Dinge gern verstehen möchte, und das hier ist etwas, das mir keine Ruhe mehr lässt. Im Moment befinde ich mich in einer Position, in der ich unbedingt Gewissheit haben möchte, dass ich Recht habe. Um meines eigenen Seelenfriedens willen muss ich nachweisen, dass dieser Hirnstrom eine Art Anomalie ist – ein letztes mentales Atemschöpfen oder ein Spurensignal des sterbenden physischen Gehirns. Aber ohne Amber kann ich das nicht.«

»Und wenn Sie nun nicht Recht haben? Was ist, wenn Sie herausfinden, dass es ein Leben nach dem Tod *gibt*? Was ist, wenn Ihre wissenschaftlichen Untersuchungen den *Nachweis* dafür erbringen? Was dann, Mr. Atheist?«

»Damit werde ich mich befassen, wenn sich diese Frage stellt. Die Sache ist die: Mit Ambers Unterstützung könnte ich dazu beitragen, die wichtigste Frage der Menschheit zu beantworten – und das ist etwas, dem ich einfach weiter nachgehen *muss*. Ich dachte, Sie würden das verstehen. Gerade die Jesuiten sind doch für ihre intellektuelle Neugier und Unbestechlichkeit bekannt, für ihren Wissensdrang.«

»Es ist mehr der Drang, zu *verstehen*«, sagte Riga. »Wir wollen kein Wissen um des Wissens willen.« Er verzog das Gesicht. »Aus diesem Grund wurde die Menschheit ursprünglich aus dem Paradies vertrieben. Das Motto der Gesellschaft Jesu lautet: *ad majorem Dei* – zum Ruhme Gottes. Alles, was wir tun, dient dem Zweck, *Seinen* Ruhm zu mehren, nicht unseren.«

»Wollen Sie damit sagen, es gibt Dinge, von denen Gott nicht will, dass wir sie wissen?«

»Damit will ich sagen, Mr. Fleming, dass manches Wissen gefährlich ist und sich leicht missbrauchen lässt. Vor allem in der heutigen Zeit.« An dieser Stelle ließ den Jesuiten seine unerschütterliche Ruhe zum ersten Mal im Stich, und aus seinen Worten sprach beherrschter Ärger. »Meine Kirche ist immer stärker vom Zerfall bedroht. Und das keineswegs durch das Zutun von Atheisten, Juden oder Anhängern des Islam, sondern durch das unsere eigenen christlichen Mitbrüder, sowohl innerhalb wie außerhalb der Heiligen Mutter Kirche. Unser gegenwärtiger Papst ist schwach, und der konservative Flügel der Kurie, der sich verzweifelt an seine Macht und seinen Reichtum klammert, sträubt sich gegen die dringend nötigen Reformen und gibt sich stattdessen noch rigider und dogmatischer, obwohl es mit der Kirche unaufhaltsam bergab geht. Und gleichzeitig findet die Kirche des Roten Papstes immer stärkeren Zulauf. Ich kenne Xavier Accosta aus der Zeit, als er noch Kardinal im Vatikan war, und es gab vieles, was für ihn sprach. Er war ein intelligenter, engagierter Mann. Er hätte einen guten Jesuiten abgegeben. Es gibt viele Parallelen zwischen ihm und unserem Ordensgründer Ignatius von Loyola – beide spanischer Herkunft, beide äußerst charismatische Persönlichkeiten, beide ehemalige Soldaten, die sich aufgrund einer Verwundung im Krieg entschlossen, ihr Leben in den Dienst Gottes zu stellen. Doch während Loyola die Mutter Kirche von innen heraus stärkte, hatte Accosta keine Skrupel, sie zu verlassen und sich ihre Schwäche zunutze zu machen.

Als in der Kirche die Zeit für einen internen Machtkampf reif wurde, wusste er nichts Besseres zu tun, als eine eigene Kirche zu gründen. Papst Johannes Paul II. war krank und zu einer Marionette der mächtigen reaktionären Rechten geworden. In Europa und den Vereinigten Staaten traten viele katholische Jugendliche aus der Kirche aus. In Lateinamerika wechselten viele Katholiken ins evangelisch-protestantische Lager. Es war eine schlimme Zeit. Accosta hätte bleiben und die Kirche von innen heraus reformieren sollen, doch stattdessen verfolgte er seine persönlichen Interessen. Sein Technologiewahn und sein Streben nach dem, was er Wahrheit nennt, ist nicht weniger dogmatisch als die verblendete Arroganz dieser Narren in der Kurie.«

Riga hielt inne, um Atem zu holen. Seine Stimme wurde sanfter, aber nicht weniger leidenschaftlich. »Wir in der Gesellschaft Jesu haben ein klar umrissenes Ziel. Überleben. Wir müssen unsere Kirche sowohl vor sich selbst schützen als auch vor dem Roten Papst und seinen Anhängern, die uns vernichten wollen. Sie sind da mitten in ein Kriegsgebiet geraten, Dr. Fleming, und sollten sich deshalb sehr genau überlegen, wofür Sie die Technologie, die

Sie erfunden haben, und das Wissen, nach dem Sie suchen, einsetzen wollen. Da sind sowohl die Leute im Vatikan als auch die Leute um den Roten Papst, die *alles* tun würden, um es in ihren Besitz zu bringen und für ihre Zwecke verwenden zu können.«

»Aber genau das ist doch der Punkt«, sagte Fleming. »Wenn wir einmal wissen, was uns nach dem Tod erwartet, kann uns keine Religion mehr Vorschriften machen.«

Rigas trockenes Lachen war bitter. »Und glauben Sie etwa, darüber werden sich der Vatikan und der Rote Papst freuen? Denken Sie nur an die spirituellen und wissenschaftlichen Konsequenzen dessen, was Sie da erforschen wollen. Sie legen sich mit sehr mächtigen Institutionen an – und gefährden Amber ganz massiv.«

»Sollte Amber nicht lieber selbst entscheiden, ob sie sich darauf einlassen will? Sie wollte Hilfe von mir, und möglicherweise spielt dieser Hirnstrom bei der Heilung ihrer Kopfschmerzen eine ganz entscheidende Rolle.«

»Das mag durchaus sein, aber wir haben nicht mehr miteinander gesprochen, seit ich sie letzte Woche in San Francisco besucht habe.«

Fleming runzelte die Stirn. »Sie hat Sie in der Zwischenzeit nicht angerufen?«

»Ich schätze, sie wird im Moment sehr stark von ihrer Mutter in Anspruch genommen. Aber ich hoffe, dass sie sich bald meldet.«

»Könnten Sie sie bitten, sich mit mir in Verbindung zu setzen, wenn sie anruft?«

»Klar.«

Enttäuscht, dass sein Besuch zu nichts geführt hatte, stand Fleming auf, um zu gehen. »Danke, dass Sie sich Zeit für mich genommen haben.« Er reichte Riga die Hand.

Der Geistliche schüttelte sie. »Gleichfalls, Dr. Fleming. Werden Sie trotzdem nach ihr suchen?«

»Ich habe keine andere Wahl. Es gibt nichts, was ich sonst tun könnte.«

»Dann gehen Sie mit Gott. Und seien Sie vorsichtig.«

Nachdem er Fleming verabschiedet hatte, schloss Pater Peter Riga die Tür, kehrte an seinen Schreibtisch zurück und wählte zum achten Mal, seit Fleming sich mit ihm in Verbindung gesetzt hatte, Ambers Nummer. Die Mailbox schaltete sich ein, aber er hinterließ keine Nachricht. Stattdessen wählte er eine dreistellige interne Nummer.

Beim dritten Läuten nahm jemand ab.

»Hier Pater Peter. Geben Sie mir den General.«

Er musste nicht lange warten, bis die sonore Stimme des Leiters der Gesellschaft Jesu aus dem Hörer kam. »Pater General«, sagte Riga. »Wir müssen miteinander reden. Die Sache ist dringend.«

29

Flughafen Leonardo da Vinci. Rom. Drei Stunden später

Als Fleming sich durch die Menschenmassen auf den Schalter der British Airways zu kämpfte, merkte er, dass ihn sein gewohntes Selbstbewusstsein verlassen hatte.

Seine Karriere, die ihm Halt gegeben hatte, seit er berufstätig war, drohte ihm zwischen den Fingern zu zerrinnen, ein Privatleben hatte er praktisch nicht, und es gab nichts und niemanden, an den er sich wenden konnte.

Früher hatte er bei persönlichen Problemen immer seinen Bruder angerufen, und über berufliche Angelegenheiten hatte er mit der Leiterin von Barley Hall gesprochen. Aber jetzt waren sie die Ursache seiner Probleme.

Es gab nur einen Menschen, der ihm helfen konnte, Ordnung in dieses Durcheinander zu bringen, aber dieser Mensch war im Moment nicht zu erreichen. Ihm blieb nichts anderes übrig, als nach Hause zurückzukehren und auf Amber Grants Anruf zu warten.

Als Fleming sich in Erinnerung an Rigas Warnung umsah, überkam ihn ein eisiger Anflug von Paranoia. Ein unscheinbarer, braunhaariger Mann in einem Sommersakko wandte den Blick ab, und einen Moment dachte Fleming, er würde beschattet. Als er darauf das Rückflugticket nach Heathrow aus seiner Jackentasche holte und zum Monitor mit den Abflugzeiten hochblickte, überkam ihn plötzlich das unwiderstehliche Bedürfnis, mit jemandem zu sprechen, dem etwas an ihm lag. Er griff in seine Aktentasche, holte das Handy heraus und wählte die Nummer seiner Eltern. Seine Mutter nahm ab.

Nachdem sie sich gegenseitig versichert hatten, dass es ihnen gut ging, bat er darum, mit Jake sprechen zu dürfen.

Sein sechsjähriger Neffe hörte sich aufgeregt und außer Atem an, als er an den Apparat kam. »Hallo, Onkel Milo. Heute hab ich Fußball gespielt.«

Flemings Stimmung besserte sich sofort. »Das ist ja super, Jake. Klasse.«

»Wenn du wieder herkommst, laufe ich mit dir um die Wette.«

»Ach, ich weiß nicht. Gegen deine bionischen Beine habe ich wahrscheinlich nicht die geringste Chance.«

»Wenn du willst«, sagte Jake, »kriegst du einen Vorsprung.«

»Wir werden sehen. Pflegst du die Beine immer noch so, wie wir das besprochen haben?«

»Ja.«

»Wie geht's sonst bei euch?«

»Okay.« Jakes Stimme veränderte sich. Sie wurde nachdenklicher. »Milo?«

»Ja.«

»Wo bist du gerade?«

»In Rom.« In diesem Moment hörte Fleming, wie sein Flug nach London aufgerufen wurde, und er blickte zum Monitor mit den Abflugzeiten hoch. Aber seine Aufmerksamkeit galt nicht seinen Flugdaten. Er prägte sich Flugsteig und Abflugzeit ein und sah auf die Uhr.

Die Idee war so nahe liegend, dass er sich über sich selbst ärgerte. Schon seit Tagen zerbrach er sich den Kopf darüber, wie er Amber erreichen könnte; dabei hätte er von Anfang an den direktesten Weg einschlagen sollen. Und selbst wenn nichts dabei herauskam – er hatte ohnehin nichts Besseres zu tun.

»Kommst du bald heim, Milo?«

»Nicht sofort, Jake«, erwiderte er voller frischem Tatendrang, als er auf den Alitalia-Schalter zusteuerte. »Aber bald. Ich muss vorher noch etwas erledigen. Grüß Grandma schön von mir und halt die Ohren steif, ja?«

»Okay, Milo.«

»Bye, Jake. Du fehlst mir.«

»Bye, Milo. Du mir auch.«

Als Miles Fleming sieben Minuten später vom Alitalia-Schalter zur Passkontrolle eilte, achtete er nicht auf den mausgrauen, unscheinbaren Mann, der eine SMS in sein Handy tippte.

Fleming nicht mehr auf Flug BA 671 nach Heathrow.
Jetzt Alitalia AL 102. Ankunft 09.15 Ortszeit.
Zielflughafen: San Francisco.

30

VenTec. Alaska

Als Erstes nahm Amber wahr, dass sie bei Bewusstsein war. Als Nächstes spürte sie, dass ihre Kopfhaut juckte.

Sie versuchte die Augen aufzuschlagen. Nichts geschah. So sehr sie sich auch anstrengte, die Lider zu öffnen – sie blieben hartnäckig zu. Sie versuchte die Hand zu heben, um sich am Kopf zu kratzen, aber ihre Arme verharrten reglos an ihren Seiten. Verzweifelt versuchte sie, irgendeinen Teil ihres Körpers, egal welchen, zu bewegen, aber sie war nicht dazu in der Lage.

Was war passiert? War sie gelähmt?

Sie konnte sich nicht erklären, was mit ihr los war. Sogar die Zeit verlor jede Bedeutung, als sie in dem dumpfen Zustand, der ihren Verstand umnebelte, zu denken versuchte. In den letzten paar Tagen – oder waren es nur Stunden gewesen? – war sie sich vage bewusst gewesen, dass Menschen um sie herum waren, aber das war auch schon alles. Hatte das etwas mit dem zu tun, was in Barley Hall passiert war? Mit etwas, das Fleming mithilfe seines NeuroTranslators über sie herausgefunden hatte? Und wenn dem so war, was war das?

Denk nach, verdammt noch mal, denk nach, trieb sie sich selbst an.

In der Limousine, die sie von Barley Hall zum Flughafen hätte bringen sollen, musste etwas passiert sein. Auch wenn es ihr vollkommen widersinnig erschien, kam sie nur auf eine vernünftige Erklärung: Sie war betäubt und entführt worden. Aber wieso?

Plötzlich hörte sie Stimmen, die eines Mannes und die einer Frau. Die der Frau kam ihr vage bekannt vor, und in ihre Nase drang ein unverwechselbarer Moschusduft, an den sie sich von früher erinnern konnte.

Jetzt wurde das Bett bewegt, und selbst durch ihre geschlossenen Lider hindurch merkte sie, dass das Licht heller wurde, so, als würde sie aus einem Zimmer auf einen Flur geschoben.

Links von ihr zischte eine Tür, und das Bett wurde in einen noch helleren Bereich gerollt. Dann packten sie Hände, hoben sie hoch und legten sie auf ein anderes Bett. In der Luft lag ein leises Summen.

Als plötzlich ihre Lider aufgezogen wurden, hätte sie sie wegen der Lichter an der Decke am liebsten sofort wieder geschlossen. Aber es ging nicht. Über ihr erschien ein Gesicht, das hinter einer stark gewölbten Schutzbrille verborgen war. Dann wurde eine brennende Flüssigkeit auf ihre freigelegten Augäpfel geträufelt und Klammern an den Lidern befestigt, um sie offen zu halten. Die Schmerzen waren unerträglich, aber sie konnte sich nicht winden oder abwenden. Dann wurden auf ihren Augen schwach getönte Linsen angebracht.

Ihr Kopf wurde angehoben, und eine Glaskugel, ähnlich einem Astronautenhelm, wurde über ihren Kopf gestülpt. Das gewölbte Glas reflektierte ihr Gesicht seltsam verzerrt, wie in einem Löffel gespiegelt. Was sie am meisten entsetzte, war jedoch, dass ihr das Haar geschoren worden war.

Sie drohte in Panik zu verfallen.

Aus dem Augenwinkel konnte sie rechts von sich, durch den Helm verzerrt, eine schemenhafte Gestalt in einem weißen Overall erkennen, die eine Injektionsnadel hochhielt. Eine Frauenstimme sagte: »Sie kann wirklich von Glück reden. Sie stirbt nur in ihren Träumen.«

Als sich die verschwommene Gestalt über sie beugte, um die Nadel in ihren entblößten rechten Arm zu stechen, roch sie wieder diesen Moschusduft. Bevor sie ihn jedoch jemandem zuordnen konnte, hörte sie ein Zischen, und ein geruchloses leuchtendes Gas strömte in den Helm und tauchte die Welt in ein grünes aktinisches Licht.

Dann verdämmerte ihr Bewusstsein, und Dunkelheit überwältigte sie.

Kaum hatte sie sich der tröstlichen Umarmung des Vergessens hingegeben, raste sie auf den Lichtkegel zu, dorthin, wo sie vielleicht Frieden finden würde. Sie versuchte, nicht in Panik zu geraten, als sie darauf zuschoss, aber sie konnte die Kräfte spüren, die sie zurückhielten und zu zerreißen drohten. Das elastische Band, das sie von hinten hielt, dehnte sich immer stärker und stärker, bis sie vom Licht absorbiert wurde und seiner Quelle ganz nahe war. Aber in dem Moment, in dem sie spürte, wie Ariels leuchtende Präsenz nach ihr griff, sie fast berührte, riss die Kraft sie wieder zurück. Zurück in das Dunkel. Zurück in sich selbst.

Doch diesmal war ihr keine Erholungspause vom Sterben gegönnt, keine Rückkehr zu den Lebenden. Statt aufzuwachen oder in normalen Schlaf zu sinken, wurde sie sofort wieder durch die Dunkelheit auf den Lichtkegel zu katapultiert. Von neuem dem ganzen Grauen des Sterbens ausgesetzt, verschmolz sie wieder mit dem Licht, drang diesmal aber tiefer in es ein und erreichte fast seine Quelle, seinen Ursprung. Ariel war näher – das konnte sie deutlich spüren –, aber immer noch außer Reichweite …

Dann wurde Amber vom Licht zurückgerissen. Um gleich darauf wieder darauf zu geschleudert zu werden. Und wieder.

Jedes Mal, wenn sie in das Licht eindrang, kam sie der Quelle näher, dem Tod und der Wiedervereinigung mit ihrer Schwester. Doch jedes Mal wurde sie zurückgerissen. Je näher sie ihrer Schwester kam, umso stärker wurde die Kraft, die sie zurückzerrte.

Sie war ein Pendel, das zwischen Leben und Tod hin und her schwang, weder im einen noch im anderen zu Hause, auf ewig in einem Zwischenstadium gefangen, in einer Art Hölle.

31

Besprechungszimmer des schwarzen Sektors. VenTec

»Fehlt ihr auch nichts, Dr. Soames?« Angespannt beobachtete Accosta Amber Grants blasses, schweißüberströmtes Gesicht unter der Glaskugel.

Er saß mit Carvelli, Diageo, Knight und Soames im Besprechungszimmer und blickte durch den Einwegspiegel in das Labor. Als das Soul Project in seine kritische Phase eintrat, hatten die Mitglieder des Wahrheitsrats alle sonstigen Termine abgesagt, um in die VenTec Foundation zu kommen. Jeder wollte das Experiment vor Ort verfolgen.

Gelassen studierte Bradley Soames auf einem der über ihren Köpfen angebrachten Monitore die Anzeigen. »Ihre Lebenszeichen sind bestens, Eure Heiligkeit. Ihr Herz ist ein bisschen aufgeregt, aber es bewegt sich alles noch absolut im Rahmen.« Falls er Gewissensbisse hatte, seine ehemalige Geschäftspartnerin als Versuchskaninchen zu benutzen, ließ er es sich nicht anmerken.

Erneut sagte sich Accosta, dass er Soames für seine Einsatzbereitschaft dankbar sein sollte. »Und die Injektion? Hat sie keine negativen Auswirkungen auf ihre Träume?«

Ohne den Blick vom Monitor abzuwenden, antwortete Soames: »Im Gegenteil, Eure Heiligkeit. Revelax ist ein neurologisches Wundermittel, das wir auf die ausdrückliche Empfehlung von Virginia Knight eingesetzt haben.«

Knight nickte. Ihr Gesicht war blass und eingefallen, ihre Stirn glänzte vor Schweiß. Ohne den Blick von Amber Grant abzuwenden, sagte sie: »Es versetzt Dr. Grant in Tiefschlaf und stimuliert gleichzeitig ihr Gehirn so, dass es zum einen schneller in die

REM-Phase eintritt, zum anderen länger darin verharrt. Indem es also Häufigkeit und Dauer der REM-Phasen verzehnfacht, versetzt es uns in die Lage, uns Amber Grants Träume für unsere Zwecke nutzbar zu machen.«

»Im Grund läuft es darauf hinaus«, fügte Soames hinzu, »dass ihre Todesträume länger und häufiger werden. Deshalb können wir jedes Mal, wenn ihr Bose-Einstein-Kondensat in ihren Träumen den Körper verlässt, den Weg verfolgen, den ihre Seele nimmt. Mithilfe einer modifizierten Technologie ähnlich der, wie sie in einem optischen Computer zum Einsatz kommt, sollte es uns daher irgendwann gelingen, ihre Frequenz zu messen.«

Am Fuß von Ambers Bett befand sich ein Arsenal von Apparaturen: ein optischer Computer, mehrere Monitore und ein schwarzer Kasten von der Größe eines Fernsehgeräts mit vier senkrechten verschiedenfarbigen Lichtsäulen, in denen unzählige Lichtpunkte durcheinander schwirrten. Sie entsprachen den kleineren Lichtsäulen, die in den oberen Teil der gläsernen Kopfkugel integriert waren. Sobald sie eine Frequenz eingefangen hatten, würden sich die Lichter in den vier Säulen in einer Linie ausrichten – und vier durchgehende Farbreihen bilden.

Als nun die Stunde der Wahrheit immer näher rückte, fühlte sich Accosta seltsam ausgelaugt. Die flammende Energie, die ihn die letzten paar Tagen auf den Beinen gehalten hatte, hatte die wenigen Kraftreserven erschöpft, die ihm noch geblieben waren. Die Gerüchte von seinem bevorstehenden Tod, geschürt von seiner zunehmenden Gebrechlichkeit und seiner jüngsten Abwesenheit von der Roten Arche, wurden von der Pressestelle des Vatikans noch weiter angeheizt. Ohne einen Nachfolger, so munkelte man, würde sich seine Kirche auflösen und die Gläubigen führerlos auf stürmischer See zurücklassen. Rom hatte bereits durchblicken lassen, es werde seinen abtrünnigen Schafen vergeben und sie wieder in den Schoß der Kirche aufnehmen.

Das Schlimmste an diesen Gerüchten war jedoch, dass sie der Wahrheit entsprachen. Der vor fast sechs Jahren diagnostizierte Prostatakrebs hatte bereits auf Leber und Knochen übergegriffen, und in der Lunge hatten sich Metastasen gebildet. Die Krankheit trat in ihr Endstadium ein. Angesichts der wenigen Monate, wenn nicht sogar Wochen, die Accosta noch blieben, war er inzwischen selbst ein Kandidat für eines der Hospize seiner Kirche.

Amber Grant war seine letzte Rettung.

»Sie tritt wieder in die REM-Phase ein«, hörte er Carvelli sagen, worauf die anderen sich gespannt vorbeugten.

Nur Soames wirkte vollkommen ungerührt und betrachtete die Monitore fast teilnahmslos. »Großartig«, sagte er. »So lange haben wir es bisher noch nie geschafft, uns an das Kondensat als ein integriertes Bosonensystem zu hängen.«

»Was ist daran so großartig?«, fragte Accosta, der auf die flimmernden Lichtsäulen blickte. »Sie haben die Seelenfrequenz doch noch immer nicht herausgefunden.«

»Noch nicht, Eure Heiligkeit. Aber indem wir verfolgt haben, wie Ambers Bewusstsein in ihren Todesträumen immer wieder ihren Körper verlässt, sind wir unserem Ziel bereits wesentlich näher gekommen als durch all unsere Experimente mit den Leuten, die wirklich gestorben sind.«

»Wie viele Tage wird es noch dauern, bis wir zu einem Ergebnis kommen?«, fragte Accosta.

Als Soames lachte, verzog sich das Narbengewebe um seinen Mund. »Tage, Eure Heiligkeit? Das ist keine Frage mehr von Tagen, sondern von Stunden – wenn nicht sogar Minuten. Dank dieses Mittels können wir Amber beliebig oft in den Traumzustand versetzen. Wir lassen sie einfach so oft sterben, bis wir die genaue Frequenz herausgefunden haben – genau so, wie man bei einer Fangschaltung jemand dazu bringt, immer weiter zu telefonieren, bis man festgestellt hat, von wo er anruft. Sie wird so oft sterben, dass sie sich wünschen wird, tot zu sein.« Soames lachte wieder. »Aber keine Sorge, Eure Heiligkeit, hier geht es schon lange nicht mehr darum, den Weg festzustellen, den die menschliche Seele beim Verlassen des Körpers nimmt. Wir konzentrieren uns jetzt darauf, wie man mit ihr kommunizieren kann.«

Soames wandte sich Carvelli zu. »Frank, helfen Sie doch Seiner Heiligkeit schon, sich auf den Schlussakt vorzubereiten. Außerdem sollten wir langsam anfangen, uns über Miles Fleming Gedanken zu machen.«

»Er wird uns bestimmt nicht helfen«, sagte Knight.

»*Ihnen* wird er nicht helfen, Virginia«, erwiderte Soames, »aber er hat keinen Grund, mir zu misstrauen. Abgesehen davon, werde ich Fleming nicht bitten, *uns* zu helfen. Ich werde ihm anbieten, *ihm* zu helfen.«

In diesem Moment ertönte ein Piepton, und die vier Lichtsäulen flimmerten plötzlich nicht mehr, sondern konsolidierten sich zu vier statischen Farbreihen.

Zum ersten Mal ließ Soames seine bisherige Ruhe im Stich. »Die Messwerte!«, rief er hinüber zu seinen Assistenten im Labor. Dann wandte er sich mit einem zufriedenen Grinsen Accosta zu. »Wir haben es geschafft.«

Aber Accosta sah nicht mehr Soames oder die Lichter an. Er sah Amber Grant an und fragte sich, warum sie zu lächeln schien.

32

**Hospiz der Kirche der Seelenwahrheit, Marin County.
Einen Tag später**

Die scharlachrote Tracht der Nonne am Empfang raschelte leise, als sie auf den Computermonitor sah. Sie blickte lächelnd zu dem hoch gewachsenen Mann auf und sagte: »Mr. Kent, Sie haben am Telefon gesagt, Ihr Vater ist krank und muss möglicherweise in einem Hospiz untergebracht werden.«

»So ist es. Aber erst würde ich mir das Heim gern mal ansehen.«

»Aber selbstverständlich. Ich hole jemand, der Ihnen das Haus zeigt. Außerdem bringe ich Ihnen eine Informationsmappe, die neben allerlei Wissenswertem über das Hospiz auch die Anmeldeformulare enthält, die Sie für Ihren Vater ausfüllen müssen. Sie werden sicher verstehen, dass wir nur über begrenzte Unterbringungsmöglichkeiten verfügen, weshalb wir unsere Insassen nach ihrer Pflegebedürftigkeit auswählen.«

»Natürlich. Aber hätten Sie denn einen Platz frei?«

Die Nonne sah auf den Bildschirm und sagte mit einem abgeklärten Lächeln: »Das ist ein Hospiz, Mr. Kent. Deshalb werden hier ständig Plätze frei. Das liegt in der Natur der Sache. Wenn Sie einen Moment warten könnten, hole ich Ihnen eine Informationsmappe und sorge dafür, dass Ihnen eine der Schwestern das Haus zeigt.«

»Vielen Dank.«

»Keine Ursache.«

Sobald die Nonne den Schalter verlassen hatte, langte der Mann über die Theke und drehte den Monitor zu sich herum. Nach wenigen Momenten hatte er den Namen und die Zimmernummer gefunden. Hinter dem Namen befand sich ein Sternchen, aber um herauszufinden, was es bedeutete, reichte die Zeit nicht. Der Mann drehte sich um und ging ins Wartezimmer. An der Wand hing ein Foto von Xavier Accosta, dem Roten Papst, und ein Bild der Roten Arche.

Der Mann nahm Platz, und wenige Augenblicke später erschien eine andere Nonne in Rot, die sich ihm als Schwester Angela vorstellte und ihn durch das Hospiz führte. Der Mann hörte aufmerksam zu, als sie ihm die Pflegeleistungen und Einrichtungen schilderte, welche die Insassen in Anspruch nehmen konnten, aber er sagte kaum etwas, bis sie die breite Treppe zum ersten Stock hinaufgingen, wo sich Apartment 11 befand. Gillian Grants Unterkunft.

»Gibt es hier vielleicht irgendwo eine Toilette?«, fragte der Mann höflich, als sie oben an der Treppe angekommen waren.

Zu seiner Erleichterung zeigte die Nonne ans Ende des Flurs und sagte: »Ich warte hier auf Sie.«

Als er auf dem Weg den Gang hinunter an Apartment 11 vorbeikam, blieb der Mann stehen und vergewisserte sich, dass Schwester Angela ihn nicht sehen konnte und der Flur leer war.

Er wollte gerade auf die Tür zutreten, als plötzlich Stimmen ertönten und die Tür aufging. Ein Mann und eine Frau in weißen Overalls rollten einen sperrigen weißen Sarg mit dem Logo der Kirche der Seelenwahrheit auf den Gang hinaus und schoben ihn, ohne die Tür hinter sich zu schließen, an ihm vorbei den Flur hinunter. Der Mann spähte in das Zimmer und sah, dass es leer und das Bett abgezogen war.

Er kehrte zu Schwester Angela zurück. »Vielen Dank für die Führung. Ich glaube, ich habe genug gesehen.«

Fleming trat in den Sonnenschein hinaus, stieg in seinen Leihwagen und fuhr zur Golden Gate Bridge zurück. Er wusste immer noch nicht, was er sich eigentlich von seinem Besuch im Hospiz erhofft hatte. Und er tappte auch noch immer im Dunkeln.

Nach seinem spontanen Abstecher über den Atlantik nach San Francisco war er zunächst zu Ambers luxuriösem Haus in Pacific Heights gefahren, das er jedoch verlassen vorgefunden hatte. Daraufhin hatte er Pater Peter Riga angerufen, ob er irgendwelche Neuigkeiten hatte. Er konnte zwar nicht persönlich mit ihm sprechen, bekam aber von seinem Sekretär eine etwas mysteriöse Nachricht. »Pater Peter Riga lässt Ihnen bestellen, dass er Ihre Besorgnis teilt und Schritte zu Ihrer Unterstützung unternommen hat.«

»Was für Schritte? Wie meinen Sie das?«

Aber der Sekretär wollte oder konnte sich nicht näher dazu äußern, sodass Fleming am Ende eher verwirrt als beruhigt war. Die letzte noch verbleibende Möglichkeit, Nachforschungen anzustellen, war das Hospiz gewesen.

Nachdem ihm inzwischen klar geworden war, dass Virginia Knight ihn ganz gezielt in Misskredit zu bringen versuchte, hatte er auf schäbigste Sensationsreportermethoden zurückgegriffen und eine falsche Identität angenommen, um über Amber Grants in einem Hospiz untergebrachte Mutter an sie heranzukommen. Aber selbst das hatte zu nichts geführt. Gillian Grant war tot.

Als er über die Golden Gate Bridge fuhr, merkte er nicht, dass ihm in einigem Abstand eine braune Limousine folgte. Sein Blick war auf die Innenstadt von San Francisco und die Bay Bridge dahinter gerichtet. Er konzentrierte sich auf seine letzte Chance, Amber Grant zu erreichen.

33

Optrix Industries

Das einstudierte Lächeln der Empfangsdame hieß ihn willkommen, ihre Worte taten es nicht. »Leider ist Dr. Soames gerade aus Alaska zurückgekommen und empfängt im Moment niemanden.«

Als Fleming sich in der großen marmornen Eingangshalle von Optrix umsah, bemerkte er die CCTV-Kameras und die diskret platzierten Sicherheitsbeamten in Uniform. Er schluckte seinen Ärger hinunter. »Ich will doch nur, dass Sie ihm sagen, dass ich hier bin und wegen seiner Partnerin, Dr. Amber Grant, dringend mit ihm sprechen muss. Ich bin ihr Arzt, und da sind verschiedene Dinge, über die sie in Kenntnis gesetzt werden muss.«

Das Lächeln der zierlichen Blondine blieb unerschütterlich. »Bedaure, aber wenn Sie keinen Termin haben, kann ich Sie leider –«

»Können Sie sich denn nicht über Ihr Headset mit seinem Büro in Verbindung setzen? Zumindest seiner Sekretärin Bescheid sagen, dass ich hier bin?« Eine der Überwachungskameras richtete sich mit einem leisen Sirren auf ihn, dann kam ein Sicherheitsbeamter auf ihn zugeschlendert. Er hielt einen Finger an seinen Kopfhörer, als hörte er auf Anweisungen. Er lächelte Fleming an: dasselbe Standardlächeln wie das der Empfangsdame.

»Würden Sie mir bitte folgen, Sir?« Der Mann war ziemlich kräftig; etwa so groß wie Fleming, aber breiter gebaut.

Ganz automatisch verlagerte Fleming sein Gewicht auf die Fußballen. »Hören Sie, ich will hier keinen Ärger machen, ich möchte nur Bradley Soames sprechen.«

»Ich weiß, Sir.« Der Sicherheitsbeamte legte den Kopf auf die Seite, während er einer Stimme in seinem Kopfhörer lauschte.

Dann deutete er auf die schwarz getönte Glastür am Ende der Reihe mit Aufzügen. »Bitte nehmen Sie den hintersten Lift zur Chefetage. Wenn Sie beim Aussteigen nach rechts gehen, ist Dr. Soames' Büro die erste Tür auf der linken Seite.«

Fleming konnte seine Überraschung nicht verbergen. Er blickte zu der Kamera hoch, dann drehte er sich nach der Empfangsdame um, die keine Miene verzog. Als er zum Aufzug ging, hörte er, wie sie ihm ein forsch-fröhliches »Einen schönen Tag noch, Dr. Fleming« hinterherrief.

Sobald sich die Lifttür hinter ihm geschlossen hatte, drückte er auf den obersten Knopf. Wenige Sekunden später hielt der Aufzug im vierzigsten Stock, und Fleming trat auf den mit einem dicken, weichen Teppich ausgelegten Flur hinaus, der im Kreis um das Gebäude führte. Es war kein Mensch zu sehen. Die gesamte Belegschaft der obersten Etage hatte sich in ihren hermetisch abgeriegelten Büros eingenistet, die sich an der Außenseite des Kreises befanden, mit Blick nach draußen.

Bis auf eines.

Auf seiner hellen Eichentür standen zwei Wörter. Kein Titel, keine Anrede, keine Berufsbezeichnung, nur ein Name. Bradley Soames.

Fleming öffnete die Tür und fand sich einer großen, lächelnden Frau mit stark toupiertem Haar gegenüber. Sie deutete auf eine Tür aus getöntem Glas rechts von ihrem Schreibtisch. »Dr. Fleming, Dr. Soames erwartet Sie bereits. Bitte treten Sie gleich ein.«

»Sie sind mir zuvorgekommen.« Soames erhob sich von dem gekrümmten Schreibtisch in seinem fensterlosen Büro. »Hätten Sie mich nicht gefunden, hätte ich Sie gefunden. Darf ich Miles zu Ihnen sagen? Bitte sagen Sie Bradley zu mir.«

Fleming versuchte seine Überraschung zu verbergen, als er Soames die Hand schüttelte. Der Händedruck des Mannes war kraftlos, und entsprechend erwiderte ihn Fleming – er hatte die Narben gesehen und wollte ihm nicht wehtun. »Ich dachte schon, Sie würden mich gleich hinauswerfen«, sagte er.

Soames lachte. »Oh, ich werfe nie jemand hinaus.« Er deutete beiläufig hinter sich. »Das machen sie.« Im gedämpften Licht im hinteren Teil des runden Büros konnte Fleming zwei auf dem Boden liegende Gestalten ausmachen. Zwischen ihnen lag etwas, das wie ein großer Knochen aussah. Erst jetzt bemerkte er den feuchten Raubtiergeruch, der in der kühlen, leicht aseptischen Luft hing. »Aber keine Angst, sie tun nichts. Wie gesagt, ich bin froh, dass Sie gekommen sind. Bitte, setzen Sie sich. Und nehmen Sie sich etwas zu trinken.«

Als Fleming mit einer Dose Cola auf der Couch saß, fasste er seinen Gastgeber genauer ins Auge. Sein Auftreten hatte etwas Verunsicherndes, und in natura war sein Äußeres schlimmer als auf den Fotos, die Fleming von ihm gesehen hatte. Er war extrem dünn, und was von seiner Haut zu sehen war, war von chirurgischen Eingriffen verwüstet. Das goldglänzende Haar und die hellblauen Augen ließen sein narbenübersätes Gesicht nur noch fremdartiger erscheinen. Dennoch spürte Fleming einen messerscharfen Verstand dahinter.

»Dumme Geschichte, das mit Ihrem Bruder«, begann Soames abrupt. »Tut mir wirklich Leid für Sie. Politisch war Virginia Knight immer schon sehr feig.«

»Wie soll ich das verstehen?«

»Machen wir uns doch nichts vor. Sie ist eine großartige Organisatorin, und soviel ich weiß, war sie auch mal eine hervorragende Ärztin – aber im Gegensatz zu Ihnen und mir hat sie rein gar nichts von einem Pionier. Sie geht nicht gerne Risiken ein. Mit anderen Worten: eine typische Politikerin eben. Und Sie sind ein Opfer ihrer Angst geworden, irgendetwas von dieser Geschichte könnte auf sie zurückfallen.« Soames langte unter seinen Schreibtisch und holte eine Ausgabe der *London Times* hervor. Sie war auf Seite vier aufgeschlagen, wo ein Artikel rot eingekreist war: »Führender Neurologe suspendiert, bis Todesursache eines Forschungspatienten geklärt ist.« Unter der Überschrift war ein Foto Flemings zu sehen. »Ich nehme mal an, Sie haben von der VenTec Foundation gehört?«, fuhr Soames fort.

Jeder, der sich auch nur ein wenig für Wissenschaft und Technik interessierte, hatte schon von VenTec gehört. Allerdings waren über das öffentlichkeitsscheue Unternehmen mehr Wundergeschichten als Fakten in Umlauf. Einem dieser Gerüchte zufolge waren die bahnbrechenden optischen Computer, an deren Entwicklung VenTec maßgeblich beteiligt gewesen war, nichts im

Vergleich mit der Rechnerleistung eines unter strenger Geheimhaltung gebauten Supercomputers, den Soames an seinem geheimen Rückzugsort in den Bergen hatte. Seit jeher auf radikale Innovationen an vorderster Front der Informationstechnologie spezialisiert, arbeitete man bei VenTec an revolutionär neuen Methoden der Datenverarbeitung und -übertragung, die dann in den Labors von Optrix und anderen Unternehmen für einen Einsatz in der Praxis weiterentwickelt wurden. »Ich habe davon gehört.« Soames' kollegiale Begrüßung hatte Fleming aus dem Konzept gebracht. Er war mit dem Vorsatz hergekommen, Soames wegen Amber Grant auf den Zahn zu fühlen – und nun musste er feststellen, dass dieser ihm im Handumdrehen allen Wind aus den Segeln genommen hatte.

»Ich will gleich zur Sache kommen, Miles. Wie Sie wissen, bin ich ein großer Bewunderer Ihres NeuroTranslators. Ich kenne, glaube ich, kein Gerät, in dem der optische Lucifer-Chip so effektiv zur Anwendung gekommen ist. Aus diesem Grund habe ich meine Partnerin Amber Grant überredet, sich wegen ihrer Kopfschmerzen von Ihnen untersuchen zu lassen. Und aus diesem Grund habe ich bereits eine substanzielle Spende für die Weiterentwicklung Ihrer Erfindung vorgesehen. Da Sie jedoch nicht mehr in Barley Hall tätig sind, habe ich mein Angebot zurückgezogen. Sehr zu Virginia Knights Ärger, nehme ich mal an.« Soames grinste. »Die Sache ist folgende: Ich hoffe, Barley Halls Verlust wird VenTecs Gewinn. Ich hätte gern, dass Sie die Spendengelder und die sicher nicht zu verachtenden Forschungseinrichtungen von VenTec dazu nutzen, Ihren NeuroTranslator weiterzuentwickeln.«

Fleming überlegte, wie er darauf reagieren sollte. Er fühlte sich geschmeichelt, dass jemand von Soames' Genialität auch nach Knights Rufmord noch eine so hohe Meinung von ihm hatte. Außerdem hieß es, die Forschungseinrichtungen der VenTec Foundation seien unübertroffen. Sie stellten eine ideale Möglichkeit dar, mit der Erforschung der Seelen-Wellenlänge fortzufahren. Außer dass die alles entscheidende Zutat fehlte.

»Das halte ich für eine sehr interessante Idee, Bradley, auf die ich mich in meiner gegenwärtigen Situation geradezu mit Begeisterung stürzen würde, aber –«

»Was aber?«

»Ich bin nicht hierher gekommen, weil ich einen Job suche. Ich bin hierher gekommen, um mit Amber Grant zu sprechen –«

»Warum? Sie sind nicht mehr für sie verantwortlich.«

»Leider ist die Sache etwas komplizierter.«

»Inwiefern komplizierter?«

»Ich muss mit ihr sprechen, und ich dachte, Sie könnten mir sagen, wo sie ist. Es gibt da etwas, was sie unbedingt wissen muss, etwas, das mit ihren Kopfschmerzen zu tun hat.«

»Was?«

Fleming schilderte den ganzen Hergang bis zum gegenwärtigen Moment. Als er fertig war, stieß Soames einen leisen Pfiff aus, stand auf und begann, im Raum auf und ab zu gehen. Die Kapuze war auf seinen UV-undurchlässigen Pullover zurückgeschlagen, sodass seine schmalen Schultern noch stärker nach unten zu hängen schienen. »Das ist ja unglaublich. Sie *müssen* sich von mir helfen lassen, mit Ihrer Forschungsarbeit weiterzumachen. Wenn ich Sie richtig verstanden habe, möchten Sie den Nachweis erbringen, dass diese Wellenlänge nur eine vorübergehende Abweichung ist, sozusagen der Kondensstreifen eines sterbenden Geistes, bevor er im Nichts verschwindet. Denn das würde bedeuten, dass Ihr Bruder nicht mehr leiden muss und Sie richtig gehandelt haben, als sie ihn nicht mit allen Mitteln am Leben zu halten versucht haben. Ist das im Großen und Ganzen richtig?«

Fleming war beeindruckt, wie schnell Soames auf den Punkt brachte, was er ihm erzählt hatte. »Im Großen und Ganzen, ja.«

Soames' Augen leuchteten vor Erregung. »Das finde ich ja höchst spannend. Dieser neue Hirnstrom hat Sie an etwas zweifeln lassen, wovon Sie bisher fest überzeugt waren, und jetzt wollen Sie herausfinden, was wirklich zutrifft?«

»So könnte man es vermutlich ausdrücken, ja.« Fleming wunderte sich über die Offenheit, mit der er diesem wildfremden Mann auf seine Fragen über seine intimsten Ängste antwortete.

»Aber mal unter rein wissenschaftlichen Gesichtspunkten betrachtet«, fuhr Soames fort, »glauben Sie nicht, Sie laufen Gefahr, einen schweren Fehler zu machen, wenn Sie nachzuweisen versuchen, dass diese Seelen-Wellenlänge *kein* Beweis für ein Leben nach dem Tod ist? Vergessen Sie dabei bitte nicht, dass es praktisch unmöglich ist, den Nachweis zu erbringen, dass etwas *nicht* existiert. Viel leichter ist es zu beweisen, *dass* etwas existiert.«

»Wollen Sie damit sagen, ich gehe falsch an die Sache heran?«

»Ganz richtig. Sie haben gar keine andere Wahl, Miles; jedenfalls nicht, wenn Sie Ihren Seelenfrieden wiederhaben wollen. Anstatt mithilfe der Seelen-Wellenlänge zu beweisen, dass es *kein* Leben nach dem Tod gibt, sollten Sie mit Ihrer Hilfe den Nachweis erbringen, dass es eines *gibt*. Und wenn es Ihnen nicht gelingt, können Sie sich zumindest sagen, dass es *höchstwahrscheinlich* keines gibt, weil sie der Sache wirklich sehr gründlich nachgegangen sind. Das würde jedenfalls ich tun.« Soames hielt inne. »Einen Haken hat diese Methode allerdings.«

»Ja, ich weiß.« Fleming verstand jetzt, warum sein überhitzter Verstand diese Möglichkeit übersehen hatte. »Ich könnte genau das entdecken, was ich befürchte.«

Soames lächelte. »Bloß ist diese Frage zu wichtig, um ihr nicht weiter nachzugehen. Sie haben auf keinen Fall eine andere Wahl, als mit Ihren NeuroTranslator-Forschungen fortzufahren – sowohl als Wissenschaftler wie als Bruder.«

»Ja, aber dafür brauche ich Amber Grant. Und ich finde, sie sollte unbedingt benachrichtigt werden. Im Moment weiß sie noch nichts von dem Ganzen. Deshalb versuche ich sie schon die ganze Zeit zu erreichen.«

»Ja, natürlich. Aber ihre Mutter ist gerade gestorben, und deshalb hat sich Amber frei genommen, um etwas Zeit für sich zu haben. Wo sie ist, weiß ich leider nicht, und ehrlich gesagt, geht es mich auch nichts an, zumal sie kurz zuvor einen einmonatigen Urlaub beantragt hat, um sich von Ihnen behandeln zu lassen. Von Zeit zu Zeit ruft sie mich allerdings an.« Soames blieb bei den Wölfen stehen und beugte sich zu ihnen hinab. Eine Weile sprach er in einer unverständlichen gutturalen Sprache mit ihnen, dann puhlte er etwas Schorf von einer der Narben auf seiner Hand, gab ihn dem größeren Wolf zu fressen und zauste ihm das Fell.

Fleming verzog das Gesicht. Obwohl ihm die Wölfe keine Beachtung schenkten, empfand er ihre Anwesenheit als bedrohlich.

»Wissen Sie was«, sagte Soames. »Nehmen Sie mein Angebot trotzdem an. Sie können alles haben, was Sie brauchen, um eine verbesserte Version des NeuroTranslators zu entwickeln. Ich will ja nicht überheblich klingen, aber ich habe bei VenTec die besten IT-Fachleute. Sie könnten Ihnen helfen, einen erheblich empfindlicheren und leistungsstärkeren NeuroTranslator zu bauen als den in Barley Hall.« Er stand auf. »Ich will Ihnen nichts vormachen, Miles: Einer Ihrer Kunden, KREE8 Industries, interessiert sich ganz brennend für Ihre Erfindung, und zwar vor allem wegen der zahlreichen Anwendungsmöglichkeiten in den Bereichen Bildung und Unterhaltung, die sich in Zusammenhang mit gedankengesteuerten, computergenerierten Bildern und Prothesen auftun. Sie sind bereits an VenTec mit dem Vorschlag herangetreten, ob wir nicht eine, wie wir es sehen, verbesserte Version Ihres NeuroTranslator-Prototyps bauen könnten. Aber ohne Ihre Erfahrung mit Hirnströmen könnte es Jahre dauern, ein solches Gerät in der Praxis einsatzfähig zu machen. Mit Ihrer Hilfe dagegen könnten wir das in ein paar Tagen schaffen. Als Gegenleistung könnten Sie bei der Erforschung der Seelen-Wellenlänge auf das gesamte Arsenal an technischen Möglichkeiten zurückgreifen, über das wir bei VenTec verfügen. Überlegen Sie nur mal, was Sie mit echter Rechnerleistung alles erreichen könnten.«

»Dazu bräuchte ich Zugang zu meinen Unterlagen in Barley Hall.«

Soames machte die wegwerfende Handbewegung der wirklich Reichen und Mächtigen. »Virginia ist kein Problem. Ich weiß, wie sie gestrickt ist und was sie will. Solange sie Geld und etwas Anerkennung für Ihre Erfolge bekommt – und gleichzeitig keine Vorwürfe, wenn nichts bei der Sache herauskommt –, ist ihr völlig egal, was Sie machen. Glauben Sie mir, Miles, ich kann alles aus Barley Hall bekommen, was Sie brauchen.«

»Und Amber?«

»Fangen Sie gleich zu arbeiten an, und wenn Amber das nächste Mal anruft, stelle ich sie zu Ihnen durch, damit Sie mit ihr sprechen können. Ich kann mir keinen Grund vorstellen, weshalb sie nicht bei einem solchen Projekt mitmachen sollte. Es kann nur in ihrem eigenen Interesse sein, sich endlich Klarheit zu verschaffen, was es mit ihren Kopfschmerzen und auch mit dieser Geschichte mit Ariel auf sich hat. Könnte sogar sein, dass sie froh darüber ist, um besser über den Tod ihrer Mutter hinwegzukommen.« Soames war sichtlich begeistert von der Idee. »Was sagen Sie, Miles? Sie haben da eine unglaubliche Entdeckung gemacht. Sie *müssen* weiter daran arbeiten, und Sie *müssen* mir gestatten, Ihnen zu helfen. Das ist genau die Art von bahnbrechendem Forschungsvorhaben, zu deren Durchführung VenTec gegründet wurde.« Er griff nach dem Telefon auf seinem Schreibtisch. »Laura, lassen Sie die Maschine nach Fairbanks startklar machen und besorgen Sie uns einen Hubschrauber für den Weiterflug zur Foundation. Anzurufen brauchen Sie bei VenTec allerdings nicht, das werde ich selbst tun. Ich muss noch verschiedenes dort klären … ja, ich werde ihn fragen.« Als Soames aufblickte, war sein Grinsen so jungenhaft und seine Augen so strahlend, dass er in dem schwachen Licht fast gut aussah. »Wie lange brauchen Sie zum Packen, Miles?«

Von Soames' Enthusiasmus angesteckt, überlegte Fleming nicht lange. Das war mehr, als er zu hoffen gewagt hatte. »Mein ganzes Gepäck ist in meinem Leihwagen. Er steht unten auf dem Parkplatz.«

Soames klopfte ihm auf den Rücken. »Dann mal los. Worauf warten wir noch?«

34

Sicherheitsverwahrung im schwarzen Sektor.
VenTec

Als Amber Grant zu sich kam, empfand sie solchen Frieden, dass sie sicher war, gestorben zu sein.

Eine Hand drückte die ihre. Und sie spürte, dass jemand neben ihr war, vertraut und beruhigend. Selbst die grässliche Erinnerung daran, immer und immer wieder zu sterben, belastete sie nicht mehr. In ihrem Innern war eine tief greifende Veränderung eingetreten. Sie wusste nicht, was ihre Entführer mit ihr angestellt hatten, aber irgendwie hatte sich dadurch eine psychische Blockade gelöst, als hätten sie, indem sie sich ihres Körpers bemächtigten, ihren Geist befreit. Sie fühlte sich nicht mehr allein. Ihre Schwester war bei ihr, nicht eingesperrt wie zuvor oder verzweifelt bemüht, Kontakt mit ihr aufzunehmen, sondern einfach da, aus freiem Entschluss bei ihr. Sogar die Sorge um ihre todkranke Mutter schien leichter zu ertragen, denn es war fast so, als könnte sie sie mit jemand teilen.

Nachdem sie nun nicht mehr angeschnallt und mit Medikamenten voll gepumpt war, fasste Amber mit der rechten Hand links neben sich, um Ariels Hand zu ergreifen, aber dort war nur das frische, straff gespannte Bettlaken. Obwohl sie Ariels Hand in der ihren spüren konnte – sie umklammerte sie genauso fest, wie sie das als Kind immer getan hatte – und obwohl sie spürte, dass ihre Schwester neben ihr war, sie tröstete und ihr Kraft spendete, lag sie allein im Bett.

Sie schlug die Augen auf und stellte fest, dass sie allein in einem schmuck- und fensterlosen Zimmer war. Am Fußende des Betts befand sich ein Wohnbereich mit Couch, Fernseher, Stuhl und

Schreibtisch. Dahinter war eine Tür, die in ein Bad führte. Die spartanische Unterkunft mit den weißen Wänden und der schlichten Einrichtung kam ihr seltsam bekannt vor.

Als sie sich im Bett aufrichtete, stellte sie fest, dass sie einen weißen Overall anhatte. Sie fühlte sich körperlich ausgelaugt, als würde sie von einer schweren Krankheit genesen, aber sie war froh, wieder frei über ihren Körper verfügen zu können.

Es war wirklich eigenartig. Eigentlich hätte sie sich verzweifelt, verängstigt und verlassen fühlen sollen. Aber dem war nicht so.

»Wo bist du?«, fragte eine Stimme. Eine Stimme, die einerseits ein Teil von ihr war, zugleich aber auch von ihr getrennt.

»Ich weiß nicht«, hörte sie sich antworten.

Als sie aus dem Bett aufstand, hatte sie das Gefühl, ihre Unterkunft eigentlich kennen zu müssen. Sie erinnerte sie an einen Ort, an dem sie früher einmal gewesen war. Sie ging zur Eingangstür und versuchte, sie zu öffnen, aber sie war abgeschlossen.

Dann sah sie den weißen Bademantel an der Badezimmertür hängen und auf seiner Brusttasche das V-Logo mit dem Motto: *An der Gegenwart vorbei in die Zukunft.*

Plötzlich zog ihr Gehirn wie von selbst ein paar Querverbindungen. Der vertraute Moschusduft und die Stimme, die sie gehört hatte, als sie sich nicht bewegen konnte: Felicia Bukowski. Sie gehörte zu Bradleys engstem Mitarbeiterkreis, und Amber hatte sie bei einem ihrer früheren Besuche in der Foundation kennen gelernt.

Sie war in der VenTec Foundation. Und das konnte nur eines bedeuten.

Bradley Soames hatte seine Finger im Spiel.

Ihr eigener Partner steckte dahinter.

35

Alaska

Auch wenn Miles Fleming vor drei Jahren zusammen mit Rob schon einmal in Alaska gewesen war, um den Denali, den höchsten Berg Nordamerikas, zu besteigen, war er noch nie so weit nach Norden gekommen. Soames' Jet hatte sie auf dem 4000 Kilometer langen Flug von San Francisco nach Fairbanks über die Alaska Range gebracht, bevor sie mit einem Hubschrauber zum Polarkreis weitergeflogen waren, zur Brooks Range und zu den Ölfeldern von Prudhoe Bay und Point McIntyre.

»Die Foundation muss jeden Augenblick vor uns auftauchen«, sagte Soames und deutete durch die getönten Hubschrauberfenster auf die verschneiten Berggipfel, die durch die dichte Wolkendecke unter ihnen stießen. »Ein paar Kilometer weiter östlich liegt das Arctic National Wildlife Refuge, aber die meisten Berge, die Sie auf der linken Seite sehen, hat mein Großvater gekauft. In grauer Urzeit haben sie sich einmal unter dem Meeresspiegel befunden, und jetzt, nachdem sie aus dem Meer emporgestiegen sind, befinden sich gigantische Erdölvorkommen unter ihnen. Gegründet wurde Alascon Oil von meinem Großvater, aber es war mein Vater, unter dem das Unternehmen nach der Energiekrise der 60er und 70er Jahre einen enormen Aufschwung erlebte. Er hat die Methode, durch den Gebirgskern zu bohren, perfektioniert. So hat er das Vermögen verdient, das die Grundlage des meinen bildete.

Als er starb, verkaufte ich Alascon, um den Aufbau von Optrix finanzieren zu können, an BP, behielt aber etwa vierhundert Hektar Land. Hier gefällt es mir; das Klima kommt mir sehr entgegen. Von November bis Februar lässt sich die Sonne überhaupt nicht blicken, was für mich natürlich ideal ist. Und was den Sommer angeht – also, ich gehe nicht viel nach draußen, und an Rückzugsmöglichkeiten fehlt es mir hier wahrhaftig nicht.«

Mit einem Anflug von Erregung blickte Fleming auf das Meer aus verschneiten Berggipfeln hinab. Er betrachtete die Berge als gutes Omen, als Bestätigung seines spontanen Entschlusses, Soames zu begleiten. Ließ sich überhaupt ein geeigneterer Ort als Robs geliebte Berge denken, um sich Gewissheit darüber zu verschaffen, dass seiner Seele kein Leid mehr geschehen konnte?

Durch eine Öffnung in den Wolken sah er in einem der Täler eine einsame Ansammlung von Hütten. »Ist es das?«, fragte er.

Soames lachte so laut, dass Fleming im Fenster gespiegelt sah, wie die zwei Wölfe die Köpfe hoben. »Nein«, sagte Soames schließlich. »Das ist die Rangerstation des Naturschutzgebiets.« Er deutete hinter sich auf die Wölfe. »Dort habe ich die beiden als verwaiste Welpen bekommen. Die VenTec Foundation liegt direkt vor uns.«

Vor ihnen erschien ein besonders hoher Berg, und der Helikopter stieg höher. Beim Anflug auf den Gipfel ertappte sich Fleming dabei, wie er seine Flanken nach den besten Aufstiegsrouten absuchte, die Steigungen abschätzte und die besten Einstiege in die einzelnen Abschnitte herauszufinden versuchte. Mit seinen vielen Steilwänden stellte der Berg eine recht passable Herausforderung dar.

Eine Stimme riss ihn aus seinen Gedanken. »Das ist VenTec.« Soames deutete auf eine schwarze Kuppel, die auf acht schräg stehenden Streben auf dem Gipfelplateau stand. Die mächtige Stahlkonstruktion war mit großen Platten aus schwarz getöntem Glas verkleidet, und als der Hubschrauber darüber hinwegflog, sah Fleming, dass sich an ihrer Nordseite eine große Plattform befand, die durch einen Kreis mit einem leuchtenden H in der Mitte gekennzeichnet war.

»Ursprünglich war das Ganze eine Bohrplattform, die mit der Raffinerie dort auf dem nächsten Berg verbunden werden sollte.« Als Fleming in die Richtung blickte, in die Soames zeigte, sah er auf einem niedrigeren Gipfel eine Gruppe halb fertiger Gebäude und skelettartiger Stahlkonstruktionen. »Ursprünglich war geplant, mehrere Erdölleitungen durch die Berge zu treiben, um die

Bohrplattform mit der Raffinerie zu verbinden und schließlich durch eine Pipeline sogar mit der Küste. Allerdings habe ich Alascon verkauft, bevor die Bauarbeiten abgeschlossen waren, und funktionierte die Bohrplattform in ein wissenschaftliches Forschungsinstitut um. Nach Meinung der Geologen sitzt sie immer noch auf Tonnen von Öl, aber wen interessiert das schwarze Gold heute noch? Öl ist ein Produkt der Vergangenheit, dessen Herstellung Millionen Jahre gedauert hat. Mir sind Produkte der Zukunft lieber.«

Als die Räder des Hubschraubers aufsetzten, wirbelte der Sog der Rotoren den Schnee auf der Stahlplattform auf. Fleming fühlte sich, als würde er von tausend kalten Messern filetiert, als er aus der Kanzel kletterte: Der eisige Wind war zwar nicht besonders stark, aber er ging ihm trotzdem durch und durch.

»Kommen Sie nach drinnen. Durch den Wind herrschen hier draußen mindestens zehn Grad minus«, sagte Soames und ließ die Wölfe von der Leine, worauf sie froh, der Enge des Hubschraubers entronnen zu sein, in den Schnee davonstürmten.

Fleming konnte sie zwar nicht mehr sehen, aber er konnte sie heulen hören. »Wo sind sie hin?«, fragte er, als zwei Männer ihm und Soames das Gepäck abnahmen und sie durch den Haupteingang nach drinnen führten.

»Wohin Wölfe eben gehen, nehme ich an. Sie kommen und gehen, wie es ihnen passt. Sie sind hier zu Hause.«

Gleich hinter dem Eingang bemerkte Fleming auf der rechten Seite eine feuerfeste Glastür. Dahinter befanden sich eine lange Reihe von Schließfächern sowie mehrere Regale mit dem Neuesten, was es an Winterkleidung, Stiefeln und Kletterausrüstung gab – hier waren Kleidung, Medikamente und Lebensmittel für eine Notevakuierung gelagert. Neben der Tür hing ein farbiger Plan der VenTec Foundation mit ihren fünf Bereichen: ein rotes Zentrum, um das vier verschiedenfarbige Quadranten angeordnet waren.

»Kommen Sie, Miles«, sagte Soames. »Erst zeige ich Ihnen Ihr Zimmer und dann führe ich Sie überall herum.«

36

VenTec. Vierzig Minuten später

Fleming rieb sich die Ohren und fragte sich, ob das Summen aus dem Innern des Gebäudes kam oder, wegen des langen Flugs, aus seinem strapazierten Gehirn.

»Gefällt Ihnen Ihr Zimmer?«, erkundigte sich Soames, als er Fleming, den Pfeilen zum blauen Sektor folgend, durch den weißen Sektor führte.

»Prima.« Flemings Unterkunft im weißen Sektor war eher praktisch als luxuriös eingerichtet, enthielt aber alles, was man brauchte. »Mir ist aufgefallen, dass man mit dem Telefon nicht nach draußen telefonieren kann.«

»Das hat hauptsächlich Sicherheitsgründe. Wir betreiben hier geheime Forschungen und haben uns deshalb darauf geeinigt, die Außenkontakte auf ein Minimum zu beschränken. Außerdem reduziert das die Ablenkungen. Aber wir sind hier keineswegs völlig von der Außenwelt abgeschnitten. Jeder Sektor hat seinen eigenen Kommunikationsraum mit einem Satellitentelefon für Notfälle. Und natürlich haben wir uneingeschränkte Modem-Anbindung für den Download von Daten. Können Sie damit leben?«

»Natürlich, kein Problem.«

»Gut. Das ist der weiße Sektor. Die meisten der Einrichtungen hier bedürfen keiner weiteren Erklärung. Der weiße Sektor ist der Aufenthaltsbereich und ist, wie alle weißen Gänge, für jeden in der Foundation zugänglich. Zwar gibt es hier auch ein paar Labors, aber die der Geheimhaltung unterliegende Forschungsarbeit spielt sich in den farbigen Sektoren ab, wobei jeder farbige Bereich von allen anderen hermetisch abgeschottet ist. Wir haben hier drinnen sehr dicke Mauern und nehmen die Sicherheit der einzelnen Sektoren sehr ernst.«

Sie erreichten eine Sicherheitstür aus Rauchglas, die in den blauen Sektor führte. Soames deutete auf eine kleine Fingerplatte neben dem Diskettenschlitz. »Nur ich habe Zugang zu allen Sektoren. Diese Platte hier ist ein DNS-Scanner, der von meinen Fingerkuppen eine hauchdünne Hautschicht abnimmt, und wenn sie mit meiner DNS übereinstimmt – und tatsächlich nur mit meiner DNS –, lässt sich die Tür öffnen.« Er hob die Hände und spreizte die Finger wie einen Fächer. »Meine Dietriche. Als Firmenchef genießt man gewisse Privilegien.«

Er zeigte durch die Glastür. »Im blauen Sektor befassen wir uns vornehmlich mit der Verbesserung visueller Aufnahme- und Wiedergabemöglichkeiten. Viele der Unternehmen, die zu unseren Kunden gehören, schicken ihre Mitarbeiter hierher, damit sie mit unseren Wissenschaftlern und unseren Rechnern arbeiten und sich auf diese Weise Anregungen für wegweisende technische Innovationen holen können. Sie wissen alles über KREE8?«

Fleming nickte. »Sicher.« KREE8 war bekannt für seine holographischen Kommunikationstechnologien und für die Schöpfung der ersten virtuellen Filmschauspieler, darunter auch berühmte verstorbene Stars. Erst ein Jahr zuvor war ein Film mit George Clooney an der Seite einer computergenerierten Marilyn Monroe zum größten Kassenerfolg des Jahrzehnts geworden.

»Also, ich glaube nicht«, sagte Soames, »dass ich zu viele Wirtschaftsgeheimnisse verrate, wenn ich sage, dass man bei KREE8 mit großem Erfolg VenTec als Forschungs- und Entwicklungsabteilung benutzt. Ich schätze, achtzig Prozent ihrer neuen Produkte kommen aus dem blauen Sektor hinter dieser Tür.«

Soames blieb stehen und deutete auf einen zierlichen, auffallend braunen Mann, der direkt auf sie zukam. Er trug das pechschwarze Haar in einem Pferdeschwanz und war bis auf das kleine rote Kruzifix an seiner Brust ganz in Schwarz gekleidet: Polo-Shirt, Hose und Lederschuhe. Fleming kannte ihn von Bildern in den Medien.

»Oh, kaum spricht man vom Teufel«, sagte Soames. »Miles, darf ich Ihnen Frank Carvelli vorstellen, Chef von KREE8.«

Carvelli lächelte zwar, aber die glatte dunkle Haut um seine braunen Augen legte sich kaum in Falten. Fleming vermutete, dass er sich hatte liften lassen, allerdings so geschickt, dass es nicht mit Sicherheit zu erkennen war. »Dr. Fleming«, sagte er, »ich bin ein großerer Bewunderer Ihres NeuroTranslators.«

»Danke.«

»Miles hat sich bereit erklärt, uns bei ein paar Verbesserungen der KREE8-Version zu helfen«, sagte Soames.

Die beiden wechselten einen Blick, und Carvelli zog eine Augenbraue hoch, offenbar weil er, wie Fleming annahm, beeindruckt und erstaunt zugleich war. »Wirklich? Das ist ja großartig.« Er sah auf die Uhr. »Entschuldigen Sie mich bitte, aber ich muss in eine Besprechung.«

»Aber sicher, Frank. Ich werde Miles alles erklären.«

»Freut mich wirklich, dass Sie uns helfen«, sagte Carvelli freundlich. »Wir werden uns sicher bald ausführlicher unterhalten können.«

Nachdem er im blauen Sektor verschwunden war, wandte sich Soames wieder Fleming zu und sah ihn mit einem schiefen Grinsen an. »Mit Ihnen habe ich wirklich ein großen Coup gelandet. Als ich Frank gegenüber mal äußerte, dass wir auf Ihr Know-how dringend angewiesen wären, wäre er jede Wette eingegangen, dass Sie uns nie im Leben helfen würden.«

»Werde ich im blauen Sektor arbeiten?«

»Nein. Dort wird nämlich auch noch an anderen Projekten gearbeitet, und was die angeht, ist Frank paranoid. Vor allem möchte ich jedoch, dass Sie Ihren eigenen Arbeitsbereich haben, damit Sie sich ungestört mit Ihrer Seelen-Wellenlänge beschäftigen können. Kommen Sie. Wenn wir unseren Rundgang beendet haben, zeige ich Ihnen Ihren Arbeitsplatz.«

Soames machte kehrt und führte Fleming auf dem Weg, auf dem sie gekommen waren, zum grünen Sektor. »Hier drinnen arbeiten wir vorwiegend im Regierungsauftrag«, sagte er. »Aber nicht nur für unsere.«

Sie setzten ihren Weg zum roten und schwarzen Sektor fort. Zweimal begegneten sie Wissenschaftlern in weißen Overalls. Beide lächelten kurz und gingen wortlos an ihnen vorbei. Es herrschte eine Atmosphäre entspannter Betriebsamkeit, in der keine Zeit für überflüssiges Geplauder war. Trotz des Hightech-

Ambientes fühlte sich Fleming an seinen Besuch in der Ordenszentrale der Jesuiten in Rom erinnert, wo eine ähnliche unterschwellige Intensität in der Luft gelegen hatte.

An einer Stelle, an der mehrere Flure zusammentrafen, blieb Soames stehen. Links wiesen schwarze Winkel den Weg zum schwarzen Sektor. Rechts deutete ein großer roter Winkel auf einen Aufzug, dessen gläserne Sicherheitstür die Aufschrift *Unbefugten ist der Zutritt untersagt! Nur mit Schutzbrille!* trug. Das tiefe Summen, das Fleming beim Betreten von VenTec aufgefallen war, war hier lauter.

»Der rote Sektor«, sagte Soames und zog einen durchsichtigen Plastikumschlag aus seiner Jackentasche. Er enthielt eine silberne Diskette mit einem roten Winkel in der Mitte, die er Fleming reichte. »Das ist Ihre Smart Disk. Damit haben Sie Zugang zu allen weißen Bereichen, einschließlich Ihrer Unterkunft, sowie zum roten Sektor, in dem Sie arbeiten werden. Diese Diskette ist speziell für Sie und wird alles aufzeichnen, was Sie hier tun – jede Tür, die Sie öffnen, jede Mahlzeit, die Sie bestellen, jedes Gerät, das Sie benutzen, jeden Gebrauchsgegenstand, den Sie aus dem Vorratslager nehmen. Sie sollten sie möglichst nicht verlieren.« Er trat von der Tür zurück und zeigte Fleming, wie er seine Diskette in den Schließmechanismus einführen sollte.

»Was ist im schwarzen Sektor?«, fragte Fleming beiläufig. Es überraschte ihn, dass Soames, der sich sonst so offen über sein Reich geäußert hatte, diesen Bereich mit keinem Wort erwähnt hatte.

Über Soames Gesicht huschte ein seltsamer Ausdruck, als hätte er ein Geheimnis, das er nur zu gern mit jemandem geteilt hätte. »Vielleicht später«, sagte er. »Kommen Sie, ich zeige Ihnen, wo Sie arbeiten werden. Der rote Sektor ist reiner Rechnerleistung vorbehalten und beherbergt meinen Stolz und meine Freude.«

Fleming sah noch einmal auf die Richtungsweiser zum schwarzen Sektor, sagte aber nichts mehr. Er steckte seine Diskette in den Schlitz für den roten Sektor, und als die Tür aufging, betrat er die Liftkabine.

Ihr Boden bestand aus stark getöntem Glas, durch das von unten blendend helles Licht drang.

Das Summen war jetzt eindeutig lauter und schien von dem

Licht auszugehen. Der Aufzug setzte sich nach unten in Bewegung.

Soames rollte die Ärmel seines Pullovers nach unten und schlüpfte mit den Händen in die Handschuhe an ihren Enden. Nachdem er sich vergewissert hatte, dass sie ganz bedeckt waren, verhüllte er Kopf und Gesicht und setzte eine getönte Brille auf. »Ich habe noch immer keine Möglichkeit gefunden, die UV-Strahlung hier drinnen zu neutralisieren«, sagte er, als er aus einem Regal neben der Lifttür eine verspiegelte Schutzbrille nahm und Fleming reichte. »Ihrer Haut wird das Licht nicht schaden, aber die Brille sollten Sie lieber aufsetzen.«

Die Lifttür ging auf, und Fleming kniff trotz der Schutzbrille die Augen zusammen, als ihm eine Woge aus Licht entgegenschwappte. Blinzelnd folgte er Soames nach draußen. Zuerst konnte er überhaupt nichts erkennen, so geblendet war er von der Helligkeit, und unwillkürlich fühlte er sich an Amber Grants Schilderungen ihrer Todesträume erinnert, in denen sie Teil des Lichts wurde und mit den Photonen verschmolz, aus denen es bestand. Aber schon nach kurzem drängten sich seine anderen Sinneswahrnehmungen wieder in den Vordergrund. Das Summen war kein bloßes Hintergrundgeräusch mehr, sondern ein deutlich wahrnehmbarer Laut, und die aufgeladene Luft knisterte vor Hitze und Elektrizität, als würde jeden Moment ein Gewitter losbrechen.

Seine auf die Größe eines Stecknadelkopfs geschrumpften Pupillen begannen sich dem Übermaß an Licht anzupassen und ihre Umgebung aufzunehmen. Als sein Gehirn ausgewertet hatte, was er sah, hörte er jemanden laut nach Luft schnappen. Er merkte erst nach einer Weile, dass er es selbst gewesen war.

37

Der rote Sektor

Fleming fand sich auf einem breiten kreisförmigen Steg, der um einen zylindrischen Schacht herum lief. Schon die Ausmaße der Anlage waren atemberaubend, aber was ihm die Sprache verschlug, war der Anblick, der sich unter ihm bot.

Vorsichtig beugte er sich über das Geländer des Stegs und blickte in den Schacht hinab. Etwa drei Meter unter ihm schwebte leise summend eine flimmernde Lichtkugel, so hell wie eine kleine Sonne. Die Wände des Schachts, in dem der Feuerball von mindestens sieben Meter Durchmesser schwebte, bestanden aus getönten Glasfenstern, hinter denen sich Labors und Kontrollräume befanden.

»Wo sind wir hier?«, fragte Fleming.

»Wir befinden uns im Innern des Bergs, im ehemaligen Hauptbohrloch. Es stammt noch aus der Zeit, als mein Vater hier nach Öl gebohrt hat. Direkt unter uns, allerdings in mehreren Kilometern Tiefe, befindet sich ein riesiges Ölvorkommen. Im oberen Bereich habe ich für die Labors, die Sie dort unten sehen, den Durchmesser des Schachts vergrößern lassen. Für meine Zwecke sind die Bedingungen hier ideal: niedrige Temperaturen, Abgeschiedenheit und eine geschützte Lage – was will ich mehr?« Sommes beugte sich über das Geländer und deutete auf die Lichtkugel. »Das ist mein Baby, die Krone aller optischen Computer. Das ist der absolute Superrechner – das Nonplusultra. Er kann in Sekundenbruchteilen ungeheure Datenmengen aufnehmen und verarbeiten. Er durchforstet das Internet nach allem Neuen und speichert es in seinem fast grenzenlosen Licht-Memory. Ginge morgen die Welt unter, Miles, wäre praktisch alles, was die

Menschheit im Lauf ihrer Geschichte an Wissen angehäuft hat, in seinem gigantischen Photonengedächtnis gespeichert. Und zu allen diesen Daten und Informationen hat das Elektronengehirn da unten mit Lichtgeschwindigkeit Zugang. Das ist Luzifer, der wahre Träger des Lichts – oder soll ich sagen, der Erleuchtung?«

Mit ehrfürchtigem Schweigen betrachtete Fleming die hell flimmernde Lichtkugel. Soames lachte verlegen. »Einige meiner Kollegen ziehen mich wegen meiner Schöpfung auf. Sie sagen, sie erinnert sie an diese alte Geschichte – Sie wissen schon, wo ein verrücktes Genie unbedingt einen Supercomputer bauen will, der so leistungsfähig ist, dass er alles im Universum weiß und die eine große Frage beantworten kann, die ihm auf den Nägeln brennt. Als der Wissenschaftler diesen Superrechner schließlich unter ungeheurem Zeit- und Kapitalaufwand gebaut hat, stellt er ihm gleich am ersten Tag seine Frage: ›Gibt es einen Gott?‹«

Soames blickte auf seine Schöpfung aus Licht hinab.

Außerstande, den Blick von ihr loszureißen, fragte Fleming: »Und? Was hat der Computer geantwortet?«

»Nun, nach einer kurzen Pause wiederholt der Wissenschaftler seine Frage: ›Gibt es einen Gott?‹ Und schließlich antwortet der Supercomputer: ›Jetzt ja.‹«

Fleming lächelte höflich.

»Stellen Sie sich vor, Sie könnten sich diese Rechnerleistung für Ihren neuen NeuroTranslator zunutze machen«, fuhr Soames leise fort. »Stellen Sie sich vor, Sie könnten mit seiner Hilfe etwas entdecken, was nicht nur in dieser Welt existiert, sondern sie transzendiert. Stellen Sie sich vor, Sie könnten mit den Geistern derer kommunizieren, die gestorben sind. Sie könnten sie fragen, wie es hinter dem Schleier des Todes aussieht. Ob es einen Himmel oder eine Hölle gibt. Ob die Menschen, die Sie lieben, von allem Leid erlöst sind. Vielleicht könnten Sie sogar den Geist Gottes schauen.«

Fleming spürte ein leichtes Prickeln im Nacken. Er war hierher gekommen, um die Seelen-Wellenlänge wegzuerklären, sie als das letzte Atemholen eines sterbenden Gehirns zu interpretieren und sich in seiner Überzeugung zu bestärken, dass es kein Leben nach dem Tod gab – denn dann wäre sein Bruder Rob von allem Leid erlöst. Aber nun fiel es ihm sogar noch schwerer, an seinen

Gewissheiten festzuhalten. Die berauschende Vision der unbegrenzten Möglichkeiten, die sich ihm hier auftaten, ließ ihn schwindeln. Im Moment hatte er das Gefühl, dass nichts unmöglich war, weder in dieser Welt noch in der nächsten.

Plötzlich merkte Fleming, dass zwei andere Personen bei Soames standen. Eine davon war ein großer Schwarzer mit schütterem Haar und einer Nickelbrille unter seinem Augenschutz. Seine Stirn war von tiefen Falten durchzogen, aber die Haut um seine Augen war glatt, so, als ob er sein ganzes Leben lang nur die Stirn gerunzelt und nie gelächelt hätte. Die zweite Person war eine Frau. Der weiße Overall schmeichelte ihrer schlanken Figur, und ihr langes blondes Haar war an ihrem Hinterkopf zu einem Knoten geflochten. Sie war schön, mit hohen Wangenknochen und auffallend hellen blauen Augen. Unwillkürlich verglich Fleming ihre eisige Attraktivität mit dem exotischen Liebreiz Amber Grants.

»Darf ich Sie mit meinen beiden Spezialisten für Hardware, beziehungsweise Software bekannt machen, Ihren künftigen Assistenten«, sagte Soames und stellte die beiden als Dr. Walter Tripp und Dr. Felicia Bukowski vor. »Sie können mir glauben«, fuhr Soames danach fort, »sie sind zwei exzellente Wissenschaftler, die die meisten so genannten Experten in ihren jeweiligen Fachgebieten mühelos in den Schatten stellen.«

Als Fleming den beiden die Hände schüttelte, fiel ihm auf, dass Bukowski ihm die ganze Zeit unverwandt in die Augen sah.

Soames fuhr lächelnd fort: »Wie bereits erwähnt, versuchen wir schon seit geraumer Zeit zusammen mit unserem Kunden KREE8, Ihre Erfindung zu verbessern. Unser modernster Prototyp wurde aus dem blauen Sektor in eins der Labors dort unten verlegt. Die Hardware ist bereits zum größten Teil fertig. Sowohl der Analog-Digital-Konverter als auch der Neuralsignal-Verstärker sollten Ihrem Modell überlegen sein.«

»Auf jeden Fall«, bestätigte Tripp. »Grob gesagt, haben wir Ihren NeuroTranslator mit gewissen Verbesserungen nachzubauen versucht, ohne dabei gegen das Patentrecht zu verstoßen.«

»Ich fühle mich geschmeichelt«, sagte Fleming.

»Aber natürlich brauchen wir auch Ihr Know-how und das Archiv mit menschlichen Neuralsignalen, das Sie im Lauf der Jahre zusammengetragen haben«, fügte Bukowski rasch hinzu. Ihre Stimme war überraschend weich und sanft. Sie erinnerte Fleming an den Bostoner Akzent, den er aus seiner Zeit in Harvard noch deutlich im Ohr hatte. »Um das von uns entwickelte Gerät zuverlässig kalibrieren zu können, sind wir dringend auf Sie angewiesen. Denn nur mit Ihrer Hilfe können wir gewährleisten, dass es jedes neurale Signal auch tatsächlich richtig interpretiert, und zwar egal, ob es sich um einzelne Hirnströme handelt oder um eine Kombination aus mehreren Hirnströmen.«

»Nun, wenn ich von hier, wie Bradley meint, tatsächlich Zugriff auf alle meine Unterlagen in Barley Hall habe, dürfte das kein Problem sein.«

»Aber sicher haben Sie Zugriff auf alle Ihre Dateien«, sagte Bukowski und forderte sie auf, ihr in den Lift zu folgen. Sie drückte auf einen Knopf, und der Aufzug fuhr nach unten. »Sie können Sie einsehen, wann immer Sie wollen.« Eine Etage tiefer verließen sie den Lift und betraten ein riesiges Labor, durch dessen getönte Fenster man auf den flimmernden Feuerball hinausblickte.

Obwohl das Design der Geräte raffinierter war als das seines Prototyps in Barley Hall, erkannte Fleming sofort zwei NeuroTranslatoren in ihnen. Sie bestanden aus einem durchsichtigen blauen Würfel mit abgerundeten Ecken, der eine Kugel umschloss, und einem integrierten Plasmabildschirm mit berührungsempfindlicher Tastatur. Die Geräte waren mindestens 20 Prozent größer als Flemings Prototyp mitsamt der eingebauten Lautsprecher. Vor allem waren sie auch deutlich leistungsfähiger.

»Warum zwei Geräte?«, fragte Fleming.

»Das ist bei VenTec so üblich«, sagte Soames. »Wir entwickeln Prototypen immer paarweise – damit wir Ersatz haben.«

»Sie sind sehr schön geworden«, sagte Fleming, der das Gerät aufmerksam betrachtete. Auf der Rückseite waren zwei kabellose Infrarot-Schnittstellen, wie er sie noch nie gesehen hatte. Über der linken stand »Empfangen«, über der rechten »Senden«. »Solche Ports habe ich noch nie gesehen. Ist das ein neuer Typ von Kommunikationssensoren?«

Tripp zuckte mit den Schultern. »Gewissermaßen. Wir haben sie nur deshalb eingebaut, damit der NeuroTranslator mit unserer neuesten optischen Netzwerktechnologie kompatibel ist.«

»Schauen Sie, Miles«, fügte Soames hinzu. »Wir haben sogar einen eigenen künstlichen Körper gebaut.«

Als Fleming sich umdrehte, sah er neben der Tür eine lebensgroße Puppe stehen. Sie sah Brian erstaunlich ähnlich. »Ich bin beeindruckt, Bradley, aber auch ein bisschen beunruhigt. Wie lange kopieren Sie und Ihre Leute meine Erfindung eigentlich schon?«

»Seit etwa einem Jahr«, antwortete Soames ohne den leisesten Anflug von Verlegenheit. »Wie Sie sich vielleicht erinnern, haben wir Sie schon bei einer früheren Gelegenheit anzuwerben versucht, aber da Sie nicht für uns arbeiten wollten, mussten wir unser eigenes Gedankensteuerungssystem entwickeln.« Er lächelte. »Zudem basiert Ihre Erfindung auf dem Lucifer, der *unsere* Erfindung ist. Allerdings sollten Sie froh sein, dass wir mit der Entwicklung dieses Geräts schon so weit vorangeschritten sind. Das vereinfacht Ihnen die Arbeit.«

Zaghaft versuchte sich in Flemings Hinterkopf eine warnende Stimme Gehör zu verschaffen, aber er brachte sie zum Verstummen.

Soames sah ihn an. »Und?«

Fleming fand, er konnte genauso gut einen Schritt vorwärts tun wie rückwärts. »Wann fangen wir an?«

»Ich dachte, das hätten wir bereits«, sagte Soames.

38

Der blaue Sektor.
Eine Stunde später

Nur wenige hundert Meter weiter stand Xavier Accosta in der Virtual-Reality-Abteilung des blauen Sektors. Er trug einen hautengen, mit Elektroden gespickten Overall, unter dem sich jede Kontur und Muskelpartie seines Kopfs und Körpers deutlich abzeichnete. Auf einem großen Wandmonitor war eine Figur zu sehen, die aus lauter einzelnen, die Position der Elektroden markierenden Punkten bestand und jede seiner Bewegungen exakt wiedergab.

Außerdem gab es in dem Raum eine mattschwarze Sound-Anlage, digitale Audio- und Videoaufnahmegeräte sowie eine Reihe weißer Computerterminals.

Carvelli, der an einem der Terminals saß, sah ständig zwischen dem großen Bildschirm an der Wand und seinem Monitor hin und her. »Könnten Sie jetzt bitte auf der Tretmühle gehen, Eure Heiligkeit?«

»Müssen wir ihn wirklich solchen Anstrengungen aussetzen?«, fragte Virginia Knight. Sie stand neben Monsignore Diageo und überwachte das Sauerstoffgerät, das sie eigens für diesen Anlass aufgebaut hatte. »Seine Atmung ist ziemlich schwach. Wir dürfen ihn nicht überfordern.«

Mit einem entschuldigenden Lächeln blickte Carvelli auf. »Das ist mir durchaus klar, aber wenn es realistisch werden soll, muss der Rechner alle Bewegungen speichern.«

Accosta verzog das Gesicht. Seit seinem Eintreffen in Alaska waren die Schmerzen immer schlimmer geworden. Er griff nach der Sauerstoffmaske und sog die frische, saubere Luft mit einem tiefen Atemzug in seine kranken Lungen. »Keine Sorge, Virginia. Frank tut nur, was unbedingt erforderlich ist.«

Knight seufzte. »Aber übertreiben Sie es bitte nicht.«

»Wir sind sowieso schon fast fertig.« Mit einer kugelförmigen Maus nahm Carvelli ein paar weitere Feineinstellungen vor. »Die Gesichtsausdrücke, die wir benötigen, haben wir bereits alle gespeichert. Könnten Sie bitte noch ein letztes Mal den Arm durchspielen?«

Accosta nickte und begann, das ganze Bewegungsrepertoire durchzuexerzieren; er beugte die Ellbogen, streckte die Arme, betätigte jeden einzelnen Muskel und bewegte schließlich auch die Finger.

»Wunderbar, Eure Heiligkeit. Soll ich Ihnen zeigen, wie es aussehen wird?«

Obwohl Accosta von den Kunststücken gehört hatte, die man mit dieser Technologie in Hollywood vollführt hatte, hatte er noch keine genaue Vorstellung, wie realistisch das Endergebnis in seinem Fall sein würde. Carvelli hatte ihm erklärt, die Stars der drei der größten Kassenerfolge des letzten Sommers wären »virtuelle Schauspieler« gewesen und das Publikum wäre nicht in der Lage gewesen, sie von echten zu unterscheiden. Angesichts der immer unerschwinglicheren Gagen, die Filmstars forderten, und dank der nicht mehr als solche zu erkennenden digitalen Effekte, die durch die optischen Computer möglich geworden waren, stellten virtuelle Schauspieler mittlerweile eine akzeptable Alternative dar.

Carvelli klickte auf seinem Monitor drei Icons an und in wenigen Sekunden füllte sich die bewegte Figur auf dem großen Bildschirm von den Füßen aufwärts, bis ein nur mit Boxershorts bekleideter Männerkörper vor ihnen stand. Accosta erkannte sofort seinen eigenen Körper in ihm wieder, aber richtig große Augen bekam er erst, als auch der Kopf vollständig war. Die Person auf dem Bildschirm war er – so täuschend echt, als blickte er in einen Spiegel.

»Was Sie hier vor sich sehen, Eure Heiligkeit, ist eine Kompositfigur, hergestellt mithilfe Ihres dem aktuellen Alter angepassten genetischen Profils, der Bewegungsscans, die ich gerade abgeschlossen habe, und der zahlreichen digitalen Fotos, die wir schon früher von Ihnen gemacht haben. Dass wir ein so genaues Abbild herstellen können, haben wir vor allem der digitalen Fotografie zu verdanken. Das Gesicht, das Sie auf dem Bildschirm sehen, ist ein computergeneriertes Amalgam aus Ihrem Erbgut und einem digitalen Multimilliarden-Pixel-Bild mit extrem hoher Auflösung, das wir von Ihnen gemacht haben. Und damit Ihr Abbild alle Ihre Bewegungen und vor allem auch Ihre Mimik vollkommen authentisch nachahmt, haben wir die Bewegungsübungen mit Ihnen durchgeführt. Aber überzeugen Sie sich selbst.«

Ohne den Blick vom Bildschirm abzuwenden, beobachtete Accosta, wie sein digitaler Doppelgänger angekleidet wurde. An seinen Füßen erschienen Socken, dann Schuhe, gefolgt von mehreren Kleiderschichten, deren letzte sein scharlachrotes Gewand mit dem Käppchen und der Amtskette war. Nicht einmal die Ringe an seinen Fingern fehlten.

»Unglaublich«, sagte er.

Carvelli strahlte. »Mit allem gebührenden Respekt, Eure Heiligkeit, aber was jetzt kommt, werden Sie, glaube ich, noch viel eindrucksvoller finden.« Er betätigte einen Schalter, und auf einer waagrechten, schwarz emaillierten Scheibe von gut einem Meter Durchmesser leuchtete eine kleine rote Diode auf und begann leise zu summen. »Sie muss noch kurz warm werden.«

Das rote Licht wurde grün.

Dann erschien auf dem Sockel eine Figur, die sich, wie von einer unsichtbaren Hand gemalt, in vollständig wiedergegebenen Laserschichten von unten nach oben aufbaute. Sie war in vollem scharlachrotem Ornat, als sie fertig war, und entsprach bis ins kleinste Detail dem Bild Accostas auf dem Bildschirm. Nur handelte es sich hier nicht um eine zweidimensionale Abbildung auf einem Bildschirm: Es war eine exakte figürliche Wiedergabe des Roten Papstes, so, als wäre er ›eingefroren‹ und auf die schwarze Scheibe gestellt worden. Accosta war sich nicht sicher, ob selbst er einen Unterschied hätte feststellen können, wenn er sich in der gleichen Kleidung neben der Figur hätte stehen sehen.

Als Nächstes tippte Carvelli mit dem Finger auf den Monitor neben sich.

Und Accosta wurde Zeuge, wie sein Abbild zum Leben erwachte.

Als Erstes fielen ihm die Feinheiten auf: die Atmung, der sich hebende und senkende Brustkorb, die kaum merklich sich öffnenden Lippen. Dann blinzelten die hängenden Lider, und die Lippen verzogen sich zu einem Lächeln.

Zu seinem Erstaunen ertappte sich Accosta dabei, wie er sein Double nachmachte, als wäre er seine Reflexion. Es war, als betrachtete er sein Spiegelbild, ohne jedoch seine Bewegungen steuern zu können. Als es einen Schritt auf ihn zumachte, wich er unwillkürlich zurück.

»Das Bild kann sich nicht über die Abmessungen des Holo-Pads hinaus bewegen«, sagte Carvelli zu seiner Beruhigung. »Das Hologramm macht alles, was ihm der Computeroperator befiehlt, aber es kann nur auf dem Holo-Pad existieren. Und, was sagen Sie, Eure Heiligkeit? Sind Sie zufrieden mit Ihrem Abbild? Die Ewigkeit ist schließlich eine lange Zeit.«

Wie hypnotisiert von seinem Bildnis, trat Accosta auf das Hologramm zu und streckte die Hand aus, bis er es fast berührte. Es war er – anders konnte man es nicht nennen. Nur würde diese Verkörperung, diese leibhaftige Wiedergeburt seines dahinsiechenden Körpers nie einer Krankheit oder dem Tod zum Opfer fallen. »Ja«, antwortete er mit einem Seufzen. »Ich bin zufrieden damit.«

Plötzlich bewegte sich das Hologramm, und Accosta sah zu, wie sein Abbild lächelnd vor ihm niederkniete.

»Möchten Sie ihm Ihren Segen geben, Eure Heiligkeit?«, fragte Carvelli.

»Ja«, sagte Accosta verdutzt, streckte die Hand aus und legte sie, erschrocken, dass er auf keine Substanz stieß, auf seinen Phantomkopf. »Aber es muss sprechen können. Was ist mit seiner Stimme?«

»Sie meinen, mit *Ihrer* Stimme?«, sagte Knight hinter ihm.

Accosta nickte.

Carvelli deutete auf die Audio-Geräte und die zwei Mikrophone hinter dem Holo-Pad. »Tja, das ist es, was wir als Nächstes vorhaben.«

39

Kantine des weißen Sektors.
Drei Tage später. 23 Uhr 18

»Dachte ich mir's doch, dass ich Sie hier finden würde, Miles. Viel zum Schlafen gekommen sind Sie in den letzten Tagen wohl nicht?«

Mit einem müden Grinsen blickte Fleming von seinem Caesar Salad auf. »Nein, wirklich nicht. Aber wenn ich gegessen habe, werde ich mich in meinem Zimmer mindestens acht Stunden aufs Ohr hauen.« Es war spät abends: Tripp und Bukowski hatten schon vor mehreren Stunden Schluss gemacht. Er war fast zu müde zum Essen.

Soames setzte sich neben ihn. Er hatte eine Schale mit Obst, eine Dose Cola und ein Brötchen auf seinem Tablett und schien es kaum erwarten zu können, von Flemings Fortschritten zu hören. »Und, wie kommen Sie voran?«

»Gut.«

»Sind auch Walter und Felicia voll bei der Sache?«

»Sicher.« Ab und zu war Felicia Bukowski fast zu sehr bei der Sache gewesen.

»Walter hat mir erzählt, Sie sind mit den Modulen schon fertig.«

»Für morgen habe ich für Sie und Frank eine kleine Demo vorbereitet.«

Soames' Augen leuchteten auf. »Tatsächlich? Das ging aber wirklich schnell.«

Fleming gestattete sich ein Lächeln. Er war zufrieden mit den Fortschritten, die sie in nur drei Tagen gemacht hatten.

Alles in allem hatte er etwas über sechzig Stunden gebraucht, in denen er nur hin und wieder eine Pause gemacht hatte, um etwas zu essen oder ein paar Stunden zu schlafen. Wie nicht anders zu erwarten, war die Hardware des makellosen, ganz in Weiß und Chrom gehaltenen Labors superb, und der NeuroTranslator war dem Prototypen, den er in Barley Hall entwickelt hatte, deutlich überlegen. Wie versprochen, hatte Soames dafür gesorgt, dass Fleming seine Dateien von der Datenbank in Barley Hall herunterladen konnte. Danach hatte er mit der Elektrodenkappe auf dem Kopf Stunden vor dem künstlichen Körper zugebracht und den NeuroTranslator kalibriert, damit er die komplizierten Neuralsignal-Muster, welche die Anweisungen für die einzelnen Verrichtungen erteilten, richtig entzifferte. Allein die Feineinstellung der Augenbewegungen hatte sechs Stunden gedauert.

Sobald Fleming jedoch die ersten Kalibrationen zu seiner Zufriedenheit durchgeführt hatte, kam er mit den restlichen Körperbewegungen rascher voran, weil das neuronale Netz des Geräts selbständig lernte. Als die Grundeinstellung des neuen NeuroTranslators abgeschlossen war, erwies sich das Gerät als so schnell, dass es keine zeitliche Verzögerung mehr zwischen auslösendem Gedanken und Aktion gab. Sobald Fleming den Gedanken, eine Augenbraue hochzuziehen, gefasst hatte, setzte ihn der künstliche Körper auch schon in die Tat um. In der reinen Welt der Abstraktion war das Ganze perfekt.

Wesentlich schwieriger als die Steuerung der einzelnen Bewegungen war jedoch die Umsetzung von Gedachtem in Sprache. Auch da hatte Fleming wieder ganz von vorn begonnen; er war den Grundwortschatz durchgegangen und hatte bei Funktionsstörungen Tripp und Bukowski hinzugezogen, die jede seiner Anweisungen sorgfältig befolgt hatten. Schrittweise hatte er das Vokabular weiter ausgebaut, bis das neuronale Netz des Rechners die Sache übernommen hatte.

Nachdem Tripp und Bukowski sich am Abend in ihre Unterkünfte zurückgezogen hatten, hatte Fleming sich die Elektrodenkappe aufgesetzt und den NeuroTranslator für einen letzten Test gebootet. Den Bildschirm auf und ab scrollend, hatte er sich die Standard-Hirnströme angesehen, die über den Monitor oszillierten: Alpha-Wellen, My-Wellen, Theta- und Beta-Wellen und die anderen. Alles schien in bester Ordnung. Jeder erfasste Hirnstrom war auf dem Monitor zu sehen.

Bis auf einen.

Sobald der neue NeuroTranslator richtig lief, lud er von der Datenbank in Barley Hall Amber Grants Unterlagen mit der Seelen-Wellenlänge herunter. Bis er damit fertig war und sich wieder dem NeuroTranslator zuwandte, war am oberen Bildschirmrand eine neue Linie erschienen, die über dem höchsten Megahertz-Band der anderen Wellenlängen oszillierte. Obwohl er die Seelen-Wellenlänge mehrere Stunden lang gründlich studiert hatte, war er schließlich zu der Einsicht gelangt, dass die ihm vorliegenden Daten nur eine einzige Schlussfolgerung zuließen.

»Und wie kommen Sie mit dem NeuroTranslator voran?«

»Ziemlich gut. Sie werden es ja morgen sehen.«

Ein paar Minuten saßen sie schweigend da. Fleming aß seinen Salat, Soames trank seine Cola und machte sich über seinen Obstteller her.

»Wie sieht es mit Ihrer Seelen-Wellenlänge aus?«, fragte Soames. »Die anderen waren sofort ganz Ohr, als ich ihnen davon erzählt habe. Sind Sie schon dazu gekommen, sich damit zu befassen?«

Fleming runzelte die Stirn. Bisher hatte er nur mit Soames über die Seelen-Wellenlänge gesprochen. Deshalb war er nicht gerade begeistert, dass auch die anderen schon darüber Bescheid wussten.

Soames merkte, was in ihm vorging. »Sie wollen Ihnen doch nur helfen, Miles. Sie sind hier unter Freunden. Carvelli ist wirklich ein findiger Kopf, und Walter und Felicia brauchen sich auch nicht zu verstecken. Probieren Sie Ihre Ideen einfach an uns allen aus. Dafür sind wir hier.«

Erleichtert hielt sich Fleming vor Augen, wie gut es wäre, seine Zweifel und Bedenken mit anderen teilen zu können und von ihren Ideen und ihrer Erfahrung zu profitieren. »Danke.«

»Und? Sind Sie schon dazu gekommen, sich damit zu befassen?«

»Flüchtig. Wir stehen noch ganz am Anfang, aber es haben sich bereits zwei wichtige Punkte ergeben, die geklärt werden müssen.«

»Möchten Sie darüber sprechen?«

Fleming war zu müde. »Ich würde nur zu gern Ihre Meinung dazu hören. Wirklich. Aber nicht jetzt.« Er stand auf. »Tut mir Leid, aber ich kann mich kaum noch auf den Beinen halten. Mein Gehirn ist total leer, und ich muss unbedingt schlafen. Aber morgen, nach der Vorführung, können wir uns gern darüber unterhalten.«

»Klar.« Soames stand ebenfalls auf und legte Fleming die Hand auf die Schulter. »Und jetzt schlafen Sie sich aus, Miles. Morgen verspricht ein großer Tag zu werden.«

Später am Abend

Kaum hatte Fleming sich nackt ausgezogen und ins Bett gelegt, übermannte ihn der Schlaf.

Stunden später drängte sich Amber Grant in seine Träume von Rob und Jake. Sie flüsterte ihm zärtlich ins Ohr und strich so verführerisch über seinen Oberschenkel, dass er eine Gänsehaut bekam. Langsam wanderten ihre kühlen Finger dann zu seinem Unterleib hinauf und spielten behutsam an ihm herum, bis er eine Erektion bekam.

Die Nachtluft strich kühl über seine Haut, als die Decke zurückgezogen wurde und jemand zu ihm ins Bett schlüpfte. Eine weiche Gestalt schmiegte sich an ihn, über seine Wange strich heißer, süßer Atem, und die beharrlichen Finger gingen rascher ans Werk.

Er stöhnte im Schlaf laut auf, als der elektrisierende Atem über seinen Hals streifte und dann weiter nach unten, auf Brust und Bauch hinab. Einen köstlichen Augenblick lang leckte eine Zunge seinen Bauch, und die Finger, die in einer federleichten, lockenden Liebkosung seine Erektion umschlossen, bewegten sich immer langsamer. Er kannte nur noch einen Wunsch: sich ganz diesem Gefühl hinzugeben. Und als die Zunge tiefer glitt, kniff er unwillkürlich die Pobacken zusammen und schob seinen Unterleib in die Höhe.

»Amber«, stöhnte er laut, als ihn der heiße Mund umschloss. Im selben Moment wurde er wach und merkte, dass er gar nicht geträumt hatte.

Und dass es nicht Amber war.

»Was soll das?«

Felicia Bukowskis blondes Haar schimmerte im Schein des Radioweckers, als ihr Kopf über seinem Unterleib gemächlich auf und nieder ging. Und als sie zu ihm aufblickte, glänzten ihre hellen Augen in dem schwachen Licht wie metallische Scheiben. Jede Faser seines Körpers verlangte danach, sie weitermachen zu lassen. Aber irgendetwas zwang ihn, ihr Einhalt zu gebieten. »Nein, nicht. Aufhören. Es tut mir Leid, aber das geht einfach nicht.«

Er wusste nicht, warum er sie davon abhielt weiterzumachen. Er wusste nur, dass er es tun musste. Vielleicht lag es an dem, was er in ihren blitzenden Augen gesehen hatte: ein triumphierendes Aufleuchten, das die Befürchtung in ihm weckte, er würde sich ihr, wenn er nachgab, aus irgendeinem Grund weitaus mehr ausliefern, als ihm klar war.

Aber er vermutete, dass es eher etwas mit seiner Vorstellung von Treue zu tun hatte. Es war vollkommen irrational, und das vor allem bei jemandem wie ihm, der bislang so wenig bereit gewesen war, sich auf einen anderen Menschen einzulassen. Aber plötzlich war ihm klar, dass er sich Amber Grant auf seltsame Weise verpflichtet fühlte, und zwar so stark, dass jede andere intime Beziehung einem Betrug gleichgekommen wäre, solange er sich nicht über sein Verhältnis zu ihr klar geworden war.

Felicia Bukowskis Blick wurde hart, aber er konnte keine Anzeichen von Kränkung darin entdecken. Nur Enttäuschung und Ärger. Wortlos behielt sie ihn noch einen Moment in der Hand, drückte, wie um die Endgültigkeit seines Entschlusses auf die Probe zu stellen, noch einmal fest zu und stand schließlich auf, um in ihren Bademantel zu schlüpfen und zu gehen.

Als Fleming danach wieder allein im Dunkeln lag und seinem klopfenden Herzen lauschte, war ihm sehr deutlich bewusst, dass trotz aller Müdigkeit an Schlaf nicht mehr zu denken wäre.

Ohne dass Fleming dies ahnen konnte, fand auch Amber Grant, die wenige hundert Meter weiter im schwarzen Sektor lag, keinen Schlaf.

Sie hatte die letzten paar Tage, als sie langsam wieder zu Kräften gekommen war, ihre Bewacher aufmerksam beobachtet und sich genau eingeprägt, wann sie nach ihr sehen kamen, wann sie ihr das Essen brachten und wann sie das Geschirr abholten. Nachdem es ihr auf diese Weise allmählich gelungen war, das Schema hinter ihrem Kommen und Gehen zu erkennen, beobachtete und wartete sie geduldig weiter.

Und plante ihre Flucht.

40

Der rote Sektor.
Ein Tag später

An der Vorführung, die am nächsten Vormittag im Labor des roten Sektors stattfand, nahmen sowohl Walter Tripp als auch Felicia Bukowski teil. Fleming hatte überlegt, ob er Soames von Bukowskis »Überfall« erzählen sollte – wie war sie zum Beispiel in sein Zimmer gekommen? –, aber da es nichts gebracht hätte, tat er es nicht. Und jetzt, bei Tageslicht, konnte er sich sogar fast einreden, das Ganze wäre nie passiert. Er war sicher, wenn er es nicht wieder zur Sprache brächte, würde auch sie es nicht tun. Er hoffte nur, es würde ihr Arbeitsverhältnis nicht beeinträchtigen. Zu seiner Erleichterung stellte er jedoch fest, dass sie ihm gegenüber zwar merklich distanzierter war, aber sonst so tat, als wäre nichts geschehen.

»Das ist ja unglaublich«, sagte Soames, als die Puppe den rechten Arm ausstreckte.

Nachdem er sich zunächst ganz bewusst vollkommen still verhalten hatte, arbeitete sich Fleming in dem künstlichen Körper mental langsam von oben nach unten vor.

Bei den Augen der Puppe beginnend, tastete er sich immer weiter voran, spannte die Schultern, streckte die Arme aus, beugte den Oberkörper und die Knie und wackelte schließlich mit den Zehen.

Frank Carvelli, der neben Soames saß, grinste. »Und das machen Sie alles nur mit Ihren Gedanken?«

»Dank meiner Helfer.« Fleming zeigte auf Tripp und Bukowski, die neben dem NeuroTranslator standen. Tripp lächelte. Bukowski senkte den Blick.

»Können Sie damit Bilder auf einem Monitor genauso steuern wie die Puppe?«, fragte Carvelli.

»Allerdings. Damit lässt sich jedes beliebige Medium steuern. Mit der Puppe ist es am schwersten. Bei computergenerierten Monitorbildern ist es erheblich einfacher.«

»Können Sie sie auch zum Sprechen bringen?«, fragte Soames.

»Das zeige ich Ihnen gleich.« Einen Wissenschaftler vom intellektuellen Kaliber Soames' in Erstaunen zu versetzen stellte eine echte Herausforderung dar. »Ich kann die Puppe zwar zum Sprechen bringen, aber da die Beweglichkeit ihrer Lippen sehr beschränkt ist, wirkt es nicht sehr überzeugend. Trotzdem kann ich ihr natürlich Worte in den Mund legen. Es sieht also nicht besonders gut aus, aber die einzelnen Wörter werden Sie klar und deutlich aus dem Lautsprecher in ihrem Kopf kommen hören. Was soll sie sagen?«

Soames reichte Fleming ein Blatt Papier, das er anscheinend für eine solche Gelegenheit vorbereitet hatte, eine Bibelstelle. »Schien mir angemessen«, sagte Soames. »Die Erschaffung der Welt. Etwas in der Art.«

Um auf den Kommunikationsmodus zu schalten, tippte Fleming auf den Bildschirm über dem NeuroTranslator. Dann nahm er Soames' Zettel und las stumm die erste Zeile. Im selben Moment sah er die einzelnen Wörter bereits auf dem Bildschirm erscheinen. Der Computer hatte seine Gedanken in schriftliche Form gebracht. Dann schien die Puppe zu sprechen. Oder, besser gesagt, Wörter kamen aus dem Lautsprecher in ihrem glatten Latexkopf.

»Da sprach Gott: ›Es werde Licht.‹ Und es ward Licht. Gott sah, dass das Licht gut war. Da trennte er Licht von Finsternis. Gott nannte das Licht Tag, die Finsternis aber Nacht. Es ward Abend und es ward Morgen: ein Tag.«

»Erstaunlich.« Carvelli schien aufrichtig beeindruckt.

Nach zwei weiteren, ebenfalls erfolgreichen Übungen nickte Soames zufrieden. »Und was hat es nun mit dieser Seelen-Wellenlänge auf sich?«, fragte er. »Wollen Sie jetzt darüber sprechen?«

Fleming blickte in die erwartungsvollen Gesichter der Umstehenden. »Sicher. Ich muss mich zwar noch eingehender mit der Sache befassen, aber schon anhand der Daten, die ich aus dem

Tod meines Bruders und aus Amber Grants Aufenthalt in Barley Hall gewonnen habe, zeichnen sich ein paar wichtige Punkte ab.«

»Und die wären?«, fragte Carvelli.

»Nun, wie bei meiner ersten Begegnung mit Bradley in San Francisco besprochen, versuche ich nun nicht mehr wie bisher zu zeigen, dass die Seelen-Wellenlänge *kein* Beweis für ein Leben nach dem Tod oder für eine Verbindung zum Jenseits ist, sondern dass sie es *ist.* Und um den Beweis zu erbringen, dass die Seelen-Wellenlänge nicht nur ein sterbendes Signal ist, das zum Zeitpunkt des Todes vom NeuroTranslator vorübergehend registriert wird, muss ich auch noch nach dem Tod mit der Seele in Verbindung bleiben. Und zu diesem Zweck muss ich eine Möglichkeit finden, die Seelen-Wellenlänge exakt zu bestimmen, damit ich sie beliebig lang empfangen kann. Das wäre also das erste Problem: Wie kann ich die Existenz der Seele nachweisen, indem ich auch noch nach dem Tod in Verbindung mit ihr bleibe? Um allerdings die entsprechende Frequenz ohne Amber zu finden, wären zahllose Experimente erforderlich, die ich mit Sterbenden zum Zeitpunkt ihres Todes durchführen müsste – eine Vorstellung, die nicht nur vollkommen grotesk, sondern auch moralisch unvertretbar ist.«

»Und das zweite Problem?«, hakte Soames sofort nach.

»Selbst wenn es mir gelänge, mit der Seele eines *sterbenden* Menschen in Verbindung zu bleiben und zu beweisen, dass es ein Leben nach dem Tod gibt, wäre es dennoch nicht möglich, mit der Seele eines Menschen Verbindung aufzunehmen, der bereits gestorben *ist* – also zum Beispiel mit meinem Bruder. Dafür bräuchte ich eine Identifikationsmöglichkeit – eine unverwechselbare Adresse –, die mir erlauben würde, eine bestimmte Seele ›anzurufen‹, wenn ich es in Ermangelung eines besseren Begriffs so nennen darf.«

»Aha.« Soames rieb sich das Kinn. »Dann glauben Sie also, wenn Sie mit individuellen Seelen Verbindung aufnehmen, sie gewissermaßen anrufen könnten und wenn Sie mithilfe des NeuroTranslators und der Seelen-Wellenlänge mit ihnen kommunizieren könnten, könnten Sie ihre Existenz beweisen?«

Fleming war beeindruckt, wie schnell Soames die Ideen, die er selbst erst noch in den Griff zu bekommen versuchte, auf den

Punkt brachte. »Oder auch nicht, je nach dem, was dabei herauskommt. Und deshalb brauche ich Amber. Mithilfe ihrer seltsamen Todesträume – bei denen sie, neurologisch betrachtet, tatsächlich stirbt – könnte es mir unter Umständen gelingen, eine Frequenz zu bestimmen, mit der ich mich entweder mit dem Jenseits in Verbindung setzen oder, wie ich hoffe, eine rationalere Erklärung für dieses Phänomen finden kann …«

Carvelli runzelte die Stirn. »Haben Sie schon eine Möglichkeit gefunden, Seelen bereits Verstorbener zu identifizieren und anzurufen?«

Fleming lächelte. »Mit dieser Frage werde ich mich befassen, wenn sie sich stellt. Da ich jedoch im Grunde hoffe, keine Beweise für ein Leben nach dem Tod zu finden, dürfte die Frage, wie ich mit den Seelen Verstorbener Verbindung aufnehmen kann, rein akademischer Natur sein.«

»Und Sie meinen also, ohne Amber Grant kommen Sie bei dieser Sache nicht weiter?«, fragte Soames.

»Ja«, antwortete Fleming. »Ich kann natürlich ein wenig an der Oberfläche des Problems kratzen, aber beweisen kann ich ohne Amber rein gar nichts, weder in der einen noch in der anderen Richtung.«

»Okay«, sagte Soames und runzelte nachdenklich die Stirn. »Das leuchtet mir ein. Darum würde ich vorschlagen, Sie ruhen sich erst mal etwas aus, und ich versuche in der Zwischenzeit Amber zu erreichen.«

41

Besprechungszimmer des schwarzen Sektors. Eine Stunde später

»Wir machen den Versuch heute Abend«, sagte Soames mit einem triumphierenden Lächeln. Virginia Knight wandte sich ihm zu. »Ist Fleming schon so weit?«, fragte sie. »So schnell?«

»Ich habe es mit eigenen Augen gesehen«, bestätigte Carvelli, der neben ihr am Konferenztisch saß.

Soames nickte. »Der NeuroTranslator ist einsatzbereit, vollständig kalibriert, und es wurden bereits sämtliche Kommunikationsmodifikationen vorgenommen, um ihn an die Seelenfang-Hardware anschließen zu können. Es kann losgehen.«

»Heute Abend?« Accosta konnte es noch immer nicht glauben. Je näher sein Lebensende rückte, desto schneller schien das Projekt zum Abschluss zu kommen – als wollte Gott ihm beistehen. Von seinem Platz neben Monsignore Diageo blickte er durch den Einwegspiegel in das Labor, wo zwei Pfleger das Bett und die gläserne Kopfkugel fertig machten.

»Heute Abend«, bestätigte Soames. Er wandte sich Knight zu. »Haben wir aus einem der Hospize eine Versuchsperson hier?«

Knight zögerte. »Seit Amber hier ist, haben wir uns nicht mehr im selben Maß wie früher um die Beschaffung unheilbar Kranker bemüht«, sagte sie schließlich. »Wie Sie wissen, haben wir jedoch im grünen Sektor eine todkranke Patientin. Die Frau, die sich in einem Lebenserhaltungssarg befindet, wurde allerdings aus einem anderen Grund hergebracht.«

»Aber es spricht doch nichts gegen ihre Verwendung, oder?« Soames blickte in die Runde. »Sie erfüllt zwar nicht alle, aber doch die meisten Kriterien, oder nicht?«

Knight nickte widerstrebend. »An sich schon, aber –«

»Jetzt ist nicht der Zeitpunkt für langes Wenn und Aber, Virginia. Wir nehmen sie.«

»Wann können wir beginnen?«, fragte Accosta.

Soames sah auf die Uhr. »In sechs Stunden müssten Tripp und Bukowski so weit sein.«

In sechs Stunden. Voller Erregung griff Accosta nach seiner mobilen Sauerstoffversorgung. Sein Schicksal hing von diesem Experiment ab. Verlief es erfolgreich, war seine Zukunft praktisch gesichert. Alles, worauf er hingearbeitet hatte, alle Opfer und alle Entscheidungen, die er schweren Herzens getroffen hatte, wären dann gerechtfertigt. Er konnte kaum mehr an sich halten, so nahe war er der Verwirklichung aller seiner Träume. Die Erregung, die jetzt von ihm Besitz ergriff, machte die vielen Enttäuschungen der Vergangenheit hundertmal wett. Verzweiflung erforderte wenig mehr als stoisches Erdulden. Wie viel grausamer war dagegen die Hoffnung mit all ihren lockenden Verheißungen.

Er zwang sich zur Ruhe und sah Soames an. Wieder einmal hatte der Wissenschaftler Wort gehalten und Fleming für die Mitarbeit an ihrem Projekt gewonnen, ohne dass der Engländer sich dessen bewusst war. Trotz aller Vorbehalte gegen Soames musste Accosta zugeben, dass er ihn in keiner Hinsicht enttäuscht hatte. »Das haben Sie sehr gut gemacht, Dr. Soames. Danke.«

»Noch ist es zu früh, mir zu danken, Eure Heiligkeit. Warten Sie damit bis nach dem Experiment. Obwohl ich sehr zuversichtlich bin.«

Accosta wandte sich Carvelli zu. »Und wenn es klappt?«

Carvelli zog seine Ärmel hoch und stützte sich auf den Tisch. »Nun, Eure Heiligkeit, auf der Roten Arche ist bereits das ganze Multimedia-Equipment aufgebaut. Sie haben die Pläne und Entwürfe für die Kathedrale gesehen, die auf dem Bildschirm für ein Maximum an Wirkung sorgen soll. Außerdem haben wir die Sitze so angeordnet, dass sich alle Teilnehmer an der Veranstaltung nahe genug am Geschehen befinden, um die Authentizität dessen, was sie erleben werden, bezeugen zu können.«

»Was ist mit dem übrigen Equipment?« Accosta zog ein weißes Taschentuch aus der Tasche.

»Das ist kein Problem. Wir haben bereits Duplikate des größten Teils der Seelenfang-Hardware auf die Rote Arche geschafft. Vorausgesetzt, das Experiment verläuft erfolgreich, bringen eigens zu diesem Zweck gecharterte Frachtflugzeuge auch die restlichen Apparaturen an Ort und Stelle.«

Accosta hustete in sein Taschentuch, dann faltete er es zusammen, ohne seinen blutigen Inhalt zu betrachten. Wortlos nahm Monsignore Diageo es ihm ab und reichte ihm ein frisches. Accosta dankte ihm mit einem Lächeln und wandte sich wieder Carvelli zu. »Angenommen, das Experiment glückt. Wie lange dauert es dann noch, bis die Veranstaltung stattfinden kann?«

»Sechsunddreißig Stunden.«

»So bald schon? Reicht das überhaupt, um die Sache hinreichend anzukündigen? Es ist von größter Bedeutung, dass so viele Menschen wie möglich Zeugen des Tages der Seelenwahrheit werden.«

Carvelli lächelte und strich sich mit einer manikürten Hand über sein unnatürlich schwarzes Haar. »Glauben Sie mir, Eure Heiligkeit, was die Publicity angeht, brauchen wir uns überhaupt keine Gedanken zu machen. Angesichts Ihres prekären Gesundheitszustandes ist das Interesse an Ihrer Person bereits ungeheuer groß – und das nicht nur bei Ihren Anhängern. Während wir uns hier unterhalten, warten meine Kontaktleute bei den Medien bereits auf eine Presseerklärung von uns. Sobald wir Gewissheit haben, dass das Experiment geglückt ist, gebe ich den Termin für die Veranstaltung bekannt.«

Er hielt inne. »Seien Sie versichert, Eure Heiligkeit, es wird alles so werden, wie Sie es haben wollen. Das wird das größte Medienereignis in der Geschichte der Menschheit. Wenn die Menschen erfahren, worum es am Tag der Seelenwahrheit geht, bezweifle ich sehr, dass irgendjemand – und zwar egal, woran er glaubt – dieses Ereignis versäumen möchte.«

42

Der weiße Sektor

Er fand keinen Schlaf. Seine Augen brannten und sein Kopf schmerzte vor Müdigkeit, aber seine Gedanken ließen ihm keine Ruhe. Nach einem Bad und einem frühen Abendessen war Fleming kurz eingenickt, um freilich schon kurz darauf noch rastloser wieder aufzuwachen. Inzwischen war es zehn Uhr abends, und er lag hellwach im Bett, obwohl er seit der Abreise aus San Francisco keine Nacht mehr richtig geschlafen hatte.

Auch wenn er ohne Amber nicht weitermachen konnte, beschäftigte er sich in Gedanken weiter mit den Daten aus den NeuroTranslator-Dateien. Vielleicht war ihm irgendetwas entgangen. Vielleicht hatte er einen winzigen Aspekt der Seelen-Wellenlänge übersehen, aus dem hervorging, dass sie nichts anderes war als die vorübergehende Anomalie, die er in ihr zu sehen wünschte.

Je länger er darüber nachdachte, desto sicherer wurde er sich der Richtigkeit dessen, was er zu beweisen versuchte. Das Sterben des Geistes war ein vergänglicher Moment der Natur – ein Tautropfen in der Morgensonne, der sich in Dunst auflöste, bevor er ganz in der warmen Luft verdampfte. Die verzweifelten Worte, die Rob noch nach seinem Tod von sich gegeben hatte, waren wenig mehr als eben dieser Dunst und standen für nichts anderes als den mit großer Belastung verbundenen Übergang vom Leben ins Nichts. Wenn er sich dessen nur hundertprozentig sicher wäre, könnte er sich seine Sorgen um Rob aus dem Kopf schlagen und mit reinem Gewissen nach England zu Jake zurückkehren.

Wieder einmal versuchte er sich einzureden, es hätte keinen Sinn, sich weiter den Kopf zu zerbrechen. Solange es Soames nicht gelang, Amber zu erreichen, konnte er nichts tun. Aber so oft er sich auch im Bett herumwälzte und verzweifelt einzuschlafen versuchte – es gelang ihm nicht. Seine Gedanken ließen ihm keine Ruhe. Und sie drehten sich nicht nur um Rob.

Auch Felicia Bukowski spukte ihm durch den Kopf, und er ertappte sich dabei, wie er lauschte, ob draußen auf dem Flur Geräusche zu hören waren. Und er dachte an Amber – als Patientin, die geheilt werden musste, als Garantin für Robs Seelenfrieden und als attraktive Frau –, und dazwischen stahlen sich immer wieder Gedanken an seinen Bruder Rob, an den NeuroTranslator und an die Seelen-Wellenlänge.

Er atmete tief durch und versuchte seinen Kopf von allen Gedanken frei zu machen: Wenn er endlich wieder schlafen könnte, ergäbe sich alles Weitere wie von selbst.

»Verdammt noch mal.« Er setzte sich auf. Es hatte keinen Sinn, im Bett zu liegen und sich von einer Seite auf die andere zu wälzen. Aus bitterer Erfahrung wusste er, das einzige Mittel gegen Schlaflosigkeit war, so lange zu arbeiten, bis er das Problem, das ihn beschäftigte, entweder gelöst hatte oder zu der Überzeugung gelangt war, dass es nicht zu lösen war.

Er zog eine Jeans und ein VenTec-T-Shirt an, schlüpfte in seine Schuhe und verließ das Zimmer. Auf dem leeren Flur war die Beleuchtung noch gedämpfter als sonst. Lautlos huschte er an Restaurant und Kino vorbei zum grünen Sektor und zum Lift, der in den roten Sektor hinabführte. Er hatte zwar keine Ahnung, was er eigentlich zu finden hoffte, wenn er die NeuroTranslator-Daten noch einmal analysierte, aber es war auf jeden Fall besser, als nichts zu tun. Er steckte gerade die Hand in die Tasche, um die Zugangsdiskette herauszuholen, als er Stimmen hörte. Im selben Moment ging die Lifttür auf. Instinktiv drückte er sich mit dem Rücken an die Wand.

»Vorsichtig«, hörte er Tripp zwei Pfleger anzischen. In dem Gerät, das sie auf einem Wagen aus dem Lift schoben, erkannte Fleming sofort den NeuroTranslator wieder. Warum wurde er so spät noch woanders hingebracht?

Fast wäre er vorgetreten, um Tripp zur Rede zu stellen, besann sich aber eines Besseren, als er sah, wie sich die Gruppe in Richtung schwarzer Sektor entfernte. Trotz seiner anfänglichen Neugier war er so damit beschäftigt gewesen, den neuen NeuroTranslator zum Laufen zu bringen, dass er keinen Gedanken mehr an den mysteriösen schwarzen Sektor verschwendet hatte. Doch jetzt, wo er begierig nach Antworten suchte, kannte er kein Halten mehr.

Er wartete, bis die drei Männer um die Biegung des Gangs verschwunden waren. Dann trat er aus dem Dunkeln und folgte ihnen.

Als er den schwach beleuchteten Flur entlangschlich, war er sich sehr deutlich bewusst, dass er nicht nur völlig allein in diesem weltabgeschiedenen Forschungsinstitut war, sondern dass auch niemand wusste, dass er sich hier aufhielt. Seine Familie nicht, Barley Hall nicht, niemand. Sein Herz begann schneller zu schlagen.

»Los, Beeilung«, hörte er Tripp ein Stück weiter brummen. »Dr. Soames wartet schon.«

Dicht an die Wand gedrückt, spähte Fleming den gekrümmten Flur hinunter. Tripp steckte eine Diskette in den Kontrollschlitz am Eingang des schwarzen Sektors. Die Tür ging zischend auf, und alle drei Männer gingen mit dem Wagen nach drinnen. Als sich die Tür nicht sofort wieder hinter ihnen schloss, rannte Fleming auf sie zu. Kurz bevor er sie jedoch erreichte, ging sie zischend zu. Verzweifelt steckte er die Diskette in den Schlitz, aber die Kontrolllampe darüber blieb rot.

»Scheiße.« Er trat von der Tür zurück und überlegte, was er nun tun sollte.

Auch Amber Grant hatte in ihrer Sicherheitsunterbringung im schwarzen Sektor keine Ruhe gefunden. Der für sie zuständige Wärter schien sich an einen festen Zeitplan zu halten. Jeden Abend um sechs brachte er ihr das Abendessen. Dann klopfte er noch einmal kurz vor elf leise an ihre Tür. Wenn Amber antwortete, kam er herein und brachte das Tablett mit dem Geschirr weg. Reagierte sie aber nicht, wartete er damit bis zum nächsten Morgen.

Sie hatte den ganzen Tag mit der Suche nach einer Waffe zugebracht, aber alle Gegenstände in dem spärlich eingerichteten Raum waren entweder festgeschraubt oder harmlos. Schließlich hatte sie die Verankerung des Handtuchhalters im Bad auseinander gebogen und die hohle Chromstange herausgenommen.

Als der Wärter das Essen brachte, aß sie trotz aller Nervosität, so viel sie konnte, und stellte anschließend das Tablett auf den Nachttisch. Dann machte sie das Bett so zurecht, dass es aussah, als läge sie darin, und zog sich mit der Chromstange ins Bad zurück.

Während sie dort wartete, starrte ihr aus dem Spiegel ihr kahl rasiertes Spiegelbild entgegen. Jedes Mal, wenn sie auf die Uhr sah, waren nur wenige Minuten verstrichen. Und dann, gerade als sie dachte, der Wärter würde nicht mehr kommen, hörte sie ihn klopfen.

»Ich bin fertig«, rief sie.

Das Schloss schnappte leise, und die Tür ging auf. Zuerst fiel vom Flur gedämpftes Licht in den Raum, dann kam der Wärter herein. Einen Augenblick lang verließ sie der Mut, und sie dachte, sie wäre nicht in der Lage, den Mann kaltblütig niederzuschlagen. Doch dann dachte sie an ihre Entführung und an alles, was sie danach durchgemacht hatte, und packte die Stange fester.

»Hat Ihnen der Fisch geschmeckt?«, fragte der Mann, als er mit dem Rücken zum Bad auf das Bett zuging. Amber stellte sich hinter ihn und drosch ihm die Stange mit aller Kraft auf den Kopf. Weil sie sich beim ersten Schlag verbog, schlug sie noch einmal zu.

»Nicht besonders«, sagte sie in Beantwortung seiner Frage, als der Wärter ächzend zu Boden ging.

Zwei Minuten später hatte sie ihn auf das Bett gehievt, mit einem der Kissenbezüge geknebelt und mit dem anderen seine Hände auf den Rücken gefesselt. Dann breitete sie die Decke über ihn, nahm ihm die schwarze Zugangsdiskette ab und verließ in der Hoffnung, dass er erst in ein paar Stunden entdeckt würde, das Zimmer.

Sie hatte noch keinen konkreten Plan, wie sie aus der Foundation fliehen wollte. Da sie schwerlich einen Hubschrauber anfordern konnte, gab es keine Möglichkeit, vom Gipfel des Berges zu kommen – sie war sich der abgeschiedenen Lage ihres Gefängnisses nur zu bewusst. Wegen ihres kahl rasierten Schädels sah sie so verändert aus, dass sie bezweifelte, jemand würde sie erkennen. Doch selbst wenn es ihr gelang, den Leuten im weißen Sektor klar zu machen, dass sie gewaltsam entführt worden war, durfte sie nicht davon ausgehen, dass sie ihr bei der Flucht helfen würden. Hier befand sie sich in Soames' Reich. Die Leute hier waren total abhängig von ihm. Ihre einzige Hoffnung war, in einem der Kommunikationsräume an ein Satellitentelefon heranzukommen und jemanden in der Außenwelt anzurufen. Jemand, dem sie vertraute, wie Papa Pete Riga.

Auf dem Flur folgte sie den Schildern zum Ausgang aus dem schwarzen Sektor, bis sie Stimmen hörte. Sie wartete eine Weile und sah schließlich drei Männer näher kommen, die einen Wagen mit einem Apparat darauf vor sich her schoben. Zu ihrer Erleichterung bogen sie nach rechts zum Hauptlabor ab. Angespannt auf jedes noch so leise Geräusch lauschend, drückte sie sich an der Wand entlang, bis sie den Ausgang erreichte. Sie steckte die Diskette des Wärters in den Schlitz, und die Tür ging auf. Sie trat auf den Gang hinaus und überlegte, ob sie den weißen Winkeln nach links folgen oder nach rechts gehen sollte.

In diesem Moment tauchte aus dem Dunkeln ein Mann auf, der ihren Namen flüsterte.

Zuerst erkannte Fleming die Gestalt mit dem kahl rasierten Schädel nicht. Doch dann sah er ihre Augen. Diese Augen hätte er überall wieder erkannt. Sie sah genau so erschrocken aus, wie er sich fühlte. Unschlüssig, was sie tun sollten, sahen sie sich an.

»Was machen Sie denn hier?«, zischte sie.

»Ich habe gerade versucht, da reinzukommen, weil ich sehen wollte, was Bradley Soames mit meinem NeuroTranslator vorhat. Und was machen Sie hier?«

»Ich versuche, hier rauszukommen.«

Bevor er sie fragen konnte, warum, hörte er links von sich Schritte. Er packte sie, drückte sie an sich und zog sich mit ihr in eine dunkle Nische zurück. Er konnte sie atmen hören, ihr Herz schlagen spüren. In diesem Moment sah er aus Richtung des grünen Sektors drei Gestalten näher kommen. In einer von ihnen erkannte er Bukowski, und die Art, wie Ambers Muskeln sich verkrampften, verriet ihm, dass auch sie sie erkannte. Bukowski begleitete zwei Männer, die einen Wagen schoben. Darauf befand sich ein weißer Sarg.

Einer der Männer stolperte, und der Sarg stieß gegen die Wand des Flurs.

»Hoppla!« Bukowski lachte fast. »Die alte Schachtel ist noch nicht tot. Sie darf nicht abkratzen, bevor wir so weit sind.«

Bukowski öffnete die Tür zum schwarzen Sektor, und Fleming bekam einen trockenen Mund.

Er erkannte das Motiv an der Seite des Sargs wieder, eine stilisierte Darstellung der Roten Arche mit einem Mast in Form eines Kreuzes. Selbst in dem schwachen Licht konnte er die Wörter darunter lesen: *Hospiz der Kirche der Seelenwahrheit.*

In dem Moment, in dem Amber sah, wie der Sarg mit dem vertrauten Logo in den schwarzen Sektor geschoben wurde, verschwendete sie keinen Gedanken mehr an ihre Flucht. Mit einem Mal konzentrierte sie nur noch auf eines: die schreckliche Angst zu unterdrücken, die sich in ihrer Magengrube zu regen begann.

Das durfte nicht sein. Das durfte einfach nicht sein.

Die Diskette fest in ihrer Hand, trat sie auf den Flur hinaus und ging zum Eingang des schwarzen Sektors zurück. Miles Fleming folgte ihr wortlos.

43

Besprechungszimmer des schwarzen Sektors

Die Wölfe verhielten sich so, als wären sie mit einem unsichtbaren Band an Bradley Soames gekettet. Mit hängenden Zungen hatten sie sich zu beiden Seiten seines Stuhls am Kopfende des Konferenztisches postiert und starrten ungerührt, unergründlich, unantastbar in die Runde. Gelegentlich ließ Soames die Hand unter den Tisch sinken, und einer der Wölfe nahm etwas aus ihr.

Die anderen Anwesenden, Accosta eingeschlossen, saßen in einigem Abstand an den Seiten des Tisches. Die meisten fürchteten die Wölfe, aber Accosta hasste sie. Sie hatten etwas Heidnisches, fast Gottloses an sich. Er erhob sich von seinem Stuhl und ging, auf Diageos Arm gestützt, zum Einwegspiegel. Auf dem Wagen neben der Laborliege befand sich ein weißer Sarg. Bedrückt beobachtete er, wie der Deckel abgenommen wurde und der darin liegende Körper mit dem Salzwassertropf, der Sauerstoffmaske und den anderen Lebenserhaltungssystemen sichtbar wurde. Aber wenigstens wäre das die letzte notwendige Tötung. Das letzte Opfer – bevor er sich selbst opferte.

»Sehen Sie den NeuroTranslator, Eure Heiligkeit?« Soames deutete auf den durchsichtigen blauen Würfel mit der flimmernden Lichtkugel in seinem Innern und dem Monitor darauf. »Über seine modifizierten Infrarot-Ports ist er mit dem Photonendetektorschirm der Kopfkugel verbunden, der den unverwechselbaren Seelen-Strichcode der Versuchsperson aufzeichnet.« Er deutete auf den schwarzen Kasten mit den vier flimmernden Lichtsäulen, der sich am Fußende des Laborbetts befand. »Wenn wir die Frequenz, die wir von Amber Grant erhalten haben, in das Gerät eingeben, müsste es uns möglich sein, die Verbindung beliebig lang aufrechtzuerhalten. Wir wollen bei diesem Experiment die Seele entweichen lassen, um sie dann Sekunden später mithilfe des individuellen Seelen-Strichcodes der Versuchsperson und mithilfe der Seelenfrequenz anzurufen. Sobald uns das gelungen ist, werden wir auf der Seelen-Wellenlänge mithilfe des NeuroTranslators versuchen, mit ihr zu kommunizieren.«

Accosta sah zu, wie zwei Wärter die gebrechliche Patientin auf das Bett legten und ihre Augen aufspreizten. Er beneidete sie um ihre unmittelbar bevorstehende Erlösung, halb wünschte er sich sogar, mit ihr tauschen zu können. Aber er käme noch früh genug an die Reihe. »Wenn diese Nacht zu Ende geht, können wir dem ganzen Leiden ein Ende machen«, sagte er, als der Frau die Glaskugel über den Kopf gestülpt wurde. »Und nach dem Tag der Seelenwahrheit wird keine Notwendigkeit mehr bestehen, so etwas jemals wieder zu tun, denn wenn die Wahrheit enthüllt wird, sodass alle sie sehen können, wird das Böse keinen Platz mehr haben auf dieser Welt.«

»Ja, Eure Heiligkeit«, pflichtete ihm Soames bei. »So ist es.«

»Schauen Sie«, zischte Amber Fleming ins Ohr, als dieser im Flur des schwarzen Sektors durch eins der runden Fenster des Hauptlabors spähte. Durch die stark getönte Glasscheibe konnte er sehen, wie der weiße Sarg geöffnet und ein Körper herausgehoben wurde. Obwohl ihm Bukowski und Tripp die Sicht versperrten, konnte er erkennen, dass die Person eine Sauerstoffmaske trug und einen Tropf im linken Arm stecken hatte.

»Wer in diesem Sarg gelegen hat, ist nicht tot«, flüsterte Amber.

»Das sehe ich auch«, erwiderte Fleming. Er wollte noch etwas sagen, doch dann fiel sein Blick auf den durchsichtigen Kubus neben der Laborliege. »Das ist das neue NeuroTranslator-Modell. Ich habe Bradleys Leuten geholfen, es zu bauen.«

Amber sah ihn stirnrunzelnd an. »Warum haben Sie denn das getan?«

»Das beginne ich mich auch zu fragen.«

Fleming ließ den Blick durch das Labor wandern. Am Fußende der Liege waren mehrere Apparate aufgebaut. Auf einem davon stand ein ausgeschalteter Monitor, auf einem anderen ein schwarzer Kasten mit vier flimmernden Lichtsäulen. Als einer der Wissenschaftler zur Seite trat, konnte Fleming erkennen, dass die Person auf der Liege eine Frau war und dass ihr gerade der Schädel rasiert wurde. Dann wurde etwas in ihre Augen eingesetzt.

»Genau das Gleiche haben sie mit mir gemacht«, sagte Amber, als der Frau eine Glaskugel über den Kopf gestülpt wurde.

»Wie meinen Sie das?«

»Als sie mit mir Experimente gemacht haben.«

»Was?« Fleming sah sie ungläubig an. »Wer hat Experimente mit Ihnen gemacht? Soames?«

»Wer sonst? Wie es scheint, benutzt er Sie *und* mich. Allerdings weiß ich nicht, warum. Ich weiß nur, dass es etwas mit Ariel und meinen Träumen zu tun hat.«

Fleming spähte wieder durch das getönte Fenster. Auf zwei großen über der Liege angebrachten Bildschirmen waren Nahaufnahmen des Gesichts der Versuchsperson zu sehen, aber wegen der Spiegelungen im Glas, konnte Fleming es nicht deutlich erkennen. Einer der Wissenschaftler, es war Tripp, wandte sich der verspiegelten linken Seitenwand zu und hob den Daumen, als gäbe er sich selbst – oder jemand hinter dem Spiegel – ein Zeichen.

Fleming konnte sich noch immer nicht erklären, was da vor sich ging. Wie er verfolgte auch Amber aufmerksam das Geschehen im Labor. »Wie konnte er das tun? Wie *konnte* er?«, hauchte sie, zitternd vor Wut.

Als das Summen lauter wurde, traten die Wissenschaftler von der Liege zurück und setzten ihre Schutzbrillen auf. Dann sah Fleming durch die getönte Scheibe, wie die Kugel um den Kopf der Frau von einem Lichtblitz grell aufleuchtete. Das Licht schien aus ihren Augen zu kommen, bevor es flackernd über die Außenseite der Kugel huschte.

Im selben Augenblick ertönte ein hohes Piepen, und das unruhige Flimmern in den Glasröhren auf dem schwarzen Kasten konsolidierte sich plötzlich zu vier konstanten Lichtsäulen. Gleichzeitig wurde auf dem Monitor daneben ein Streifenmuster aus weißen Photonenpunkten sichtbar, in denen Fleming das typische Interferenzmuster erkannte, wie es beim Doppelspalt-Experiment auftritt.

Dann erlosch das Licht, das aus der Kugel kam.

Doch schon wenige Sekunden später, noch bevor Fleming das

Gesehene verarbeiten konnte, kehrte der Lichthof zurück, und einen Augenblick lang veränderten sich die Spiegelungen auf den Monitoren über dem Bett so, dass das Gesicht der Versuchsperson mit erschreckender Deutlichkeit zu erkennen war.

Amber zuckte zusammen, als hätte sie sich verbrüht. Sie riss sich von Fleming los und stürmte schreiend in das Labor.

Fleming blieb keine andere Wahl, als ihr zu folgen.

Bukowski drehte sich als Erste um und versuchte sie aufzuhalten, aber Amber hatte so viel Schwung, dass sie die Wissenschaftlerin wie eine Pappfigur zur Seite stieß. »Ihr Schweine«, brüllte sie außer sich vor Wut und Verzweiflung. »Ihr verdammten Schweine!«

Auf den Monitoren konnte Fleming sehen, dass die aufgespreizten Augen der Versuchsperson, die ihn durch eigenartige Kontaktlinsen anstarrten, inzwischen leblos starr waren.

»Mom«, rief Amber, als sie die Liege erreichte. Ein Wissenschaftler versuchte sie zurückzureißen, aber Fleming stieß ihn zur Seite und versetzte ihm mit der Handkante einen Schlag gegen das Kinn. Mit tränenüberströmtem Gesicht zog Amber ihrer Mutter die Kugel vom Kopf und entfernte die Linsen von ihren Augen. Aber sie war tot.

»Ihr Schweine!«, schrie Amber noch einmal und ließ den Kopf ihrer Mutter behutsam auf die Liege zurücksinken. Dann hob sie die Glaskugel hoch und wandte sich der verspiegelten Wand zu.

Fleming standen die Haare zu Berge, als er die Seelen-Wellenlänge über den Monitor des NeuroTranslators zucken sah. Gleichzeitig hörte er einen Schrei, so durchdringend wie der Ambers, aus den Lautsprechern kommen: »*Amber.*«

In diesem Moment begriff Fleming, wozu Soames ihn benutzt hatte, und mit einer Gewissheit, die jede wissenschaftliche Beweisbarkeit bei weitem überstieg, wusste er plötzlich, dass der Geist auch nach dem Tod noch existieren konnte. Die Wucht der aufgestauten Wut, die aus dem Schrei der missbrauchten Seele sprach, deren Körper tot auf der Liege lag, fegte seine wissenschaftliche Skepsis und seine rationalen Argumente mit einem Schlag hinweg.

»*Mörder!*«, schrie es aus den Lautsprechern des NeuroTranslators, und Amber schleuderte die gläserne Kugel gegen die Spiegelwand.

Einen Moment schien es, als könnte die Attacke der verspiegelten Scheibe nichts anhaben, doch plötzlich flitzten immer weiter sich verzweigende Sprünge über ihre Oberfläche, bis sie in einer Sturzflut aus splitterndem Glas unter lautem Getöse in sich zusammenfiel.

Und dahinter standen Xavier Accosta, Bradley Soames und Virginia Knight.

Die nun eintretende Stille übertönte den Lärm der auf dem Boden zerspringenden Splitter.

44

Nachdem zwei bewaffnete VenTec-Sicherheitsbeamte Fleming und Amber Grant durch den zerbrochenen Spiegel in das Besprechungszimmer geführt hatten, war es Accosta, der die Würde der Situation wiederherzustellen versuchte.

»Bitte nehmen Sie Platz«, forderte er sie höflich auf. »Wir sind Ihnen eine Erklärung schuldig.«

Erst jetzt sah Amber die Wölfe, die mit aufgestellten Nackenhaaren hinter ihrem Herrn standen.

»Ja.« Soames nickte. »Es tut mir Leid, dass wir Sie nicht schon früher einweihen konnten.« Dann stellte er Monsignore Diageo und Frank Carvelli vor, als wären sie auf einer Cocktailparty.

»Was zum Teufel ist hier los?«, fragte Fleming.

Amber versuchte sich auf Soames zu stürzen, wurde aber auf einen Stuhl niedergedrückt. »Was haben Sie da getan, Bradley? Was haben Sie sich dabei eigentlich gedacht?«, schrie sie ihn an. »Wie konnten Sie so etwas tun? Wir waren Partner, Herrgott noch mal.«

Soames wirkte aufrichtig bestürzt. Er schien ihre Wut nicht zu verstehen. »Wir hatten sie nur Ihretwegen hierher bringen lassen, Amber, und sie lag im Sterben. Dank ihrem Tod muss niemandem mehr ein Leid zugefügt werden. Weder Ihnen noch Miles noch sonst jemandem.«

Amber starrte ihn ausdruckslos an. Die Wut hatte ihr den Atem geraubt. Es war, als hätten sie der Schock, ihre Mutter sterben zu sehen, und der dadurch ausgelöste Wutausbruch ihre letzten Kräfte gekostet. Fleming legte ihr die Hand auf die Schulter.

Fleming hätte Amber gern getröstet, aber er war nicht dazu in der Lage. Er konnte nicht einmal sich selbst den Rücken stärken.

Virginia Knight mit der roten Brosche der Kirche der Seelenwahrheit neben Soames und Accosta stehen zu sehen half ihm, sich von dem Schock zu befreien. Das triumphierende Lächeln, das um Accostas hagere Züge spielte, rief ihm Pater Peter Rigas Warnung in Erinnerung.

Er und Amber waren hereingelegt worden. Er war so begierig gewesen, die Wahrheit über seinen Bruder herauszufinden, dass er auf Soames' Lügen hereingefallen war. Amber war wenigstens gegen ihren Willen benutzt worden, aber er hatte diesen Schweinen *aus freien Stücken* geholfen. Fleming fühlte sich so tief gedemütigt, dass er am liebsten aus der Haut gefahren wäre. Aber noch gab er seinem spontanen Impuls nicht nach. Noch nicht.

Soames sah ihn an. »Erinnern Sie sich noch an unsere erste Begegnung? Sie wollten den Nachweis erbringen, dass die Seelen-Wellenlänge kein Beweis für ein Leben nach dem Tod ist, während ich Ihnen vorschlug, Sie sollten lieber zu beweisen versuchen, dass es ein Leben nach dem Tod gibt. Erinnern Sie sich noch? Und was ist es nun für ein Gefühl zu wissen, dass Dinge, wie Sie sie gerade gesehen haben, möglich sind?«

Fleming starrte Soames weiter ausdruckslos an. »Woher soll ich wissen, dass sie es tatsächlich sind?«

»Sie haben doch Gillian Grants Seele gehört.«

»Ich habe sie Mörder schreien gehört. Eine verzögerte Reaktion vielleicht.«

Soames schüttelte unwirsch den Kopf. »Nein, Sie haben ihre Seele gehört. Und zwar nicht wie im Fall Ihres Bruders zum Zeitpunkt ihres Todes, sondern nachdem wir sie gezielt ›angerufen‹ haben. Wir haben ihre Seele aus dem Körper entweichen lassen und dann eine Verbindung zu ihr hergestellt. Wie Sie sehen, hatten Sie also vollkommen Recht, als Sie sagten, um zu beweisen, dass es tatsächlich ein Leben nach dem Tod gibt, müssten Sie eine Möglichkeit finden, mit einer Seele Kontakt aufzunehmen, nachdem sie den Körper verlassen hat. Auf diese Weise ließe sich der Nachweis erbringen, dass diese Kontaktaufnahme nicht nur ein letztes Atemholen des sterbenden Geistes wäre, wie Sie es nannten. Und genau das haben wir jetzt getan. Wir haben Amber dazu benutzt, die Frequenz herauszubekommen, auf der sich eine solche Verbindung herstellen lässt – genau, wie Sie das auch wollten. Nur haben wir die Koordinaten vor Ihnen herausgefunden.

Übrigens haben wir das zuvor auch schon mit einer Reihe todkranker Patienten versucht – wie Sie so tadelnd bemerkt haben.« Soames schien es zu genießen, sein Wissen weiterzugeben. »Möchten Sie wissen, wie wir eine Seele anrufen, wie wir ein individuelles Bewusstsein identifizieren?«

»Ich vermute, Sie werden es mir so oder so verraten, egal was ich sage.«

»Sagt Ihnen das Doppelspalt-Experiment etwas, Miles?«

Fleming nickte.

»Nun, ich habe es folgendermaßen abgewandelt. Anstatt normale Lichtphotonen zu messen, die durch zwei Öffnungen dringen, habe ich *Lebensenergie*-Photonen beim Verlassen eines sterbenden menschlichen Körpers gemessen. Das haben wir über hundertmal getan und dabei festgestellt, dass jede individuelle Seele ein anders gestreiftes Interferenzmuster, ähnlich einem Strichcode, hinterlässt. Wie es scheint, hat jeder von uns nicht nur einen unverwechselbaren genetischen Bauplan für seinen physischen Körper, sondern auch einen Photonenbauplan für seine metaphysische Seele.« Soames lächelte. »Der Quantendualismus steckt in allem.«

Fleming und Amber Grant starrten Soames fassungslos an. »Über hundert?«, sagten sie gleichzeitig.

»Dafür haben Sie über hundert Menschen umgebracht?« Fleming wandte sich Virginia Knight zu. »Und Sie haben ihm dabei geholfen. Mein Gott, Sie haben uns beide reingelegt. Amber haben Sie wegen der Frequenz gebraucht und mich wegen der Seelen-Wellenlänge.«

Virginia Knight konnte man zumindest zugute halten, dass ihr nicht ganz wohl in ihrer Haut zu sein schien. »Aber es war doch zu unser aller Bestem, Miles«, sagte sie. »Sie werden es gleich selbst sehen. Glauben Sie mir.«

»*Ihnen glauben?* Wie soll ich Ihnen noch ein Wort glauben? Sie waren meine Chefin, verdammt noch mal, eigentlich hätte ich Ihnen vertrauen können sollen, aber in Wirklichkeit waren Sie schon die ganze Zeit an dieser Schweinerei beteiligt.«

»Das ist keine Schweinerei, Dr. Fleming«, unterbrach ihn Acosta ruhig. »Im Gegenteil. Dafür sollte eigentlich Dr. Grant der beste Beweis sein. Sie fiel uns zu, als wir sie am dringendsten benötigten. Amber ist einzigartig, ein Geschenk des Himmels. Auch wenn Sie mir jetzt nicht glauben, werden Sie irgendwann einsehen, dass ich Recht habe.«

»Aber Sie haben nicht nur Amber für Ihre Zwecke missbraucht, Sie haben auch Ihre Mutter umgebracht. Und was ist mit all den anderen armen Teufeln, die Sie auf dem Gewissen haben? Wie wollen Sie deren Tod rechtfertigen?«

»Sie alle hatten, wie ich, nur noch wenige Tage zu leben. Wir haben ihnen lediglich das Sterben erleichtert. Und das letzte Experiment war ein voller Erfolg. Ambers Mutter hat ihre Bestimmung erfüllt, wie wir in den Augen Gottes alle unsere Bestimmung erfüllen.«

Fleming wusste, es hatte keinen Sinn, dieses Gespräch fortzuführen. Ihm fiel der Ausspruch ein: Für den Glauben sterben die Menschen, für ein Dogma morden sie. Riga hatte Recht gehabt. Accosta war genauso arrogant und dogmatisch wie die verkalkten Trottel im Vatikan – nur noch gefährlicher. »Aber was erhoffen Sie sich von diesen Seelenexperimenten?«, fragte er.

»Erlösung«, sagte Accosta. »Die Erlösung von Milliarden von Seelen. Und Sie sollten stolz darauf sein, ihren Beitrag dazu geleistet zu haben. Sie beide haben der Menschheit einen großen Dienst erwiesen. Wir leben in einem technologischen Zeitalter, das geprägt ist von einem Übermaß an Entscheidungsmöglichkeiten. Deshalb brauchen die Menschen heute mehr denn je verlässliche Richtlinien. Sie sind nicht mehr bereit, ihr Vertrauen auf blinden Glauben oder Bände voll nutzloser Informationen zu stützen. Sie wollen – sie *verlangen* – die Wahrheit.

Die wichtigste Frage, welche die Menschen auch heute noch beschäftigt, lautet doch: Was geschieht mit uns, wenn wir sterben? Und was das angeht, werde ich mithilfe dieser Erfindung auch die letzten Zweifel ausräumen. Im Gegensatz zu anderen religiösen Oberhäuptern verlange ich von meinen Anhängern keinen Glauben, nein, ich werde ihnen die Wahrheit über die menschliche Seele *zeigen*. Ich werde der Wahrheit eine *greifbare* Gestalt verleihen, damit niemand mehr – egal, ob Atheist, Katholik, Moslem, Buddhist oder Humanist – Anlass hat, meine Vision anzuzweifeln. Alle werden in die Kirche der Seelenwahrheit eintreten, weil es keinen *rationalen* Grund mehr geben wird, es nicht zu tun.«

»Vorausgesetzt natürlich, Ihre Vision ist richtig«, sagte Fleming bissig.

Accosta bedachte ihn mit dem nachsichtigen Lächeln von jemanden, der sich seiner Überzeugung so sicher ist, dass alle anderen umso stärker von ihrer eigenen Blindheit und der Richtigkeit seiner Einsicht überzeugt werden, je mehr schlüssige rationale Argumente sie dagegen vorbringen. »Wenn ich Dr. Soames richtig verstanden habe, machen Sie sich wegen Ihres verstorbenen Bruders Sorgen – dass er eine unsterbliche Seele haben könnte und deshalb vielleicht noch immer leiden muss. Ich glaube, diese Sorgen sind berechtigt, Dr. Fleming. Aber alles, was ich Ihnen über sein Schicksal – oder das Schicksal, das Sie erwartet – erzählen könnte, ist unerheblich, weil ich einer Kirche angehöre, in welcher der Glaube keine Rolle spielt. Doch nach dem Tag der Seelenwahrheit werde ich Sie bekehren, genau so, wie ich alle anderen bekehren werde, und zwar völlig unabhängig davon, was sie im Moment gerade glauben. Ich werde Ihnen *beweisen*, dass ich als Einziger weiß, was nach dem Tod mit der Seele geschieht.«

»Und wie wollen Sie das anstellen?«

»Ich werde nicht mehr auf dieser Erde weilen, wenn ich es beweise«, sagte Accosta ruhig.

Bevor Fleming das verdauen konnte, trat Soames vor und klopfte ihm auf den Rücken. »Ich verstehe nicht recht, worüber Sie sich so aufregen, Miles. Jetzt haben Sie doch, was Sie die ganze Zeit wollten. Sie sind hierher gekommen, um herauszufinden, was mit Ihrem Bruder geschehen ist. Und genau das werden Sie in Kürze erfahren. Eigentlich hatte ich vor, Ihnen eine Überraschung zu bereiten. Dieser hässliche Streit ist doch gar nicht nötig.«

Fleming sah Soames an: Dem Kerl fehlte einfach etwas ganz Wesentliches. Irgendwann im Lauf seines wechselvollen Lebens hatte er anscheinend eine Art Mitgefühl-Bypass bekommen. Fleming sprach sehr langsam und betonte jede Silbe. »Bradley, Sie haben Amber entführt und Experimente mit ihr durchgeführt, Sie haben ihre Mutter und hundert andere Menschen wegen irgendeines unausgegorenen verrückten Projekts umgebracht, und Sie haben mich von Anfang an hintergangen. Und trotzdem wundern Sie sich, dass wir wütend sind.«

»Allerdings.«

Fleming zuckte resigniert die Schultern und bedachte Soames mit einem breiten, entschuldigenden Grinsen. »Sie haben Recht, wahrscheinlich reagiere ich übertrieben.« Immer noch lächelnd, ballte er seine Rechte zur Faust, holte aus und schlug damit Soames mit aller Kraft ins Gesicht.

Die Sicherheitsbeamten reagierten langsam, aber die Wölfe stürzten sich sofort auf ihn, und ihr feuchter Raubtiergeruch raubte ihm den Atem, als sie auf ihm waren. Das größere der beiden Tiere hieb mit den Krallen nach seinem Arm, den er schützend vor seine Kehle hielt.

»Rufen Sie sie zurück!«, rief der Rote Papst. »Es besteht kein Grund mehr für weitere Gewalt.«

Widerstrebend erteilte Soames einen unverständlichen Befehl, und die Wölfe zogen sich zurück. Amber griff nach Flemings Arm – die Krallen hatten ihm nur ein paar Kratzer beigebracht.

Der wütende Blick, mit dem Soames vorsichtig sein Kinn betastete, erfüllte Fleming mit Genugtuung, als die Sicherheitsbeamten ihn und Amber aus dem Raum führten. Als sie an Soames vorbeikamen, spuckte ihm Amber in sein gerötetes Gesicht.

»Ich kann überhaupt nicht verstehen, warum *Sie* sich so aufregen, Bradley«, sagte Fleming. »Sie haben doch bekommen, was Sie wollten.«

»Was werden Sie mit ihnen machen?«, fragte Accosta Soames, sobald Amber Grant und Fleming den Raum verlassen hatten.

Soames betastete sein Kinn. »Sie bis zu unserem großen Tag einsperren, Eure Heiligkeit. Wir dürfen auf keinen Fall zulassen, dass sie die Vorbereitungen sabotieren.«

Accosta versuchte vergeblich, Soames' Miene zu deuten. Er hätte gern geglaubt, der Grund, weshalb Soames so viel Geld, Zeit und Energie in dieses Projekt gesteckt hatte, wäre einzig und allein sein Glaube an Gott und seine Überzeugung, er, Accosta, sei sein auserwählter Stellvertreter. Aber selbst jetzt war sich der Rote Papst nicht sicher, was Soames' wahre Motive waren. »Ich möchte auf keinen Fall, dass Ihnen ein Leid zugefügt wird, Bradley«, erklärte er vorsichtig. »Nicht vor dem Tag der Seelenwahrheit und nicht danach. Ist das klar?«

Soames runzelte die Stirn wie ein störrischer Teenager, der

nicht verstehen kann, warum man ihm wegen einer Sache, mit der er nichts zu tun hat, Vorhaltungen macht.

»Wir stehen kurz davor, unser heiliges Ziel zu erreichen«, fuhr Accosta fort, »und dafür bin ich Ihnen zu tiefem Dank verpflichtet. Um an diesen Punkt zu gelangen, waren zwar bedauerliche Schritte nötig, aber nach dem Tag der Seelenwahrheit sollte es keinen Anlass für Gewalt oder Zwietracht mehr geben. Ist das klar?«

»Natürlich, Eure Heiligkeit.«

Accosta wandte sich den anderen zu. Sie durchschaute er besser. Carvelli war eitel und oberflächlich, aber er hatte der Kirche ohne Wenn und Aber gedient. Knight war eine wahre Gläubige, die ihre Überzeugungen nicht an die große Glocke hängte, aber wie Accosta heftige Seelenqualen litt, wenn es galt, zur Erfüllung von Gottes Willen moralisch fragwürdige Entscheidungen zu fällen. Und Monsignore Diageo war immer sein treuer Helfer gewesen, der Fels, auf den er sich stützen konnte. Bald würden ihre treuen Dienste belohnt. Bald würden sie sich in der wärmenden Gewissheit sonnen können, ihren Beitrag zu etwas Gutem und Schönem geleistet zu haben. »Dr. Soames hat den Wunsch geäußert, den Tag der Seelenwahrheit in aller Abgeschiedenheit hier zu verbringen, fernab vom Rampenlicht.«

»Und vom Sonnenlicht«, fügte Soames hinzu.

Accosta lächelte verständnisvoll. »Alle anderen kehren jetzt mit mir auf die Rote Arche zurück, um letzte Vorbereitungen zu treffen.«

Die Anwesenden machten traurige Gesichter, aber Accosta sagte: »Seien Sie nicht so niedergeschlagen. Das ist kein Ende, sondern ein Anfang. Freuen Sie sich mit mir. Wir stehen am Beginn eines goldenen Zeitalters der Aufklärung.«

Virginia Knights sorgenvolle Miene erhellte ein bezauberndes Lächeln. »Ja, Eure Heiligkeit, das wird ein großer Tag.«

»Ein großer Tag«, wiederholte Diageo.

Carvelli formulierte es wortreicher. »Der Tat der Seelenwahrheit wird eine Offenbarung.«

Soames nickte, als stimmte er ihnen zu. »Es wird in der Tat der Tag der Offenbarung werden, Eure Heiligkeit – oder wie die Griechen sagen würden: der Tag der Apokalypse.«

45

Der blaue Sektor.
Zwei Tage später

»Im Moment macht es noch nicht viel her«, sagte Soames, als er Fleming und Amber Grant in die Virtual-Reality-Suite im blauen Sektor führte. »Aber warten Sie erst mal ab. Sie waren noch nicht hier drinnen, Amber, oder? Das ist etwas, was VenTec zusammen mit KREE8 Industries entwickelt hat.« Amber wich Soames' Blick bewusst aus. Sie hatte immer noch Mühe, das Ausmaß seines Betrugs zu akzeptieren und den Mann, der ihre Entführung und die Ermordung ihrer Mutter angeordnet hatte, mit dem Mann in Einklang zu bringen, den sie jahrelang respektiert und bewundert hatte. »Und für Sie ist das offensichtlich auch noch völlig neu, Miles«, fuhr Soames fort. Sein Gesicht war immer noch geschwollen, und der Bluterguss lenkte das Augenmerk auf ein frisches Stück Schorf an seinem vernarbten Kinn, aber sein Ärger war verflogen. Es war, als wären die Ereignisse der letzten anderthalb Tage nie geschehen.

Flemings Wut dagegen hatte sich – wie die Ambers – noch nicht gelegt. Er ignorierte die zwei Sicherheitsbeamten, die ihm auf Schritt und Tritt folgten, und nahm keine Notiz von Soames. Amber und er trugen einen hautengen dunkelblauen Overall, Handschuhe und dünne, mit Sensoren versehene Slipper. Das intelligente blaue Material bestand aus Tausenden mikroskopisch kleiner Punkte, ähnlich den Pixels eines Computermonitors. Soames und die zwei Sicherheitsbeamten waren ähnlich gekleidet.

Der Raum war groß, aber wenig einladend. Fußboden, Wände und Decke waren vom selben Blau wie die Overalls. Der Boden fühlte sich fest an, und Amber vermutete, dass es sich dabei wie bei Wänden und Decken um einen Bildschirm mit extrem hoher Auflösung handelte. In der Mitte des Raums befanden sich drei Reihen von jeweils zwei Sitzen. »Da es sich hier vor allem um ein Zuschauererlebnis handelt, finde ich, dass wir es bequem haben sollten«, sagte Soames und ließ sie auf den zwei vordersten Sitzen Platz nehmen. Die Sicherheitsbeamten setzten sich hinter sie, und Soames ließ sich in der hintersten Reihe nieder. Er tippte auf den berührungsempfindlichen Bildschirm seines Palmtop-Computers. »Was wollen wir anziehen?«, fragte er. »Abendgarderobe, würde ich sagen.«

Die blauen Anzüge verwandelten sich. Fleming war plötzlich im Smoking, komplett mit Fliege, und Amber Grant trug ein trägerloses schwarzes Kleid. Erstaunlicherweise sah die bloße Haut an ihren Armen vollkommen echt aus, und ihre Hände steckten nicht mehr in blauen Handschuhen. Wenn sie ihre Hand sehr schnell vor dem blauen Hintergrund bewegte und ganz genau hinsah, konnte sie die Übergänge gerade noch erkennen, aber als Soames auch den Raum verwandelte, wurde sie in eine andere Umgebung versetzt, und die Illusion war nahtlos.

Amber und Fleming saßen jetzt bei einer Großveranstaltung in der vordersten Reihe. Beide Seiten der riesigen Halle, einer Mischung aus Theater und Kathedrale, waren wie ein Kirchenschiff von Säulen gesäumt, und vorne befand sich eine Bühne. Über ihnen spannte sich kein Deckengewölbe, sondern die Illusion eines strahlend blauen, von weißen Schäfchenwolken durchzogenen Himmels. Fehlte nur noch, dass Cherubim und Seraphim aus ihm herabschwebten. In der Luft lag eine würzige Frische, und Amber war von der Umgebung so verzaubert, dass sie sich, wenn auch mit einem schlechten Gewissen, dem Kitzel gespannter Erwartung hingab. Sie erkannte die Kathedrale auf der Roten Arche von ihrem Cyber-Ausflug im Hospiz wieder.

Um sich abzulenken, hatte sie in ihrer Sicherheitsverwahrung in den vergangenen zwei Tagen, in denen sie um ihre Mutter getrauert und ihren Tod zu verarbeiten versucht hatte, sehr viel ferngesehen. CNN und BBC hatten ständig über den bevorstehenden Tag der Seelenwahrheit berichtet, sodass ihr allmählich die Ungeheuerlichkeit von Soames' und Accostas Vorhaben klar wurde. Aber so sehr sie auch nachdachte, konnte sie sich diese seltsame Allianz nicht erklären. Sie kannte Soames seit Jahren und hatte nie auch nur Ansätze von Religiosität an ihm festgestellt. Schon der Gedanke, er könnte irgendetwas für Accosta tun oder sich ihm unterordnen, war vollkommen absurd. Soames tat sich nur mit Leuten zusammen, die etwas für *ihn* tun konnten, nie umgekehrt.

Ein Raunen ging durch die Menge, wie ein Windstoß, der durch ein Gerstenfeld fährt. Dann kam von links eine ganz in Rot gekleidete hoch gewachsene Gestalt herein und blieb in der Mitte der Bühne stehen. Als Amber Accostas selbstzufriedenes Lächeln sah, schwor sie sich, ihn und Soames für das, was sie getan hatten, büßen zu lassen. Sie wusste zwar nicht, wie oder wann es dazu käme, aber büßen würden sie.

Sie drehte den Kopf zur Seite und sah Fleming an. Es machte ihr Mut, ihre Entschlossenheit in seinen Augen gespiegelt zu sehen.

46

Die Rote Arche. 18° 55' N, 16° 99' W

Xavier Accosta hatte sich nie lebendiger gefühlt als in diesem Augenblick, wenige Minuten vor seinem Tod. Er stand auf dem Podest in der Apsis der Kathedrale und blickte auf die etwas mehr als hundert Personen hinab, die sich an Bord der Roten Arche eingefunden hatten. Bisher waren die Teilnehmer der Gottesdienste an Bord der Roten Arche immer nach dem Zufallsprinzip unter den Millionen seiner eingetragenen Anhänger ausgewählt und per E-Mail benachrichtigt worden. So war man auch für den Tag der Seelenwahrheit verfahren, nur dass in diesem Fall auch eine begrenzte Zahl von Einladungen an die großen Weltreligionen verschickt worden war. Interessanterweise hatte keine abgelehnt. Jede hatte einen ranghohen Vertreter entsandt, zweifellos in der Absicht, den Ablauf des Ereignisses genau zu beobachten und es anschließend als Schwindel zu entlarven.

Accosta war zu Ohren gekommen, dass Journalisten und wohlhabende Einzelpersonen Gläubigen, die das Glück gehabt hatten, zu diesem Gottesdienst eingeladen zu werden, zum Teil siebenstellige Summen geboten hatten, um an ihrer Stelle an der Veranstaltung teilnehmen zu dürfen. Und mit Genugtuung hatte er zur Kenntnis genommen, dass nur wenige, wenn überhaupt welche, ihre Plätze verkauft hatten. Aber die leibhaftig Anwesenden stellten nur einen Bruchteil seines tatsächlichen Publikums dar. Carvellis Aussagen zufolge wohnten dem Ereignis mehr als vier Milliarden Menschen über Internet, Fernsehen oder virtuelle Headsets bei – das waren 90 Prozent der verkabelten Welt. Carvelli hatte Recht gehabt. Es war das größte Medienereignis der Geschichte.

Vor dem eigentlichen Event hielt Accosta einen kurzen Gottesdienst, bei dem er seinen treuen Anhängern seinen Dank aussprach und allen Zuschauern, ungeachtet ihres Glaubens, seinen Segen erteilte. Dann – er hielt kaum inne, um Atem zu schöpfen – hob er die Arme und richtete sich unter Aufbietung aller noch in seinem kranken Körper verbliebenen Kräfte mit folgenden Worten an die Weltöffentlichkeit: »Ich werde mich heute auf eine Reise begeben. Schon viele haben diese Reise vom Leben in den Tod vor mir angetreten, und alle von Ihnen werden mir, jeder zu seiner Zeit, auf ihr folgen. Bedauerlicherweise ist Sterben das Letzte, was wir tun, denn es könnte uns so viel über das Leben lehren. Dennoch bleibt diese letzte Reise für jeden von uns weiterhin ein Rätsel.

Die Ungewissheit, was nach dem Tod mit unseren Seelen geschieht, ist die Kernfrage aller Religionen, von denen jede von ihren Anhängern verlangt, ausschließlich an ihre Darstellung des Jenseits zu glauben. Jede Religion – und die Kirche der Seelenwahrheit macht da keine Ausnahme – verlangt das von ihren Anhängern, ohne ihnen eine rationale Begründung für diese Forderung geben zu können.

Vor zweitausend Jahren wurde ein Mann für unsere Sünden gekreuzigt. Der Mann, von dem wir Christen glauben, dass er der Sohn Gottes war, kam auf die Erde, um unter uns zu leben und uns zu helfen, über den Glauben hinauszugehen und die Wahrheit zu erkennen. Dennoch verschlossen sich viele seinen Lehren. Seine Lehren und seine Gleichnisse wurden auf unterschiedlichste Weise ausgelegt, und nur wenige waren ihm persönlich begegnet oder hatten seine Wunder mit eigenen Augen gesehen. Selbst sein Tod und seine Auferstehung hatten nur für die wahren Gläubigen zwingende Beweiskraft.

Ich werde Ihnen heute keine Glaubensinhalte predigen. Ich verlange nicht von Ihnen, dass Sie mir glauben oder auf Gott vertrauen. Vielmehr werde ich Ihnen die Wahrheit zeigen – jedem Einzelnen von Ihnen. Sie alle werden meine Auferstehung mit eigenen Augen *sehen* und meine Wahrheit mit eigenen Ohren *hören*.

Ich wurde auserwählt, als Gottes zweiter Messias zu sterben und wiedergeboren zu werden, damit ich in beiden Welten wandeln kann, halb an Gottes Seite, halb an Ihrer, an der Seite meiner Mitmenschen. Heute werde ich, Kardinal Xavier Accosta, Satans

Hörnern die Spitze nehmen, indem ich aus Ihren Herzen für immer die spirituellen Zweifel entferne, die sich der Teufel zunutze macht, um Zwietracht zu stiften und dem Bösen Vorschub zu leisten. Wenn dieser Tag zu Ende gegangen ist, wird es keine Entschuldigung mehr dafür geben, Satans Versuchungen zu erliegen, denn von diesem Tag an werden Sie wissen, dass Gott, Ihr wahrer Gott, existiert.

Am Ende meiner heutigen Reise werde ich zurückkehren, um Ihnen die Geheimnisse von Leben und Tod mitzuteilen. Ich werde Ihnen die Seelenwahrheit enthüllen und durch diesen Akt der Selbstopferung für Ihre Seele und für die Seelen der ganzen Menschheit Erlösung erwirken.«

Als er endete, war kein Applaus zu hören, nur ehrfürchtige, atemlose Stille.

Monsignore Diageo und Virginia Knight erschienen an Accostas Seite und führten ihn zu einer von zahlreichen Apparaturen umgebenen Liege am linken Bühnenrand, wo Bukowski und Tripp warteten.

Diageo hatte Tränen in den Augen, als er Accosta half, sich auf die Laborliege zu legen, die sein Totenbett werden würde. »Seien Sie nicht traurig, mein Freund«, flüsterte Accosta. »Ich verlasse Sie nicht. Indem ich dies tue, werde ich in Ewigkeit bei Ihnen bleiben.«

Diageo versuchte zu lächeln, als Virginia Knight mit zitternden Händen die Elektrode an Accostas Schläfe anbrachte.

Dann kam Bukowski und spreizte ihm behutsam die Augen auf, bevor sie ihm die gefärbten Linsen einsetzte. Seine Augen brannten, aber er wusste, bald hätten seine Schmerzen ein Ende. Bald würde er ganz in der Liebe Gottes aufgehen und nur noch Freude und Frieden empfinden.

Tripp half Bukowski, Accostas Oberkörper aufzurichten und die Glaskugel über seinem Kopf anzubringen.

Dann kam Carvelli vom linken Bühnenrand, wo die Audio-Anlage und das KREE8-Holopad standen. Zusammen mit Tripp testete er, ob das kabellose Interface zwischen dem NeuroTranslator und den restlichen Geräten funktionierte. Dann überprüfte er die Kameras und das übrige Medienequipment. Das Publikum verfolgte jeden ihrer systematischen Handgriffe mit ehrfürchtigem Schweigen.

Bukowski ging zum NeuroTranslator und vergewisserte sich, dass die Seelen-Wellenlänge auf dem Bildschirm zu sehen war.

Knight wartete, bis alle Mitglieder des Teams durch ein Nicken zu erkennen gegeben hatten, dass sie bereit waren. Dann bekreuzigte sie sich und wandte sich Accosta zu. »Es ist so weit, Eure Heiligkeit.«

Mit einem seligen Gefühl der Erleichterung seufzte Accosta. Er stand jetzt ganz dicht vor dem Ziel. Wenige Augenblicke vor seiner Apotheose.

»Wir fangen jetzt an, Eure Heiligkeit«, sagte Carvelli. »Falls Sie aus irgendeinem Grund –«

»Ich bin bereit«, unterbrach ihn Accosta. Noch nie in seinem Leben war er so fest zu etwas entschlossen gewesen.

Carvellis Miene war angespannt. »Möge Gott Ihnen beistehen.«

»Gott erwartet mich«, sagte Accosta ruhig, als die Schalter umgelegt wurden und das Summen an Intensität zunahm. In die Kugel um seinen Kopf trat Gas ein und tauchte die verzerrte Welt draußen in einen grünen Schein. Auf der linken Seite konnte er Virginia Knight beten sehen. Er lächelte. Es gab keinen Grund zu beten.

Außer dem Summen konnte er noch ein anderes Geräusch hören. Aus dem Publikum stieg ein tiefer wortloser Schrei auf, ein kollektives Atemholen. In diesem Moment wünschte er sich, Carvelli hätte für musikalische Untermalung gesorgt, und ganz kurz überlegte er, welche Musik er für diesen Augenblick ausgewählt hätte.

Dann begann der Countdown.

10 … 9 … 8 … 7 …

Rechts neben sich sah er Virginia Knight zitternd den Palmtop-Computer halten, mit dem die an seiner Stirn angebrachte Elektrode bedient wurde – die Elektrode, die den Elektroschock abgab, der ihn auf der Stelle töten würde. In diesem Moment wurde ihm bewusst, dass es das Letzte wäre, was er als sterblicher Mensch sehen würde.

6 … 5 … 4 …

Wie ein spiritueller Kosmonaut holte Accosta ein letztes Mal tief Luft und wartete auf den Start.

3 … 2 … 1 …

Zuerst ist er nur von schwarzem Nichts umgeben. Dann bemerkt er in der Ferne ein Licht, auf das er zuschießt. Die Geschwindigkeit ist atemberaubend, berauschend. Er hat keine Angst. Je höher die Geschwindigkeit, desto schneller wird er ans Ziel seiner Reise kommen.

Einen Wimpernschlag später befindet er sich bereits in dem Kegel aus Licht, und er bewegt sich so schnell, dass das Licht um ihn herum stillzustehen scheint. Es ist wie ein Blizzard aus flimmernden Silberpartikeln, und er geht ganz darin auf, wird eins mit den Photonen, die ihn umgeben. Er spürt, er ist sowohl ein eigenständiges Wesen – *er selbst* – als auch Teil eines größeren Ganzen, eines größeren Selbst.

Als er sich dem Ursprung des Lichts nähert, durchströmt ihn ein Gefühl tiefer Seligkeit. Voller Entzücken gibt er sich dem leuchtenden Urschoß hin, wappnet sich für den Moment der Offenbarung – für den Moment, in dem er eins sein wird mit Gott und alles wissen wird, was es zu wissen gibt.

In dem Moment, in dem er den Ursprung erreicht, löscht eine blendend helle, bläulich weiße Supernova alles aus. Er wird von einem wirbelnden Mahlstrom aus Farbe und Licht verschlungen, einem Energieausbruch von solcher Intensität, dass sein ganzes Sein explodiert und sich wieder zusammenfügt, und das immer und immer wieder.

Und dann ist der blendend helle Lichtsturm plötzlich vorbei, und sein Sehvermögen kehrt zurück – aber nicht so, wie es war. Er kann neue Farben, Formen und Dimensionen sehen. Ihm enthüllt sich eine Vielzahl bisher unvorstellbarer Anblicke. Es ist, als könnte er *alles* sehen.

Dann begreift er, was er sieht.

Und das ist der Moment, in dem die verstorbene Seele Xavier Accostas den Wunsch verspürt, sprechen zu können.

Aber sie hat keine Stimme und kann nur in stummer Verzweiflung aufschreien.

47

Virtual-Reality-Suite. Der blaue Sektor

Fleming beobachtete die Glaskugel um Accostas Kopf, als der Lebensfunke aus den sterbenden Augen des Roten Papstes sprang, auf den Photonendetektorschirm traf und auf der Außenschicht der Kugel einen deutlich sichtbaren Lichthof bildete. Jetzt verstand er, was alles zu bedeuten hatte: Das Piepen und die vier statischen Lichtsäulen auf dem Gerät am Fußende des Betts zeigten an, dass sie die Frequenz gefunden hatten, auf der sie mit Accostas Seele in Verbindung treten konnten. Das Strichcode-Interferenzmuster, das auf dem Monitor neben den Lichtern zu sehen war, war Accostas individuelle Seelensignatur. Mit diesen zwei Daten – der Frequenz und der Signatur – konnten sie jetzt die Verbindung herstellen. Und dann müssten Tripp und Bukowski mithilfe des NeuroTranslators und Ambers Seelen-Wellenlänge in der Lage sein, mit der Seele des Roten Papstes zu kommunizieren.

Plötzlich war Flemings Wut verflogen. Er machte sich keine Gedanken mehr über die moralische Vertretbarkeit dessen, was diesen Moment erst möglich gemacht hatte. Soames' Betrug, die Morde und der rücksichtslose Ehrgeiz des Roten Papstes, das alles war plötzlich vergessen. Während er beobachtete, wie die Grenze zwischen Leben und Tod neu gezogen wurde, drehten sich seine Gedanken nur noch um seinen Bruder und Jake.

Als er mit Amber in der VR-Suite Platz genommen hatte, war er fest entschlossen gewesen, Soames nicht die Freude zu machen, sich von seinen technischen Kabinettstückchen oder von der Zirkusnummer des Roten Papstes beeindruckt zu zeigen. Aber es war unmöglich, angesichts des Schauspiels, das sich gerade vor seinen Augen abspielte, nicht in ehrfürchtiges Staunen zu verfallen. Diese Faszination ging weit über bloße wissenschaftliche Neugier oder auch über seine Sorge um Robs Seelenheil hinaus. Sie hatte etwas ganz Elementares. Er hatte sein ganzes Leben lang angenommen, es gäbe kein Leben nach dem Tod und schon gar nicht einen ins Weltgeschehen eingreifenden Gott. Nicht einmal die jüngsten Ereignisse hatten da irgendwelche zwingenden Schlüsse nahe gelegt, sondern eher mehr neue Fragen aufgeworfen als Antworten gegeben. Bald wäre er jedoch nicht mehr in der Lage, sich auszusuchen, was er glaubte. Er würde die Wahrheit *wissen*, und dieser Gedanke erschreckte ihn. Trotzdem konnte er sich nicht abwenden.

Als Knight und ein unabhängiger Arzt die Lebenszeichen des Roten Papstes überprüften und ihn offiziell für tot erklärten, war das Licht von der Glaskugel verschwunden. Carvelli war mit den schwarzen Geräten rechts neben dem Scanner beschäftigt und prüfte die Infrarot-Verbindung zwischen der schwarzen Scheibe auf dem Boden und dem NeuroTranslator.

»Jetzt achten Sie auf das KREE8-Holopad«, flüsterte Amber.

Fleming war klar, was als Nächstes passieren würde. Soames' Leute würden den NeuroTranslator nicht nur dazu benutzen, Accostas Seele zu den Menschen sprechen zu lassen, sondern sie würden damit auch sein holographisches Abbild steuern, und zwar auf die gleiche Weise, wie Fleming Brian bediente. In wenigen Augenblicken würde sich nichts Geringeres als die virtuelle Auferstehung des Roten Papstes ereignen. Fleming lief ein Schauder den Rücken hinunter, als er den Blick auf das schwarze Holopad richtete.

Sekunden später ging es summend an. Auf der Glaskugel um den Kopf von Accostas Leiche erschien wieder ein Lichthof, und Fleming rechnete damit, dass auf dem zweigeteilten Monitor des NeuroTranslators jeden Moment die Seelen-Wellenlänge ausschlagen würde.

Dann ging es los.

Schicht um Schicht materialisierte sich Accosta wie eine Erscheinung aus dem Nichts, bis er schließlich leibhaftig neben seiner Leiche zu stehen schien. Jedes körperliche Detail, jede Nuance seines Mienenspiels wirkte absolut echt.

Mit einer langsamen, sehr bewusst vollzogenen Bewegung, ähnlich der eines Neugeborenen, das seine Hand zur Faust ballt, drehte er den Kopf, als wolle er den Blick über die Versammelten streifen lassen. Seine Miene war ernst, und die magnetischen dunklen Augen schienen jeden Zuschauer einzeln anzusehen. Fleming konnte sich gut vorzustellen, welche Wirkung das auf die Milliarden in aller Welt haben würde, die dem Spektakel beiwohnten. Seine Handflächen wurden feucht, und sein Herz begann heftig zu klopfen.

Nach einem Moment der Stille begannen sich Accostas Lippen zu bewegen und die Worte zu sprechen, welche die Geschichte der Menschheit in zwei Epochen unterteilen sollten. Die Zeit vor diesem einschneidenden Moment. Und die Zeit danach.

»Ich bin ein Diener des Herrn. Ich habe Seine Macht geschaut, und ich kenne Seinen Willen. Er hat mir aufgetragen, zu euch zurückzukehren und euch die Seelenwahrheit zu offenbaren.«

Wieder eine Pause, und Fleming beugte sich auf seinem Sitz angespannt nach vorn.

Accostas tiefe Stimme war der, die er lebend gehabt hatte, gespenstisch ähnlich. »Ich habe immer an Gott geglaubt«, fuhr er feierlich fort. »An *meinen* Gott. An einen Gott, der die Menschen nach Seinem Bild geschaffen hat, damit sie Ihn anbeten. An einen allmächtigen, allwissenden, barmherzigen Gott.

Als ich noch jünger war, beschäftigte ich mich sehr intensiv mit dem, was die Philosophen das Problem des Bösen nennen. Wie kann es angesichts all des Bösen auf der Welt einen allmächtigen, allwissenden, barmherzigen Gott geben? Entweder Gott weiß von all dem Bösen, es macht Ihm etwas aus, und Er kann nichts dagegen tun – in welchem Fall Er nicht allmächtig wäre. Oder es macht Ihm etwas aus, und Er kann etwas dagegen tun, weiß aber nichts davon – in welchem Fall Er nicht allwissend wäre. Oder Er weiß davon und kann etwas dagegen tun, es ist Ihm aber egal – in welchem Fall er weder barmherzig noch gnädig wäre.«

Fleming bekam eine Gänsehaut auf den Unterarmen. Es war, als richtete sich der Rote Papst direkt an ihn und spräche ihn ganz direkt auf sein Hauptargument gegen die Existenz Gottes und jede Form von Religion an.

»Ich habe diesen inneren Widerspruch immer folgendermaßen

aufzulösen versucht«, fuhr der Rote Papst fort. »Ich glaubte, mein allmächtiger, allwissender, barmherziger Gott hätte das Böse in der Welt *zugelassen*, um uns, dem Gipfel seiner Schöpfung, das Geschenk des freien Willens machen zu können, um uns zu der Fähigkeit und zu der Gelegenheit zu verhelfen, selbst angesichts der härtesten Prüfungen und Kümmernisse zwischen Gut und Böse wählen zu können. Und jetzt, wo ich diese Wahrheit *weiß*, erscheint sie mir vollkommen einleuchtend. Was für ein Gott würde schließlich den Menschen nur zu dem Zweck erschaffen, Ihn anzubeten? Welches höhere Wesen könnte so eitel sein, so *kleinlich*?« Das letzte Wort spuckte er aus, als wäre es ein bitterer Geschmack in seinem Mund.

»Es gibt kein Problem des Bösen, weil Gott, unser Herr, uns nicht erschaffen hat, damit wir Ihn anbeten. Ich habe immer angenommen, Gott hätte eine perfekt funktionierende Welt – einen Garten Eden – geschaffen und dann die Schlange des Bösen in sie eingesetzt, um uns auf die Probe zu stellen. Aber das stimmt nicht. Der Herr, unser Gott, hat eine böse Welt erschaffen und dann das Gute in sie eingesetzt. Der natürliche Zustand dieser Welt und der nächsten ist das Chaos – Entropie. Das Böse ist der Normalzustand der Welt, und das Gute wurde lediglich aus einer kapriziösen Laune heraus in sie eingesetzt. Gott hat uns nur zur Steigerung seines Vergnügens erschaffen. Das ist der einzige Grund unseres Daseins.

So, wie ein Kind Bausteine aufeinander türmt, um sie wieder umzustoßen, gestattet uns Gott, immer höher und höher emporzusteigen und an Tugend, Güte und Ehre zu glauben – aber nur, um uns mit willkürlichen Akten des Bösen wieder zurück in die Tiefe zu stürzen.

Es gibt keinen Himmel, nur willkürliches Leid. Das Leben nach dem Tod ist genauso grausam und chaotisch wie das Leben auf Erden – nur dass es von ewiger Dauer ist. Es gibt kein Entrinnen. Es gibt kein Karma. Keine Gerechtigkeit. Kein Elysium, in dem die Guten nach einem schweren Leben Frieden finden. Es gibt keine göttliche Ordnung, nur Chaos. Die Seelenwahrheit, die ich euch nun enthüllen kann, ist, dass Gott – der Gott, in dessen Dienst ich mein Leben auf Erden gestellt habe – nicht existiert.«

Accostas Gesicht schien einzufallen; mit Grauen erregender

Genauigkeit gab das Hologramm das Entsetzen und die Verzweiflung wieder, die sich in seine Züge gruben. »Ich bin eine gequälte Seele. Der Herr, dem ich mein ganzes Leben lang bereitwillig gedient habe, und der Herr, dem ich nun in alle Ewigkeit zu dienen verdammt bin, ist nicht Gott. Es gibt nur einen Herrn, und er ist der Herr des Chaos und der Finsternis. Er ist der Teufel. Der leibhaftige Satan.«

Aus dem Publikum kam ein entsetztes Atemholen. Unter anderen Umständen hätten sich Accostas Worte wie das Gefasel eines Geistesgestörten angehört, aber nun ließen sie sich keineswegs so leicht abtun. Fleming spürte, wie Amber nach seiner Hand tastete und sie ergriff.

Der Rote Papst hob die Arme. »Um uns zu beweisen, dass es keinen Gott gibt, wird unser Herr, der Satan, durch seinen Stellvertreter auf Erden vier Zeichen enthüllen«, verkündete er im Tonfall eines alttestamentarischen Propheten mit rauer Stimme. »Die vier apokalyptischen Reiter werden auf diese von Leid heimgesuchte Welt losgelassen werden und Schrecken und Verzweiflung verbreiten. Der Erste wird schon diese Nacht losreiten. Der Zweite wird in zwei Tagen kommen. Und am Tag nach diesem werden gemeinsam die zwei letzten Reiter erscheinen.«

Accosta hielt inne, und sein Gesicht sah in diesem Moment lebloser aus als das seiner Leiche. Seine Seele schien bis in ihr Innerstes von Verzweiflung durchdrungen. »Vergebt mir. Ich bin voller Hoffnung zu meiner Reise aufgebrochen, aber ich kehre ohne jede Hoffnung zurück. Es gibt keine Hoffnung. Es gibt keinen Gott. Nicht einmal beten kann ich für euch.«

Darauf trat ein Moment schockierten Schweigens ein.

Dann verschwand Accostas Bild, und die Welt wurde in tiefe Finsternis getaucht.

Fleming blinzelte bestürzt und hielt in der plötzlichen Dunkelheit nach Licht Ausschau.

Sekunden später durchbrach ein Laut die gespenstische Stille, aber er spendete Fleming keinen Trost.

Es war das Geheul von Wölfen draußen in der Dunkelheit.

TEIL DREI

Luzifer

48

Wie der Schatten oder eine Sonnenfinsternis, die über den Erdball hinwegzieht, fiel mit dem Hereinbrechen der Nacht von Stadt zu Stadt der Strom aus und kehrte erst mit der Morgendämmerung wieder zurück. Beginnend an der Westküste Amerikas, folgte die Dunkelheit der untergehenden Sonne in westlicher Richtung über den Pazifik und erreichte um 18 Uhr 53 Ortszeit bei Sonnenuntergang Honolulu in Hawaii. Während sich die Erde in den nächsten vierundzwanzig Stunden einmal um sich selbst drehte, wurde praktisch jede größere Stadt der Welt von Sonnenuntergang bis Sonnenaufgang von einem Stromausfall heimgesucht.

Die Dunkelheit löste ein breites Spektrum von Emotionen aus, das von Panik über Verleugnen bis Wut reichte. Eine kleine Minderheit feierte das Ereignis, das man allgemein für das erste Zeichen der Apokalypse des Roten Papstes hielt. Es war, als wäre die Menschheit in heidnische Zeiten zurückgefallen, in denen sie noch die Sonne angebetet und geglaubt hatte, sie allein sei imstande, die Finsternis zu verdrängen und all das hervorzubringen, was gut auf der Welt war.

Viele verkrochen sich in ihren Häusern und Wohnungen, bis der erste apokalyptische Reiter vorübergezogen war. Andere begaben sich an öffentliche Ort, um sich mit anderen Menschen zusammenzuschließen und in ihrer bloßen Menge Trost zu suchen. Bis es in Australien Nacht wurde, wimmelte fast ganz Sydney von hysterischen Menschen, die in dem Bemühen, die Dunkelheit zu vertreiben, Kerzen schwenkten. Dieses Beispiel fand Nachahmer in ganz Asien und Europa, als die untergehende Sonne weiter ihre Bahn über den Erdball zog. Die Medien verfolgten den Weg der Finsternis und berichteten, wie ihre Auslandsbüros infolge des Stromausfalls zu senden aufhören mussten, sobald die Dunkelheit hereinbrach.

Einige versuchten der Panik entgegenzuwirken, indem sie behaupteten, es handle sich dabei um einen belanglosen Zufall; die Offenbarung des Roten Papstes sei inszeniert gewesen und die Finsternis zufällig eingetreten. Doch als das Ausmaß des Phänomens offensichtlich wurde, wich die Angst zunächst Entsetzen und dann Wut. Eine wachsende Mehrheit verspürte das Bedürnis, irgendjemanden für ihre Verzweiflung und Desillusionierung verantwortlich zu machen.

In der Nacht der Finsternis kam es zu massiven Plünderungen. Weite Teile des Londoner East Ends, der New Yorker Lower East Side und von Paris wurden von randalierenden Mobs verwüstet. Aber zu den schlimmsten Gewaltexzessen kam es in Gotteshäusern. Die Wut des Mobs richtete sich vor allem gegen Geistliche, die sie über Gott und den Himmel belogen hatten. Die Kirchen waren als ihre geistlichen Ratgeber aufgetreten, hatten von ihnen verlangt, ihnen vorbehaltlos zu vertrauen, und hatten sich als Gottes einzige Repräsentanten auf Erden ausgegeben. Doch die Offenbarung des Roten Papstes hatte den Wert des Glaubens zerstört.

Und dafür musste jemand büßen.

Je größer die Kirche, desto größer die Wut: von der Hagia Sophia in Istanbul über die Canterbury Cathedral in England und den Petersdom in Rom bis zur Jüdischen Synagoge in Jerusalem. Das Bekenntnis spielte dabei keine Rolle. Priester suchten in ihren inzwischen überflüssigen Kirchen Unterschlupf, als mit Fackeln bewaffnete Menschenmassen die alten Stätten der Verehrung umzingelten, deren Türme zuversichtlich auf einen Himmel deuteten, den der Rote Papst als Lüge entlarvt hatte.

In vielen Ländern wurde der Notstand ausgerufen, und die Behörden versuchten verzweifelt, die Finsternis zu erklären. Als am nächsten Tag mit der Sonne auch die Elektrizität zurückkehrte, rief der amerikanische Präsident in einer Fernsehansprache seine Nation und die Welt zu Ruhe und Besonnenheit auf.

»Bisher gibt es noch keinen Beweis«, erklärte er, »dass zwischen den jüngsten Vorfällen und der Prophezeiung des Roten Papstes ein Zusammenhang besteht oder dass es sich bei dieser Prophezeiung nicht um einen Schwindel handelt. FBI und Küstenwache haben den ungewöhnlichen Schritt unternommen, sich an Bord der immer noch in internationalen Gewässern kreuzenden Roten Arche zu begeben und dort eine gründliche Untersuchung durchzuführen. Was noch wichtiger ist: Nichts von dem, was Kardinal Accosta gesagt hat, hat irgendeine Auswirkung auf die Gesetze dieses Landes. Ich kann nicht bestimmen, was im Himmel oder in der Hölle geschieht, aber auf dieser Welt kann ich es. Ungeachtet dessen, was andere glauben mögen, glaube ich, dass das Gesetz seine Gültigkeit behält und weiterhin befolgt werden muss. Ich weiß zwar nicht, wer im nächsten Leben bestraft wird und wer nicht, aber eines kann ich Ihnen versichern: Wenn Sie gegen das Gesetz verstoßen, werden Sie in *diesem* Leben bestraft. Wenn Sie auch den Glauben an alles andere aufgegeben haben, bewahren Sie sich den Glauben daran.«

Soames, der allein im Besprechungszimmer des schwarzen Sektors saß, sah Nachrichten und streichelte dabei seine Wölfe. Selbst als die Sprecher von CNN und BBC meldeten, eine prekäre Ruhe sei wiederhergestellt, lächelte er. Er wusste, die Welt wappnete sich für den Sturm, der über sie hereinbrechen würde.

49

VenTec. Ein Tag später

Um VenTec braute sich ein Unwetter zusammen. Dunkle Schneewolken verhüllten die Berggipfel, und der Hubschrauber, der die Mitglieder des Wahrheitsrates zur Foundation zurückbrachte, wurde von heftigen Böen durchgeschüttelt.

»Kein Grund zur Panik«, sagte Soames aufmunternd, als er Carvelli und Virginia Knight im Foyer in Empfang nahm. »Es muss nicht unbedingt eine Katastrophe sein.« Carvelli wirkte total aufgelöst: Sein schönes dunkles Gesicht war blass, sein sonst so tadelloses Haar zerzaust. Virginia Knight sah noch schlimmer aus: Das Entsetzen darüber, was sie an Bord der Roten Arche gesehen hatte, stand ihr ins Gesicht geschrieben. Sie schien am Rand eines Nervenzusammenbruchs.

»Nach unserer Abreise wimmelte es auf der Arche plötzlich von FBI-Agenten«, sagte Carvelli. »Sie muss überwacht worden sein, seit wir den Tag der Seelenwahrheit angekündigt haben. Und als das erste Zeichen über die Welt hereinbrach und eine Panik auslöste, kamen sie an Bord. Hätten wir auch nur einen Moment länger gewartet, müssten wir jetzt wahrscheinlich eine Menge unangenehmer Fragen beantworten.«

»Hier haben Sie nichts zu befürchten.« Soames legte Virginia Knight die Hand beruhigend auf den Unterarm. »Wir müssen bloß noch einmal zusammenkommen und uns gemeinsam Gedanken darüber machen, was von der ganzen Sache zu halten ist.«

Er blickte zu Tripp und Bukowski hinüber, die sich mit ausdruckslosen Mienen den Schnee von ihren Polarjacken klopften, als sie den zwei Mitgliedern des Wahrheitsrates ins Innere der Foundation folgten. Sie erwiderten seinen Blick mit einem wissenden Nicken und steuerten zielstrebig auf den Lift zum roten Sektor zu.

»Wo haben Sie Monsignore Diageo gelassen?«, fragte Soames die Neuankömmlinge. »Ich dachte, er würde mit Ihnen zurückkommen – zur …«, er suchte nach einem passenden Begriff, »… Obduktion.«

Virginia Knight war außer Stande, etwas zu sagen. Sie schüttelte nur den Kopf. Ihr blondes Haar schien in den letzten paar Tagen deutlich mehr graue Strähnen bekommen zu haben.

»Er ist tot«, sagte Carvelli stockend. »Er hat sich vom höchsten Deck der Roten Arche gestürzt.«

»Obwohl er wusste, dass er im Tod kein Vergessen finden würde«, fügte Knight hinzu.

»Er ist in Panik geraten«, sagte Soames, »und wir müssen alle aufpassen, dass es uns nicht genauso ergeht.«

Er führte sie in den schwarzen Sektor zurück. Die Flure der Foundation waren verlassen. Neben einem eigenen Generator verfügte die ehemalige Bohrplattform auch über alle sonstigen Versorgungseinrichtungen und war dank ihrer sterilen Räumlichkeiten, die ein Minimum an Wartung erforderten, vollkommen autark. Bis auf einige wenige unentbehrliche Mitarbeiter hatte Soames am Tag vor der Prophezeiung des Roten Papstes das gesamte Personal evakuiert.

Die Glassplitter im Besprechungszimmer des schwarzen Sektors hatte er zwar entfernen lassen, aber die Spiegelwand war noch nicht ersetzt worden. Der starke Nachhall in den angrenzenden Labors veränderte die Akustik des vergrößerten Raums und ließ ihn kälter erscheinen. Die Wölfe kauerten reglos am Boden, als Knight und Carvelli am Konferenztisch Platz nahmen.

Soames schenkte ihnen aus einer Thermoskanne Kaffee ein. Er selbst nahm einen Schluck Cola.

Knight stützte den Kopf in die Hände. »Alles, was wir getan haben, war umsonst – die Morde, all die Zeit und Energie, die wir geopfert haben. Nicht für ein einziges unserer Verbrechen gibt es eine Rechtfertigung.«

Soames lächelte. »Das spielt doch jetzt kaum mehr eine Rolle, oder?«

Knight sah ihn entsetzt an. »Wir wurden vom Satan dazu benutzt, etwas zu tun, was wir für Gottes Willen hielten. Wir haben in dem Glauben, es sei gut, Böses getan. Das spielt sehr wohl eine Rolle.«

Soames' Grinsen wurde breiter. »Warum? Zugegeben, Gott hat sich als der Teufel entpuppt – aber was macht das schon. Im Übrigen ist das sogar eine erfreuliche Nachricht. Wenn es keinen Gott gibt, können Sie nicht für Ihre Sünden bestraft werden.«

»Wie können Sie so etwas sagen, Bradley? Sie haben doch auch an die Sache geglaubt. Wie kann Sie das alles vollkommen kalt lassen?«

»Sagen wir mal, ich bin nicht sonderlich überrascht.« Er deutete auf sein vernarbtes Gesicht. »Bloß weil Sie nicht so geboren wurden wie ich, denken Sie gleich, Gott muss ein richtig netter Kerl sein. Ich hatte diesen Schweinehund immer schon im Verdacht, ein Sadist zu sein. Wenn er jetzt also als der Teufel enttarnt worden ist, fällt mir, muss ich gestehen, fast ein Stein vom Herzen. Zumindest erklärt das eine Reihe von Dingen und entlarvt vor allem endlich diesen ganzen verqueren Mist, den die Kirchen von sich gegeben haben, um irgendwie erklären zu können, wie ihr allwissender, allmächtiger Gott so viel Elend auf der Welt zulassen konnte.«

Er lächelte Knight an, die ihn mit offenem Mund anstarrte. »Genau besehen, war es sogar richtig erfrischend und befreiend, was uns die Seele des Roten Papstes enthüllt hat. Das ist der Grund, weshalb das Ganze keine Rolle spielt. Schließlich hat sich nichts geändert.«

»Von wegen«, sagte Knight erzürnt. »*Alles* hat sich geändert.«

Soames lachte. »Nein, nichts hat sich geändert. Das Einzige, was sich ändern muss, ist, was *Sie geglaubt haben*. Seien Sie doch nicht so melodramatisch, Virginia. Es ist keineswegs so, dass Gott plötzlich seine Koffer gepackt und sich verdrückt hat. Er war nie da – Sie haben es nur nicht gewusst. Jetzt wissen Sie wenigstens, dass das Leben nichts weiter als ein Spiel mit manipulierten Würfeln ist, und zwar zu Ihrem Nachteil. Hören Sie also endlich auf zu jammern und machen Sie lieber einfach weiter wie bisher.«

Virginia Knights Augen war ganz klein geworden vor Hass und Abscheu. Sie saß vollkommen reglos da und starrte Soames durchdringend an. »Sie haben nie an Gott geglaubt, stimmt's?«

Soames sagte nichts. Aber fast hätte er ihr alles erzählt. So stark war sein Bedürfnis, ihr das geheime Wissen mitzuteilen, das er in seinem Herzen verschlossen hielt. Aber er musste Geduld haben. Die lange Zeit des Wartens war fast vorbei.

»Jetzt aber mal halb lang«, schaltete sich Carvelli ein. Sein breites Grinsen war gezwungen, aber sein Selbstvertrauen kehrte zurück. »Wir werden doch jetzt nicht übereinander herfallen. Das Ganze war ein Fehlschlag, eine herbe Enttäuschung, aber wir dürfen nicht den Kopf verlieren. Bradley hat Recht, Virginia. Vielleicht sollten wir diese neue Weltsicht akzeptieren und versuchen, uns auf sie einzustellen.«

Knight stieß einen langen Seufzer aus.

Soames neigte sich ihr zu. »Virginia, wir müssen das Beste aus der Situation machen. Und wie Sie in aller Unmissverständlichkeit zum Ausdruck gebracht haben, haben wir gesündigt – nicht unbedingt in den Augen unseres neuen Herrn und Gottes, aber wir haben gegen das Gesetz verstoßen.«

Carvelli blickte erschrocken auf. »Wird das FBI auf der Roten Arche denn etwas finden, was zwischen uns und den Morden einen Zusammenhang herstellt und …?«

»Machen Sie sich wegen der Roten Arche mal keine Sorgen. Die Behörden haben alle Hände voll zu tun, der Bevölkerung das erste Zeichen zu erklären und sich auf die nächsten Zeichen vorzubereiten. Worüber wir uns allerdings tatsächlich Gedanken machen sollten, sind die Zeugen unserer übereifrigen und, bei genauerer Überlegung, törichten Morde und Entführungen.«

Das Entsetzen in Knights Miene nahm zu. »Was sagen Sie da?«

»Amber Grant und Miles Fleming stellen schwerwiegende Risiken dar.«

»Aber der Rote Papst hat gesagt, wir sollten Ihnen nichts tun«, sagte Knight automatisch. »Er sagte, die Gewalt –«

Soames lachte schallend los. »Aber er hat sich doch *geirrt*, oder nicht? Sie haben es immer noch nicht begriffen, Virginia? Der Rote Papst war ein aufgeblasener Narr, der keine Ahnung hatte und sich die ganze Zeit nur selbst etwas vorgemacht hat.« Er sah zuerst Carvelli in die Augen, dann Knight. »Schauen Sie, die Sache ist doch ganz einfach. Fleming und Grant müssen ein für alle Mal zum Schweigen gebracht werden, damit wir diese bedauerliche

Geschichte vergessen und wie gehabt mit unserem bisherigen Leben fortfahren können. Und hören Sie endlich auf, so ein entsetztes Gesicht zu machen, Virginia. Jetzt, wo es keinen Gott mehr gibt, der Ihnen Ihre guten Taten anrechnet, ist Ihr Gewissen überflüssig.«

»Dann gibt es eben keinen Gott«, rief Virginia Knight. »Aber was ist mit unserer *Menschlichkeit*? Was ist mit unserem *menschlichen* Glauben an das, was richtig ist und was falsch?«

Soames' Stimme war nur ein verächtliches Flüstern. »Was ist denn damit, Virginia? Was ist mit dieser kostbaren Menschlichkeit, die Sie plötzlich entdeckt haben? Ist es dieselbe Menschlichkeit, die Ihnen gestattet hat, bei der Tötung hunderter todkranker Patienten mitzumachen, nur weil Sie dachten, Sie würden Gott dienen?«

50

Sicherheitsverwahrung im schwarzen Sektor. Zwei Stunden später

Amber schlief. Sie befand sich in ihrem Zimmer, zwei Türen von dem Flemings entfernt. Nach dem Tod ihrer Mutter war sie zu aufgewühlt gewesen, um Ruhe zu finden, aber nach dem Tag der Seelenwahrheit und dem dadurch ausgelösten Chaos hatte sich ihrer eine seltsame Ruhe bemächtigt. Sie war in einen tiefen Schlaf gesunken, wie sie ihn bis dahin nie erlebt hatte. Er durchdrang sie bis in ihr Innerstes, entspannte ihre Muskeln und baute den Stress und die Angst ab.

Sie trat mit heiterer Gelassenheit in das Traumstadium ein, setzte sich nicht zur Wehr, zeigte keinerlei Zeichen von Unruhe. Im Gegenteil, sie lag vollkommen reglos da, und obwohl ihre Augäpfel beim Eintritt in die REM-Phase die typischen Anzeichen von Bewegung zeigten, blieben ihre Lider geschlossen, und ihr Atem ging vollkommen regelmäßig.

Dann begab sich ihr Geist, wie er das schon so oft getan hatte, auf seine Reise in den Tod.

Die Dunkelheit umhüllt sie wie ein samtener Kokon, und eine betäubende Ruhe bemächtigt sich ihrer. Hier kann ihr kein Leid geschehen. Selbst als sie den vertrauten Lichtpunkt sieht und spürt, wie sie durch den schwarzen Strudel auf ihn zurast, bleibt sie gelassen. Diesmal ist sie auf ihrer Reise nicht allein. Bei ihr ist ein Wesen, das sie führt. Als sie sich dem Lichtkegel nähern, ist es, als wären sie und Ariel nie getrennt gewesen. Sie verschmelzen und werden eins, und Amber weiß alles, was Ariel weiß.

Als sie durch das Dunkel schießen, wird ihr klar, dass Ariel im

Niemandsland zwischen Leben und Tod auf sie gewartet hat. Ungeduldig wurde ihre Schwester erst in dem Moment, als Bradley Soames zu Beginn seiner Experimente mit todkranken Patienten die menschliche Seele entdeckte. In diesem Moment brach der Welle-Teilchen-Dualismus von Seele und Körper zusammen, und das führte zu einer so starken Verwerfung der universellen, Leben und Tod verbindenden Membran, dass Ariel davon tangiert wurde und ihre Zwillingsschwester Amber, die immer noch mit ihr in Verbindung stand, Phantomschmerzen bekam.

Ambers Todesträume waren ausgelöst worden durch Ariels Versuche, sie zu warnen und ihr mitzuteilen, dass sie Soames' Experimente unterbinden müsste. Die Verbindung zwischen den beiden war so beschaffen, dass Ariel ihre Schwester jedes Mal von sich stieß, wenn sie Ambers Eintritt in die Traumphase dazu nutzen wollte, sich Zugang zu ihrem lebenden Bewusstsein zu verschaffen. Umso aggressiver Ariel sich durch die Drehtür zum Leben zu zwängen versuchte, umso schneller wirbelte Amber von ihr fort dem Tod entgegen. Ironischerweise hatten Soames' Experimente mit Amber zur Folge gehabt, dass Ariel schließlich doch mit ihr in Verbindung treten konnte, bevor sie ihre lang hinausgeschobene Reise in den Tod fortsetzte. Und während ihre Schwester sie jetzt zum Licht begleitet, weiß Amber, dass Ariel ihr Lebewohl sagt. Sie weiß auch, dass Ariel ihr etwas zeigen möchte.

Beim Eintritt in den Lichtkegel bewegen sie sich so schnell, dass das Licht um sie herum stillzustehen scheint, wie ein erstarrter Blizzard aus silbernen Teilchen. Sie bewegt sich nicht mehr durch die Helligkeit hindurch, sondern verschmilzt mit ihr, wird Teil der sie umgebenden Photonen. Doch seit Ariel bei ihr ist, hat sie keine Angst mehr. Die nächsten paar zeitlosen Momente sind sie wieder vereint, die tanzenden Zwillinge, die sich im selben Takt, in vollkommenem Einklang miteinander bewegen. Und als sie sich der Spitze des Kegels nähern und schließlich mit dem Ursprung des Lichts verschmelzen, durchströmt Amber ein Gefühl tiefer Glückseligkeit. Dann spürt Amber, dass sie zwar ein eigenes Wesen ist – *sie selbst* –, aber auch Teil ihrer Schwester und Teil eines größeren Ganzen, eines größeren Selbst.

Dann löscht eine grelle bläulich weiße Supernova alles aus, und ein wirbelnder Mahlstrom aus Licht verschlingt sie, zerlegt sie in ihre Bestandteile und fügt sie wieder zusammen, immer und immer wieder.

Dann kommt der Licht-Sturm plötzlich zum Erliegen, und sie ist allein und wartet darauf, vom Licht fort und zurück ins Leben gezogen zu werden. Aber sie empfindet keine Trauer und keinen Schmerz über den Verlust. Stattdessen fühlt sie sich zum ersten Mal ganz. Als sie an der Spitze des Kegels verharrt, kehrt ihr Sehvermögen zurück, und das grelle Licht, das bisher nur geblendet hat, erleuchtet jetzt. Wie ein Bergsteiger, der von einem Berggipfel auf eine sonnenbeschienene Ebene hinabblickt, kann sie deutlich sehen, wohin ihre Schwester gegangen ist. Und ihre Adoptivmutter. Und alle, die sie geliebt hat.

In dem atemberaubenden Moment der Erleuchtung, bevor sie wieder in den Strudel zurückgerissen wird, erhascht sie einen Blick auf das, was sich hinter dem Ursprung des Lichts, im Jenseits, befindet.

»Aufwachen, Amber! Aufwachen!«

In ihrem verwirrten und desorientierten Zustand konnte Amber zunächst nicht feststellen, ob die vertraute Stimme aus der Wirklichkeit kam oder aus ihren Träumen. Dann öffnete sie die Augen und sah Soames, flankiert von den zwei Wölfen, im Halblicht der offenen Tür stehen. »Ich wollte nur sehen, ob Ihnen auch nichts fehlt«, sagte er leise. Nach allem, was Amber in der vergangenen Woche durchgemacht hatte, war seine Besorgnis deplatziert und der Zeitpunkt schlecht gewählt.

Amber stand auf und ging über den Teppich auf ihn zu. »Ich konnte nie verstehen, warum Sie mit Accosta gemeinsame Sache gemacht haben … Sie haben doch nie an ihn geglaubt, oder? Irgendwie haben Sie schon die ganze Zeit gewusst, was er herausfinden würde. Sie wussten, es würde schrecklich sein.«

»Amber, ich wollte einfach herausfinden, was passiert, wenn wir sterben. Das ist nichts anderes, als auch Miles herausbekommen wollte – oder jeder beliebige andere Wissenschaftler, der diese Bezeichnung verdient, vorausgesetzt, er hätte das erforderliche technische Rüstzeug zur Verfügung. Ich hatte dieses Rüstzeug, und Sie haben mir geholfen, es zu entwickeln. Ich habe nichts anderes getan, als die Wahrheit zu suchen. Ist das so verwerflich?«

»Was ist mit den Methoden, mit denen Sie Ihr Ziel verfolgt haben? Sie haben Menschen entführt und ermordet.«

»Das war notwendig, Amber.«

»Warum?«

»Um die *Wahrheit* herauszufinden.«

»Aber das ist doch das Verrückte, Bradley. Ich bin gar nicht sicher, ob Sie tatsächlich die Wahrheit gefunden haben. Jedenfalls nicht die ganze Wahrheit. Das kann nicht alles –«

»Glauben Sie wirklich?« Soames hatte nachdenklich die Stirn gerunzelt, als dächte er ernsthaft über ihre Argumente nach. »Nein«, sagte er schließlich abrupt. »Das ist alles. Es gibt nur diese Wahrheit. Und wenn die Zeichen eintreten, werden auch Sie das einsehen.«

Sie trat näher auf ihn zu. »Und wenn Accosta nur eine Halbwahrheit verkündet hat, Bradley? Wünschen Sie sich denn gar nicht, dass er sich getäuscht hat? Also, ich hoffe inständig, dass er sich getäuscht hat. Das ist nur natürlich. Selbst Sie müssen sich das wünschen, Bradley, oder etwa nicht?«

Als er sich zum Gehen wandte, fiel das Licht vom Flur auf sein Gesicht und seine Augen. Dass er eigenartig war, wusste Amber, seit sie ihn kennen gelernt hatte, aber sie hatte es bisher immer auf seinen außergewöhnlichen Intellekt und das seltsame Leben zurückgeführt, das er infolge seiner Krankheit zu führen gezwungen war. Doch in dem Moment, in dem sie jetzt seine Augen sah, merkte sie, dass es mehr war als das. Er war nicht bloß exzentrisch oder ohne Mitgefühl, er war ohne jede Emotion. Was sie in seinen Augen sah, war nicht das Böse; sie sah dort etwas viel Erschreckenderes.

Sie sah ein Vakuum.

51

Siebenundzwanzig Stunden nach der Prophezeiung des Roten Papstes ließen die Medien die streng geheim gehaltenen Erkenntnisse an die Öffentlichkeit dringen, zu denen FBI-Agenten, eine Gruppe von Spitzenwissenschaftlern und eine Delegation des Instituts der Wunder aus dem Vatikan übereinstimmend gelangt waren. Alle im Auditorium Anwesenden, welche die Vorfälle mit eigenen Augen beobachtet hatten, darunter auch die zu der Veranstaltung eingeladenen Vertreter der großen Weltreligionen, waren als Zeugen vernommen worden.

Obwohl die an den Ermittlungen beteiligten Personen alles daransetzten, die Offenbarung des Roten Papstes als Schwindel zu entlarven, mussten sie nach einer gründlichen Untersuchung seiner Leiche und der aufwändigen technischen Geräte zugeben, dass der einzige Input für das Hologramm aus dem NeuroTranslator gekommen war und die einzige Quelle der NeuroTranslator-Signale die Glaskugel um den Kopf von Accostas Leiche gewesen war. Diese technischen Fakten sowie die Aussagen derer, die sich während der Veranstaltung an Bord der Roten Arche befunden hatten, ließen für den Untersuchungsausschuss keinen anderen Schluss zu, als dass es »für den Vorfall keine natürliche Erklärung gibt«. Eine nicht-amtliche Quelle wurde mit der Aussage zitiert, wenn es sich dabei um einen technischen Trick handle, grenze »dieser Schwindel nicht weniger an ein Wunder, als wenn Accostas Seele tatsächlich nach dem Tod gesprochen hätte …«.

Associate Director Morgan Jones vom FBI, ein großer Schwarzer, der die Ermittlungen leitete, hielt zwei Pressekonferenzen ab, in denen er diese Diagnose offiziell bestätigte und sich gleichzeitig große Mühe gab, mit vielen Worten nichts zu sagen. Jedenfalls wurden seine Zurückhaltung und das »Kein Kommentar«, mit dem der Vatikan zu den Äußerungen des Roten Papstes Stellung nahm, als Bestätigung der an die Medien durchgesickerten Ermittlungsergebnisse und vor allem auch von Accostas letzten Worten aufgefasst.

Fleming, der die Entwicklung, in seiner Unterkunft eingeschlossen, nur im Fernsehen verfolgt hatte, konnte seine Frustration nur durch Auf- und Abgehen abreagieren. Er war einfach nicht in der Lage, stillzusitzen, während er sich, innerlich zutiefst aufgewühlt, anhand der ihm verfügbaren Informationen darüber klar zu werden versuchte, was er mittlerweile glauben sollte. Er hatte seit der Prophezeiung des Roten Papstes kein Auge mehr zugedrückt und war zusehends mehr zu der Überzeugung gelangt, dass sie ein Körnchen Wahrheit enthalten musste. Was Accosta enthüllt hatte, stimmte zu genau mit der Theorie überein, auf die seine atheistischen Ansichten hinausliefen: dass die Religion eine unheilvolle Macht auf dieser Welt war.

Ein Geräusch auf dem Flur ließ ihn innehalten. Die Tür ging auf, und Bradley Soames kam herein. Die Wölfe standen hechelnd bei Fuß. Er strahlte übers ganze Gesicht. »Wie geht es Ihnen, Miles?«

Fleming antwortete nicht.

»Sagen Sie schon«, drängte Soames. Er führte die Wölfe in den Raum und schloss die Tür. »Was ist es für ein Gefühl, seine schlimmsten Befürchtungen bestätigt zu finden?« Er klang auf kühle Art interessiert. »Was ist es für ein Gefühl, zu wissen, dass Ihr Bruder jetzt wahrscheinlich leiden muss und dass Sie nicht versucht haben, ihn zu retten? Wie reagiert jemand wie Sie, der sein ganzes Leben lang versucht hat, das Leid auf dieser Welt zu lindern, und sich auf die süße Erlösung vollkommenen Vergessens in der nächsten verlassen hat, wie reagiert so jemand auf die Tatsache, dass der Tod nur noch mehr willkürliches Leid bringt, und zwar *für immer*?«

Fleming sagte nichts und sah ihn auch nicht an.

»Was ginge wohl in Ihren Eltern vor, wenn sie wüssten, dass ihr geliebter ältester Sohn tot ist und leidet, weil ihr jüngerer Sohn ihn nicht retten wollte? Was würde Ihr Neffe davon halten? Er heißt doch Jake, oder nicht? Wie würde er das aufnehmen? Ich glaube, er würde daran zugrunde gehen. Meinen Sie nicht auch?«

Fleming schwieg immer noch.

»Aber das ist kein Grund, unglücklich zu sein, Miles«, fuhr Soames fort. »In vieler Hinsicht hatten Sie Recht. Es gibt keinen Gott im christlichen Sinn. Es gibt keinen höchsten Richter, der dafür sorgt, dass im Jenseits jeder den Nachtisch erhält, den er verdient hat. Es gibt nur einen bösen Herrn des Chaos. Der einzige Unterschied zwischen dem, was Sie früher geglaubt haben und jetzt *wissen*, ist die Gewissheit, dass das Chaos und das Leid nie ein Ende nehmen, wenn Sie sterben.«

Mit tränenüberströmtem Gesicht sank Fleming in die Knie.

Soames trat näher. »Sie tun mir wirklich Leid. Es muss schwer sein, mit dem Wissen weiterzuleben, welch schreckliches Schicksal Sie Ihrem Bruder beschert haben.«

Plötzlich griff Fleming mit beiden Händen nach Soames' rechter Hand und packte sie ganz fest. Die Wölfe richteten sich kaum merklich auf, aber Soames gab ihnen ein Zeichen, sich zurückzuhalten. »Es hat keinen Sinn, zu betteln, Miles. Ich kann Ihnen nicht helfen. Nicht jetzt.« Ein kurzes Lachen. »Oder sollten Sie etwa beten? Nein, das wäre dumm.« Er zog seine Hand zurück. »Warum beten, wenn niemand da ist, der einen hört?« Er führte die Wölfe aus dem Raum.

Fleming behielt die Hände ineinander verschlungen und blieb auf dem Boden, bis er hörte, wie die Tür sich schloss. Dann setzte er sich langsam auf und nahm die Hände auseinander.

52

Kommunikationsraum des weißen Sektors

Virginia Knights fahles Gesicht war ausdruckslos. Sie fühlte sich wie betäubt, umschlossen vom Vakuum ihres inzwischen fehlenden Glaubens. Sie legte das Satellitentelefon in die Basisstation zurück. Ihr blieb keine andere Wahl.

Sie verließ den Raum und ging wie ein Zombie durch den verlassenen weißen Sektor zum Ausgang, wo sie durch die Glastüren das dichter werdende Schneetreiben sehen konnte. Mithilfe ihrer Diskette öffnete sie die Tür zum Survival-Raum. Da sie nicht wusste, was sie nehmen sollte, kramte sie eine Weile unschlüssig in den Vorräten und entschied sich schließlich für bereits verpackte Dinge, die sie in einem Rucksack verstaute.

Dann verließ sie den Survival-Raum und ging mit einem tiefen Seufzer ins Zentrum der Foundation zurück, zum schwarzen Sektor.

Der schwarze Sektor

Amber schritt hektisch in ihrem Zimmer auf und ab. Ihre Schritte spiegelten den heftigen Widerstreit der Gedanken in ihrem Kopf. Was sie in Soames' Augen gesehen hatte, hatte ihre Befürchtungen verstärkt, dass mit Accostas Offenbarung irgendetwas nicht stimmte. Sie hatte die Zeichen gesehen, die der Rote Papst angekündigt hatte, und das legte den Schluss nahe, dass an seinen Worten etwas Wahres sein musste. Dagegen hatte ihr Traum darauf hingedeutet, dass es eine Wahrheit gab, die im Widerspruch zu ihnen stand.

Schließlich setzte sie sich auf die Bettkante und stützte den Kopf in die Hände. Sie war sich immer noch nicht sicher, was Ariel ihr genau zu zeigen versucht hatte, aber sie wusste, dass sich ihre Schwester an einem Ort aufhielt, der vollkommen anders war als der, den der Rote Papst geschildert hatte.

Um sich zu beruhigen, beschwor sie in ihrer Erinnerung noch einmal den Moment herauf, in dem sie ihre Mutter zum letzten Mal lebend gesehen hatte – wie sie im Hospiz schlafend in ihrem Zimmer gelegen hatte, wie die Nachmittagssonne durch die transparenten Vorhänge gefallen war und das satte Grün der Balkonpflanzen geleuchtet hatte. Dieser friedvolle Augenblick tröstete sie ebenso gewiss, als hätte ihre Mutter ihr die Hand auf die Stirn gelegt.

»Vielleicht wollte mir Ariel etwas sagen«, sagte sie vor sich hin. »Etwas, das ich der Welt mitteilen soll …«

Amber blickte sich in ihrer Zelle um. Sie befand sich hier in den unzugänglichen Bergen Alaskas, nördlich des Polarkreises. Selbst wenn sie gewusst hätte, was die Botschaft war, die sie der Welt übermitteln sollte, wie hätte sie irgendjemanden erreichen sollen? Dieser Ort schien nicht einmal Teil dieser Welt zu sein.

Klick.

Amber fuhr herum und blickte zur Tür.

Bisher hatte sie nie vor Soames Angst gehabt, doch als sie sich nun auf eine weitere Auseinandersetzung gefasst machte, beschlichen sie böse Vorahnungen. Sie stand kerzengerade da und fixierte die Tür.

Diese öffnete sich langsam.

Die Silhouette war nicht die von Bradley Soames. Dafür war sie zu groß.

»Amber«, flüsterte die Gestalt drängend und betrat den Raum. »Lass uns hier verschwinden.«

Amber sah ihn mit offenem Mund an, und einen Moment schien ihr Herz stillzustehen. »Miles, wie bist du hier reingekommen? Oder genauer, wie bist du aus deinem *raus*gekommen?«

»Sagen wir einfach, ich habe mir von Bradley einen Schlüssel geborgt. Aber das erkläre ich dir später. Erst mal müssen wir von hier verschwinden.«

53

In den dunklen, verlassenen Fluren herrschte eine verräterische Stille. »Hast du schon einen Plan?«, fragte Amber.

»Alles zu seiner Zeit«, sagte Fleming. »Zuerst müssen wir aus dem schwarzen Sektor raus. Dann versuchen wir, in den Kommunikationsraum des weißen Sektors zu kommen und nach draußen zu telefonieren.«

»Wen willst du anrufen?«

»Das FBI – jeden, der uns zuhört.« Jetzt kam es vor allem darauf an, die Öffentlichkeit darüber zu informieren, was hier vor sich ging und welche Rolle Soames bei den jüngsten Ereignissen gespielt hatte. Am meisten beschäftigte Fleming jedoch die Frage, was sie danach tun sollten. Es würde einige Zeit dauern, bis Hilfe eintraf, und so lange wären sie Soames ausgeliefert. Wäre Fleming allein gewesen, hätte er versuchen können, vom Gipfel des Berges abzusteigen und sich zu der Rangerstation durchzuschlagen, die er auf dem Flug hierher gesehen hatte. Aber er musste auch an Amber denken.

Sie waren nur noch wenige Meter vom Ausgang des schwarzen Sektors entfernt, als er hinter der Glastür einen Sicherheitsbeamten stehen sah. Er drückte sich mit Amber an die Wand und zischte: »Wenn er weggeht, versuche ich die Tür aufzubekommen.«

Wenige Augenblicke später entfernte sich der Sicherheitsbeamte. »Los«, flüsterte Fleming und zog Amber zur Tür.

»Wie willst du sie aufkriegen?«, fragte Amber.

»Damit.« Fleming öffnete seine rechte Hand.

Amber blickte auf das kleine schwarze Fragment in seiner Handfläche, dessen eine Seite im schwachen Licht dunkel glänzte. Dann verzog sie das Gesicht. »Ist ja eklig.«

»Immerhin hat es uns bis hierher gebracht, zieh jetzt also nicht drüber her.« Er balancierte das Stückchen Schorf auf der Spitze seines rechten Zeigefingers und drückte es gegen die Sensorplatte neben dem Türschloss. Seine Fingerspitze wurde kurz heiß, als der Scanner eine mikroskopisch dünne Gewebeschicht abschälte. Er sah auf das rote Licht und betete, dass der Sicherheitsbeamte nicht zurückkäme. Das Licht blieb rot, und er fürchtete bereits, Soames wäre alarmiert worden.

»Mach schon, du Scheißding«, knurrte er, mit dem Schorf jonglierend. Er konnte Ambers Aufregung spüren, als sie dichter an ihn heranrückte.

Plötzlich wurde das Licht grün, und sie seufzten erleichtert auf.

Als die Tür aufging, huschten sie aus dem schwarzen Sektor und wandten sich nach links, der Richtung entgegengesetzt, in die der Sicherheitsbeamte gegangen war. Seit Betreten des weißen Sektors wurde Fleming das Gefühl nicht mehr los, dass ihnen jemand folgte. Doch jedes Mal, wenn er sich umdrehte, schien der Gang verlassen. Auf der linken Seite befand sich ein stark getöntes Fenster, das die Polarlandschaft dahinter in tiefes Blau tauchte. Über den Nachthimmel stoben dicke, wirbelnde Schneeflocken.

Amber deutete auf eine Tür ein Stück den Flur hinunter. »Dort ist es.«

Die Tür des Kommunikationsraums stand offen, und auf der Feststation lagen, exakt in einer Reihe ausgerichtet, drei mattgraue Satellitentelefone. Fleming spürte seine Aufregung nachlassen, als er nach dem ersten griff und es sich ans Ohr hielt. »Wen rufen wir an?«, fragte Amber. Fleming versuchte sich an den Namen zu erinnern, den er in den Fernsehnachrichten gehört hatte. »Den FBI-Agenten, der die Ermittlungen leitet.«

In diesem Moment ertönte hinter ihnen ein Geräusch, doch bevor Fleming den Kopf herumdrehen konnte, sagte eine Stimme: »Von hier können Sie niemanden mehr anrufen. Die Telefone funktionieren nicht mehr. Die Verbindung zur Außenwelt ist unterbrochen.«

Fleming wirbelte herum. In der Tür stand Virginia Knight. Ihre Augen waren blutunterlaufen, ihr Gesicht totenblass.

Sie fasste in ihre Tasche.

»Das ist für Sie, Miles«, sagte sie. »Es tut mir furchtbar Leid, dass es so kommen musste …«

54

Fleming reagierte schneller, als Amber Atem holen konnte. Eben noch hatte er mit dem Satellitentelefon in der Hand neben ihr gestanden, doch im selben Augenblick hatte er sich auch schon auf Virginia Knight geworfen und sie zu Boden gerissen.

Die Leiterin von Barley Hall setzte sich nicht zur Wehr, als Fleming in ihre Tasche griff, die Zugangsdiskette herausnahm und sich wieder aufrichtete. »Warum gehen die Telefone nicht?«, fuhr er sie aufgebracht an.

Knight sah ihn seltsam abwesend an. »Bradley hat alle Verbindungen zur Außenwelt gekappt. Nicht einmal ich kann nach draußen telefonieren. Das kann nur noch er.«

»Warum?«

»Keine Ahnung. Offensichtlich hat er den Verstand verloren. Ich weiß nur, dass er Sie töten will. Sie müssen unbedingt hier weg und Hilfe holen.«

»Wie stellen Sie sich das vor?«, platzte Amber heraus. »Dazu müssten wir den Berg hinunterklettern.«

»Eine andere Möglichkeit gibt es nicht«, sagte Fleming düster.

Knight blickte zu ihm hoch. »Ich könnte Ihnen helfen. Ich habe Karten von der Gegend hier und einen Plan des Gebäudes.«

»Wo?«

»In einem Rucksack im Survival-Raum.«

Einen Augenblick sah Fleming sie forschend an, dann zog er sie vom Boden hoch. »Kommen Sie mit.«

Sie setzten ihren Weg durch den verlassenen weißen Sektor fort und erreichten wenige Minuten später das Foyer. Fleming konnte bereits die blau getönten Eingangstüren mit dem eingravierten V und das dichte Schneegestöber dahinter sehen. Links von ihm war der Survival-Raum, in dem Klettergerätschaften,

Proviant und Spezialkleidung für die extremen klimatischen Bedingungen dieser Region gelagert waren. Er öffnete mit Knights Diskette die Tür und schob die Frauen nach drinnen.

Entlang einer Wand befanden sich lauter knallrote Survival-Anzüge der Firma North Face. Im Gegensatz zu normalen Kleidungsstücken hingen sie nicht an Haken, sondern standen wie Rüstungen frei da. Aus dem linken Hosenbein eines jeden Anzugs kam ein Kabel, das in eine Wandsteckdose führte, und darunter stand jeweils ein Paar Kinetic-Energy-Stiefel. Ein Regal enthielt wärmeisolierte Helme mit integrierten Schneevisieren und Lampen. Die offenen Regale an der gegenüberliegenden Wand waren voll mit fertig abgepacktem Proviant und Steighilfen: Seile, Äxte, Schneesägen, Eispickel. Fleming war beeindruckt, vor allem von den Survival-Anzügen: Sie befanden sich auf dem neuesten Stand, ähnlich der Ausrüstung, die er vor achtzehn Monaten auf einer Reise nach Chamonix dabei gehabt hatte.

Auf einer Bank in der linken hinteren Ecke des Raums waren zwei Survival-Outfits bereitgelegt, ein größerer und ein kleinerer. Daneben stand ein prall gefüllter Rucksack auf dem Boden. »Hier ist ein Satz Kleidung für jeden, und im Rucksack sind Ausrüstung und Proviant. Wahrscheinlich kennen Sie sich mit so etwas besser aus als ich, Miles, weshalb ich vorschlagen würde, Sie sehen selbst nach, was Sie sonst noch brauchen, und suchen alles Nötige für Amber zusammen.« Damit griff sie in den Rucksack, holte einen Palmtop-Computer heraus und gab ihn Fleming. »Da drauf finden Sie eine Karte von der Umgebung hier und Grundrisspläne der alten Bohrplattform von Alascon Oil. Ein Stück weiter östlich gibt es eine Rangerstation.«

Fleming nickte. »Die ist mir aufgefallen, als wir mit dem Hubschrauber hierher geflogen sind.«

»Ihre Anzüge sind mit Mikrophonen und Sendern ausgestattet. Damit können Sie sich untereinander verständigen und Notrufe abgeben. Da ihre Reichweite jedoch nur wenige hundert Meter beträgt, müssen Sie die Rangerstation erreichen, um sich mit der Außenwelt in Verbindung zu setzen. Sie ist zwar um diese Jahreszeit nicht besetzt, aber sie verfügt über eine bestens ausgestattete Kommunikationsanlage. Von dort können Sie eine Nachricht nach draußen schicken. Aber jetzt beeilen Sie sich – Sie haben nicht viel Zeit.«

Während Amber in ihren Anzug stieg, prüfte Fleming den Inhalt des Rucksacks. »Warum tun Sie das, Virginia?«, fragte er.

»Ich würde gern mehr tun, aber an den Hubschrauber kommen wir nicht ran.«

»Warum will er uns unbedingt umbringen?«, fragte Amber. »Mir ist natürlich klar, dass wir eine Bedrohung für ihn darstellen, aber wir sitzen hier fest, und es ist –«

»Das kann ich auch nicht verstehen. Bevor ich Sie geholt habe, habe ich versucht, die Behörden zu benachrichtigen. Ich wollte mich stellen und um Hilfe rufen, aber wie Sie sehen, ist das nicht möglich. Außerdem, selbst wenn ich nach draußen durchgekommen wäre, herrscht im Moment solches Chaos auf der ganzen Welt, dass es bestimmt eine Ewigkeit dauert, bis wieder Normalität einkehrt.« Sie ließ die Schultern sinken. Sie wirkte sehr verloren, eine gebrochene Frau. »Falls sie überhaupt wieder einkehrt.«

»Warum helfen Sie uns, Virginia?«, fragte Fleming. »Warum jetzt auf einmal?«

»Was ich getan habe, war nicht richtig, und deshalb möchte ich es wieder gutmachen. Ich bedaure zutiefst, was ich alles zugelassen habe – was ich getan habe.«

»Aber warum?«, drang er weiter in sie, während er prüfte, ob die Kabel an den Hosenbeinen von Ambers Survival-Anzug in ihre kinetischen Stiefel eingesteckt waren. »Wenn es keinen Gott gibt, besteht für Sie doch kein Grund, sich unseretwegen in Gefahr zu bringen. Haben Sie denn keine Angst vor Bradley?«

»Natürlich habe ich Angst. Aber das spielt jetzt keine Rolle mehr. Ich habe alles – Gutes wie Schlechtes – getan, weil ich dachte, ich würde damit der großen Mission des Roten Papstes und somit auch Gott dienen. Nach allem, was jedoch inzwischen passiert ist, gibt es nichts mehr, was mir noch jemand antun könnte. Ich habe nichts mehr zu verlieren; es gibt nichts mehr, woran ich noch glauben kann – außer an mich selbst. Und um mir selbst treu zu bleiben, muss ich Ihnen helfen. Wenn ich nicht wenigsten an der Überzeugung festhalten kann, dass mein Leben einen Sinn hatte, war alles umsonst.«

Fleming sah, wie verzweifelt und durcheinander sie war. Und dahinter erblickte er wieder die Frau, die er in Barley Hall gekannt hatte. »Kommen Sie einfach mit uns«, schlug er ihr deshalb vor.

»Nein, das geht nicht. Ich muss Soames im Auge behalten. Er ist nicht der, für den ich ihn gehalten habe. Ich habe den Eindruck, er wusste ganz genau, was der Rote Papst verkünden würde. Irgendwie steckt da mehr dahinter.«

»Meinen Sie, die Offenbarung des Roten Papstes war nicht unbedingt die ganze Wahrheit?«, fragte Amber.

Fleming sah Amber fragend an, aber bevor er etwas sagen konnte, antwortete Knight: »Sie haben das erste Zeichen gesehen – die Finsternis und was danach passiert ist. Das war der erste apokalyptische Reiter. In der Bibel heißt es in der Offenbarung des Johannes, dass der erste Reiter auf der Welt Unruhe stiften wird. Die anderen Reiter werden ihm folgen, und ich fürchte, dass sie den unwiderlegbaren Beweis erbringen werden, dass die Offenbarung des Roten Papstes die ganze Wahrheit war.«

»So einfach ist es sicher nicht«, sagte Amber. »Kann es auch nicht sein. Ich spüre, dass das noch nicht alles ist.«

Dann hörte Fleming ein Geräusch, das einen ganz elementaren Reflex in seinem Gehirn auslöste. Sein Herz begann schneller zu schlagen, und seine Muskeln spannten sich, bereit zur Flucht.

Er packte Amber und vergewisserte sich, dass die Reißverschlüsse ihres Anzugs hochgezogen waren, das Kragenmikrophon und die Helmlautsprecher funktionierten und die kinetischen Stiefel den restlichen Anzug mit Strom versorgten, wenn sie die Füße bewegte. »Spürst du, wie sich die Luft im Anzug erwärmt?«, fragte er.

Sie nickte.

»Gut. Lass die Reißverschlüsse alle zu und komm mit.« Er wandte sich Knight zu, die durch die Glastür in die Eingangshalle spähte. »Wollen Sie wirklich nicht mitkommen?«

Statt zu antworten, öffnete sie nur die Tür des Survival-Raums und rannte zum Ausgang.

Fleming warf sich den Rucksack über die Schulter und lief zur Tür. In diesem Moment hörte er das Geräusch wieder.

Das Heulen von Wölfen.

Aus dem Augenwinkel sah er, wie sich etwas bewegte, und er wirbelte herum. Etwa fünfzehn Meter hinter ihm, unmittelbar hinter der Tür des Survival-Raums, standen Soames und seine Wölfe, die Fleming mit ihren gelben Augen unverwandt anstarrten.

Als Fleming neben Virginia Knight in der Tür stehen blieb, fragte er sich unwillkürlich, wie viel Schutz die Survival-Anzüge bei einem Angriff der Wölfe bieten würden. Sie hatten zwar einen Aluminiumrahmen, aber der diente zur Befestigung der Kletterseile. Und die für die Raumfahrt entwickelte Beschichtung war auf Leichtigkeit und Wärmeisolation ausgelegt, nicht auf den Schutz vor Zähnen und Klauen.

»Sie wollen schon gehen?«, sagte Soames ruhig. Sein narbenübersätes Gesicht war gerötet, seine Augen weit aufgerissen und starr. Er sah aus, als könnte er sich kaum mehr beherrschen.

»Lassen Sie sie gehen, Bradley.« Virginia Knights Stimme zitterte vor Angst. »Es ist aus. Das Soul Project ist fehlgeschlagen. Außerdem haben Sie sowieso nie daran geglaubt. Sie sind nie einer von uns gewesen.«

»Oh, und ob ich das war. Ich war immer gläubig, Virginia, bin es auch jetzt noch. Es ist nur so, dass weder Sie noch Accosta mich jemals gefragt haben, an *wen* ich glaube.«

Virginia Knights Körper durchlief ein sichtbares Zittern. »Wenn das so ist, haben Sie ja bekommen, was Sie wollten. Sie haben gewonnen. Das müsste Ihnen doch genügen. Was müssen Sie da noch mehr Menschen töten oder ihnen Leid zufügen?«

»Ist das, was Sie wollten, Bradley?«, schaltete sich Amber an dieser Stelle unvermittelt ein. »Der Welt zeigen, dass sie vom Teufel regiert wird?«

Soames lächelte. »Das spielt doch jetzt kaum noch eine Rolle, Amber, nicht wahr?«

»Und ob es eine Rolle spielt«, sagte Amber. »Denn die Seelenwahrheit des Roten Papstes ist vielleicht nicht die einzige Wahrheit.«

Als Soames die Augen zusammenkniff, sah Fleming, wie er und Amber einen wissenden Blick austauschten. »Ich glaube, *Sie* haben begriffen, warum ich Sie und Miles nicht am Leben lassen kann«, sagte Soames.

Plötzlich kam Carvelli aus dem weißen Sektor. »Bradley? Virginia? Was ist hier los?«

Im selben Moment tat Virginia Knight zwei Dinge. Sie stieß Fleming mit aller Kraft gegen die Brust, sodass er das Gleichgewicht verlor, durch die Tür in die eisige Nacht hinausstolperte und sie und Amber mit sich zog. Und dann streckte sie ihre Hand noch einmal nach drinnen, um ihre Diskette aus dem elektronischen Schloss zu ziehen, sodass die Schiebetür zuging und sie aussperrte.

Dann blickte sie durch das Glas zu Soames hinein. Da sie nur ihr dünnes blaues Kostüm anhatte, zitterte sie vor Kälte, aber aus ihrer Miene sprach keine Angst. Als Soames die Hand nach dem Schloss ausstreckte, rief sie: »Bradley, ich weiß, warum die Offenbarung des Roten Papstes Sie nicht überrascht hat.«

Fleming und Amber versuchten sie von der Tür fortzuziehen, aber sie rührte sich nicht von der Stelle. Sie sah Fleming an und sagte: »Geht.«

»Nicht ohne Sie.«

»*Geht*«, wiederholte sie, bevor sie sich wieder Soames zuwandte, der auf seine Wölfe einredete, die winselnd an der Tür kratzten, um nach draußen gelassen zu werden. Als Soames den Finger auf den DNS-Scanner legte, um die Tür zu öffnen, drehten die Tiere fast durch.

Fleming packte Amber am Arm. »Schnell weg hier.« Als er sich Virginia Knight zuwandte, verriet ihm ihr Blick, dass sie nicht mitkommen würde.

»Gehen Sie, Miles«, schrie sie. »Ich kann Ihnen einen Vorsprung verschaffen.« Dann wandte sie sich wieder Soames zu. Als sich der erste Wolf zwischen den Schiebetüren hindurchzwängte und auf sie stürzte, sagte sie vollkommen ruhig: »Sie beten nicht nur den Teufel an, Bradley. Sie –«

Vielleicht war es der böige Wind, der ihr die Worte abschnitt, vielleicht der erste Wolf, der ihr an die Kehle ging. Als sich der zweite Wolf in ihre Kniesehne verbiss, zwang sich Fleming, sich auf Ambers Rettung zu konzentrieren. Er sah nicht mehr, wie sich der Schnee um Virginia Knights zuckenden Körper rot verfärbte oder wie Carvelli bleich vor Entsetzen durch die Glastür starrte. Oder wie Bukowski und Tripp aus dem Innern des Gebäudes kamen und zum Ausgang eilten.

Fleming konzentrierte sich jetzt ganz darauf, Amber durch den schneidenden Wind und das nächtliche Schneetreiben zu ziehen.

55

Amber war froh über die beißende Kälte und Flemings knappe Befehle: Sie lenkten sie ab von dem, was sie gesehen hatte und was hinter ihr im Dunkeln geschah.

»Bleib immer ganz dicht bei mir und tu genau, was ich dir sage«, keuchte seine Stimme aus den Lautsprechern in ihrem Helm. Er rannte über die stählerne Plattform auf den Hubschrauberlandeplatz zu und zog ein Seil aus seinem Rucksack. Ein Ende machte er an einem Ring an der Taille ihres Anzugs fest, das andere an seinem. »Wenn wir irgendwo einen Haken befestigen können, seilen wir uns ab. Sonst steigen wir ab. Okay?«

»Okay«, antwortete sie, obwohl sie nicht verstand, wovon er redete. Wegen der Steigeisen, die sich bei jedem Schritt tief ins Eis gruben, fiel ihr das Laufen sehr schwer. »Wo willst du hin?«

Fleming deutete in die von Schneeflocken wirbelnde Dunkelheit, aber außerhalb der Reichweite der Außenscheinwerfer von VenTec konnte sie nichts erkennen. »Mach deine Helmlampe an.«

Als sie, wie Fleming es ihr im Survival-Raum gezeigt hatte, auf den Knopf am Riemen drückte, hörte sie ein Klicken, und dann stach der Strahl der Helmlampe in die Nacht hinaus. Sie war froh über das Licht, auch wenn es ihr in dieser dunklen und unwirtlichen Umgebung jämmerlich schwach vorkam.

Fleming, der ein paar Meter vor ihr stehen geblieben war, beugte sich vor und verschwand plötzlich. Hektisch um sich blickend, rannte Amber gegen den Wind an und versuchte, ihn im Schneegestöber zu finden.

Dann hörte sie seine Stimme. »Bleib stehen und schau nach unten.«

Einen Meter vor ihr war das Geländer, das um die Stahlplattform mit dem Hubschrauberlandeplatz lief. Dahinter war nichts. Sie beugte sich über das Geländer und sah, wie sich Fleming an einer der Stützen unter der ehemaligen Bohrplattform sicherte. Sie konnte kaum glauben, wie rasch er sich über das Geländer geschwungen hatte und an den Streben nach unten geklettert war. Obwohl er über dem Abgrund hing, schien er die Ruhe in Person, und jede seiner Bewegungen wirkte flüssig und gekonnt. Dann hob er die rechte Hand und gab ihr durch Zeichen zu verstehen, ihm zu folgen.

Sie zögerte.

»Steig einfach über das Geländer und klettere zu mir runter«, kam seine ruhige Stimme aus den Lautsprechern ihres Helms. »Ich habe mich an der Stütze gesichert, und du bist an mir festgebunden. Wenn du fällst, halte ich dich.«

Sie hatte immer schon Höhenangst gehabt.

»Komm«, redete er ihr gut zu. »Dort oben zu bleiben, ist wesentlich gefährlicher, als hier runter zu klettern.«

Sie zögerte immer noch, versuchte sich ein Herz zu fassen.

Doch als sie plötzlich die Wölfe hörte und spürte, wie sie auf sie zurannten, besiegte eine Angst die andere. Sie kletterte auf das Geländer und ließ sich vorsichtig auf der anderen Seite hinunter. Ihr Herz klopfte wie wild, als sie nach unten blickte. Sie hielt den Kopf so, dass der Strahl der Helmlampe auf Fleming gerichtet war. Er streckte ihr seinen rechten Arm entgegen, aber der Abstand zwischen ihnen betrug über zwei Meter.

»Wie bist du da rübergekommen?«, fragte sie.

»Ich bin gefallen.«

»Was?«

»Absichtlich. Ich habe mich auf die nächste Strebe fallen lassen und bin dann hier rübergeklettert.«

Jetzt hörte sie über sich Trippeln und Knurren.

»*Spring endlich!*«, befahl Fleming.

Sie holte tief Luft, streckte die Füße aus und rutschte von der Plattform. Zu ihrer Überraschung landete sie mit den Steigeisen knirschend auf der Strebe, die breiter war, als es von oben den Anschein gehabt hatte. Sie erreichte Fleming und ließ sich erleichtert gegen ihn sinken, als sein Arm sich um ihre Taille legte.

»Gut gemacht«, sagte er. »Jetzt müssen wir nur noch zu diesem Eisvorsprung runterklettern. Von dort können wir uns dann abseilen –«

»Abseilen?«

»Ja, abseilen. Wir werden uns an einem Seil runterlassen. Aber ich sichere dich. Keine Angst, es ist ganz einfach.«

»Ehrlich?«

Sie konnte sehen, wie er hinter seinem Visier das Gesicht verzog. »Na ja, so einfach ist es auch wieder nicht. Unter diesen Bedingungen wird es sogar ziemlich schwer werden.«

»Okay.« Sie wünschte sich, sie hätte ihn nicht gefragt, aber trotzdem versuchte sie, jede seiner Bewegungen nachzumachen, als sie hinter ihm die Stütze der Plattform hinunterkletterte, bis sie auf dem vereisten Felsvorsprung zu stehen kam. Er schien instinktiv zu wissen, wie sie am besten den Berg hinunterkämen.

Auf dem Vorsprung war es dunstig und nicht so stürmisch. Sie wollte sich ausruhen, aber Fleming kramte bereits in seinem Rucksack und holte Eisschrauben, Seil und Karabinerhaken heraus. Er deutete auf einen Vorsprung unter ihnen. »Bis da runter müssen wir uns abseilen, aber von dort können wir hoffentlich im Zickzack zur Schulter des Bergs absteigen. Dann halten wir uns in östlicher Richtung. Der Abstieg zur Hütte der Ranger wird nicht ganz einfach werden, aber wenn du genau machst, was ich dir sage, schaffen wir es.« Er hielt einen Moment inne. »Scheiße. Wie ist der so schnell hier runter gekommen?«

Erschrocken sah Amber ein Paar gelber Augen aus dem Nebel auf sie zukommen.

Fleming deutete fluchend nach rechts. Aus der anderen Richtung kam der zweite Wolf.

Bevor Amber überlegen konnte, hatte Fleming bereits in jeder Hand einen Eispickel. Zwei weitere reichte er ihr, dann schwang er sich über die Kante des Vorsprungs. An den Eispickeln in der fast senkrechten Wand hängend, bohrte er mit den Stiefelspitzen Tritte in das Eis, um auch seinen Füßen Halt zu verschaffen. Bei ihm sah es ganz einfach aus. »Zum Abseilen ist jetzt keine Zeit«, rief er zu ihr hoch. »Steck die Füße in meine Tritte und schlag die Pickel ins Eis, damit du auch mit den Händen Halt hast. Keine Sorge, ich bringe die Tritte in kleinen Abständen an.«

Diesmal zögerte sie nicht, sondern kroch über die Kante, tastete nach Flemings Tritten und begann den Abstieg.

Das nächste Sims war etwa zehn Meter unter ihnen, aber da sie die Wand queren mussten, um es zu erreichen, wirkte es weiter entfernt. Schon nach wenigen Metern bekam sie Krämpfe in den Waden, von ihren Armen ganz zu schweigen, und bald begannen auch ihre Rückenmuskeln heftig zu stechen. Doch immer, wenn sie ins Stocken geriet, trieb sie das Heulen der Wölfe weiter.

Rechten Pickel einsetzen. Linken Pickel einsetzen.

Festhalten.

Rechtes Bein in den nächsten Tritt stecken. Linkes Bein in den nächsten Tritt stecken.

Festhalten.

Es war die reinste Qual, und der Rhythmus verstärkte die Schmerzen noch.

Hacken, hacken, festhalten. Tasten, tasten, festhalten.

Es gab keine Verschnaufpause, und als wäre es nicht schon Tortur genug, sich in der senkrechten Wand festzuhalten, musste sie auch noch versuchen, an ihr hinabzusteigen. Alles, was sie vor sich sehen konnte, war vereister Fels, nur wenige Zentimeter von ihren Augen entfernt und von der Helmlampe in gespenstisches Grün und Blau getaucht. Sie rang so verzweifelt nach Atem, als befände sie sich unter Wasser und erstickte in einem schönen, aber todbringenden Eismeer.

Gerade als sie dachte, sie würde ohnmächtig, halfen ihr zwei starke Arme auf den unteren Vorsprung. Ihre Beine knickten ein, und sie sank in den Schnee.

Als Fleming ihr die Waden massierte, konnte sie über sich die Wölfe heulen hören. »Das hast du gut gemacht«, sagte er. »Das letzte Stück war nämlich wirklich happig. So steile Stellen dürften jetzt nicht mehr kommen. Außerdem können wir uns von hier abseilen. Sobald wir die Schulter des Bergs erreicht haben, können wir uns im Flachen eine Weile ausruhen.«

Fast hätte sie vor Frustration und Schmerzen zu weinen begonnen. »Ich glaube nicht, dass ich das schaffe.«

»Klar schaffst du das«, sagte er. Er hörte sich nicht einmal außer Atem an.

»Geh ohne mich weiter. Einer von uns muss Bradley aufhalten. Irgendetwas an dem, was der Rote Papst gesagt, stimmt nicht – und ich glaube, dahinter steckt Bradley. Einer von uns muss am Leben bleiben, um ihn aufzuhalten.«

»Still. Spar dir deine Kräfte lieber dafür auf, den Berg runterzukommen.«

»Ich halte dich doch nur auf. Du musst dich allein durchschlagen.«

»Nein. Das ziehen wir gemeinsam durch.« Fleming zog sie auf die Beine. »Wie sind die schon wieder so schnell hier runtergekommen?«

Als Amber sich umdrehte, sah sie die Wölfe auf sie zurennen. Fleming packte sie an der Hand und zog sie hinter sich her in die andere Richtung. Sie stellte sich vor, wie die Wölfe sie einholten: Sie befanden sich hier in ihrer vertrauten Umgebung.

Plötzlich blieb Fleming stehen. Als Amber aufblickte, sah sie, dass der Felsvorsprung etwa zwanzig Meter weiter an einer senkrechten Felswand endete. Dort gab es kein Weiterkommen mehr, aber in etwa drei Metern Höhe stand ein Rohr von zweieinhalb Metern Durchmesser aus dem Fels.

Fleming klinkte das Seil aus, das ihn mit Amber verband, und schob sie auf das Ende des Absatzes zu. »Warte dort auf mich.«

Nervös blickte sich Amber nach den Wölfen um. Sie waren inzwischen ganz nah. »Was hast du vor?«

»Ich kann nur hoffen, dass ich Glück habe.« Er hob beide Eispickel hoch über seinen Kopf und begann auf der Stelle zu springen. Und als Amber noch immer dastand und ihn entgeistert anstarrte, schrie er sie an: »Lauf schon endlich, verdammt noch mal! Los!« Wie in Trance wankte sie auf die Felswand zu.

Als sie sich am Ende des Vorsprungs umdrehte, sah sie, dass Fleming immer noch auf der Stelle sprang, obwohl die Wölfe immer näher kamen. Doch gerade als sie dachte, der erste Wolf würde ihn anfallen, brach Fleming durch den Absatz und verschwand in einer Wolke aus Schnee und Eis.

Abrupt blieben die Wölfe stehen. Inzwischen trennte sie eine drei Meter breite Lücke von Amber. Doch wo war Fleming?

»Bist du noch da, Miles?«, schrie sie, am Rand einer Hysterie, in ihr Mikrophon: »Sag doch was, Miles. *Miles*.«

56

Sicherheitsabteilung. VenTec

»Mein Gott, Bradley, was haben Sie getan?«

Frank Carvellis Gesicht hatte einen ungesunden grünlichen Ton, als er Soames durch den weißen Sektor folgte. Hinter ihnen war durch die gläserne Eingangstür des Foyers ganz deutlich der rote Fleck im Schnee zu sehen, auf dem Virginia Knights zerfetzter Körper gelegen hatte. Carvellis makelloses schwarzes Kaschmirpolo war von Erbrochenem gesprenkelt, und seine glatte Selbstsicherheit war verflogen. »Warum haben Sie die Wölfe nicht zurückgepfiffen? Wir waren uns doch noch nicht mal einig, ob wir uns Flemings und Ambers wirklich entledigen sollten. Warum also Virginia töten, bloß weil sie die beiden hat laufen lassen? Diese Geschichte läuft immer mehr aus dem Ruder, Bradley. Das wird zu –«

Unwirsch hob Soames die Hand und sah auf die Überwachungsmonitore für die Stahlplattform mit dem Hubschrauberlandeplatz. Außer zwei Sicherheitsbeamten, die in das nächtliche Schneegestöber hinausspähten, war jedoch nichts darauf zu erkennen. »Wo könnten sie bloß sein?«, murmelte Soames, eher erstaunt als wütend.

In diesem Moment erschienen Tripp und Bukowski in der Tür. Beide waren bewaffnet und trugen Survival-Anzüge. Ihre Handschuhe waren blutverschmiert, ihre Anzüge von dunklen Flecken übersät. Carvelli stützte sich an der Wand ab.

»Haben Sie die Schweinerei beseitigt?«, fragte Soames.

Bukowski nickte.

»Sehr gut. Und jetzt raus mit Ihnen. Suchen Sie die Wölfe. Schaffen Sie mir her, was sie von Fleming und Amber übrig gelassen haben.«

Bukowski und Tripp wandten sich zum Gehen.

»Wenn ich Ihnen noch einen Rat geben darf«, rief ihnen Soames hinterher. »Stören Sie sie nicht, solange sie noch fressen. Warten Sie, bis sie fertig sind, bevor Sie einsammeln, was noch übrig ist.«

»Was ist bloß in Sie gefahren, Bradley?«, stöhnte Carvelli. »Warum tun Sie das? Das ist doch Wahnsinn. Warum wollen Sie Amber Grant und Miles Fleming unbedingt umbringen?«

Es war, als blickte Soames mit seinen Furcht erregenden Augen bis ins Innerste von Carvellis Seele. Nach kurzem Überlegen traf er eine Entscheidung. »Wollen Sie das *wirklich* wissen?«, fragte er. Es hörte sich an wie eine Herausforderung: *Können Sie die Wahrheit verkraften?*

»Ja«, krächzte Carvelli mit trockenem Mund.

Soames sah ihn einen Moment schweigend an. Dann forderte er ihn lächelnd auf, ihm zu folgen. Er ging durch den weißen Sektor und drückte auf den Knopf für den Lift.

Flemings Glück hatte sich gewendet: Der dünnere Teil des Absatzes war zwar weggebrochen, sodass nun ein unüberwindlicher Spalt zwischen Amber und den Wölfen klaffte, aber zugleich hatte er ihn eine beklemmende Sekunde lang ins Bodenlose stürzen lassen. Unter Aufbietung all seiner Kräfte versuchte er, mit seinen Eispickeln an der vereisten Felswand Halt zu finden und seinen Sturz zu bremsen. Als es ihm schließlich beim zweiten Versuch gelang, wurde ihm fast der rechte Arm aus dem Schultergelenk gerissen.

Danach zog er sich wieder auf den Absatz hoch.

Amber kam ihm zu Hilfe. »Warum hast du nicht geantwortet?«

»Ich war mit anderen Dingen beschäftigt.«

»Ich hab vielleicht einen Schrecken gekriegt.« Sie drückte ihn fest an sich.

»Ich auch.« Die Wölfe wanderten auf der anderen Seite des Spalts unruhig auf und ab und versuchten den nötigen Mut aufzubringen, darüber hinwegzusetzen. »Komm«, drängte Fleming. »Hier können wir nicht bleiben.«

»Aber da klettere ich auf keinen Fall runter.« Amber deutete die steile Felswand hinunter, die in der Dunkelheit verschwand, ohne dass irgendwo ein natürlicher Absatz oder Vorsprung zu erkennen war.

Nachdem Fleming Ambers Seil wieder an seinem Anzug befestigt hatte, holte er den Palmtop-Computer, den Virginia Knight ihm gegeben hatte, aus dem Rucksack und sah sich darauf die Karte der Umgebung von VenTec an. »Wir gehen auch nicht runter. Wir gehen rauf.« Er deutete auf die Röhre, die drei Meter über ihnen aus dem Berg stand. »Wenn ich die Karte richtig gelesen habe, ist das ein Überlaufrohr der alten Bohrplattform. Wahrscheinlich läuft die Pipeline durch den ganzen Berg und kommt auf der Ostseite bei der Raffinerie wieder heraus, und von dort ist es nicht mehr weit zur Rangerstation. An sich müssten wir in der Röhre recht gut vorankommen – wir sind dort vor der Witterung geschützt, und die beiden da können uns auch nicht folgen.«

Gerade als er auf die Wölfe deutete, machte der größere von beiden ein paar Schritte zurück, um Anlauf zu nehmen.

Fleming zog sich zu der Felswand am Ende des Absatzes zurück. »Geh von der Kante weg und behalt die Hände an den Karabinern – entschuldige, das sind die Schnappringe an dem Seil, das dich mit mir verbindet. Wenn ich abstürze, klinkst du sie aus. Sonst reiße ich dich mit in die Tiefe.«

Sie sah ihn entsetzt an. »Damit mich dann die Wölfe erwischen? Auf keinen Fall werde ich diese Karabiner anrühren. Pass einfach auf, dass du nicht abstürzt. Du bist doch ein guter Bergsteiger, oder nicht?«

Fleming schlug den linken Eispickel in die senkrechte Wand, stieß mit der rechten Stiefelspitze einen Tritt ins Eis und zog sich hoch. Dann setzte er den rechten Pickel ein Stück höher ein und machte sich mit dem linken Stiefel einen Tritt. Auf diese Weise hatte er sich rasch zu der Röhre hochgehangelt. In ihrem Inneren war es wie in einer künstlichen Höhle, feucht und dunkel, aber trotzdem erheblich einladender als draußen im Schneesturm bei den Wölfen. Fleming konnte spüren, dass aus dem Innern des Berges ein warmer Luftzug kam.

Als er nach draußen blickte, sah er den ersten Wolf über den Spalt springen. Er packte das Seil, stemmte die Beine in den Boden und hoffte, Amber würde nicht abrutschen. Seine Sorge war jedoch unbegründet. Die Angst vor dem Wolf verlieh ihr solche Kräfte, dass er sie in das Rohr ziehen konnte, bevor das Tier sie erreichte.

Sie blieben kurz stehen, um zu beobachten, wie die Wölfe vom Absatz wütend zu ihnen heraufkläfften. Dann drehten sie sich um und marschierten los.

Die Pipeline stieg zwar leicht an, aber sie war unten abgeplattet, sodass man gut darin gehen konnte. Nachdem sie etwa fünfzehn Minuten wortlos bergauf gegangen waren, bemerkte Fleming eine Veränderung in der Luft. Der schwache Luftzug war stärker und wärmer geworden und trug einen unverkennbaren Geruch mit sich. »Das ist aber eigenartig. Bradley hat mir erzählt, sein Vater hätte hier nie Öl gefördert.«

»Hat er auch nicht«, sagte Amber. »Er hat zwar welches gefunden, ist aber gestorben, bevor mit der Förderung begonnen wurde. Als Bradley Alascon Oil verkaufte, ließ er das Bohrloch schließen und baute die Plattform für seine Zwecke um.« Sie blieb abrupt stehen. »Schau!«

Begleitet von einem tiefen Surren, begannen seltsame, stroboskopartige Lichter das Dunkel vor ihnen zu zerschneiden. Außerdem war der Luftzug inzwischen so stark geworden, dass Fleming die warme Luft gegen seinen Körper drücken spürte. Er ging auf das Licht zu, musste aber schon bald den Blick abwenden, so hell war es. Wenn er jedoch die Augen gesenkt hielt und ganz fest zusammenkniff, konnte er seine Umgebung weiter erkennen. Sie hatten die Stelle erreicht, wo sich die Pipeline mit dem Bohrloch schnitt. Die Röhre öffnete sich auf einen senkrechten runden Schacht von mindestens zehn Metern Durchmesser, der in etwa fünf Metern Tiefe mit einer Eisenplatte abgedeckt war. Aus der Mitte dieser Platte stand ein Rohr hervor, bei dem es sich, nahm Fleming an, um das obere Ende des Bohrgestänges handelte. Aus dem Schacht stieg ein sehr intensiver Geruch hoch, woraus Fleming schloss, dass irgendwo da unten viel Öl sein musste. Um auf die andere Seite des Bohrlochs zu gelangen, musste man einen baufälligen Steg überqueren.

Mit einem Blick nach oben stellte Fleming fest, dass das seltsame Lichterspiel von einem riesigen Ventilator herrührte, der kühle Luft ansaugte und heiße Luft nach draußen blies. Darüber konnte er ein inzwischen vertrautes Summen hören. Zusammen mit der extremen Helligkeit verriet es ihm, was dort oben war.

Er machte einen Schritt nach vorn und prüfte, wie stabil der

Steg war. Obwohl er stark verrostet war, schien er zu halten. »Komm«, sagte er. »Wir müssen einen Zahn zulegen«.

Der Luftzug des Ventilators war so stark, dass er fast vom Steg geweht wurde. Wegen des grellen Lichts musste er den Blick gesenkt halten und in das Angst erregende Loch hinabblicken.

»Das sieht ja aus, als ginge es direkt in die Hölle hinunter«, hörte er Amber hinter sich sagen. Sie legte ihm die Hand auf die Schulter, und als sie die andere Seite erreicht hatten, atmeten beide erleichtert auf.

Von jetzt an führte die Pipeline leicht bergab. Das stimmte Fleming zuversichtlich. Je tiefer die Röhre auf der anderen Seite aus dem Berg austrat, desto weniger weit musste Amber nach unten klettern. Nachdem sie etwa eine halbe Stunde schweigend dahingegangen waren, gabelte sich die Pipeline.

»Welche Abzweigung sollen wir nehmen?«, fragte Amber.

»Keine Ahnung, aber ich schätze, wir sollten die östliche nehmen – die linke. Sie dürfte am ehesten dorthin führen, wo wir hin wollen. Außerdem kann ich aus dieser Richtung einen leichten Luftzug spüren.«

»Okay.« Amber betrat den linken Tunnel und übernahm die Führung.

Wie er sie nun vor sich hergehen sah, musste Fleming an den seltsamen wissenden Blick denken, den sie und Soames ausgetauscht hatten, nachdem sie die Prophezeiung des Roten Papstes angezweifelt hatte, und wie Soames darauf so geheimnisvoll erwidert hatte: *»Ich glaube, jetzt verstehen Sie, warum ich Sie und Miles nicht am Leben lassen kann.«*

Was hatte er damit bloß gemeint?

»Amber?«

»Ja?«

»Was hat Bradley –«

Amber stolperte und verschwand und schrie: »Ich falle, Miles!«

Fleming stemmte sich mit den Füßen ein und packte das Seil, das sie noch immer verband. Durch ihren Sturz straffte es sich jedoch mit einem so heftigen Ruck, dass er zu Boden gerissen und über den Boden der Röhre geschleift wurde, die plötzlich wie eine Rutsche steil nach unten abfiel. An ihrem Ende waren nur Schnee und dunkle, kalte Nacht zu sehen. Es war ein weiteres Überlaufrohr.

Amber, die bereits aus der Röhre gerutscht war, segelte im freien Fall durch die Luft und drohte auch Fleming in die Tiefe zu reißen. Er versuchte zwar, sich mit den Steigeisen einzustemmen, fand aber auf dem blanken Stahl der Röhre keinen Halt.

»Kapp das Seil!«, schrie Amber. »Bitte kapp dieses verdammte Seil!« In dem verzweifelten Versuch, irgendwo Halt zu finden, drückte Fleming die Spitze des Eispickels mit aller Kraft gegen den Boden der Stahlröhre, sodass sie wie eine U-Bahn bei einer Notbremsung funken sprühend über das Metall kratzte.

Erst etwa einen Meter vor dem Ende der Röhre hörte er ein Knacken, und als sein Fall gleich darauf abrupt gebremst wurde, schoss ein unerträglicher Schmerz durch seinen rechten Arm. Er hatte sich mit dem Körper um 180 Grad gedreht und hing jetzt mit den Füßen voran aus der Röhre. Aber wenigstens war er nicht mit Amber in die Tiefe gestürzt. Irgendwie hatte sich die Spitze des rechten Eispickels an einer Schweißnaht verfangen. Um seinen rechten Arm zu entlasten, hakte er sich rasch auch mit dem linken Pickel daran fest. Ambers Gewicht, das an dem Seil um seine Taille hing, zog an seinen Armen, wurde aber durch die Rahmenkonstruktion des Survival-Anzugs auf seinen ganzen Körper verteilt. Da jedoch seine Füße keinen Halt hatten, konnte er sich nicht hochziehen. Mit zusammengebissenen Zähnen fragte er sich, wie lang er sich noch halten konnte.

In ihren Todesträumen war Amber immer durch tiefes Dunkel dem Tod entgegengestürzt. Aber diesmal war in der Ferne kein Licht zu sehen, nur Dunkelheit. Und es war kein Traum.

Begonnen hatte das Ganze damit, dass sie plötzlich keinen Boden mehr unter den Füßen gehabt hatte, und im selben Moment war sie auch schon in freiem Fall aus der Röhre gestürzt.

Doch dann hatte sich zu ihrer Erleichterung das Seil mit einem heftigen Ruck gestrafft. Als sie jedoch gleich darauf, wenn auch nicht mehr so schnell, weiter in die Tiefe stürzte, wurde ihr klar, dass sie Fleming mit sich riss.

Sekunden später wurde ihr Fall ein zweites Mal gebremst, und nun hing sie an dem Ring auf der Vorderseite ihres Anzugs im Dunkeln. Der Lichtstrahl ihrer Helmlampe erfasste nichts als wirbelnde Schneeflocken.

»Was ist passiert, Miles?«

»Es sieht nicht gut aus.«

»Dann kapp das Seil.«

»Den Teufel werde ich tun und noch irgendein verdammtes Seil kappen.«

Sie war überrascht über die Aggressivität in seiner Stimme. »Aber …« Sie schwieg. »Entschuldige.«

Ein Moment der Stille.

»Was wolltest du mich fragen, bevor ich gefallen bin?«, fragte sie.

»Es hatte was mit Bradley und der Prophezeiung des Roten Papstes zu tun. Aber das spielt jetzt keine große Rolle. Ich werde die Antwort wohl früh genug erfahren.«

»Das werden wir wohl beide.«

Von heftigen Böen durchgeschüttelt, starrte Amber in das Dunkel hinab und dachte: Das war's dann wohl. Ich muss sterben. Ich muss tatsächlich sterben. Nun also doch.

Sie empfand keine Angst: nur Wut und bittere Enttäuschung über die Ungerechtigkeit der Welt. Außerdem erfüllte sie zu ihrer Überraschung plötzlich der Gedanke, was zwischen ihr und Fleming hätte sein können, mit Wehmut.

Miles wusste, dass das Ende nahe war, aber nur wenige Zentimeter neben sich konnte er in verlockender Reichweite eine Reihe von Nieten sehen, die entlang einer vertikalen Naht der Röhre verliefen. Unmittelbar über seinen Füßen stülpte sich der untere Rand der Röhre nach innen, sodass seine Füße Halt gefunden hätten, wenn er sie nur weit genug hätte hochziehen können. Aber aufgrund von Ambers zusätzlichem Gewicht, das ihn nach unten zog, hätten diese rettenden Tritte, obwohl nur Zentimeter entfernt, ebenso gut Kilometer weit weg sein können. Seine einzige Rettung wäre gewesen, Ambers Seil auszuklinken. Aber seit dem Erlebnis mit Rob war er nicht mehr bereit, irgendein Seil zu kappen und jemand in den Tod zu schicken.

»Irgendwann müssen wir schließlich alle sterben«, hörte er Amber sagen. Aus ihrer Stimme sprach keine Angst, aber er konnte eine gewisse Wehmut heraushören. Und eine Frustration, die seiner Entrüstung in nichts nachstand.

»Ja. Eines Tages werden wir sterben«, murmelte er mit zusammengebissenen Zähnen. »Aber nicht heute.«

57

Der rote Sektor

Frank Carvelli war kein mutiger Mann: In bestimmten Situationen strahlte er Selbstsicherheit, eine gewisse Präsenz aus, aber dies war keine jener Situationen. In seinem Bauch rumorte es gewaltig, als er Bradley Soames in den roten Sektor hinab folgte. Er war noch nie in diesem Teil der VenTec Foundation gewesen und war sich deshalb nicht sicher, was er von dem zweifelhaften Privileg halten sollte, dort plötzlich Zutritt zu erhalten.

Carvelli hatte sich immer viel auf seine Fähigkeit zugute gehalten, den Gang der Dinge dank seinem Wissen um das Auf und Ab menschlicher Bedürfnisse und Wünsche zu seinen Gunsten zu wenden. Darauf gründete sein ganzes Medienimperium: Er wusste, was das Publikum wollte, und er verstand es, seine Geschäftspartner zu umgarnen. Seine Verbindung mit dem Roten Papst hatte für das Image von KREE8 Wunder gewirkt: Die Gründung der ersten virtuellen Kirche der Welt war erst durch die Präsentationstechnologien seines Unternehmens möglich geworden, und seine Erfahrung in den Bereichen Public Relations und Filmproduktion hatte ihm ermöglicht, Accosta, ohnehin schon eine sehr medienwirksame Persönlichkeit, dank dem geschickten Einsatz modernster technischer Möglichkeiten zu einem regelrechten Phänomen aufzubauen.

Während ihm nun Accostas Kirche der Seelenwahrheit ein Forum geboten hatte, die Produkte von KREE8 weltweit im großen Rahmen vorzustellen, hatte ihm Bradley Soames das Know-how und die technischen Mittel zur Verfügung gestellt, sie immer weiter zu verbessern.

Ohne Soames und den Wissensvorsprung von VenTec hätte

KREE8 nie seine führende Marktstellung im Bereich der Nachrichtentechnik einnehmen können.

Carvelli hatte immer geglaubt, Soames geschickt für seine Zwecke eingespannt zu haben, nachdem er ihn dazu hatte überreden können, ihm die Früchte seines Genies weit unter Marktwert zu überlassen, gewissermaßen im Namen des Soul Project, des Lebenswerks des Roten Papstes. Doch jetzt wurde ihm klar, dass in Wirklichkeit Soames ihn benutzt hatte. Es wurde immer offensichtlicher, dass Soames alle, den Roten Papst eingeschlossen, von Anfang an nur für die Verwirklichung seiner Ziele eingespannt hatte – was auch immer diese Ziele sein mochten.

»Setzen Sie das auf«, befahl Soames und reichte ihm eine Schutzbrille. Als der Aufzug stehen blieb, konnte Carvelli bläulich weißes Licht unter der Tür durchdringen sehen. Soames machte sich daran, seine Haut vor der Helligkeit zu schützen, und als die Lifttür aufging, glich er einem Mönch, der sich die Kapuze seiner Kutte über den Kopf gezogen hatte.

»Ist Ihnen klar, was das ist?«, fragte Soames, als Carvelli von dem eisernen Steg über dem Bohrloch auf die riesige Kugel aus purem, flirrendem Licht hinabsah.

Carvelli antwortete erst, nachdem er eine Weile staunend auf den Feuerball hinabgestarrt hatte, dessen Oberfläche von flackernden Sonnenflecken überzogen schien. Als sich seine Augen an die Helligkeit gewöhnt hatten, bemerkte er die Labors um die Lichtkugel herum. In einem davon konnte er durch die getönten Fenster ein verbessertes Modell von Flemings NeuroTranslator und Soames' Seelenfang-Kugel sehen. Den Hauptanteil der Laboreinrichtung bildeten jedoch Steuerpulte, Monitore und sonstige Geräte. »Ein Computer«, flüsterte Carvelli. Die ungeheure Rechenleistung, deren diese Kugel mit ihren fünf Metern Durchmesser fähig sein musste, hatte ihm die Sprache verschlagen. »Ein riesiger optischer Computer.«

»Es ist mehr als das, Frank. Wesentlich mehr.« Statt der gewohnten nüchternen Sachlichkeit sprach plötzlich unverhohlener Stolz aus Soames' Stimme. »Es ist die Gestalt gewordene Kraft unseres Herrn, das Werkzeug, um seine dunkle Erleuchtung in aller Welt zu verbreiten. Dieser Hochofen aus weiß glühender Hitze und Licht wird die vier Nägel schmieden, die in den Sarg des

Glaubens getrieben werden. Dank seiner Macht werden die vier Zeichen eintreten, die Satan angekündigt und die verlorene Seele des Roten Papstes den Menschen offenbart hat.«

Carvellis Entsetzen nahm noch zu. Er begann unkontrolliert zu zittern, und seine Stimme hörte sich nicht mehr wie seine eigene an, als er hervorstieß: »Deshalb haben Sie die Prophezeiungen des Roten Papstes nicht überrascht. Sie wussten bereits, wer der Herr der Welt ist, denn Sie hatten ihm schon die ganze Zeit gedient.«

Er war entsetzt über das Ausmaß von Soames' Betrug.

Auf ein Geräusch hin wandte sich Carvelli nach links. Die Tür des Lifts ging auf, und Tripp und Bukowski kamen heraus. Die Wölfe folgten ihnen mit blutverschmierten Schnauzen.

»Amber und Fleming?«, fragte Soames, als die Wölfe neben ihm stehen blieben.

Mit ausdrucksloser Miene schüttelte Bukowski den Kopf. »Von den beiden fehlt jede Spur. Die Wölfe kamen zurück, ohne sie gefunden zu haben. Wahrscheinlich sind sie abgestürzt. Und wenn nicht, dürften sie bei diesem Wetter kaum überleben. Der Sturm nimmt weiter zu, und Amber Grant mag vieles können, aber bergsteigen kann sie nicht.«

»Aber Fleming kann es«, sagte Soames.

Carvelli schenkte dem Wortwechsel keine Beachtung. Er versuchte immer noch, sich über Soames' Ziele klar zu werden. »Sie haben *die ganze Zeit* dem Satan gedient«, sagte er noch einmal, als hoffte er, die Wiederholung würde dieser Feststellung etwas von ihrem Entsetzen nehmen.

»Nein«, riefen Bukowski und Tripp wie aus einem Mund und sahen Carvelli an, als hätte er eine Blasphemie geäußert.

»Verstehen Sie denn nicht?« Bukowskis Lächeln ließ Carvelli frösteln, als sie und Tripp sich Soames zuwandten. »*Wir* dienen ihm.«

Als sich darauf auch Carvelli Soames zuwandte, dessen vermummte Gestalt sich zusammen mit den Wölfen scherenschnittartig gegen das grelle Licht der Kugel abzeichnete, konnte er sich nicht mehr länger beherrschen. Er machte sich vor Angst in die Hose. »Wer sind Sie?«

»Wer bin ich denn Ihrer Ansicht nach?«, entgegnete Soames.

Carvelli starrte ihn nur bibbernd an. Mit erschreckender Deutlichkeit wurde ihm plötzlich alles klar.

Soames trat auf ihn zu. »Und jetzt lassen Sie mich Ihnen erklären, warum ich nicht zulassen kann, dass Amber und Fleming unsere Pläne durchkreuzen.«

Carvelli hatte die ganze Zeit den Gestank seiner Angst in der Nase, als er Soames zitternd zuhörte.

»Nachdem Sie jetzt alles wissen, gilt es nur noch eine Frage zu klären«, sagte Soames, als er fertig war. »Sind Sie für mich oder, wie Virginia, gegen mich?«

Carvelli sah erst Soames an, dann die Wölfe, die sprungbereit neben ihm standen. Er versuchte zu sprechen, aber er brachte keinen Laut hervor. Alles, wozu er imstande war, war, niederzuknien und unterwürfig den Kopf zu senken.

»Würden Sie etwas für mich tun?«, fragte Soames.

»Alles«, stieß Carvelli heiser hervor. »Alles, was Sie verlangen.«

Soames nickte zufrieden. »Fliegen Sie mit dem Hubschrauber nach Fairbanks. Dort können Sie dann mein Flugzeug nehmen. Eine Kleinigkeit. Zu unserer zusätzlichen Absicherung.«

58

Bergsteiger nennen es das Dritter-Mann-Syndrom: das Gefühl, von einem unsichtbaren, aber hilfreichen Wesen begleitet zu werden, wenn man zu zweit zum Gipfel unterwegs ist. Auch Polarforscher können dieses Phänomen bestätigen. Bei einigen wenigen Gelegenheiten hatten es auch Fleming und sein Bruder Rob erlebt, normalerweise in Situationen, in denen sie erschöpft, hungrig oder am Ende ihrer Kräfte gewesen waren. Hinterher hatte ihm Rob immer versichert, es ebenfalls gespürt zu haben.

Doch diesmal war es anders. Als Fleming sich mit schmerzenden Muskeln und Gelenken an den Griffen der Eispickel festklammerte, war kein solches drittes Wesen da. Doch als er allmählich jedes Gefühl in den Händen verlor und nur noch mit Mühe atmen konnte, hatte er plötzlich das seltsame Gefühl, dass sich kräftige Hände um seine Handgelenke legten. In der Hoffnung, sich weit genug hochziehen zu können, um seine Füße auf den unteren Rand der Röhre zu bekommen und seine Arme zu entlasten, mobilisierte er für einen letzten verzweifelten Versuch die wenigen Kraftreserven, die ihm noch geblieben waren.

Kurz zuvor, als er noch einigermaßen frisch gewesen war, hatte er es nicht geschafft. Aber was hatte er noch zu verlieren? Mit zusammengebissenen Zähnen spannte er seinen Bizeps und versuchte sich mit aller Kraft hochzuziehen, kam aber kaum ein paar Zentimeter höher. Doch dann spürte er, wie sich die Hände fester um seine Handgelenke legten, als wollten sie ihn stützen.

Als er darauf mit letzter Kraft zog und das rechte Bein nach oben schwang, bekam er den Fuß zu seiner Überraschung auf den Rand der Röhre. Im selben Moment durchströmte ihn neue Energie. Er zog auch den anderen Fuß nach und tastete nach den Nieten, um sich daran festzuhalten.

Nachdem er kurz innegehalten hatte, um wieder zu Atem zu kommen, kletterte er aus Angst, seine neu gewonnenen Kräfte könnten ihn verlassen, wenn er sich zu lange ausruhte, weiter nach oben. An den Nieten Halt suchend, zog er sein und Ambers Gewicht unter Zuhilfenahme seiner Steigeisen und Eispickel die Röhre hinauf.

Mit jedem gewonnenen Zentimeter schien seine Kraft zuzunehmen, und schließlich erreichte er den waagrechten Abschnitt der Röhre. Gleichzeitig hörte er, wie Amber unter ihm die Ausstülpung zu fassen bekam und in das Überlaufrohr kletterte. Als das Seil schlaff wurde und auch Amber in Sicherheit war, verließen ihn die Kräfte, und er wälzte sich auf den Rücken. Sekunden später beugte sich Amber über ihn. Aus ihrem Blick sprach Besorgnis, aber auch noch etwas anderes: etwas, das er nicht zuordnen konnte.

»Wie hast du das geschafft?«, fragte sie.

Er war noch zu sehr außer Atem, um sprechen zu können.

»Das war doch eigentlich unmöglich.«

»In den Bergen passieren seltsame Dinge«, krächzte er.

Darüber musste sie lachen, und trotz aller Erschöpfung keimte wieder Hoffnung in Fleming auf.

Er richtete sich mühsam auf und nahm Amber am Arm. »Wir dürfen keine Zeit verlieren. Wir müssen zur Raffinerie und dann sehen, wie wir zur Rangerstation kommen.«

Nachdem sich die anfängliche Euphorie gelegt hatte, interessierte Amber nicht mehr, wie Fleming sie gerettet hatte. Die Tatsache, dass er es getan hatte, genügte ihr.

Sie kehrten zu der Gabelung der Pipeline zurück und gingen in der Richtung weiter, die, wie sie hofften, zur Raffinerie führen würde. Während sie in der Dunkelheit nebeneinander hergingen, machte sich Amber klar, dass sie noch so gut wie nichts über ihn wusste, während er bereits über ihre ganze medizinische Vorgeschichte und fast alle wichtigen Ereignisse in ihrem Leben im Bilde war. Doch bevor sie ihn fragen konnte, sagte er: »Inzwischen bin ich ziemlich sicher, dass die Prophezeiung des Roten Papstes kein Schwindel war. Ich habe die einzelnen Geräte gesehen – was sage ich, zum Teil habe ich sie selbst entwickelt –, und eins der

Zeichen, die Accostas Seele vorhergesagt hat, ist bereits eingetreten. Aber du bist noch nicht überzeugt, nicht wahr?«

»Ich hatte noch einen Traum«, sagte Amber. »Aber was du von meinen Träumen hältst, weiß ich ja …«

Fleming grinste. »Das geschieht mir recht. Aber das war damals, und jetzt ist jetzt. Inzwischen bin ich in dieser Beziehung bedeutend aufgeschlossener. Erzähl mir von deinem Traum – oder wie du es sonst nennen willst.«

»Ich bin wie du der Meinung, dass die Offenbarung des Roten Papstes kein Schwindel war, aber ich glaube auch, dass sie nicht die einzige Wahrheit oder die ganze Wahrheit ist.«

»Warum?«

»Weil ich glaube … nein, weil ich *weiß*, dass ich gesehen habe, was nach dem Tod passiert. Ich weiß, wohin meine Schwester gegangen ist, weil sie es mir gezeigt hat. Näher möchte ich mich dazu nicht äußern, weil sich das, was ich gesehen habe, nicht beschreiben lässt – jedenfalls ist sie im Jenseits gut aufgehoben. Das habe ich nicht nur gesehen, das habe ich *gespürt*. Es ist ein Ort, an dem es kein Leid gibt. In diese sonnigen Gefilde reicht der Schatten des Schmerzes nicht. Am ehesten ließe es sich wohl als ein Zustand der Glückseligkeit beschreiben.«

Flemings Gesicht strahlte vor neu erwachter Hoffnung, als er sie ansah. Sie wusste, er dachte an seinen Bruder, und wollte ihm deshalb genauso Mut machen, wie Ariel ihr Mut gemacht hatte. »Ich kann nur sagen«, fuhr sie leise fort, »was ich gesehen habe, war nicht der trostlose Ort ewiger Verdammnis, den der Rote Papst geschildert hat.«

»Ich würde dir gern glauben«, sagte Fleming.

Sie lächelte. »Na, dann glaub mir doch. Alles, was du brauchst, ist Glauben.«

Fleming zuckte mit den Achseln. »Ich kann nur nicht verstehen, warum Bradley so begeistert über die Offenbarung des Roten Papstes ist. Fast könnte man meinen, er hat es so gewollt, es sich richtig gewünscht.«

Amber versuchte, das Durcheinander aus unausgegorenen Gedanken, die durch ihren Hinterkopf schwirrten, in den Griff zu bekommen. »Ich weiß«, sagte sie. »Genau das macht auch mir Sorgen. Und deshalb müssen wir unbedingt die Öffentlichkeit informieren. Ich habe nämlich das beklemmende Gefühl, dass er sich darüber freut.«

In diesem Moment streifte sie ein eisiger Luftzug, und Fleming streckte den Arm aus, um sie am Weitergehen zu hindern. »Das muss das Ende der Röhre sein.« Er deutete nach vorn, und tatsächlich konnte Amber Mondlicht und Sterne sehen. »Der Schneesturm scheint sich gelegt zu haben. Dort hinten kann man sogar sehen, was von der Raffinerie noch übrig ist.«

Erleichtert stellte Amber fest, dass die Röhre, deren Öffnung durch eine Schneewehe blockiert war, auf flaches, wenn auch tief verschneites Gelände hinausführte. In der Ferne waren im Mondschein eine Reihe halb fertiger Bauten zu erkennen, darunter zwei riesige zylindrische Stahlkonstruktionen, die für die Öltanks gedacht waren. »Draußen ist es furchtbar kalt«, sagte sie. »Warum bleiben wir nicht hier drinnen und ruhen uns ein wenig aus, bevor wir morgen früh weitergehen? Dann bleibt uns bis zum Eintreten der nächsten Zeichen immer noch genügend Zeit.« Sie sah Fleming erwartungsvoll an.

»Okay. Wir können etwas von unserem Proviant essen und anschließend ein wenig schlafen. Hier drinnen ist es zwar etwas wärmer als im Freien, aber sobald wir uns nicht mehr bewegen und unsere kinetischen Stiefel keine Energie mehr liefern, wird es auch hier schnell ungemütlich kalt. Wenn wir uns allerdings eng aneinander schmiegen, wird es schon gehen.«

Betont trocken erwiderte Amber: »Ich habe in letzter Zeit Schlimmeres erlebt.«

59

Weiter südlich war der Tag bereits angebrochen, und Carvelli saß allein in der Kabine von Soames' Privatjet, der auf dem Weg nach London war. Er war hellwach und hatte das Gefühl, nie wieder schlafen zu können. Er hatte nur ein Ziel: seinen Auftrag erfolgreich zu Ende zu bringen.

Er erstickte jeden Gedanken an Flucht oder Widerstand gegen Soames schon im Keim. Es gab keinen Ort, an den er hätte fliehen können – weder in diesem Leben noch im nächsten. Schon bei dem bloßen Gedanken an Soames und seinen Auftrag brach ihm der Schweiß aus. Sein sonst so tadelloses Äußeres ließ immer mehr zu wünschen übrig: Seine Haut war blass und fleckig, sein Haar zerzaust und seine schwarze Kleidung zerknittert.

Als das Telefon in der Armlehne seines Ledersitzes klingelte, fuhr er heftig zusammen. Er nahm ab. »Ja?«

»Ich sollte unter dieser Nummer anrufen«, sagte eine Stimme mit einem leichten schottischen Akzent. »Es hieß, Sie sollen hier eine Lieferung abholen, die auf keinen Fall beschädigt werden darf.«

Carvelli war dem Anrufer zwar nie begegnet, aber er hatte ein Foto von ihm gesehen und kannte seine Stimme. Soames und Knight hatten schon bei einer früheren Gelegenheit seine Dienste in Anspruch genommen – für das Soul Project. *Mein Gott, wie weit das alles zurückzuliegen scheint,* dachte er. »Richtig. Und ich soll den – die – *Lieferung* noch heute unversehrt nach Amerika bringen. So schnell wie möglich.«

»Kein Problem«, sagte die Stimme. »Wir warten in Heathrow auf Sie. Wir haben uns umgehört und wissen jetzt, wo die Ware ist. Ihrer Größe und ihrem Zustand nach zu schließen, dürften Sie keine Probleme damit haben.« Ein Lachen. »Das reinste Kinderspiel.«

Carvelli war nicht zum Lachen zumute, als er auflegte. Ihm war übel.

Wolfsgeheul weckte Fleming, bevor es das Licht tat. Ohne sich um seine schmerzenden Muskeln zu kümmern, schüttelte er Amber wach.

Sie setzte sich sofort kerzengerade auf. »Was war das?« Sie blinzelte. »Wo sind sie?«

»Keine Ahnung. Jedenfalls müssen wir los.« Er blickte aus der Röhre auf die fehl am Platz wirkenden Umrisse der halb fertigen Raffinerie hinaus. Die Sonne stand tief und tauchte die Szenerie in schwaches, flach einfallendes Licht. Nur noch wenige Wochen und sie würde den ganzen Winter über verschwinden. Alles war von einer dicken Schicht frischem Schnee bedeckt, aber der Wind war nicht mehr so stark wie in der vergangenen Nacht, und der Himmel war relativ klar.

Amber stand auf, fiel aber sofort wieder hin. Sie hielt sich das rechte Bein. »Mist.«

Fleming nahm es in die Hände und konnte sogar durch den Anzug hindurch sofort ihre verkrampfte Oberschenkelmuskulatur spüren. Trotz ihrer lautstarken Proteste begann er, sie wortlos zu massieren, und hörte erst damit auf, als sich ihre Muskulatur zufrieden stellend entspannt hatte.

Sie bedachte ihn mit einem finsteren Blick, als sie aufstand, um das Bein zu testen.

»Tut mir Leid«, sagte er, »aber wenigstens kannst du jetzt wieder gehen. Außerdem wird es wesentlich schmerzhafter, wenn uns die Wölfe erwischen.«

Trotz des tiefen Schnees kamen sie gut voran, und obwohl sie immer wieder Wölfe hörten, bekamen sie auf dem Weg durch die Raffinerie keinen einzigen zu sehen. Es herrschte gespenstische Stille, und die Bauten ragten empor wie schneebedeckte Grabsteine.

Nach drei Stunden machten sie Rast, aßen etwas Schokolade aus dem Rucksack und schmolzen mit dem Campingkocher Schnee, um Kaffee zu kochen. Ein paar wundervolle Momente lang kam die Sonne heraus, und eine Weile gestatte sich Fleming sogar, ihre Situation zu vergessen.

Dann hörten sie die Wölfe wieder. Näher.

Vielleicht lag es daran, dass sie sich dem Ende ihres Abstiegs näherten, oder weil er es genoss, mit Amber in den Bergen unterwegs zu sein – jedenfalls machte er, nachdem er den Rucksack wieder angelegt hatte, die ersten paar Schritte, ohne die Festigkeit des Untergrunds zu testen. Prompt trat er ein Schneebrett los und riss Amber mit sich in die Tiefe. In einer dichten Wolke aus Schnee blindlings den Berg hinunterpurzelnd, machte er sich, seinen Leichtsinn verfluchend, darauf gefasst, jeden Moment gegen einen Felsen zu prallen. Irgendwann wurde ihm der Rucksack von den Schultern gerissen, und zweimal spürte er Ambers Stiefel in seinem Rücken. Er verlor jedes Gefühl dafür, wie lang sie fielen, aber es kam ihm endlos vor. Als er endlich liegen blieb, war er vollkommen von Schnee bedeckt, sodass er nicht feststellen konnte, wo oben und unten war. Er zupfte am Seil und spürte zu seiner Erleichterung, dass Amber am anderen Ende zog.

Er streckte seinen eng zusammengerollten Körper und ließ etwas Spucke aus seinem Mund fließen – Rob hatte ihm beigebracht, mithilfe des Speichelflusses die Richtung der Schwerkraft zu bestimmen. Sobald er wusste, wo oben war, begann er zu graben und konnte schon nach Kurzem trübes Sonnenlicht durch den Schnee dringen sehen.

Wenige Sekunden später stieß er mit dem Kopf durch die Oberfläche und blickte auf eine Gruppe Fichten. Dann tauchte, nach Luft schnappend, Amber neben ihm auf. Er befreite sich aus dem Schnee und half ihr. Nachdem er sich abgeklopft hatte, überlegte er, ob er nach seinem Rucksack mit dem Palmtop-Computer suchen sollte. In diesem Moment deutete Amber ins Tal hinab. »Da.« In der Richtung, in die sie zeigte, standen ein paar eingeschneite Hütten. »Ist sie das?«, fragte sie.

Angesichts der tief verschneiten Bergeinsamkeit um sie herum musste er über ihre Frage lächeln. »Ja«, sagte er. »Das muss sie wohl sein.«

60

Rangerstation. National Wildlife Refuge Reserve

Wie Virginia Knight gesagt hatte, war die Rangerstation verlassen. Laut dem großen Schild neben dem Eingang der Haupthütte war die Station von Mitte Oktober bis Ende März nur zeitweise besetzt.

Sie bestand aus drei Hütten und einer Reihe computergesteuerter Betonbehälter, die je nach Temperatur und Zeit den ganzen Winter über Tierfutter abgaben. Wenn die Menschen weg waren, hielten die Tiere Einzug. Es wimmelte von wohl genährten Wölfen, und am Himmel kreisten zahlreiche Raubvögel.

Amber blickte nachdenklich den Berg hinauf. Sie konnte zwar das Gipfelplateau sehen, aber keine Spur von der Raffinerie oder vom Gipfel des daneben liegenden höheren Berges. Er verschwand in den Wolken, sodass sich nicht feststellen ließ, ob die VenTec Foundation überhaupt von hier zu sehen war.

Fleming ging auf die Haupthütte zu, auf deren Dach eine Laserantenne und eine Satellitenschüssel angebracht waren, und wollte gerade die Tür aufbrechen, als Amber auf ein Holzkästchen rechts neben der Tür zeigte. Ein kleines Schild informierte sie:

Alle Wanderer sind herzlich willkommen, in dieser Hütte Unterschlupf zu suchen und ihre Einrichtungen zu benutzen. Wir bitten Sie nur, sie in dem Zustand zu hinterlassen, in dem Sie sie vorgefunden haben, alle Vorräte aufzufüllen und keine Tiere nach drinnen zu lassen. Spenden können in der Blechbüchse hinterlassen werden, außerdem werden Besucher gebeten, sich ins Gästebuch einzutragen. Schließen Sie ab, wenn Sie die Hütte verlassen, und legen Sie den Schlüssel wieder in dieses Kästchen.

Wir danken für Ihr Interesse an Flora und Fauna unseres schönen Staates.
John Mahoney. Head Ranger
National Wildlife Refuge Reserve. Polarregion. Alaska.

Amber holte die Schlüssel heraus und schloss die Tür auf. Das Innere der Hütte war erstaunlich luxuriös, gut isoliert und mit sämtlichen technischen Geräten eingerichtet, die man sich nur denken konnte. In einer Ecke waren ein optischer Computer mit einem eigenen Monitor, ein Videokonferenz-Plasmabildschirm und eine mattschwarze Multifunktionsanlage, komplett mit Video-Link-Kamera, Satellitentelefon, Tastatur und Fax. Sobald sich ihre erste Überraschung gelegt hatte, wurde Amber klar, dass diese Anlage an einem so abgeschiedenen Ort lebensnotwendig war. »Die Anlage kann sich wirklich sehen lassen«, sagte sie und machte den Lucifer-Computer an.

Fleming nahm das Satellitentelefon. »Funktioniert ebenfalls. Anscheinend gibt es hier einen Generator.«

Amber nickte zufrieden, als sie das Optinet-Portal auf dem Bildschirm erscheinen sah.

Fleming wählte eine Nummer. »Können Sie mich mit dem FBI verbinden? … Das weiß ich nicht. Mit der Zentrale? Washington ist prima.« Darauf trat eine Pause ein, und dann hörte Amber ihn sagen: »Hallo, kann ich bitte mit dem Mann sprechen, der die Ermittlungen in dieser Roten-Papst-Geschichte leitet? Sicher. Ich kann verstehen, dass Sie im Moment alle Hände voll zu tun haben. Sie brauchen ihm nur etwas zu bestellen. Dann wird er sicher mit uns reden wollen. Sagen Sie ihm, Amber Grant und Miles Fleming möchten ihn sprechen. Ich bin der Typ, der einen Teil der Geräte entwickelt hat, die bei der Prophezeiung des Roten Papstes zum Einsatz gekommen sind. Sagen Sie ihm, wir haben wichtige Informationen. Ja. Können Sie vielleicht dafür sorgen, dass er mich zurückruft … Hallo? Was? Sicher, ich bleibe dran.«

In vier Minuten war eine Videoverbindung zu Associate Director Morgan Jones' provisorischer Einsatzzentrale an Bord der Roten Arche hergestellt. Die Auflösung war hervorragend, und auf dem Plasmabildschirm über dem Kommunikationssteuerpult konnte Amber den höhlenartigen Ballsaal sehen. Im Hintergrund saßen hemdsärmelige FBI-Techniker an Klapptischen und brüteten über Computermonitoren. Jede waagrechte Oberfläche war mit Styropor-Kaffeebechern voll gestellt, und auf großen Video-Bildschirmen liefen Nachrichtensendungen aus aller Welt. Im Vordergrund schritt ein schlanker Schwarzer in dunkelblauem Anzug, weißem Hemd und Schulterholster um einen Konferenztisch, an dem drei andere Männer saßen.

»Könnten Sie beide vielleicht etwas näher an Ihre Videokamera ranrücken, damit ich Sie identifizieren kann?«, sagte Jones.

Amber und Fleming nahmen die Helme ab, traten näher an das Steuerpult und linsten in das Objektiv der Kamera. Wegen ihres kahl rasierten Schädels wurde Amber plötzlich verlegen: Ihr Haar begann zwar bereits nachzuwachsen und bedeckte ihren Kopf mit einem dünnen Flaum, aber sie konnte sich nicht vorstellen, dass sie auch nur annähernd Ähnlichkeit mit einem der Fotos von ihr hatte, die Jones auf seinem Bildschirm hatte. Trotzdem schien er nichts einzuwenden zu haben und war entweder zu höflich oder zu sehr mit anderen Dingen beschäftigt, um eine Bemerkung darüber zu machen.

»Wir haben schon überall nach Ihnen beiden gesucht. Dr. Grant, der Herr, der Sie schon vor einiger Zeit vermisst gemeldet hat, arbeitet inzwischen in dieser Roten-Papst-Affäre mit uns zusammen.« Er drehte sich um und deutete auf eine schwarz gekleidete Gestalt, die zwischen den Technikern hindurch auf den Konferenztisch zukam. Amber lächelte, als sie ihren Paten erkannte. »Pater Riga war als hochrangiger Vertreter der katholischen Kirche eingeladen, an der Veranstaltung am Tag der Seelenwahrheit teilzunehmen. Er und andere religiöse Führer haben uns zu helfen versucht, Licht in diese undurchsichtige Angelegenheit zu bringen.«

»Amber, Gott sei Dank«, sagte Papa Pete, als er den Tisch erreichte. »Dr. Fleming. Wo sind Sie gerade? Wir haben Sie nach Ihrem Besuch bei mir beschatten lassen – zu Ihrem eigenen Schutz«, fügte er rasch hinzu. »Aber in San Francisco haben wir Ihre Spur verloren.«

Fleming runzelte die Stirn. »Hatten Sie bereits bei meinem Besuch in Rom einen Verdacht, dass da etwas faul sein könnte?«

Riga setzte sich und verschränkte die Arme über der Brust. Er zeigte keine Reue. »Ja, aber ich war mir nicht sicher, was. Wir Jesuiten hatten die Gottesdienste des Roten Papstes schon einige Zeit beobachtet und vermuteten schon längere Zeit, dass er irgendetwas Größeres plante. Als Sie mir von Ambers Seelen-Wellenlänge erzählten, habe ich gewisse Schlüsse gezogen.«

»Und seitdem haben wir Amber Grant, in aller Diskretion, versteht sich, aufzuspüren versucht«, fügte Jones hinzu. »Allerdings hatten wir nach dem Tag der Seelenwahrheit alle Hände voll zu tun, die Panik einzudämmen. Sagen Sie uns, wo Sie sind und was Sie über die ganze Sache wissen.«

Amber und Fleming tauschten einen Blick. Dann schilderten sie abwechselnd die Umstände ihrer Flucht sowie die Vorfälle der vergangenen Woche. Amber berichtete von ihrer Entführung und den Experimenten. Fleming erzählte, wie Soames ihn dazu gebracht hatte, ihm bei der Entwicklung eines verbesserten NeuroTranslators zu helfen, der mit Soames' Seelenfang-Geräten kompatibel war. Er erklärte, wie Soames den Nachweis für die Existenz der menschlichen Seele erbracht hatte, indem er sie im Moment des Todes sichtbar gemacht und ihre Signatur auf einem Photonen-Detektorschirm aufgezeichnet hatte, und dass er Amber gebraucht hatte, um die Frequenz herauszubekommen, die erforderlich war, um mit der Seele beim Verlassen des Körpers Kontakt aufzunehmen und mithilfe des NeuroTranslators mit ihr zu kommunizieren.

»Im Grunde haben wir beide, Amber und ich, die letzten fehlenden Glieder in der Kette beigesteuert, um den Tag der Seelenwahrheit möglich zu machen.«

»Dann war das Ganze also kein Schwindel?«, fragte einer der FBI-Informatiker, der einen tragbaren optischen Computer vor sich stehen hatte. »Wir konnten jedenfalls keine Hinweise finden, dass mit irgendwelchen faulen Tricks gearbeitet wurde. Allerdings hatte ich gehofft, Sie könnten uns erklären, wie sie das hingekriegt haben.«

»Das Ganze könnte durchaus authentisch gewesen sein«, flocht Pater Riga ein. »Das räumen sogar unsere Wissenschaftler in Rom ein. Aber irgendetwas muss trotzdem faul an der Sache sein.«

Fleming seufzte. Amber konnte ihn fast denken hören: *Wo nehmen Priester bloß immer diese verdammte Gewissheit her?* Aber er sagte nur: »Ich wäre heilfroh, wenn ich Ihnen sagen könnte, das Ganze wäre irgendein fauler Zauber. Wirklich. Aber die Technologie, die dabei zum Einsatz gekommen ist, ist absolut seriös. Was wir gehört haben, war die Seele des Roten Papstes, das steht völlig außer Frage.«

»Dann gibt es also tatsächlich keinen Gott, und wir müssen uns darauf einstellen, dass auch die anderen Zeichen eintreten?«, fragte der FBI-Direktor unumwunden. Sein schmales dunkles Gesicht wirkte plötzlich grau.

»Nicht unbedingt«, sagte Amber, einem spontanen Impuls nachgebend.

Fleming wandte sich ihr zu und lächelte. Dann blickte er wieder in die Kamera. »Sie hatte einen Traum.«

»Nein«, sagte sie und griff nach dem Computer neben ihr. »Es war mehr als das.«

61

Es hatte etwas mit Soames' Reaktion auf die Offenbarung des Roten Papstes zu tun ... dass er sie nicht nur akzeptiert, sondern regelrecht begrüßt – fast *erwartet* hatte. Was hatte er gleich wieder zu Virginia Knight gesagt, als sie geflohen waren?

»Oh, und ob ich das war. Ich war immer gläubig, Virginia, bin es auch jetzt noch. Es ist nur so, dass weder Sie noch Accosta mich jemals gefragt haben, an *wen* ich glaube.«

Was Amber veranlasste, nach dem Computer zu greifen, war auf der einen Seite die Selbstverständlichkeit, mit der sich Soames mit der Offenbarung des Roten Papstes abgefunden hatte, auf der anderen Seite die vollkommen gegensätzliche Sicht der Dinge, die ihr Ariel in ihrem Traum gezeigt hatte.

Mithilfe des Suchfelds rechts oben auf der Tastatur aktivierte sie das Optinet-Icon auf dem Bildschirm, um ins optische Internet zu kommen. In wenigen Sekunden hatte sie das Optrix-Portal aufgerufen und sich mithilfe ihres persönlichen Codes Zugang zum Data Security Provider von Optrix verschafft. Mit dem Aufkommen des optischen Internets waren nicht mehr Schnelligkeit und Umfang des Datenverkehrs das Problem, sondern die Sicherheit: Im Optinet waren Daten mit solcher Schnelligkeit unterwegs, dass Informationsdiebe die Dateien eines Unternehmens oder einer Einzelperson buchstäblich mit Lichtgeschwindigkeit plündern konnten.

Seit dem internationalen Datensicherheitsabkommen von 2004 speicherte kaum mehr ein Unternehmen oder eine Einzelperson ihre Daten selbst. Mittlerweile hatte so gut wie jeder einen Optinet-Anschluss und einen unabhängigen Data Security Provider oder DSP. Dank ihrer Quantencodes galten diese Datenbanken als hackersicher und garantierten hundertprozentigen Schutz. Jeder Abonnent erhielt einen mit einem Zufallsgenerator erzeugten Code, den niemand sonst, der DSP eingeschlossen, kannte.

Mithilfe ihres Codes verschaffte sich Amber nun Zugang zum Optrix-DSP. Sobald sie drinnen war, durchsuchte sie mit der Suchmaschine das Optrix-Kundenarchiv, und zwar speziell nach internationalen Organisationen. Sie brauchte weniger als drei Minuten, um ihren Verdacht bestätigt zu bekommen.

»Was hatte es mit diesem Traum auf sich, Dr. Grant?«, fragte der FBI-Direktor.

Amber rieb sich die Augen, bevor sie es ihm kurz erklärte und das Ganze schließlich folgendermaßen resümierte: »Ich will damit nur sagen, dass mich mein Traum zu der Überzeugung gebracht hat, dass die Wahrheit des Roten Papstes nicht die *einzige* Wahrheit ist.«

»Natürlich war es nicht die einzige Wahrheit«, pflichtete ihr Riga bei. »Was Accosta gesehen hat, war die Wahrheit eines Verdammten, eines von der heiligen Mutter Kirche Exkommunizierten. Was deine Schwester gesehen hat, war die tugendhafte Wahrheit der katholischen –«

Fleming schüttelte ärgerlich den Kopf. »Haben Sie denn nichts dazugelernt? Woher wollen Sie wissen, dass das überhaupt etwas damit zu tun hat, ob man katholisch ist? Wenn Accosta eine Vision von der Hölle hatte, dann deshalb, weil er in maßloser Selbstüberschätzung glaubte, auf alles eine Antwort zu haben, und Menschen tötete, um das zu beweisen. Währenddessen hat Ambers Schwester ein gutes Leben geführt – so einfach ist das. Mit Religion hat das nichts zu tun.«

»Die Sache ist doch die«, sagte Riga ungerührt. »Wir befinden uns in unserem Kampf für die Seelen der Menschen in unablässigem Kriegszustand. Gott hat dem Teufel gestattet, uns auf die Probe zu stellen, und dieser Herausforderung müssen wir uns gewachsen zeigen. Bisher glaubten alle, der gemeinste Streich, den uns der Teufel spielen könnte, wäre, uns glauben zu machen, es gäbe ihn nicht. Aber das stimmt nicht. Sein hinterhältigster Trick ist, uns einzureden, es gäbe *nur* ihn. Deshalb müssen wir mit allen Mitteln verhindern, dass auch die anderen Zeichen eintreten.«

»Das ist nicht der einzige Grund«, sagte Jones. »Ihre Aufgabe mag es ja durchaus sein, unsere unsterblichen Seelen zu retten,

Pater, aber mir geht es in erster Linie um unsere lebendigen Körper. Wenn ich meine Bibel recht in Erinnerung behalten habe, dann bringen die vier apokalyptischen Reiter nicht gerade Gesundheit, Wohlstand und Glück über die Menschheit.«

»Könnte vielleicht jemand einem kleinlauten Atheisten auf die Sprünge helfen, was die einzelnen Reiter bringen?«, fragte Fleming.

Riga beugte sich mit ernster Miene vor. »Der Offenbarung zufolge reiten die vier Reiter auf verschiedenfarbigen Pferden. Der erste ist der weiße Reiter, der Unruhe unter den Menschen stiftet; dann bringt ein roter Reiter Krieg und ein schwarzer Hunger. Der Letzte ist der fahle Reiter.«

»Was bringt er?«

»Den Tod.«

Nach einem Moment der Stille fragte Fleming: »Kommen sie in dieser Reihenfolge?«

Riga hob die Schultern. »Wir wissen nur, dass das erste Zeichen bereits Unruhe in der Bevölkerung gestiftet hat, und dem Roten Papst zufolge werden das dritte und vierte Zeichen zusammen eintreten.«

»Ansonsten wissen wir null«, sagte der FBI-Mann. »Wir haben keine Möglichkeit festzustellen, in welcher Gestalt oder Reihenfolge sie auftreten werden.« Er sah auf die Uhr. »Aber das werden wir ohnehin früh genug erfahren. Das zweite Zeichen ist jeden Augenblick fällig.«

»Die Zeichen werden von Menschenhand ausgelöst«, erklärte Riga.

»Wie meinen Sie das?«

»Gott stellt uns auf die Probe. Er wird uns nicht durch eine Naturkatastrophe heimsuchen. Er stellt unseren freien Willen auf die Probe. Die Unruhe in der Bevölkerung, das erste Zeichen, war eine Folge des Stromausfalls und der Ankündigung Accostas. Ich glaube, die anderen werden auf ähnliche Weise eintreten. Er wird Menschen benutzen und sie in Versuchung führen, Böses zu tun. Die Zeichen werden von Menschenhand ausgelöst werden. Accosta hat selbst vorhergesagt, dass ein ›Stellvertreter auf Erden‹ die Zeichen eintreten lassen wird.«

»Genau das versuche ich Ihnen doch zu erklären«, sagte Amber. »Ich glaube, ich weiß, wer dieser Stellvertreter auf Erden ist.«

Jetzt verstand Fleming. »Bradley.«

»Genau. Ich habe in der Optrix-Datenbank nachgesehen und festgestellt, dass in jeder Stadt, in der die Elektrizität ausfiel, die Stromversorgung ausnahmslos durch hochentwickelte Computersysteme geregelt wurde. Alle diese Anlagen laufen auf optischer Basis, und ihre wichtigsten Komponenten wurden entweder direkt oder indirekt von Optrix geliefert.«

Associate Director Jones runzelte die Stirn. »Wollen Sie damit sagen, hinter den Stromausfällen steckt Bradley Soames?«

»Ja.«

»Aber wieso?«

»Er ist ein Söldner Satans«, sagte Riga nüchtern. »Er hat es sich zur Aufgabe gemacht, die Zeichen eintreten zu lassen, um die Welt davon zu überzeugen, dass die Offenbarung des Roten Papstes die einzige und ganze Wahrheit war. Er dient dem Teufel und beabsichtigt, den Glauben an Gott zu zerstören.«

Der FBI-Mann wandte sich mit skeptischer Miene Amber zu. »Halten Sie das für möglich? Sie haben eng mit ihm zusammengearbeitet.«

Amber hatte immer gedacht, Soames besser zu kennen als irgendjemand sonst, aber was er in letzter Zeit getan hatte, passte so gar nicht zu dem Mann, den sie zu kennen geglaubt hatte – zu dem Mann, der die Welt zum Besseren verändert und Millionenbeträge für humanitäre Hilfe und medizinische Forschung gespendet hatte. Sollte er eine seltsame Affinität zu einer dunkleren Macht haben? Schaudernd erinnerte sie sich an den Moment, als sie, nachdem er sie aus ihrem Traum geweckt hatte, in seine Augen geblickt hatte. »Ich habe, ehrlich gestanden, keine Ahnung, warum er das tut«, sagte sie. »Was meinen Sie, Miles?«

Fleming rieb sich das Kinn. »Ich würde mich zwar nicht derselben Ausdrucksweise bedienen wie Pater Riga, aber dennoch stimme ich ausnahmsweise einmal mit ihm überein. Auch wenn wir nicht wissen, warum Soames das alles tut, steht zumindest eines fest: Er hat es sich zum Ziel gesetzt, die Richtigkeit von Accostas Prophezeiungen zu beweisen.«

»Aber wie?«, fragte einer der FBI-Informatiker. »Diese Systeme sind alle durch Qubit-Codes geschützt.«

»Genau«, fügte ein anderer hinzu. »Und selbst wenn er ein paar davon knacken könnte, wäre ein absoluter Mega-Rechner nötig, um hinzukriegen, dass in jeder Stadt der Strom bei Sonnenuntergang ausfällt und bei Sonnenaufgang wieder zurückkommt.«

Amber fing Flemings Blick auf und sah, dass er dasselbe dachte wie sie. »Soames ist hochintelligent«, sagte sie, »und er verfügt über einen Computer mit der erforderlichen Leistung.«

»Ich hab ihn im roten Sektor unter der Foundation gesehen«, pflichtete ihr Fleming bei. »Es ist eine riesige Lichtkugel im Bohrloch der Plattform. Tief im Innern des Berges.«

»Ich war an der Entwicklung des frühen Prototyps beteiligt«, fuhr Amber fort. »Der Rechner war schon damals enorm leistungsfähig und ohne weiteres in der Lage, Sicherheitscodes zu knacken und andere Computersysteme zu manipulieren. Dazu kommt, dass Bradley ihn in der Zwischenzeit verbessert hat. Es war schon immer sein Traum, über die normalen optischen Computer hinauszugehen und einen Rechner mit echtem Quantenpotenzial zu bauen – den Endcomputer, wie er ihn nannte. Er ist zu zehn hoch einundfünfzig Rechenschritten pro Sekunde imstande – das ist eine Eins mit einundfünfzig Nullen dahinter –, und seine photonischen Quantenbits oder Qubits können eine unvorstellbare Zahl von superpositionalen Zuständen einsetzen, die ihm ermöglichen, unendlich viele Berechnungen gleichzeitig durchzuführen. Für einen Rechner dieses Kalibers ist das Knacken von Quantencodes ein Klacks.« Sie senkte den Blick auf den Computer und begann zu tippen. »Ich sehe mal, ob ich es mit einem Doppel-S im Internet finden kann. Und dann versuche ich mir zu seiner Datenbank Zugang zu verschaffen. Aber es wird nicht einfach werden.«

Die zwei FBI-Informatiker, die in Sachen Informationstechnologie auf dem neuesten Stand waren, machten verständnislose Gesichter. »Was ist ein Doppel-S?«, fragte einer.

»Ein so genannter Stealth Seeker«, antwortete Amber. »Etwas, woran wir bei Optrix gerade arbeiten. Im Grunde genommen handelt es sich dabei um einen intelligenten Virus, ein Quantencode-Paket, mit dem ich im optischen Internet nach etwas suchen kann. Der Stealth Seeker findet jede Website, nach der ich ihn suchen lasse, und dann findet er, ohne entdeckt zu werden, heraus, wie man sich Zugang zu den gewünschten Daten verschaffen kann.«

Sie brauchte sieben Minuten, um den Stealth Seeker zu bauen und die Such-Parameter einzugeben, bevor sie ihn auf den Weg schickte. »Fertig«, sagte sie mit einem zufriedenen Lächeln. »Jetzt durchsucht er das Optinet. Es dürfte etwa –«

Ihr Monitor blieb hängen und begann zu knistern, als eine wilde Datenflut über den Bildschirm scrollte. Aus den Lautsprechern kam ein eigenartiges Quietschen wie von einem Fax.

»Was war das denn?«, sagte der FBI-Informatiker auf dem nicht von der Störung betroffenen Videokonferenz-Bildschirm.

»Keine Ahnung«, sagte Amber. »Ich war es jedenfalls nicht.«

Hinter Associate Director Jones war plötzlich der Teufel los. Die Agenten an den Computern starrten fassungslos auf ihre Bildschirme, und Amber konnte erkennen, dass alle Monitore, die sie sehen konnte, genauso rauschten und flimmerten wie ihrer.

Als das Telefon neben Jones läutete, nahm er ab. »Verstehe«, sagte er. »Ja, prüfe ich nach.« Er legte auf. »Das war Washington. Im Hoover Building und in der Quantico Academy haben sie dasselbe Problem. Ihre Datenbanken spielen verrückt, und allem Anschein nach ist nicht nur das FBI davon betroffen. Es hat schon vor ein paar Minuten angefangen und bereits ziemlich weite Kreise gezogen. Holen Sie auf einem der Bildschirme BBC rein.«

Plötzlich kamen Bilder aus der New Yorker Börse: In entsetztem Schweigen standen Menschen auf dem Handelsparkett und beobachteten, wie die riesigen Bildschirme mit den Preisen der Blue-Chip-Werte genauso verrückt spielten wie Ambers Monitor. »Wall Street steht Kopf«, sagte der Nachrichtensprecher. »Institutionen in aller Welt versuchen ein Phänomen in den Griff zu bekommen, das die Angst vor dem Millenniumsbug geradezu harmlos erscheinen lässt. Eine ohnehin schon unter Schock stehende Welt fragt sich: Ist das das zweite Zeichen des Roten Papstes?«

Wie auf ein Stichwort hin, verschwand mit einem Schlag alles, was auf dem riesigen Wall-Street-Bildschirm zu sehen gewesen war. Wenige Augenblicke später wurde auch Ambers Monitor leer. Doch dann war sie, wie alle anderen, sofort wieder online.

Mit einem gravierenden Unterschied.

Auf keinem der Bildschirme waren mehr irgendwelche Daten. Jeder Monitor zeigte nur noch Reihen von Nullen.

62

Besprechungszimmer des schwarzen Sektors

Das Chaos und die Panik, die das zweite Zeichen auslöste, übertrafen die Folgen des ersten bei weitem. Jeder Aktien- und Wertpapierpreis in jeder Börse der Welt, von der Wall Street bis Hongkong, war auf Null zurückgestellt. Jedes Bankkonto jeder Firma, Regierung oder Einzelperson war mit einem Schlag gelöscht. Kreditkarten funktionierten weder in Geschäften noch online. Bargeldautomaten waren außer Betrieb, weil sie weder die Karten lesen noch auf irgendwelchen Konten Geld finden konnten.

Aber die Störung betraf keineswegs nur Finanzmärkte und Banken. Von allen auf Computer gespeicherten Datenbanken der Welt wurden die Vorstrafenregister gelöscht – vom FBI in Washington bis zu Interpol in Paris und Scotland Yard in London. Staatliche Unterlagen über Wohnsitz, Steuerpflicht und Wahlrecht verschwanden. Versicherungs- und Ausbildungsdokumente, darunter Examensergebnisse und Schulregister, wurden vernichtet. Wissenschaftliche Forschungsergebnisse und medizinische Unterlagen wurden gelöscht. Militärische Daten und Personalakten verschwanden. Jeder der bestens gesicherten Data Security Provider im optischen Internet wurde geplündert und alle darin gespeicherten Daten gelöscht. Sämtliche online befindlichen Computer-Datenbanken, –Internetseiten, –Archive, –Bibliotheken und sonstige Speichermöglichkeiten wurden blankgefegt. Wenn etwas nicht gedruckt, offline gespeichert, aufgeschrieben oder erinnert war, war es weg. Es war, als wären der Geist und das Gedächtnis der ganzen technologischen Welt vernichtet worden.

Bradley Soames saß im Besprechungszimmer des schwarzen

Sektors und sah sich die hysterischen Nachrichtenmeldungen aus aller Welt an. Überall waren Chaos und Panik ausgebrochen, und das war gut so.

Er erhob sich von seinem Sessel und ging zum Lift, der in den roten Sektor hinabführte. Die Wölfe folgten ihm. Im Lift war das Summen lauter als sonst, und er blickte durch den getönten Glasboden der Kabine nach unten. Der Feuerball unter ihm war von einer wilden Schönheit und flimmerte wie nie zuvor. Im Innern der Kugel schossen wie bei einer Sonnenexplosion Lichtblitze hin und her. Der Lift hielt direkt darüber an. Die lichtdichten Türen öffneten sich auf den Kontrollraum und die Labors, die das Bohrloch umgaben.

Tripp und Bukowski standen an den Terminals, die den Rechner steuerten. Bukowski wandte sich ihm mit leuchtenden Augen zu.

»Wie geht's?«, fragte Soames. »Irgendwelche Probleme mit dem Downloaden oder der Kapazität?«

Bukowski lachte. »Es ist unglaublich. Wir haben noch nicht einmal einen Bruchteil seiner Kapazität ausgeschöpft, und die Übertragung ist sogar noch besser, als wir dachten. Keinerlei Datenkorruption.«

Soames war nicht überrascht, aber er war erleichtert. Um seine wachsende Ungeduld, die Sache zu Ende zu bringen, in den Griff zu bekommen, hielt er sich vor Augen, dass sie exakt in der Zeit waren und dass es seine Pflicht war, sich an die vorhergesagten Zeitabläufe zu halten, um die Prophezeiungen zu erfüllen. Die letzten beiden Zeichen würden, wie angekündigt, gleichzeitig eintreten, und dann wäre seine Mission auf der Erde beendet.

Ein Telefon läutete. Tripp nahm ab und reichte es Soames.

Es war Carvelli. »Die Versicherungspolice ist unterwegs«, war alles, was er sagte.

»Wunderbar«, sagte Soames. »Kommen Sie sofort in mein Quartier, wenn Sie hier sind.«

Er setzte sich und betrachtete durch das getönte Sichtfenster den Feuerball aus gezähmtem Licht. Seufzend zupfte er eine Hautschuppe von seinem Unterarm und fütterte damit abwesend einen Wolf. Die tiefe Müdigkeit, die sich seiner bemächtigte, war eine Folge jahrzehntelangen Wartens, Planens und Wissens.

Bald ist es vorbei, sagte er sich wieder einmal und kämpfte gegen das fast unüberwindliche Bedürfnis an, die letzten Zeichen sofort eintreten zu lassen und die Sache hinter sich zu bringen.

Du hast es fast geschafft, redete er sich gut zu. *Es ist nur noch eine Frage der Zeit, bis sich deine Bestimmung endlich erfüllt hat.*

63

Rangerstation

Fleming ließ sich nicht anstecken von der Panik, die sich auf der Welt ausgebreitet hatte. Er dachte über Soames nach. Irgendwie half ihm das Wissen, dass er hinter dem Ganzen steckte: Es verschaffte ihm eine Möglichkeit, das Unheil doch noch abzuwenden, denn wenigstens hatte er jetzt jemanden, gegen den er kämpfen konnte, jemanden, der die Prophezeiung des Roten Papstes erklären konnte.

Als er nämlich den FBI-Leuten Soames' Erfindung erklärt hatte, war ihm eingefallen, dass Soames einmal gesagt hatte, jede Seele hätte einen eigenen unverwechselbaren Strichcode. Und das hatte ihn auf eine Idee gebracht, wie es ihm doch noch gelingen könnte, sich mit Robs Seele in Verbindung zu setzen und zu beweisen, dass sein Leiden ein Ende hatte. Aber zunächst musste er helfen, wieder Ordnung in das Chaos zu bringen, das auf der Welt ausgebrochen war.

Mit Ausnahme einiger Leuchtpunkte auf den Bildschirmen war die Kommunikation durch den Massenabsturz so gut wie nicht beeinträchtigt, und bald funktionierten die Rechner wieder ohne Softwareschäden. Allerdings waren die Computer und ihre Programme wie leere Gefäße, so, als wären sie gerade gekauft worden. Alle gespeicherten Informationen waren weg, alle Datenbanken gelöscht. Es waren die entsetzten Gesichter der FBI-Informatiker, die Fleming auf den Zusammenhang mit der Prophezeiung des Roten Papstes brachten. »Das ist das zweite Zeichen«, sagte er mit einem Blick auf die Nullen auf den Monitoren.

Associate Director Jones blieb stehen und legte das Telefon hin, in das er seine Anweisungen geknurrt hatte. »Es ist eine einzige Katastrophe«, schimpfte er. »Die ganze Welt hat Alzheimer. Die Menschheit ist am Ende. Selbst die elementarsten Transaktionen sind nicht mehr möglich. Behörden und Institutionen haben keine Möglichkeit mehr festzustellen, wer jemand ist oder wer sie selber sind. Aber es passt nicht in das Schema der vier Reiter.«

»Das ist richtig«, bestätigte Riga.

Fleming rieb sich seine schmerzende Schulter. »Was bringt der schwarze Reiter gleich noch mal?«

»Eine Hungersnot«, sagte Riga.

Fleming setzte sich zurück und wartete, bis alle ihre hektischen Aktivitäten eingestellt hatten und ihn ansahen. »Ist das nicht genau das, was wir haben?«, sagte er schließlich. »Eine Informationshungersnot?«

Amber klopfte ihm aufs Knie. »Warte mal.« Sie gab ein paar Befehle in den Computer ein. »Ich glaube, du hast Recht, Miles, aber an der Sache ist noch mehr dran. Der Stealth Seeker, den ich losgeschickt habe, ist zurück. In Bradleys Rechner ist er zwar nicht reingekommen – dafür ist das Ding zu stark –, aber er hat trotzdem ein paar interessante Dinge herausgefunden. Zum Beispiel, dass es im Optinet *kolossale* Datenbewegungen dorthin gegeben hat.« Sie ließ den Atem entweichen. »Willst du erst die gute oder die schlechte Nachricht hören?«

Niemand wagte, etwas zu sagen.

»Also, die gute Nachricht ist, die Daten wurden nicht gelöscht. Sie sind grundsätzlich noch vorhanden.«

»Und wo sind sie?«

»Das ist die schlechte Nachricht. Bradley Soames hat sie in seinem Superrechner gespeichert.«

»Was?«

»Das ist durchaus möglich«, sagte Amber. »Schon um die Jahrtausendwende gelangten Wissenschaftler anhand von Max Plancks Gesetz der Schwarzkörperstrahlung zu der Überzeugung, dass ein photonischer Computer mit einem Volumen von einem Liter zehn hoch zwanzig mal mehr Daten speichern könnte als eine alte Zehn-Gigabyte-Festplatte. Und Bradley Soames' Rechner hat mehr als einen Liter Volumen.«

»Er ist sogar ganz erheblich größer«, flocht Fleming ein. »Die

Lichtkugel, die ich gesehen habe, hatte mindestens fünf Meter Durchmesser.«

»Wir müssen die Daten zurückbekommen«, sagte Jones.

»Nicht nur das«, sagte Fleming. »Wir müssen nicht nur die Daten retten, sondern auch seinen Rechner unschädlich machen. Ganz offensichtlich benutzt ihn Soames dazu, die Prophezeiungen des Roten Papstes in Erfüllung gehen zu lassen. Das war im Fall des ersten Zeichens so und ebenfalls jetzt. Wir können mit ziemlicher Sicherheit davon ausgehen, dass er damit auch die letzten beiden Zeichen auslösen wird, die den Aussagen des Roten Papstes zufolge in etwas mehr als vierundzwanzig Stunden gleichzeitig eintreten werden. Allem Anschein nach hat er sich die zwei Knaller für den Schluss aufgespart – das große Finale.«

»Krieg und Tod«, sagte Riga mit einem ernsten Nicken.

»So ist es«, sagte Fleming. »Wenn die letzten beiden Zeichen wirklich eintreten, können wir einpacken.« Er wandte sich Amber zu. »Wenn du Bradley wärst, wie würdest du mit seinem Computer die letzten zwei Zeichen auslösen?«

Amber ließ sich in ihren Stuhl zurücksinken und massierte sich die Schläfen. Trotz aller Erschöpfung leuchteten ihre grünen Katzenaugen stärker denn je, und der strubbelige Flaum auf ihrem Kopf hatte etwas so Zartes, dass Fleming ihn am liebsten berührt hätte. »Was ich an seiner Stelle tun würde?«, murmelte sie nachdenklich. »Also, in Anbetracht der Tatsache, dass praktisch jedes Rechnersystem der Welt am Optinet hängt, würde ich eine militärische Einrichtung aktivieren. Vielleicht eins der Labors für biologische Kampfstoffe bei USAMRIID oder im Irak oder in Israel –«

»Ich würde etwas anderes tun«, sagte Associate Director Jones mit beängstigender Gelassenheit. »Ich würde ein paar Atomraketen abfeuern.«

Fleming nickte. »Das würde reichen. Es würde Krieg und Tod über die Welt bringen – sehr viel Tod. Alles, was in diese Richtung geht, würde weltweit zum Krieg führen.«

»Wir müssen diesen Computer zerstören«, sagte Jones ruhig.

Amber verzog das Gesicht. »So einfach ist die Sache leider nicht. Wenn wir ihn zerstören, gehen alle Daten verloren. Es könnte Jahre, wenn nicht Jahrzehnte dauern, um das ›Gehirn‹ der Welt wiederherzustellen. Einige dieser Daten sind unersetzlich, und wenn wir das augenblickliche Chaos nicht bald unter Kontrolle bekommen, könnte die Weltwirtschaft und unsere gesamte Infrastruktur einen so gravierenden Schaden erleiden, dass wir den bisherigen Zustand nicht wiederherstellen können – nie mehr. Das wäre Entropie im großen Maßstab, und dass es dazu kommt, müssen wir unter allen Umständen verhindern. Bevor wir den Computer zerstören, müssen wir unbedingt die Daten retten.

Außerdem hat Bradley bestimmt elektronische Alarmanlagen und Minen installiert. In dem Augenblick, in dem jemand versucht, seinen Rechner außer Gefecht zu setzen, werden automatisch die entsprechenden Befehle zu seiner Zerstörung ausgelöst. Mit einer direkten Attacke auf VenTec oder den Computer würden wir auf jeden Fall das genaue Gegenteil erreichen – dadurch würden wir die letzten zwei Zeichen auslösen.«

»Können Sie ihn denn aus der Ferne, online, überhaupt außer Betrieb setzen?«, fragte einer der Informatiker.

»Dafür ist seine Rechenleistung zu hoch. Nein, wir müssen direkt an den Rechner rankommen und ihn vor Ort neu programmieren, bevor Bradley Wind von der Sache bekommt. Das ist die einzige Möglichkeit, die Daten wieder zu beschaffen und den Computer so weit außer Gefecht zu setzen, dass er die letzten zwei Zeichen nicht mehr auslösen kann.«

»Bloß, wie sollen wir an ihn rankommen, ohne die Zeichen auszulösen?«, fragte Jones.

Amber stöhnte, als Fleming sich ihr zuwandte. Sie wusste genau, was er sagen würde. »Kommt überhaupt nicht in Frage, Miles«, sagte sie.

»Kennst du jemand anderen, der dieses Ding umprogrammieren kann?«, fragte er.

Sie ließ die Schultern sinken.

»In diesem Fall«, sagte Fleming mit einem grimmigen Lächeln, »bleibt dieser Job wohl an uns hängen.« Er wandte sich Jones zu. »Ich glaube, ich weiß eine Möglichkeit, Amber da reinzuschmuggeln. Aber dafür bräuchten wir Verschiedenes.«

»Zum Beispiel Verstärkung«, sagte der FBI-Mann. »Das HRT-Team ist einsatzbereit.«

»HRT?« fragte Fleming.

»Ja, das Hostage Rescue Team des FBI, das auf die Befreiung von Geiseln spezialisiert ist. Diese Männer sind eigens dafür ausgebildet, in Gebäude wie dieses reinzukommen und hinterher auch wieder raus. In Anchorage, nur ein paar Flugstunden von Ihnen entfernt, haben wir ein solches Kommando stationiert.«

»Okay«, sagte Fleming. »Vielleicht sollten wir wegen der letzten Zeichen auch die Army informieren.«

Jones lachte grimmig und griff wieder nach dem Telefon. »Wenn es umso viel geht, informiere ich eine Menge Leute mehr als bloß das Militär.«

64

Zweiundneunzig Minuten später

In der FBI-Einsatzzentrale an Bord der Roten Arche waren vier zusätzliche Videokonferenz-Bildschirme aufgestellt worden, und zwar so, dass sie sich im Blickfeld von Amber und Fleming befanden. Auf drei von ihnen waren Männer in Uniform zu sehen.

Einer war Special-Agent-in-Charge Wayne Thomas, der Kommandant des Geiselbefreiungsteams, das im Augenblick in der FBI-Außendienststelle Anchorage, Alaska, stationiert war. Der schlanke Mann mit dem langen Gesicht trug Army Boots und einen dunkelblauen FBI-Regenschutz über einer kugelsicheren Weste. Auf dem Bildschirm daneben war ein Mann in Arbeitsuniform und mit einem militärischen Kurzhaarschnitt zu sehen. Lieutenant Colonel Mark Kovac leitete eine Einheit der Delta Force, der Eliteeinheit der Special Forces der US-Army. Er befand sich auf einem geheimen Stützpunkt dreihundert Kilometer südlich der kanadischen Grenze. Kovac hatte die Gabe, selbst dann gelangweilt zu wirken, wenn offensichtlich war, dass er voll bei der Sache war. Amber vermutete, er hatte einen niedrigeren Puls als die meisten Sportler. Aber trotz seiner scheinbaren Teilnahmslosigkeit spürte sie, dass er es kaum erwarten konnte, dem FBI das Kommando zu entreißen.

Es war bereits zu einem unterschwelligen Kompetenzgerangel gekommen: Der Delta Force-Kommandant hatte angedeutet, dieser Einsatz sei nur etwas für Profis, und der FBI-Agent hatte mit dem Hinweis gekontert, wie wichtig für so einen Auftrag »richtig ausgebildetes« Personal sei. »Sie werden mir doch sicher Recht geben, Lieutenant Colonel, dass diese Operation eher die chirurgische Präzision eines Skalpells erfordert als die brutale Gewalt eines Hammers.«

Amber fühlte sich in der testosteron-schwangeren Atmosphäre nicht wohl, aber Fleming machte sie nichts aus – nicht einmal, als Kovac ihn davon abbringen wollte, zur VenTec Foundation zurückzukehren. »Sie sind Zivilist, Dr. Fleming. Erzählen Sie uns einfach nur alles, was Sie über den Aufbau der Anlage wissen, und überlassen Sie alles weitere uns.«

Amber sah ihn erschrocken an. Ihr war alles andere als wohl bei dem Gedanken, auf den Berg zurückzukehren, aber wenigstens fühlte sie sich in Flemings Gegenwart sicher. Bei ihm spürte sie eine Geborgenheit, die ihr Kovac sicher nicht vermitteln konnte.

Fleming lächelte Kovac an. »Ich komme mit.«

»Könnte noch ein harter Aufstieg werden, wenn uns die Black Hawks mal abgesetzt haben«, warnte Kovac. »Dr. Grant kriegen wir gerade noch den Berg rauf, aber eine zweite Person würde uns zu sehr behindern.«

»Machen Sie sich meinetwegen keine Gedanken«, sagte Fleming ruhig. »Ich halte Sie nicht auf.«

»Waren Sie schon mal in den Bergen?«

»Ein bisschen.«

»Welche Leistungsstufe?«

»Welche Leistungsstufe sind Sie denn, Lieutenant Colonel?«

Kovac hob die Schultern. »Achtzehn. Aber ich wurde für so was ausgebildet.«

»Wie viel Stufen gibt es denn überhaupt?«, fragte Amber.

Fleming wandte sich ihr zu. »Die höchste Stufe ist dreißig. Rob war siebenundzwanzig. Wahrscheinlich gibt es auf der ganzen Welt nur eine Hand voll Leute über sechsundzwanzig.« Er wandte sich wieder Kovac zu. »Achtzehn ist doch ausgezeichnet. Jeder über fünfzehn ist sehr gut.«

»Wie gesagt, ich wurde dafür ausgebildet«, sagte Kovac bescheiden.

»Welche Stufe bist du denn, Miles?«, fragte Amber.

»Neunzehn.«

Danach zeigte Kovac mehr Respekt vor Fleming.

Inzwischen hatte Amber ihre Aufmerksamkeit dem dritten Bildschirm zugewandt, auf dem ein weiterer Mann in Uniform stirnrunzelnd den Kopf über Associate Director Jones' Vorschlag schüttelte. Er war älter, mit grauem Haar und fünf Sternen an seiner Uniform. »Wenn Sie glauben, wir gehen mit unseren Raketen off-line, haben Sie sich geschnitten«, polterte der General. »Seit dem Millenniumsbug haben wir Vorkehrungen getroffen, damit wir *niemals* off-line gehen müssen, und schon gar nicht werden wir ausgerechnet jetzt anfangen, die nationale Sicherheit zu gefährden. Die Welt steckt gewaltig in der Scheiße, falls Sie es noch nicht gemerkt haben sollten.«

»Aber das ist doch der Punkt, General«, sagte Jones. »Wenn Sie mit allen Raketenbasen off-line gehen, kann Soames sie nicht aktivieren. Dadurch *erhöhen* Sie die nationale Sicherheit.«

»Wer sagt uns, dass dieser Irre nicht versucht, die Raketen der Russen oder von sonst jemandem abzufeuern? Wir müssen in der Lage sein, uns zu verteidigen.«

Associate Director Jones schüttelte den Kopf. »Ich bin sicher, General, wenn wir mit gutem Beispiel vorangehen und der Welt unseren Standpunkt unaufdringlich klar machen, gelingt es uns vielleicht zu verhindern, dass Soames irgendjemandes Waffenarsenal dazu benutzen kann, einen Krieg auszulösen. Wenn alle Zurückhaltung üben, wäre zumindest diese Gefahr abgewendet.«

»Das kommt überhaupt nicht in Frage – wir wissen nicht, ob wirklich *alle* auf einen Raketeneinsatz verzichten«, knurrte der General. »Wie heißt es doch so schön? Es hat keinen Sinn, den Guten zu spielen, solange es der Rest der Welt nicht auch tut. Und wenn ein Krieg unvermeidlich ist, will ich verdammt sein, wenn wir uns mit runtergezogenen Hosen erwischen lassen.«

»Selbst auf die Gefahr hin, den Krieg zu *beginnen*?«, fragte Riga.

Die Kiefermuskeln des Generals spannten sich. »Wenn es sein muss.«

Fleming stand auf und beugte sich vor. »Aber der Präsident wird –«

»Hören Sie, Dr. Fleming, ich weiß Ihre Hilfe in dieser Angelegenheit durchaus zu schätzen, wirklich. Aber als Vorsitzender der Vereinten Stabschefs komme ich gerade vom Präsidenten, der im Moment mit einer Reihe anderer Dinge beschäftigt ist, und er stimmt mir darin zu, dass die einzige praktikable Lösung so aussieht, dass sich Delta Force und FBI gemeinsam Zugang zu VenTec verschaffen.

Lieutenant Colonel Kovac ist ein ausgezeichneter Soldat, und seine Männer sind die besten, die wir haben. Zum Glück sind sie gerade bei Manövern an der kanadischen Grenze und können in wenigen Stunden in Fairbanks zum FBI stoßen. Wenn sie bei Ihnen eingetroffen sind, übernehmen sie die Defensive und halten Ihnen den Rücken frei, damit Sie Dr. Grant und das FBI in den gegnerischen Strafraum führen und Soames' Computer außer Betrieb setzen können. Dabei werden Sie von Kovacs Männern jede nur denkbare Unterstützung erhalten – aber unsere Raketen können wir und *werden* wir auf keinen Fall abschalten. Wenn die letzten zwei Zeichen des Roten Papstes, wie wir glauben, Krieg und Tod sind, dann ist es meine Pflicht, die Sicherheit unseres Landes zu gewährleisten.«

Amber merkte, wie Fleming den General zu unterbrechen versuchte, aber der fuhr einfach fort: »Verstehen Sie mich nicht falsch, Dr. Fleming. Ich bin mir des Ernstes der Lage und der Wichtigkeit Ihrer Aufgabe durchaus bewusst. Es ist von größter Bedeutung, dass Sie sie erfolgreich zum Abschluss bringen können, nicht nur, um die Computerarchive der Welt zu erhalten und die zahllosen von den letzten Zeichen bedrohten Menschenleben zu retten, sondern auch, um unseren Glauben an Gott und die Macht des Guten auf der Welt wiederherzustellen.«

Er hielt kurz inne, um die Anwesenden und die Männer auf den anderen Videokonferenz-Bildschirmen die Kraft seines stählernen Blicks spüren zu lassen: den Delta-Kommandaten, die FBI-Agenten, den Jesuiten und die zwei Wissenschaftler, Fleming und Amber Grant. »Was Sie sich da vorgenommen haben«, fuhr er schließlich fort, »ist nichts Geringeres als ein Kreuzzug zur Rettung des Geistes, des Körpers und der Seele der Menschheit. Und wenn es noch einen Gott gibt, bete ich von ganzem Herzen, dass er Ihnen beistehen möge.«

65

Der schwarze Sektor. Sechs Stunden später

Der Sturm war noch stärker geworden, und Carvelli war froh, dass der Hubschrauber, der ihn zur VenTec Foundation zurückbrachte, noch hatte landen können, bevor dies vollends unmöglich wurde. Er konnte den Schneesturm gegen die massiven Außenfenster peitschen hören, als er zu Soames' Privatunterkunft im schwarzen Sektor ging. Das große Vorzimmer war eine moderne Version von Aladins Höhle: Auf dem Ahornparkett lagen afghanische, türkische und persische Teppiche; an einer Wand hingen raffiniert beleuchtete afrikanische Masken, an einer anderen Tapisserien aus Rajastan und gerahmte Seidenbilder aus China. In einem Korb neben dem Kamin aus glänzend schwarzem Gagat waren duftende Sandelholzschnitzerein aus Saharanpur zur Schau gestellt. Auf einer Glasplatte lagen Korallen und exotische Halbedelsteine, die so von unten angestrahlt wurden, dass ihre bunte Pracht an die weiße Decke darüber geworfen wurde. Aus einer Nische starrte ein von hinten beleuchteter Löwenkopf mit einer prächtigen Mähne, und in die Wand neben der Eingangstür war ein großes Aquarium mit einem Technicolor-Kaleidoskop aus durcheinander flitzenden tropischen Fischen eingelassen.

Es kam Carvelli so vor, als hätte sich Soames, der dazu verdammt war, die Sonne zu meiden, und deshalb die exotischen Klimazonen dieser Erde nie aus erster Hand erleben konnte, die sinnliche Schönheit dieser Länder mithilfe seines ungeheuren Reichtums in sein Reich des Halbdunkels geholt.

Carvelli fröstelte. Er war noch nie in Soames' Privatwohnung gewesen und legte trotz all ihrer Schätze auch jetzt keinen Wert darauf, dort zu sein.

Er klopfte an die Doppeltür und wartete auf die Aufforderung einzutreten. Als er nichts hörte, betrat er den geräumigen Wohnbereich. Eine der Seitenwände nahm die mit Reliefdarstellungen verzierte Mauer eines alten heidnischen Tempels ein, die kunstvoll ausgeführte Figürchen in allen vorstellbaren Formen des Geschlechtsverkehrs zeigten. Carvelli bekam bei ihrem Anblick feuchte Handflächen, als er lautlos über den Parkettboden ging. Es gab keine persönlichen Gegenstände, keine Fotografien von Freunden oder Verwandten, keine Romane oder CDs, keine Zigarren oder Flaschen mit alkoholischen Getränken. Bis auf einen gläsernen Kühlschrank voller Cola-Dosen deutete nichts darauf hin, dass Bradley Soames irgendwelchen trivialen Gelüsten frönte. Im Gegenteil, trotz aller zur Schau gestellten sinnlichen Trophäen erinnerte der Raum Carvelli an ein Museum ohne jedes Vergnügen.

Als Carvelli vom anderen Ende des Raums eine Stimme kommen hörte, erkannte er sie zunächst nicht. Erst nach einer Weile merkte er, dass es die von Soames war – und dass ihr Ton etwas Flehendes hatte.

»Aber ich habe alles getan, was du von mir verlangt hast«, hörte ihn Carvelli sagen. »Ich habe Finsternis und Unruhe über die Welt gebracht, und jetzt habe ich Hunger über sie gebracht. Kann ich die letzten Zeichen nicht einfach ein paar Stunden früher eintreten lassen? Welchen Unterschied würde das noch machen, nachdem wir so lange gewartet haben?«

Carvelli blieb stehen. Das Herz schlug ihm bis zum Hals.

»Bitte, lass mich sofort zuschlagen«, bettelte Soames. »Es ist zu gefährlich, noch länger zu warten – ich kann es richtig spüren. Grant und Fleming wissen von Luzifer. Je länger ich warte, desto größer das Risiko, dass sie es noch schaffen, alles zu sabotieren.«

Trotz allem Entsetzen neugierig geworden, schlich Carvelli vorsichtig auf die Ebenholztür in der hinteren Wand des Raums zu. Sie stand offen, und das Zimmer dahinter lag im Dunkeln.

Aufgebrachter fuhr Soames fort: »Warum ist es so wichtig, dass ich mich an den Zeitplan halte. Wir stehen so dicht vor dem Ziel, und der Effekt wird der gleiche sein. Die Situation schreit förmlich danach, es *jetzt* zu Ende zu bringen. Ich habe alles getan, was du von mir verlangt hast. Ich bin müde. Ich möchte es endlich hinter mich bringen. Ich *verlange* es.«

Ein Knallen, wie von einer Peitsche, dann ein ersticktes Schluchzen.

Carvelli schlich näher an die Tür heran, und in dem Licht, das durch den Spalt fiel, konnte er erkennen, dass der Raum dahinter bis auf ein schlichtes Bett leer war. Soames kniete mit dem Rücken zur Tür an seinem Fußende. Er war nackt, und seine Haut war von den zahlreichen Operationen, denen er sich unterzogen hatte, von Narben zerfurcht. Und er war allein im Raum.

»Ich verlange es«, sagte er noch einmal. »Ich *verdiene* es. Du musst mich die letzten Zeichen auslösen lassen. Nachdem ich dir diesen großen Dienst erwiesen habe, bist du mir das schuldig.«

Er hob mit der rechten Hand eine kleine Peitsche und begann damit auf seine Schultern einzuschlagen; zugleich bat er die ganze Zeit schluchzend um Vergebung für seine Aufsässigkeit. »Verzeih mir meine Anmaßung und Ungeduld. Ich habe nur einen Wunsch: dir zu dienen und meine Bestimmung zu erfüllen.«

Schließlich legte er die blutige Peitsche auf den Boden und beugte sich über das Bett. Nachdem er sich wieder beruhigt zu haben schien, faltete er zu Carvellis Erstaunen die Hände, senkte den Kopf und begann zu beten: »Unser Vater in dem Himmel! Dein Name werde geheiligt ...«

Starr vor ungläubigem Entsetzen, stand Carvelli in der Tür. Er war außer Stande, das, was Soames ihm vor kurzem verraten hatte, in Einklang damit bringen, was er jetzt beobachtete: Soames sprach das einzige Gebet aus der Bibel, das Jesus Christus zugeschrieben wird. Doch bevor er sich einen Reim darauf machen konnte, ließ Soames die Hände sinken und hob den Kopf. Ohne sich umzudrehen, sagte er: »Haben Sie meine Versicherung dabei, Frank?«

»J-j-ja«, stotterte Carvelli. »Im weißen Sektor.«

»Sehr gut.«

»Möchten Sie ihn sehen?«

Soames nickte. »Ich komme gleich.« Dann drehte er sich zu Carvelli um, sodass sein Profil in das Licht geriet, das durch die halb offene Tür fiel. Aus der irrationalen Gewissheit heraus, sterben zu müssen, wenn er Soames' Gesicht sähe, hielt Carvelli die Hand vor die Augen und wandte den Blick ab.

66

Brooks Range. Alaska

Der Black-Hawk-Hubschrauber bebte und ächzte, so heftig wurde er vom Sturm durchgerüttelt. Durch die schneegepeitschte Scheibe konnte Fleming sehen, wie grelle Blitze das Dunkel durchzuckten und die weißen Berggipfel unter ihnen aufleuchten ließen wie die Schaumkronen eines stürmischen Meeres. Wenn es, wie der General gehofft hatte, einen Gott gab, dann war Er, soweit Fleming das beurteilen konnte, bei dieser Mission nicht mit ihnen.

Das sich verschlechternde Wetter hatte ihm wachsende Sorge bereitet, als er mit Amber in der Rangerstation auf das Eintreffen der Spezialeinheiten gewartet hatte. Zweimal hatte er versucht, seine Eltern in England anzurufen, aber es war niemand ans Telefon gegangen. Deshalb hatten er und Amber die Zeit genutzt, um etwas zu essen und ein wenig zu schlafen. Als die Hubschrauber schließlich auftauchten, waren die Sichtverhältnisse wegen des Schneesturms so schlecht, dass die Piloten keine Landung riskierten. Stattdessen hievten sie Fleming und Amber mit einem Seil an Bord.

»Anschnallen und gut festhalten«, sagte der Pilot finster, als der Hubschrauber höher stieg. »Wir fliegen blind, und es wird immer schlimmer.«

Fleming sah sich in der Kabine um. Die meisten seiner Mitpassagiere machten einen ähnlich finsteren Eindruck. Außer Kovac und seinen drei Delta Force-Männern, den so genannten D-Boys, waren noch zwei FBI-Informatiker dabei, die Amber mit dem Supercomputer helfen sollten. Inmitten der Männer in voller Kampfmontur wirkte Amber noch zarter und zerbrechlicher.

Die D-Boys trugen weiße Schnee-Kampfanzüge mit schwacher Tarnmusterung. Jeder war mit einem Rucksack, Granaten und einer öligen schwarzen CAR-15-Pumpgun oder einer M-60-Maschinenpistole ausgerüstet. Die FBI-Männer trugen die schwarzen Ninja-Anzüge der FBI-Geiselbefreiungsteams und hatten weniger martialische – und, wie Fleming fand, angemessenere – Gewehre.

Irgendwo da draußen in der wirbelnden Dunkelheit war ein zweiter Hubschrauber, der neben vier weiteren HRT-Agenten des FBI, darunter Special-Agent-in-Charge Wayne Thomas, noch einmal vier Delta-Force-Männer an Bord hatte. Ein dritter Helikopter mit einem weiteren Team stand nördlich von Fairbanks bereit, um ihnen notfalls zu Hilfe zu kommen.

Ihr Plan war einfach: Um nicht entdeckt zu werden, würden sie unter möglichst langer Einhaltung von Funkstille in geringer Höhe zu der Raffinerie auf dem Berggipfel hinter der VenTec Foundation fliegen. Dort würden die Hubschrauber so weit nach unten gehen, dass sich die Männer abseilen konnten. Sobald sie sich bei der Raffinerie gesammelt hatten, würde Fleming sie auf demselben Weg, auf dem er und Amber entkommen waren, durch die Pipeline zur Bohrplattform führen. Sie wollten zu dem Bohrloch unter dem roten Sektor vordringen und von unten an Soames' Computer heranzukommen versuchen. Die erste Phase ihrer Mission, der Anflug zur Raffinerie, hätte eigentlich kein Problem darstellen dürfen.

Aber wegen des Sturms hatte sich das geändert.

Weil das GPS auf Daten angewiesen war, die infolge des zweiten Zeichens des Roten Papstes verloren gegangen waren, musste der Pilot beim Navigieren auf so altmodische Hilfsmittel wie Karten und Sichtflug zurückgreifen. Bloß war bei so einem Schneesturm nicht an Sichtflug zu denken. Das war etwa so, als steuerte man mit verbundenen Augen einen Düsenjet mit Mach 3 durch Manhattan, weshalb jede andere Mission unter diesen Bedingungen abgebrochen worden wäre. Aber wenn es ihnen nicht gelang, Soames' Rechner vor dem Eintreten der letzten zwei Zeichen lahm zu legen, war alles zu spät.

Kovac versuchte dem Ganzen auch positive Seiten abzugewinnen. »Die Bedingungen sind optimal«, sagte er. »Wir haben hervorragenden Sichtschutz und daher das Überraschungsmoment auf unserer Seite.«

Plötzlich drehte der Hubschrauber abrupt nach links ab, und im Lichtschein eines Blitzes sah Fleming direkt neben ihnen den zweiten Hubschrauber. *Scheiße,* dachte er, *in diesem Sauwetter können die sich ja nicht mal gegenseitig sehen.* Amber blickte ihn entsetzt an – auch sie hatte mitbekommen, wie knapp sie einem Zusammenstoß entgangen waren.

»Wie sollen wir bei diesem Sturm den Landeplatz sehen?«, fragte sie Kovac.

Er wirkte immer noch gelangweilt, als er sich ihr zuwandte. »Wahrscheinlich werden Sie ihn überhaupt nicht sehen«, brummte er, als wäre der Landeplatz ein streng gehütetes Geheimnis, das sie nichts anging, »aber machen Sie sich deswegen mal keine Gedanken.«

Fleming und Amber tauschten einen Blick aus.

»Haben Sie sich schon mal abgeseilt, Dr. Grant?«, fragte einer der Delta-Force-Männer.

Amber schüttelte den Kopf.

»Kein Problem«, sagte Fleming. »Ich nehme sie an meinem Seil mit runter.«

»Trauen Sie sich das wirklich zu?«, fragte Kovac. »Sie ist für das Gelingen der Mission von entscheidender Bedeutung. Ihr darf auf keinen Fall was zustoßen. Vielleicht sollte das einer von uns machen.«

»Nett, dass Sie so besorgt um mich sind«, erklärte Amber hastig, »aber bei Miles bin ich in guten Händen.«

Kovac sah Fleming durchdringend an, dann zuckte er mit den Achseln.

»Es ist nicht mehr weit«, sagte der Pilot im ruhigen, zuversichtlichen Ton aller Piloten.

Trotzdem konnte Fleming die unterschwellige Anspannung in seiner Stimme hören, als er sie aufforderte, sich mit ihren Seilen fertig zu machen. Der Helikopter wurde so stark hin und her geworfen, dass ihn der Pilot nur unter Einsatz aller Körperkräfte fliegen konnte.

Drei Blitze durchzuckten den Himmel und tauchten die schwarze Nacht in ein kaltes Weiß, in dem noch weniger zu erkennen war als in der Dunkelheit. Dann kam über Funk ein bruchstückhafter Notruf.

»Blitz ... getroffen ... Elektrik ausgefallen ... stürzen ab ... Black Hawk stürzt ab. Black Hawk stürzt ab ...«

Stille.

Fleming spähte aus dem Fenster. In der knisternden, elektrisch aufgeladenen Luft konnte er sehen, wie der Pilot des zweiten Black Hawk seinen heftig schlingernden Hubschrauber abzufangen versuchte. Unter dem Hauptrotor, der in den massiven Turbulenzen ins Stottern geraten zu sein schien, lief eine schwarz verkohlte Kerbe über das Kabinendach. Dann kippte der Hubschrauber plötzlich vornüber und trudelte wie ein Herbstblatt in die Tiefe.

Flemings Herz sank mit dem Hubschrauber, als er beobachtete, wie der Black Hawk in dem weißen Geflimmer verschwand. Wenige Augenblicke später wurde der dunkle Abgrund, in den der Hubschrauber gestürzt war, durch das kurze Aufleuchten eines Feuerballs erhellt.

In der darauf eintretenden Stille vermied es jeder an Bord, einen der anderen anzusehen. Alle versuchten, den Zwischenfall auf ihre Art zu verarbeiten und die lähmende Angst, ihnen könnte das Gleiche passieren, in den Griff zu bekommen.

»Luken auf. Es geht los«, sagte der Pilot und deutete in das Schneegestöber hinab, in dem Fleming die zwei Stahlgerüste für die riesigen Öltanks der Raffinerie ausmachen konnte. »Seile werfen.«

Die Hubschraubertüren gingen auf, und eisige Kälte schwappte in die Kabine. Kovac stieß die Seile mit dem Fuß nach draußen – auf jeder Seite vier.

»Ich versuche, den Chopper so stabil wie möglich zu halten«, rief der Pilot, »aber in diesem Wahnsinn kann ich für nichts garantieren.«

Kovac gab seinen Männern und den FBI-Agenten Anweisung, sich in der vereinbarten Reihenfolge abzuseilen: »Immer zwei Mann gleichzeitig! Los! Los! Los!«

Der Reihe nach griff jeweils ein Mann nach einem Seil, zwängte sich rückwärts durch die Luke und ließ sich fallen, um an dem schwankenden Seil in die Tiefe zu gleiten, dem wirbelnden Schnee entgegen und dem, wie sie hofften, festen Boden darunter.

Fleming hielt Amber die Hand hin und wartete, bis er an die Reihe kam. Er konnte sie zittern spüren, als er seine Arme um sie schlang und die Hände über den ihren um das Seil legte.

»Keine Angst«, flüsterte er. »Ich halte dich.« Dann klinkte er seinen Anzug an ihrem fest und versperrte ihr mit seinem Körper die Sicht auf den Schneesturm, als er durch die Luke rückwärts ins Nichts trat.

67

Amber konnte sich nicht erinnern, jemals solche Angst gehabt zu haben. Ihr Magen krampfte sich zusammen, und ihr Herz schlug so schnell, dass sie dachte, sie würde jeden Moment ohnmächtig werden. Das dicke Seil schlenkerte in dem stürmischen Wind wie Watte, und trotz der Handschuhe brannten ihre Handflächen von der Reibung. Seil und Hubschrauber schwankten so heftig hin und her, als hinge sie an einem Pendel. Aber jedes Mal, wenn sie die Kontrolle verlor, spürte sie, wie Fleming näher kam, sie an sich zog und sie bremste.

Das Abseilen schien kein Ende zu nehmen: Alles lief wie in Zeitlupe ab. Wenn sie nach unten blickte, war nicht zu erkennen, wo unter dem wirbelnden Schnee fester Boden war. Dann riss das Gestöber einen Moment auf, so dass sie sehen konnte, was unter ihr war. Hatte sie bisher Angst gehabt, geriet sie jetzt in Panik.

Der Hubschrauber war durch den Sturm von seiner Position abgetrieben worden und schwebte jetzt über dem Steilabfall des Berges. Unter dem Seil auf der anderen Seite des Helikopters war nichts als gähnende Leere. Sie schrie dem Delta-Force-Mann, der daran hing, eine Warnung zu, aber der Sturm war so stark, dass kaum sie ihre Stimme hören konnte. Deshalb musste sie hilflos mit ansehen, wie der Mann losließ, als er das Ende des Seils erreichte. Einen Moment schien er, wie vom Wind getragen, in der Luft zu schweben. Dann verschwand er lautlos in der Dunkelheit. Rechts von ihr erging es einem anderen Mann genauso. Keiner von beiden stieß einen Schrei aus.

Als Amber und Fleming sich dem Ende ihres Seils näherten und immer stärker hin und her zu pendeln begannen, merkte sie, dass Fleming sein Gewicht so verlagerte, dass sie auf den Berg zuschwangen.

»In die Knie gehen und abrollen«, rief er ihr ins Ohr.

Sekunden später landete sie mit den Füßen auf festem Untergrund und rollte sich beim Aufprall sofort ab. Fleming kugelte mit ihr durch den Schnee. Noch bevor sie wieder zu Atem gekommen war, zog er sie bereits auf die Beine. »Alles in Ordnung?«, hörte sie seine Stimme aus dem Lautsprecher in ihrem Helm kommen.

Sie nickte einmal, dann krümmte sie sich vor Schmerzen.

»Was hast du?«

»Nichts«, stieß sie hervor.

In diesem Moment tauchte Kovac neben ihr auf und zog sie von der Kante zurück. »Sind Sie verletzt?«

Sie verzog das Gesicht. »Nein, nur außer Atem.«

»Versuchen Sie trotzdem, gleich loszugehen«, drängte er. »Wir haben nicht viel Zeit.«

Als sie sich der Raffinerie näherten, waren sie besser vor dem Sturm geschützt. »Wie viele sind wir noch?«, fragte Fleming.

»Fünf, die weitergehen können«, sagte Kovac gefasst. »Zwei haben wir an der Steilwand verloren, und einer hat sich das Bein gebrochen.«

Ein Stück weiter konnte Amber zwei Gestalten im Schneegestöber stehen sehen; einer von ihnen beugte sich über einen am Boden liegenden Mann, dessen linkes Bein seltsam abgewinkelt war. Zu ihrer Erleichterung trug einer der unverletzten Männer eine schwarze FBI-Uniform. Wenigstens waren sie und Fleming nicht die einzigen technisch versierten Mitglieder des Teams.

Fleming versuchte sich zu orientieren. »In der Pipeline sind wir besser vor dem Sturm geschützt. Wir müssen den Verletzten dorthin schaffen. Was wollen Sie weiter mit ihm machen?«

Kovac überlegte nicht lang. »Wir packen ihn warm ein und lassen ihn mit einem Funkgerät hier. Wenn wir ihn in sechs Stunden nicht holen gekommen sind, kann er die Funkstille brechen und den dritten Hubschrauber zur Verstärkung anfordern. Bis dahin haben wir es entweder geschafft oder nicht. Aber vielleicht spielt das dann sowieso keine Rolle mehr.« Er ging auf seinen Kameraden zu.

Das Wetter verschlechterte sich weiter, und die Männer waren fix und fertig. Egal, wie man es betrachtete, es sah nicht gut aus.

Fast hätte man meinen können, Gott – oder wer sonst die Geschicke der Welt regierte – wollte nicht, dass Soames' Pläne vereitelt wurden.

Fleming sah Amber aufmunternd an. »Keine Sorge, unser Blatt muss sich bald wenden. Es kann nicht mehr schlimmer werden.«

Doch damit lag er falsch.

Minuten später rief er: »Ich kann die Röhre nicht finden. Sie ist zugeschneit. Sie müsste dort drüben sein, aber wir müssen nach ihr graben.«

»Okay.« Kovac war daran gewöhnt, sich auf veränderte Bedingungen einzustellen und Pläne umzustoßen.

»Okay«, sagte auch Amber, obwohl ihr keineswegs danach zumute war. So wie sie die Sache sah, war bisher alles, was schief gehen konnte, schief gegangen. Sie war geflohen, um die Kavallerie zu alarmieren, doch inzwischen hatte sie begriffen, dass sie und Fleming die Kavallerie *waren*.

Sie dachte an das Telefongespräch mit ihrem Paten und wie er ihr Mut zu machen versucht hatte: »Ich bete für deine erfolgreiche Rückkehr«, hatte er zum Abschied gesagt. Er war so zuversichtlich gewesen, dass ihre Mission gelingen würde, weil es »Gottes Wille« war.

Amber biss die Zähne zusammen und folgte Flemings Spuren im Schnee. »Ich kann nur hoffen, dass du bis jetzt noch nicht für uns gebetet hast, Papa Pete«, murmelte sie. »Denn wenn das hier das ist, was *nach* deinem Gebet passiert, dann stecken wir tief in der Scheiße.«

68

Der weiße Sektor

Carvelli rieb seine klammen Handflächen aneinander. Der Anblick Soames', wie er sich selbst gegeißelt hatte, ging ihm nicht mehr aus dem Kopf.

Mittlerweile stand Soames, wieder angezogen und von seinen geduldig dahockenden Wölfen flankiert, in einem der verlassenen Aufenthaltsräume des weißen Sektors und spähte leicht nach vorn gebeugt durch die Glastür des angrenzenden Raums. Kurz zuvor hatte er aufgeregt bei Tripp und Bukowski im roten Sektor angerufen, um sich nach dem Status seines Superrechners zu erkundigen, und Carvelli hatte er in den letzten paar Minuten zweimal nach der Uhrzeit gefragt, um danach jedes Mal zu murmeln: »Nicht mehr lange, nicht mehr lange«, und diese drei Wörter wie ein Mantra zu wiederholen. Jetzt blickte er grinsend durch die Glastür und sagte: »Gut gemacht, Frank. War es schwer, meine Versicherungspolice zu beschaffen?«

Carvelli wusste nicht, was er darauf erwidern sollte. Ihm lag viel an Soames' Gunst, aber aus Angst, bestraft zu werden, scheute er sich, ihn zu belügen. Wenn er ehrlich war, hatte er nicht viel mehr getan, als zu warten, bis die Männer die »Lieferung« von der Schule abgeholt hatten, und dem Jungen anschließend während des Fluges immer wieder zu versichern, sie würden seinem Onkel einen Überraschungsbesuch abstatten. »Er lässt sich jedenfalls nicht so leicht unterkriegen, wenn es das ist, was Sie meinen.«

»Hat er denn nicht mal ein bisschen Angst?«

»Seine Großeltern fehlen ihm, und ich bin auch nicht sicher, ob er mir diese Geschichte mit dem Überraschungsbesuch abgenommen hat. Er ist auf jeden Fall ganz schön hart im Nehmen.«

Soames winkte Carvelli zu sich. »Sehen Sie mal, was er gerade macht.«

Carvelli trat näher an die Tür, hielt aber so viel Abstand wie möglich von den Wölfen. Was der Junge machte, wusste er bereits: Er hatte die letzte halbe Stunde selbst mit ihm gespielt.

»Sehen Sie, was er mit meinen alten Bauklötzen gebaut hat«, sagte Soames mit einem versonnenen Lächeln. »Wie akkurat die einzelnen Klötze aufeinander gesetzt sind.« Soames öffnete die Tür. »Ich muss mit ihm reden.«

Der Junge stand in der Mitte des großen Raumes, dessen Parkettboden mit alten Spielsachen übersät war – Legosteine, GI Joe und jede Menge Holzbauklötze, mit denen er gerade zwei über einen Meter hohe Türme gebaut hatte. Als der Junge die Tür aufgehen hörte, drehte er sich um.

»Hallo, Jake«, sagte Soames. »Tolle Türme hast du da gebaut.«

»Wo ist Onkel Milo?«, fragte der Junge. Er betrachtete Soames' Narben mit unverhohlener Neugier. »Was ist mit Ihrem Gesicht los?«

Soames trat auf Jake zu und bückte sich, sodass sein Gesicht nur wenige Zentimeter von dem des Jungen entfernt war. »Ich mag kein Sonnenlicht«, sagte Soames, »und das Sonnenlicht mag mich nicht. Was ist mit deinen Beinen los?«

Jake zuckte mit keiner Wimper. »Sie sind völlig okay.«

»Aber es sind nicht deine eigenen Beine, nicht wahr?«, sagte Soames höhnisch.

Jake sah ihn unverwandt an. »Klar sind es meine eigenen. Onkel Milo hat sie mir gegeben.«

Soames richtete sich wieder auf und ging zu einem der Türme. »Ich fand es immer ganz toll, möglichst hohe Türme zu bauen und sie dann einstürzen zu lassen. Stoß doch den hier mal um.«

»Nein«, sagte Jake leise. Seine Haltung wirkte verkrampft, und Carvelli konnte sehen, dass er Angst hatte, aber er behielt den Kopf oben und blickte geradeaus vor sich hin.

»Komm schon, tob dich mal ordentlich aus«, forderte ihn Soames auf. »Schleudere die Bauklötze so richtig durch die Gegend. Tu dir keinen Zwang an.« Die Wölfe kamen näher und setzten sich ein paar Schritte hinter Jake hechelnd auf den Boden. »Du kannst auch erst den anderen Turm umstoßen, wenn du willst.«

Jake schüttelte den Kopf.

»Oder auch beide zusammen.«

Jake rührte sich immer noch nicht.

»Ich finde, du solltest es tun.« Soames' Stimme war jetzt kälter. Die Wölfe rückten näher, bis sie fast in Jakes Nacken atmeten. Der Junge bekam weiche Knie, und seine Unterlippe zitterte, aber er machte keine Anstalten, Soames' Aufforderung nachzukommen. Carvelli wusste, wozu Soames und die Wölfe imstande waren. Deshalb hoffte er, Jake würde nachgeben und die Türme umstoßen, aber zugleich bewunderte er den Jungen auch für seine Starrköpfigkeit. Er wünschte sich, er hätte genauso viel Mut.

Soames bückte sich noch einmal zu Jake hinab – selbst wenn der Junge vor ihm hätte zurückweichen wollen, hätten ihm die knurrenden Wölfe den Weg versperrt. Inzwischen war Soames richtig wütend, und zwischen seinen vernarbten Lippen wurden seine unmöglich perfekten weißen Zähne sichtbar. »Stoß jetzt endlich diesen blöden Turm um!«

Der Junge zitterte am ganzen Körper, und sein Gesicht war leichenblass, aber er gab nicht klein bei.

»Du glaubst, dein Onkel ist hier«, stichelte Soames. »Das glaubst du doch, Jake, oder?«

Der Junge sah Carvelli vorwurfsvoll an: Seine Augen schimmerten feucht, aber keine Träne trat auf seine Wangen. Carvelli wurde innerlich ganz klein. »Nein, das glaube ich nicht«, antwortete der Junge. »Aber wenn Milo mich holen kommt, wird er –«

»Wird er *was?*«, brauste Soames auf. »Wenn Miles kommt, wird er genauso sterben, wie dein Vater und deine Mutter gestorben sind, und sie werden sich alle in der Hölle wiedersehen, wie sich auch alle anderen in der Hölle wiedersehen werden, du eingeschlossen!«

Jake verzog das Gesicht und hielt sich die Ohren zu.

Inzwischen war Soames' Gesicht knallrot. So wütend hatte ihn Carvelli noch nie gesehen. Die Wölfe warteten hechelnd auf den Befehl zum Angriff. Jakes Jacke und Hosenbeine waren auf der Rückseite fleckig von ihrem Geifer. »Dein Onkel Milo ist wahrscheinlich schon tot!«, schrie Soames. »Und bald werden auch deine Großeltern sterben und dann – dann –« Mit einem wütenden Aufschrei stieß Soames die Türme um. Dann stürmte er, gefolgt von seinen Wölfen, aus dem Raum und ließ Carvelli allein mit Jake zurück.

Voller Bewunderung ging Carvelli auf den Jungen zu und legte ihm die Hand auf die Schulter. »Sie sind weg.«

Da er sich immer noch die Ohren zuhielt, hob der Junge bloß die Schultern, um Carvellis Hand abzuschütteln.

Voller Scham zog Carvelli die Hand zurück und verließ den Raum.

Erst jetzt, als er wusste, dass er allein war, sank Jake zu Boden und begann zu weinen.

69

Vier Stunden später

»Dort ist es«, sagte Fleming und spähte mit zusammengekniffenen Augen auf die kreisenden Lichtsegmente, die das Dunkel vor ihnen durchschnitten. Das musste das Bohrloch sein.

»Ganz schön heiß hier«, sagte der FBI-Informatiker, ein großer Schwarzer, den alle Howie nannten.

»Und hell«, sagte Kovac. »Sie setzen besser Ihre Schutzbrillen auf.«

Das tat Fleming. Dann blickte er zu dem riesigen Ventilator hoch, der die heiße Luft aus dem roten Sektor absaugte. Das Licht über den kreisenden Ventilatorblättern war so grell, dass Fleming nicht einmal mit der Schutzbrille mehr erkennen konnte als blendende Helligkeit. »Moment mal«, sagte er. »Der Ventilator läuft jetzt langsamer.«

»Er wird durch einen Thermostat gesteuert«, sagte Amber. »Um die Temperatur im roten Sektor konstant zu halten, läuft er je nach Umgebungswärme schneller oder langsamer oder bleibt sogar ganz stehen.«

»Wenn wir also warten, bis er stehen bleibt, kommen wir durch?«, fragte Fleming.

Amber nickte.

»Und wie merken wir, wann er wieder zu laufen beginnt?«, fragte der zweite Delta-Force-Mann, ein stämmiger, blonder Mann mit blauen Augen.

»Überhaupt nicht – außer dass er anfängt, sich wieder zu drehen«, sagte Amber.

»Jetzt kommt es vor allem darauf an«, sagte Fleming, »Amber und Howie Zugang zum Rechner zu verschaffen und ihnen den

Rücken frei zu halten, damit sie sich ungestört daran zu schaffen machen können.«

»Ich gehe als Erster hoch«, sagte Kovac. »Die Lage sondieren und nachsehen, ob es irgendwelche Probleme gibt.« Er deutete auf den anderen Delta-Force-Mann. »Sie bilden die Nachhut, Olsen.«

Fleming beobachtete, wie Kovac über den Steg rannte und an einer Eisenleiter zu dem sich immer langsamer drehenden Ventilator hochstieg. Als der Ventilator fast zum Stillstand kam, sah Fleming, dass er nur vier Blätter hatte und es daher möglich war, zwischen ihnen hindurchzuschlüpfen.

Kovac hob den Arm, um die Schwungkraft der zum Stillstand kommenden Blätter zu prüfen. Plötzlich ertönte ein Klicken, und der Ventilator beschleunigte wieder. Nicht besonders stark, aber doch schnell genug, um Kovac und den anderen einen gehörigen Schrecken einzujagen.

»Ich bin nicht sicher, ob der Ventilator überhaupt ganz stehen bleibt«, hörte Fleming die Stimme Kovacs in seinem Helmlautsprecher. »Ich versuche durchzukommen, wenn er sich noch dreht.«

Bevor Fleming ihn zurückhalten konnte, sprang der Delta-Force-Kommandant hoch und hielt sich an einem der kreisenden Blätter fest. Dann schwang er sich daran hoch, kam rittlings darauf zu sitzen, und verschwand in dem gleißenden Licht darüber. Fleming wurde vom bloßen Zusehen schwindlig.

»Ich bin durch«, sagte Kovac beiläufig. »Sieht gut aus. Auf einer Seite ist ein Absatz für Wartungsarbeiten, und die Leiter führt weiter nach oben. Wer kommt als Nächstes hoch?«

Die Zurückgebliebenen sahen sich gegenseitig an und blickten dann nach oben, wo sich der Ventilator noch immer einen Tick zu schnell drehte. Fleming trat vor und rannte über den Steg. Dann kletterte er die Leiter hinauf und wartete wie vor ihm Kovac direkt unter dem Ventilator. Selbst aus nächster Nähe schienen sich die Blätter zu schnell zu drehen. Fleming kam sich vor wie ein Fußgänger, der im Begriff ist, eine Formel-Eins-Rennstrecke zu überqueren. Der Ventilator drehte sich langsamer, dann ertönte ein Klicken, und er blieb ganz stehen.

Im selben Moment tauchten aus der blendenden Helligkeit über Fleming zwei Hände auf. »Los, ich ziehe Sie hoch.«

Fleming hob die Arme und spürte, wie Kovac ihn mit seinen kräftigen Händen packte und nach oben zog.

Als er zur Hälfte durch war, ertönte wieder ein Klicken, und der Ventilator setzte sich in Bewegung. Fleming blieb fast das Herz stehen, und seine erste Reaktion war, einfach loszulassen. Aber der Ventilator drehte sich nur sehr langsam und schob ihn lediglich näher auf den Absatz zu, auf dem Kovac stand.

Sobald Fleming sich dort in Sicherheit gebracht hatte, blickte er sich um. Keine drei Meter über ihm war an zwei sich überschneidenden Ringen die Kugel aus Licht aufgehängt. Sie schien stärker und heller zu flackern als beim letzten Mal, und selbst mit der Schutzbrille musste Fleming die Augen zusammenkneifen. Rechts neben ihm führte eine Leiter zu einer Tür hinauf, die etwa fünf Meter über ihnen in den Kontrollraum und die Labors führte, die das Bohrloch umgaben. Er konnte ganz schwach die getönten Beobachtungsfenster erkennen und fragte sich, ob die Tür in das Labor führte, in dem er mit Bukowski und Tripp an Soames' verbessertem NeuroTranslator-Modell gearbeitet hatte.

»Los«, flüsterte Kovac in sein Mikrophon.

Während Fleming sich orientiert hatte, war der FBI-Mann zu ihnen hochgeklettert. Als Nächste war nun Amber an der Reihe, und da der Ventilator immer noch stillstand, konnten Fleming und Kovac sie dank ihres geringen Gewichts mühelos durch eine Lücke ziehen.

Jetzt fehlte nur noch einer: der zweite Delta-Force-Mann.

Der Ventilator klickte und begann sich zu drehen.

»Scheiße«, zischte Kovac. Er warf einen Blick auf die Uhr und sah dann Amber an. »Wir warten ein paar Minuten, bis der Ventilator wieder stehen bleibt. Wenn er das nicht tut, müssen wir ohne Olsen weiter. Wir haben schon zu viel Zeit verloren, und ich weiß nicht, wie lang Sie brauchen werden.«

»Das weiß ich auch nicht«, sagte Amber.

Wieder ein Klicken.

Der Ventilator drehte sich langsamer.

»Los, Olsen«, flüsterte Kovac.

Sobald der Ventilator zum Stillstand kam, ging Fleming in die Knie und beugte sich vor. Er packte Olsens rechten Arm, Kovac seinen linken. Wegen seiner Ausrüstung war der Delta-Force-

Mann sehr schwer, aber sie schafften es, ihn nach oben zu hieven. Er war fast durch, als es wieder klickte.

Nichts geschah.

Olsen blickte mit einem erleichterten Grinsen zu Fleming hoch.

Doch dann verging ihm das Lachen.

Es ging alles so schnell, dass Fleming nur noch entsetzt zusehen konnte, wie der Ventilator auf Höchstgeschwindigkeit schaltete und den Delta-Force-Mann aus seinen und Kovacs Händen riss. Ein paar Sekunden drehte sich Olsen zusammen mit den Ventilatorblättern wie auf einem Karussell. Doch mit zunehmender Geschwindigkeit wurde er wie eine Möhre in einem Mixer zwischen den Blättern hindurch nach unten gezogen und, während er weiter verdutzt zu Fleming hochblickte, von den Füßen aufwärts zerstückelt.

In wenigen Sekunden war alles vorbei, und Fleming hörte nicht einmal das Poltern, mit dem die Überreste des Mannes in das Bohrloch fielen. In gewisser Weise war das das Erstaunlichste und Beängstigendste an dem Zwischenfall: Abgesehen von dem Geräusch, das entstanden war, als die Ventilatorblätter seinen Körper zerstückelt hatten, hatte der Mann nicht einen Laut von sich gegeben.

Der FBI-Mann beugte sich vor und übergab sich.

Kovac wandte sich Amber zu, die wie gebannt auf den rotierenden Ventilator starrte. Seine Kiefermuskeln zuckten, aber sonst zeigte er keine Regung. »Jetzt ist es noch wichtiger, dass wir zu Ende führen, weshalb wir hergekommen sind.«

Amber stierte immer noch auf den Ventilator.

Kovac packte sie mit seiner mächtigen Pranke am Kinn und zwang sie, ihn anzusehen. »Trauen Sie sich das zu, Dr. Grant? Wenn nicht, war diese ganze Scheiße hier reine Zeitverschwendung.«

Amber blinzelte.

Fleming legte ihr die Hand auf die Schulter. »Los, Amber, wir müssen weiter.«

Sie nickte. Ihr Gesicht war immer noch blass, aber das Feuer war in ihre Augen zurückgekehrt.

»Kommen Sie«, sagte Kovac und begann die Leiter hinaufzuklettern.

70

Die Tür am Ende der Leiter führte in ein verlassenes Labor. Geduckt huschte Amber hinter Kovac und Fleming in den weißen Raum. Links sah sie einen künstlichen Körper ähnlich dem stehen, den Fleming ihr in Barley Hall gezeigt hatte. *Wie hatte er ihn doch genannt?* Brian.

Auf einer Werkbank neben der Puppe sah sie Flemings verbesserten NeuroTranslator und Soames' Seelenfang-Kugel. »Ich dachte, diese Geräte wären alle auf der Roten Arche«, sagte sie.

»Dieser Dreckskerl hat sich gegen alles abgesichert – er hat alle Geräte in doppelter Ausführung bauen lassen.« Eine Weile sah Fleming die Apparaturen nachdenklich an. Dann blickte er durch das getönte Fenster auf die flimmernde Lichtkugel hinab. »Amber?« Seine Augen leuchteten vor Erregung.

»Ja.«

»Psst«, zischte Kovac und deutete nach rechts.

Durch das getönte Fenster spähte Amber zu dem Labor auf der anderen Seite des Bohrlochs hinüber, vor dessen Tür ein Sicherheitsbeamter stand. Durch das Laborfenster konnte sie einen großen Schwarzen mit kahl rasiertem Schädel an einem Computer sitzen sehen: Walter Tripp.

Sofort hielt Amber auch nach Felicia Bukowski Ausschau, konnte sie aber nirgendwo entdecken.

»Das muss die Kommandozentrale sein«, flüsterte sie. »Wir müssen ihn unbedingt von dort wegbekommen, ohne dass er Alarm schlagen kann. Wie stellen wir das am besten an?«

Kovac sah sie an. »Müssen Sie ihm noch irgendwelche Fragen stellen?«

»Eigentlich nicht. Alles, was wir wissen müssen, wird uns der Computer verraten. Außerdem würde ich mich sowieso nicht auf das verlassen, was Tripp uns erzählt. Ich muss den Kerl nur vom Computer weghaben. Ginge das?«

Der Delta-Force-Kommandant lächelte; es war ein kaltes, finsteres Lächeln. »Klar. Warten Sie hier.«

Zusammen mit Fleming und dem FBI-Informatiker beobachtete Amber durch das getönte Fenster, wie Kovac an den Labors entlang auf die andere Seite des Bohrlochs schlich. Hinter der Treppe, die zum Aufzug hinaufführte, verlor sie ihn einen Moment aus den Augen. Dann sah sie den Sicherheitsbeamten auf der anderen Seite des Bohrlochs zu Boden sinken. Sekunden später erschien Kovac an der Stelle, wo eben noch der Sicherheitsbeamte gestanden hatte.

Als er die Schiebetür des Labors öffnete, drehte sich Tripp um. Er wirkte eher erstaunt als besorgt. Offensichtlich fühlte er sich in der uneinnehmbaren Technologiefestung vollkommen sicher. Amber konnte sehen, dass er etwas sagte. Dann stand er auf und kam an die Tür. Er schien nach jemandem zu rufen.

Plötzlich verschwand er hinter dem Fenster, und wenige Augenblicke später winkte ihnen Kovac durch die Scheibe zu.

Amber verließ ihr Versteck und rannte in die Kommandozentrale. Sowohl der Sicherheitsbeamte als auch Tripp lagen reglos auf dem Boden; ihre starren Augen waren weit aufgerissen, ihre Hälse standen in einem unnatürlichen Winkel vom Körper ab. Tripp machte tot ein genauso sorgenvolles Gesicht, wie er das zu Lebzeiten immer getan hatte, und Amber wandte sich rasch ab: Sie hatte in den letzten Tagen genug Menschen sterben sehen.

In der Kommandozentrale hatte sich in den paar Jahren, seit sie zum letzten Mal dort gewesen war, nichts geändert, und zu ihrer Erleichterung war der Hauptmonitor noch an. Tripp, der die Rechenvorgänge des riesigen Computers überwacht hatte, hatte sich bereits eingeloggt, sodass sie nicht mehr in das System eindringen musste.

Endlich war das Glück auf ihrer Seite.

Sie klickte auf dem Bildschirm den Dateimanager an und aktivierte den Quick-Browser. Die Dateiverzeichnisse rollten so schnell über den Bildschirm, dass es unmöglich war, die einzelnen Zeilen zu lesen. Ganz unten erschien eine mindestens siebenstellige Zahl.

»Was ist das?«, fragte Fleming, der hinter Amber stand.

»Das«, sagte Amber fast ehrfürchtig, »ist das Verzeichnis aller Dateien, die in den Lichtphotonen der Glaskugel da unten gespeichert sind. Im Prinzip hast du hier die Gesamtheit aller elektronisch gespeicherten Daten vor dir, die auf der ganzen Welt gesammelt worden sind. Das hier ist das Schwarze Loch, das alle verschwundenen Daten der Welt verschlungen hat.«

Angesichts der Ungeheuerlichkeit dieser Tatsache trat ein Moment betretener Stille ein.

Schließlich fragte der FBI-Mann: »Was bedeutet die Zahl am unteren Bildschirmrand?«

Amber seufzte. Sie war es gewohnt, mit Hochleistungsrechnern zu arbeiten, aber was Soames hier geschaffen hatte, verschlug selbst ihr die Sprache. »Diese Zahl gibt die geschätzte Anzahl von *Jahren* an, die erforderlich wären, um sich alle Dateien in dem Dateimanager, der gerade über den Bildschirm rollt, in dem Tempo anzusehen, in dem wir das gerade tun. Wohlgemerkt, nicht den *Inhalt* der Dateien, sondern bloß die Datei*namen*.«

»Das wären ja *Millionen* von Jahren«, sagte Kovac. »Wahnsinn.« Ausnahmsweise war sogar er beeindruckt.

»Ist es möglich, diese Daten wieder dorthin zu übertragen, von wo sie gestohlen wurden?«, fragte Fleming.

»Keine Sorge, das geht ziemlich schnell. Jeder Vorgang kann mit Lichtgeschwindigkeit durchgeführt werden. Allerdings müssen wir uns erst einmal das Betriebssystem ansehen und nachprüfen, dass an den Daten und Pfaden nichts verändert wurde. Soames könnte versteckte Fallen eingebaut haben, um zum Beispiel die gespeicherten Informationen zu löschen, sobald sich jemand unerlaubt an ihnen zu schaffen macht, oder sie an falsche Adressen zurückzusenden. Unrichtige, korrumpierte oder fehlgeleitete Daten könnten noch mehr Schaden anrichten als gar keine. Wir müssen also einige Routine-Vorsichtsmaßnahmen ergreifen, um sichergehen zu können, dass die richtigen Daten auch tatsächlich an die richtigen Datenbanken zurückgeleitet werden. Angesichts der Rechnerleistung dieses Computers dürfte das allerdings höchstens ein paar Minuten dauern.«

»Und können wir verhindern, dass die letzten beiden Zeichen eintreten?«

»Während die gestohlenen Daten rückübertragen werden, kann ich die Programme des Rechners nach nachträglich installierten Befehlen durchsehen, von denen besonders sensible Bereiche wie nukleare Einrichtungen, Atomsprengköpfe und dergleichen mehr betroffen wären. Und sobald ich Soames' Anweisungen rückgängig gemacht habe, gebe ich ein PIP ein.«

»Ein was?«, fragte Kovac.

»Ein so genanntes paradoxes Implosions-Protokoll«, antwortete Amber. »Im Grunde genommen ist ein PIP nichts anderes als ein Programm, das ein Paradox im photonischen Kern des Qubit-Flusses installiert und auf diese Weise die ungeheure Rechnerleistung des Computers gegen ihn selbst richtet.« Als Kovac verständnislos die Stirn runzelte, fuhr sie lächelnd fort: »Das ist, was Sie beim Militär eine Bombe nennen. Eine *große* Bombe.« Sie sah auf die Uhr. »Ein paar Stunden haben wir doch noch, oder?«

»Außer Soames löst die Zeichen früher als angekündigt aus«, sagte Kovac.

Amber sah den FBI-Informatiker an. »Wissen Sie, wie man ein CAS-Programm installiert?«

»Ein ›*clean and screen*‹?«

»Ja.«

Howie nickte.

»Gut«, sagte Amber. »Dann starte ich jetzt das zweite Terminal dort drüben, damit Sie ein CAS laufen lassen können und die Daten in genau dem Zustand, in dem sie entwendet wurden, an genau die Stellen zurückgeleitet werden, von denen sie gestohlen wurden. Alles klar?«

»Alles klar.«

Howie ging zum zweiten Terminal, den Amber von ihrem aus bootete.

»Der Aufzug ist doch der einzige Zugang zu diesem Sektor?«, erkundigte sich Kovac.

Fleming nickte. »Wenn man davon absieht, wie wir hier reingekommen sind, ja.«

»Dann gehe ich mal nach oben und halte dort Wache. Damit niemand Sie bei der Arbeit stört. Viel Erfolg.«

»Bisher sieht es ganz gut aus«, sagte Fleming, als Kovac weg war. Offensichtlich führte er etwas im Schilde, da er ständig zu dem Labor hinüber schielte, in dem sein NeuroTranslator stand. »Du brauchst mich doch im Moment nicht, oder?«

»Warum?«, fragte Amber, ohne den Blick vom Monitor abzuwenden.

Zuerst antwortete Fleming nicht. Dann deutete er auf den Feuerball und sagte: »Dieser Computer kann doch auch *wirklich* komplizierte Rechenschritte mit unglaublicher Schnelligkeit durchführen? Was ich damit sagen will: Wenn dieses Wahnsinnsding da keinen möglichen kausalen Zusammenhang zwischen zwei anscheinend unzusammenhängenden Systemen errechnen kann, dann lässt sich ein solcher Zusammenhang aller Wahrscheinlichkeit nach auch nicht feststellen, oder?«

Amber sah ihn mit zusammengekniffenen Augen an. »Nein. Worauf willst du hinaus?«

»Es gibt da etwas, was ich diesen Computer unbedingt machen lassen möchte, bevor er zerstört wird. Dazu brauche ich meinen NeuroTranslator und Soames' Seelenfang-Kugel, und dauern dürfte das Ganze höchstens ein paar Minuten.«

»Was hast du vor?«

Er erklärte es ihr. Als er fertig war, schüttelte sie den Kopf. Seine Hypothese war zwar äußerst gewagt, aber sie wäre die Letzte gewesen, die ihm bei ihrer Verifizierung im Weg gestanden hätte. »Der Zeitpunkt ist nur leider etwas ungünstig«, bemerkte sie.

»Es ist aber die einzige Gelegenheit, mit einem so leistungsstarken Rechner zu arbeiten. Jetzt oder nie.«

Seufzend drückte Amber auf eine Taste an ihrem Bildschirm. »Ich habe gerade das Terminal in dem Labor gestartet, in dem der NeuroTranslator steht. Am besten, du öffnest das Such-Icon und tippst deine Fragen ein. Dann sucht er dir die Daten raus, aus denen hervorgeht, ob deine Hypothese falsch oder richtig ist. Falls du nach einer Minute keine Antwort erhalten hast, gibt es auch keine. Okay?«

Fleming kam auf sie zu, und einen Moment dachte sie, er würde sie küssen. Was sie schön gefunden hätte. Aber er sagte nur lächelnd: »Danke«, und eilte davon

»Wie kommen Sie zurecht?«, rief sie Howie, dem FBI-Informatiker am anderen Terminal, zu.

»Hab's fast geschafft. Dürfte nur noch eine Frage von wenigen

Minuten sein. Wie sieht's bei Ihnen aus? Schon rausgefunden, was das dritte und vierte Zeichen ist?«

»Noch nicht, aber ich bin gerade dabei, mit der Durchsuchung der Basisbefehle zu beginnen.«

Bevor sie jedoch die Suchparameter eingeben konnte, erschien auf dem Bildschirm ein Gitter aus Längen- und Breitengraden, unter dem kurz darauf eine Karte von Indien und Pakistan sichtbar wurde.

Zwei Punkte, einer über Delhi, der andere über Lahore, leuchteten rot auf. Und in der linken oberen Bildschirmecke setzte ein langsamer Countdown ein. Die Zahl 100 leuchtete gelb auf. Dann wurde daraus nach mehrmaligem Blinken 99 ... dann 98.

»Um Gottes willen!«

»Was ist?«, fragte Howie.

»Ich bin nicht sicher.« Amber versuchte, Ruhe zu bewahren. »Es stimmt doch, dass sowohl Indien als auch Pakistan über Atomwaffen verfügen und nicht gerade gut aufeinander zu sprechen sind?«

Der FBI-Mann nickte. »Ja.«

»Mein Gott. Ich glaube fast, durch die Rückübertragung der Daten, die beim Eintritt des zweiten Zeichens gestohlen wurden, haben wir die letzten beiden ausgelöst.«

»Krieg und Tod?«

Der Bildschirm veränderte sich wieder. Diesmal erschien darauf eine Karte von ganz Asien und Europa. Im Nahen Osten blinkten zahlreiche rote Punkte auf, außerdem über weiten Teilen der Ukraine, Russlands, Nordkoreas und Chinas. In der rechten oberen Bildschirmecke lief ein ähnlicher Countdown ab.

»Verdammt«, stieß Amber hervor und streckte die Hand nach den Steuerungstasten aus. Das Ganze lief automatisch ab. Sie musste ins Betriebssystem eingreifen, um das Verhängnis aufzuhalten.

Peng.

Ein Schuss.

Dann drei weitere.

»Was zum Teufel war das?« Der FBI-Mann erstarrte.

Ein leises Summen verriet Amber, dass der Lift nach unten kam. »Wahrscheinlich Kovac«, sagte sie, hin und her gerissen zwischen dem Countdown auf dem Bildschirm und dem Lift.

»Ich gehe mal nachsehen«, sagte der FBI-Mann und lief los.

Amber wandte sich wieder dem Monitor zu und gab einen Programmcode ein. Währenddessen lief der Countdown weiter: 92 … 91 … 90 …

Plötzlich hörte sie hinter sich ein Knurren, dann einen Schrei. Sie fuhr herum. Einer von Soames' Wölfen sprang von der Aufzugplattform und verbiss sich in die Kehle des FBI-Mannes, dessen Schreie auf der Stelle verstummten. Der zweite Wolf stürzte sich auf seinen Unterleib.

Dann erschien Soames. Er kam die Treppe herab und stieg über den FBI-Agenten, der sich auf dem Boden wand. Bukowski folgte ihm mit einer Pistole in der Hand. Die blauen Augen der blonden Wissenschaftlerin waren so kalt wie Eis, als sie nach einem kurzen Blick auf Tripps die am Boden liegende Leiche Amber anstarrte.

»Treten Sie vom Terminal zurück, Amber, und kommen Sie hierher«, forderte Soames sie mit beängstigender Ruhe auf.

Amber sah auf den Bildschirm. Die Zahlen liefen unaufhaltsam rückwärts: 88 … 87 … Es gab nichts, was sie dagegen tun konnte.

»Fassen Sie nichts an«, warnte Soames. »Felicia würde Sie mit dem größten Vergnügen erschießen.«

Amber rührte sich nicht.

»Wo ist Miles?«, fragte Soames. »Sie beide scheinen ja in letzter Zeit unzertrennlich.«

»Er ist nicht hier.« Amber konnte sich nur mit Mühe davon abhalten, sich nach dem Feuerball und dem Labor auf der anderen Seite umzudrehen.

Soames blickte sich lächelnd um. »Wirklich zu dumm. Da ist nämlich jemand, der ihn gern sehen würde.«

71

Fleming hatte gerade die Befragung des Computers abgeschlossen, als er die Schüsse hörte.

Er fuhr herum und sah zu dem Labor auf der anderen Seite des Bohrlochs hinüber, wo Amber war. Entsetzt beobachtete er, wie die Wölfe den FBI-Mann anfielen. Er ging sofort in Deckung und hielt nach einer Waffe Ausschau, aber da war keine – alles, was er sehen konnte, waren der NeuroTranslator und die Seelenfang-Kugel.

Er musste hilflos mit ansehen, wie Soames auftauchte und Bukowski ihre Pistole auf Amber richtete.

Wo steckt Kovac bloß? Scheiße, Scheiße, Scheiße.

Amber und Soames gingen aufeinander zu. Und dann sah Fleming Carvelli vor dem Lift stehen … mit dem Jungen.

Wie kam Jake hierher?

Am liebsten wäre Fleming aufgesprungen und, nur mit seinen bloßen Händen bewaffnet, losgestürmt.

Soames beugte sich zu Amber vor und packte sie am Kragen. Sekunden später hörte Fleming Soames' Stimme aus den Lautsprechern seines Helms kommen.

»Hallo, Miles. Damit Sie mich auch bestimmt hören, benutze ich Ambers Mikrophon. Aber alles schön der Reihe nach. Ihr Vorhaben ist gescheitert. Die letzten Zeichen sind aktiviert. Es besteht also kein Grund mehr, den Helden zu spielen. Außerdem habe ich Ihren Neffen bei mir. Wir gehen jetzt eine Etage höher, und ich gebe Ihnen zwei Minuten Zeit, im Lift nachzukommen und uns Gesellschaft zu leisten. Andernfalls werde ich Jakes empfindliche junge Augen dem Licht aussetzen. Wenn Sie dann immer noch nicht auftauchen, verfüttere ich ihn an meine Schoßtiere. Sie haben eine spezielle Vorliebe für junges Fleisch. Sie haben also die Wahl.«

Fleming ballte in ohnmächtiger Wut die Fäuste, als er mit ansehen musste, wie Soames' Helfer Jake und Amber in den Lift schoben.

Es war alles verloren. Er hatte keine Wahl.

Wenn er schon nicht mehr dazu beitragen konnte, die Welt zu retten, musste er wenigstens Jake und Amber retten.

Die Sekunden vergingen. Es schien aussichtslos. Nur Amber hätte den Countdown noch aufhalten können. Aber jetzt hing alles an Fleming. Und er wusste nicht, wie man den Computer umprogrammierte.

Als Amber eine Etage höher aus dem Lift trat, sah sie Kovac und einen zweiten Sicherheitsbeamten auf dem Boden liegen. Beide schienen tot zu sein. Kovacs zerfleischter Hals war blutüberströmt, sein Oberkörper wies mehrere Einschüsse auf. Carvelli stand, etwas abseits von den anderen, links neben ihr. Er war sehr blass und schien sich nicht sehr wohl in seiner Haut zu fühlen. Dagegen erweckte Bukowski den Eindruck, als könnte sie es kaum erwarten, von ihrer Pistole Gebrauch zu machen. Sie stand mit Soames und Jake am Geländer des Stegs, der rund um das Bohrloch führte. Soames trug seine übliche Schutzkleidung, und Jakes Silhouette wirkte neben ihm und Bukowski bemitleidenswert klein.

»Alles okay, Jake?«, fragte Amber.

Der Junge warf einen kurzen Blick auf die Wölfe, die erwartungsvoll neben dem Aufzug standen, und nickte. Die Bewegung hätte fast seine viel zu große Schutzbrille ins Rutschen gebracht.

»Es geht ihm gut«, sagte Soames. »Zumindest vorerst noch.«

»Warum tun Sie das Bradley?«, fragte Amber.

»Ich tue doch gar nichts«, antwortete er. »Ich sorge lediglich dafür, dass eintritt, was vorherbestimmt ist. Das alles habe nicht ich entschieden, ich erfülle nur die Prophezeiungen. Deshalb hatten Sie nie eine Chance, mich aufzuhalten. Oder hat es Ihnen etwas genützt, dass Sie vorhin die Folgen des zweiten Zeichens rückgängig gemacht und der Welt ihre Daten zurückgegeben haben? Das hat nur zur Folge, dass die letzten Zeichen mit noch größerer Zerstörungsgewalt über die Welt hereinbrechen.«

»Wollen Sie tatsächlich Atomraketen abfeuern und fast ganz Asien zerstören?«

Soames lachte. »Natürlich nicht. Das ist doch der springende Punkt. Das werden die Menschen selbst tun. Es war nicht der Stromausfall, der beim ersten Zeichen für Unruhe gesorgt hat – es war die Reaktion der Menschen darauf. Das zweite Zeichen hat nicht wirklich eine Hungersnot ausgelöst – es hat der Menschheit nichts genommen, was sie zum physischen Überleben braucht, nur etwas, worauf sie sich immer mehr stützt. Und mit den letzten Zeichen wird es nicht anders sein. Die Menschheit wird aus eigener Blindheit und eigener Entscheidung Krieg und Tod über sich bringen. Bestimmte Nationen werden Phantom-Raketenangriffe auf ihren Computermonitoren beobachten. Auch wenn sie glauben, sie würden angegriffen, haben sie noch eine Wahl. Sie können rückfragen, ob tatsächlich ein Angriff auf sie erfolgt, und es bleibt ihnen überlassen, ob sie ihren Feinden Glauben schenken, wenn sie ihnen versichern, dass sie keine Raketen abgefeuert haben, oder ob sie zum Gegenschlag ausholen und einen echten, ungeheure Opfer fordernden Krieg beginnen.«

Soames lächelte. »Was wird Ihrer Meinung nach passieren, Amber? Ich bin zwar keine Spielernatur, aber ich würde nicht auf eine friedliche Lösung wetten – zumal die zuständigen Stellen diese irreführende Information erhalten werden, unmittelbar nachdem Sie der Welt in einem Akt von bewundernswertem Heroismus sämtliche verlorenen Daten zurückgegeben haben. Zweifellos werden es die Menschen als glückliche Fügung betrachten, dass ihre Daten gerade noch rechtzeitig wieder abrufbar geworden sind, um einen Angriff zu entdecken und zum Gegenschlag auszuholen.«

»Warum wollen Sie die Prophezeiung des Roten Papstes unbedingt erfüllen, wenn Sie doch wissen, dass sie nicht die einzige Wahrheit ist?«

Soames lächelte. »Weil sie es sein wird«, sagte er und deutete auf den Aufzug. »Bald wird es die einzige Wahrheit sein.«

Der Lift fuhr eine Etage tiefer. Jemand hatte ihn von unten gerufen. Miles Fleming kam nach oben. Es war vorbei. Soames hatte gewonnen. Angespannt blickte Amber zum Lift. Das tat auch Jake. Und die Wölfe.

»Milo, pass auf«, rief Jake. Bukowski schlug ihn so fest ins Gesicht, dass er zu Boden fiel.

»Tu's nicht, Miles«, schrie Amber.

Aber es nutzte nichts. Während sie den Aufzug noch mit bloßer Willenskraft am Losfahren zu hindern versuchte, setzte er sich bereits wieder in Bewegung. Flemings Umrisse waren durch das getönte Glas deutlich zu erkennen. Als die Tür aufging, hob er den Arm und kam nach draußen.

Auf einen gutturalen Befehl Soames' stürzten sich die Wölfe auf Fleming, stießen ihn zu Boden und zerrten an seinem Schutzanzug. Jake schrie entsetzt auf, und Amber warf sich auf die Wölfe, um sie von Fleming wegzuziehen. Aber die beiden Tiere schnappten unbeirrt weiter nach Flemings Hals und zerrten blindwütig an seinem Helm.

Als er sich löste, stockte Amber der Atem. Der Kopf war aus Plastik. Es war die Puppe. Amber wollte sich gerade zu Soames und Bukowski herumdrehen, als hinter den beiden wie ein dunkler Racheengel eine Gestalt erschien und Bukowski nach hinten über das Geländer riss, sodass sie mit einem lauten Aufschrei rücklings in das Bohrloch stürzte.

»Nimm Jack und geh an den Computer zurück«, rief die Gestalt Amber zu und riss Soames die schützende Kapuze vom Kopf.

Amber packte Jake an der Hand und rannte mit ihm zum Lift. Im selben Moment ließen die Wölfe von der Puppe ab. Einer von ihnen sprang auf Amber los, aber Carvelli stellte sich ihm in den Weg, und während er schon mit dem Wolf rang, der nach seiner Kehle schnappte, rief er den beiden zu: »Lauft.«

Das ließ sich Amber nicht zweimal sagen. Zusammen mit Jake rannte sie in den Aufzug und drückte auf den Knopf mit dem abwärts zeigenden Pfeil. Bevor jedoch die Tür ganz zuging, holte sie der zweite Wolf ein und schlug seine Fänge in Jakes linkes Bein. Außer sich vor Angst drückte Amber immer wieder auf den Knopf, aber Jakes Bein blockierte die Tür, und der Wolf verbiss sich immer fester darin. Gleichzeitig starrte das Tier die ganze Zeit mit seinen bösen gelben Augen zu ihr hoch. Links von ihr sah sie durch das getönte Glas, wie Carvelli schlaff in sich zusammensank, als der andere Wolf seine blutigen Zähne in seine Kehle grub.

Dann fasste Jake plötzlich an seinen linken Oberschenkel und drückte auf irgendetwas. Das Bein löste sich, und der Wolf, der mit aller Kraft daran gezogen hatte, stürzte damit nach hinten und gab die Tür frei.

Als der Lift sich zischend schloss und nach unten zu fahren begann, sah Amber die Wölfe zum Geländer rennen, wo Soames mit Fleming kämpfte.

Aber daran durfte sie jetzt nicht denken. Sie hatte zu viel anderes zu tun.

72

Soames war überraschend stark und drahtig, und als ihm Fleming die Schutzkleidung herunterriss und seine hyperempfindliche Haut dem Licht aussetzte, kämpfte er nur umso verbissener.

Außerdem war Fleming durch die schwere und sperrige Seelenfang-Kugel mit ihrer integrierten Elektrodenkappe gehandikapt. Er hatte sie dazu benutzt, um über den NeuroTranslator die Puppe zu steuern, während er durch die Wartungsluke des Labors gekrochen und das Bohrloch hochgeklettert war.

Jetzt hatten es die Wölfe auf ihn abgesehen.

Er schlug Soames mit voller Wucht ins Gesicht und stieß ihn über das Geländer des Stegs, sodass er nur noch an einem Handgelenk Flemings über dem Bohrloch hing.

»Pfeifen Sie sie zurück«, rief Fleming. Die Lichtkugel unter ihm pulsierte wie eine kleine Sonne, und Soames' Haut begann sich bereits rot zu verfärben.

Die Wölfe knurrten und winselten zwar aufgeregt, hielten sich aber zurück, als ob sie spürten, dass ein Angriff ihren Herrn in Gefahr brächte.

»Pfeifen Sie sie zurück«, sagte Fleming noch einmal.

Soames erteilte den Tieren einen gutturalen Befehl, worauf sie sich zurückzogen. »Miles, Sie müssen Amber aufhalten. Sie darf das Eintreten der Zeichen auf keinen Fall verhindern.«

Fleming schüttelte fassungslos den Kopf. »Sie sind ein Dreckskerl sondergleichen.«

»Ich bin nicht, wofür Sie mich halten.« Soames' Stimme bekam etwas sehr Eindringliches. »Diese Sache ist sehr wichtig. Sie müssten das eigentlich am ehesten verstehen können. Ich habe das alles nicht ohne Grund getan, und Sie dürfen es auf keinen Fall verhindern.«

»Wovon reden Sie eigentlich?«

»Die Prophezeiung des Roten Papstes dient einem ganz bestimmten Zweck. Sie muss in Erfüllung gehen.«

»Aber seine Prophezeiung war eine Lüge.«

»Nein, das war sie nicht. Es war eine halbe Lüge und eine halbe Wahrheit. Es war *seine* Wahrheit.«

»Aber Sie möchten sie zur *einzigen* Wahrheit machen.«

»Ich habe keine andere Wahl. Ich muss die Welt davon überzeugen, dass es keinen Gott gibt, dass nur der Teufel existiert. Das ist meine Bestimmung.«

Fleming packte Soames' anderen Arm. Die Haut des Mannes warf mittlerweile Blasen, aber er schien die Schmerzen nicht zu spüren. »Warum ist das Ihre Bestimmung, Bradley? Für wen halten Sie sich eigentlich? Den Teufel?«

»Die Sache ist wesentlich komplizierter.« Soames sah ihm direkt in die Augen. »Ich bin Gottes zweiter Sohn.«

Fast hätte Fleming ihn losgelassen. »Was?«

»Hören Sie mich an«, flehte Soames. »Vor zweitausend Jahren hat Gott seinen ersten Sohn auf die Erde geschickt. Er war ein guter und rechtschaffener Mensch, der Mitleid und Vergebung predigte – und um den Menschen den wahren Weg Gottes zu zeigen, starb er sogar für sie am Kreuz. Aber es hat alles nichts geholfen. Wegen ihrer unterschiedlichen Auslegung der Lehre Christi begannen sich die Religionen gegenseitig zu bekämpfen. Das hat sich sehr nachteilig auf den Glauben ausgewirkt. Mit einem Mal war der Glaube keine Frage des freien Willens mehr, sondern er wurde von Macht und Schuldgefühlen bestimmt. Wo ist da noch der freie Wille, wenn ein Geistlicher droht: ›Tu, was ich dir sage, oder du kommst in die Hölle‹? Das hat nichts mit freiem Willen zu tun, das ist Befehlsgehorsam aus Angst vor Strafe.

Außerdem sind Geistliche ohnehin nur Menschen. Es geht ihnen nicht darum, Gott zu verstehen – es geht ihnen darum, sich auf dieser Welt immer mehr Macht zu verschaffen. Aber Gott will keine gigantischen Kirchen und keine blinde Verehrung. So eine Art von Vater ist er nicht. Er möchte, dass die Menschen, die Krone seiner Schöpfung, mündig werden und ihn nicht mehr brauchen. Das ist es, was sein erster Sohn den Menschen zu vermitteln versucht hat. Das Wissen, ein gutes Leben geführt zu haben, ist sich selbst Belohnung genug – im Moment des Todes wird jedes Individuum seine eigene Seelenwahrheit erfahren. Aber davon wollte niemand etwas hören.

Deshalb sandte Gott einen zweiten Sohn, einen dunkleren. Mich. Diesmal nicht, um Güte und Barmherzigkeit zu predigen, sondern um ein für alle Mal zu beweisen, dass Gott nicht existiert. Dass nur der Teufel über die Welt herrscht. Denn erst dann kann die Menschheit die Fesseln der Religion abstreifen und ihr eigenes Empfinden für Gut und Böse entwickeln – einen *echten* freien Willen. Schließlich kann man nur dann eine wirklich tugendhafte und uneigennützige Wahl treffen, wenn einem keine Belohnung in Aussicht gestellt wird. Daher ist es Gottes Geschenk an die Menschen, dass Er sich selbst aus ihrem Bewusstsein tilgt. Nur aus diesem Grund habe ich Accosta aufgebaut. Mit seiner Überheblichkeit und seinem Dogmatismus war er die perfekte Verkörperung dessen, was das Wesen jeder Religion ausmacht. Als ich ihn, das Oberhaupt der mächtigsten Religionsgemeinschaft der Welt, aus dem Grab heraus Gottes Existenz leugnen ließ, musste die Welt einfach hören. Und wenn die vier Zeichen eingetreten sind, werden die Menschen gar keine andere Wahl mehr haben, als zu glauben.«

Soames blickte lächelnd zu Fleming hoch. »Sie, Miles, müssten das doch am ehesten verstehen. Ihnen ist doch der selbstgefällige Dogmatismus der Religion zutiefst zuwider. Sie sind Atheist und haben Gutes getan, ohne auf eine Belohnung im Jenseits zu spekulieren. Und sehen Sie sich Virginia Knight an. Als sie noch an den Roten Papst glaubte, war sie schwach und feige. Sie ließ sich ohne große Mühe dazu verleiten, Freunde zu verraten und sogar der Ermordung anderer Menschen zuzustimmen. Dazu musste sie sich nur einreden, es spiele ohnehin keine Rolle mehr, weil sie todkrank wären und weil dadurch Gottes Wille erfüllt würde. Erst als sie allen Glauben an Gott verloren hatte, fand sie den Glauben an sich selbst und den Mut, Ihnen und Amber zur Flucht zu verhelfen. Erst als sie aufhörte, sich an die Versprechungen eines Jenseits zu klammern, fand sie in dieser Welt zu echter Autonomie. Miles, Sie müssen Amber aufhalten, oder alles war umsonst.«

»Sie sind wahnsinnig! Millionen werden sterben.«

»Es wird Menschenleben kosten, aber Seelen werden gerettet werden«, argumentierte Soames mit Nachdruck. »Begreifen Sie denn noch immer nicht? Ich bin wirklich der, für den ich mich ausgebe. Ich wusste, was der Rote Papst offenbaren würde. Nur deshalb habe ich mich so nachhaltig für das Soul Project engagiert. Ich wusste, welche Zeichen er prophezeien würde. Deshalb habe ich die entsprechenden Vorbereitungen getroffen, sie eintreten lassen zu können. Glauben Sie mir, Miles, ich bin sowohl Luzifer als auch Gottes Sohn. Ich bin Gottes Werkzeug. Ich bin das Höllenfeuer, das Leid und Verzweiflung über die Menschheit bringt, aber ich bin auch die läuternde Flamme, die den Boden bereitet für eine künftige, widerstandsfähigere Saat. Die Zukunft der Menschheit liegt in Ihren Händen, Miles. Sie müssen die Prophezeiung des Roten Papstes in Erfüllung gehen lassen und das Unkraut der Religion vernichten, damit an seiner Stelle eine neue und stärkere Form von Glauben gedeihen kann – der Glaube an sich selbst und an einen echten freien Willen.«

Soames schwieg, als wartete er auf eine Antwort, aber Fleming wusste nicht, was er sagen sollte. Soames' Argumente waren von einer gewissen verqueren Logik.

Soames klammerte sich weiter an Flemings Handgelenken fest. Die Blasen auf seiner Haut begannen bereits an mehreren Stellen aufzuplatzen, sodass darunter nässendes rotes Fleisch zum Vorschein kam. Fleming versuchte ihn hochzuziehen, damit er sich vor dem Licht schützen könnte, aber je mehr Druck er auf seine Haut ausübte, umso mehr riss sie auf. »Bitte, Miles, bitte«, flehte Soames, ohne auf seine Schmerzen zu achten. »Töten Sie mich, aber lassen Sie den Zeichen ihren Lauf. Sie *müssen* den letzten Nagel in den Sarg der Religion treiben. Es wird nur diese eine Chance geben, Miles, es liegt allein in Ihrer Hand. Sie *müssen* es zulassen, Miles«, schrie er. »Sie *müssen.*«

73

09 … 08 … Ein Blick auf den Bildschirm verriet Amber, dass sie zu spät kam. Der Countdown war fast abgelaufen. Nur noch wenige Sekunden, und die vermeintlichen Raketenangriffe würden beginnen.

Für den Fall, dass weitere Sicherheitsbeamte auftauchten, bat sie Jake, den Aufzug im Auge behalten, während sie sich daran machte, in das Betriebssystem des Computers einzugreifen. Es stellte sich rasch heraus, dass Soames Recht gehabt hatte. Alle gestohlenen Daten waren zwar rückübertragen worden, aber zugleich waren dadurch die letzten beiden Zeichen ausgelöst worden.

06 … 05 …

Sie sah auf die Karte von Indien und Pakistan und auf die größere Karte von Asien und Europa. Die roten Punkte blinkten immer noch. Sie konnte den Rechner zwar durch die Eingabe eines photonischen Implosionsprogramms zerstören, aber nicht, bevor er seine irreführende Informationen aussandte und die vom Roten Papst prophezeite Apokalypse von Krieg und Tod einleitete.

Sie musste den Code überschreiben.

… 04 … 03 …

Sie öffnete auf dem Bildschirm mit der Asienkarte ein kleines Fenster, um ins Betriebssystem zu gelangen und dort nach dem Befehl zu suchen, der die Meldung von dem vermeintlichen Raketenangriff über das optische Internet verbreiten würde. Sie hatte ihn schnell gefunden und in wenigen Sekunden rückgängig gemacht. Die roten Lichter auf der Karte hörten auf zu blinken.

Sehr gut.

… 02 …

Sie wechselte zum Bildschirm mit der Karte von Indien und Pakistan und wiederholte die Prozedur. Öffnete das Fenster, um ins

Betriebssystem zu kommen. Begann nach den entsprechenden Befehlen zu suchen …

… 01 … 00 …

Mist. Zu spät.

Der rote Punkt über Delhi hörte auf zu blinken. Dann bewegte sich von Delhi eine rote Linie in Richtung Pakistan.

Amber überprüfte die Basisprogrammierung und stellte fest, dass die Kommandozentrale in Lahore bereits die – nicht zutreffende – Information erhalten hatte, Indien habe einen Atomschlag ausgelöst. Amber holte tief Luft und rieb ihre feuchten Handflächen aneinander, bevor sie den Befehl löschte.

Die rote Linie verschwand vom Bildschirm.

Erleichtert ließ Amber die Schultern sinken. Sie versuchte, ganz ruhig zu bleiben, als sie sich daran machte, das PIP zu installieren, das den Rechner zerstören würde. Doch bevor sie damit beginnen konnte, erschien auf der Karte ein blinkender Punkt. Und dann, ohne Countdown oder Vorwarnung, begann sich von Lahore eine rote Linie auf Indien zuzubewegen.

Als Amber hektisch nachprüfte, ob sie irgendetwas übersehen hatte, merkte sie, dass es sich in diesem Fall nicht um einen Scheinangriff handelte – es war Pakistans militärische Antwort auf den vorangegangenen indischen ›Angriff‹.

Den Blick immer auf den Monitor gerichtet, tauchte Amber erneut in das Betriebssystem des leistungsstärksten Rechners der Welt ein und machte sich auf die Suche nach einem Wunder.

»Sie müssen Amber aufhalten, Miles«, schrie Soames. Von seiner bisherigen Nonchalance war nichts mehr zu spüren. Seine Augen waren blutunterlaufen, und die Haut hing ihm in Fetzen von der Stirn. »Wenn Sie mir helfen, dann helfe ich Ihnen, herauszufinden, was aus Ihrem Bruder geworden ist. Das können Sie nur mit meinem Superrechner. Zwischen der Seelensignatur und dem Erbgut eines Menschen besteht ein Zusammenhang. Das Interferenzmuster steht in direktem Zusammenhang mit den Intronen, dem Junk Code, aus dem unsere DNS zum größten Teil besteht. Der Computer kann aus dem Genom Ihres Bruders seine Seelensignatur errechnen. Mit meiner Hilfe könnte Sie sich mit ihm in Verbindung setzen, mit ihm kommunizieren.«

Das wusste Fleming bereits. Deshalb hatte er vorhin Amber allein gelassen, um den Computer zu befragen. »Ich weiß, wozu Ihr Rechner imstande ist.«

Soames' Lippen verzogen sich zu einem manischen Lächeln. »Dann ist Ihnen also klar, dass Sie auf den Computer angewiesen sind, wenn Sie Ihre Neugier befriedigen wollen – wenn Sie sich *Gewissheit* verschaffen wollen, dass Ihr Bruder nicht mehr leiden muss. Wenn der Rechner allerdings zerstört wird, schaffen Sie es nie, sich mit ihm in Verbindung zu setzen. Dann wird Sie diese Frage bis an ihr Lebensende quälen.«

Flemings Entschluss stand längst fest. »Rob geht es gut«, sagte er.

»Woher wissen Sie das?«

»Ich weiß es nicht, Bradley. Wahrscheinlich muss ich es einfach glauben.« Als er das sagte, fiel eine schwere Last von seinen Schultern. Soames schien einer Panik nahe. »Aber Amber darf auf keinen Fall weitermachen. Sie ist die Einzige, die das Eintreten der Zeichen verhindern kann. Sie *müssen* sie aufhalten!«

»Muss ich nicht«, sagte Fleming langsam. »Wie Sie ganz richtig gesagt haben: Es steht mir frei, von meinem freien Willen Gebrauch zu machen. Und genau das werde ich tun.«

»Nein! Nein!«, rief Soames. »Sie machen einen verhängnisvollen Fehler! Dazu darf es nicht kommen! Sie müssen sie aufhalten!«

»Zu spät, Bradley!«, hörte Fleming in diesem Moment Amber hinter sich rufen. Als er sich umdrehte, sah er sie mit Jake am Aufzug stehen, wo die Wölfe sie unverwandt anstarrten. »Eine Rakete ist mir zwar durch die Lappen gegangen, aber ich konnte sie noch rechtzeitig deaktivieren und ins Meer lenken. Es ist vorbei.«

Soames blickte wutentbrannt zu Fleming hoch. »Sie Narr. Gott hat der Menschheit eine zweite Chance gegeben. Er hat Seinen zweiten Sohn auf die Erde gesandt. Aber die Menschen haben alles zunichte gemacht. Zum zweiten Mal. Sie sind es nicht wert, erlöst zu werden.« Damit ließ er los. Fleming hielt ihn, so lang er konnte, aber Soames' Haut löste sich unter seinen Händen ab, sodass er rücklings in das Bohrloch fiel und auf der flimmernden Glaskugel landete.

Die Wölfe hinter ihm heulten auf, und Fleming konnte sich gerade noch rechtzeitig umdrehen, um mitzubekommen, wie sie losrannten. Instinktiv riss er die Arme vors Gesicht und bereitete sich auf ihren Angriff vor. Aber er blieb aus. Sie sprangen an ihm vorbei in das Bohrloch, ihrem Herrn hinterher. Als er sich umdrehte, um zu sehen, wohin sie gefallen waren, konnte er keine Spur von ihnen entdecken. Es war, als hätten sie sich in Nichts aufgelöst, als wären sie wie Dämonen dorthin zurückgekehrt, woher sie gekommen waren.

Ihr Herr war noch zu sehen.

Schaudernd blickte Fleming auf den Mann hinab, der von sich behauptete, sowohl Luzifer als auch Gottes zweiter Sohn zu sein. Mit weit aufgerissenen Augen, die Arme wie ein Gekreuzigter von sich gestreckt, lag Soames auf dem gleißenden Feuerball.

Fleming spürte, wie Amber ihm die Hand auf die Schulter legte. »Ich habe Tripps Zugangsdiskette. Wir müssen schleunigst hier raus. Ich habe ein PIP installiert. Der Computer wird jeden Augenblick zerstört.« Fleming wandte sich Jake zu, der gerade sein zerbissenes Bein vom Boden nahm. Er hob den Jungen hoch und folgte Amber zum Aufzug.

Bradley Soames, der sich auf seiner eigenen Erfindung das Rückgrat gebrochen hatte, wartete auf den Tod. Seine Haut löste sich in Fetzen von seinem Körper, als ihn die Hitze und das Licht der Glaskugel unter heftigeren Qualen verbrannten, als er in seinem ohnehin schmerzensreichen Leben erduldet hatte.

Er befand sich auf einem Feuerrad in der Hölle.

Aber es waren nicht die körperlichen Schmerzen, die ihn quälten.

Es war das Gefühl, versagt zu haben.

»Vergib mir, Vater«, schrie er in seiner Verzweiflung. »Ich habe ihnen zu helfen versucht.«

Dann bekam der Feuerball unter ihm unzählige feine Risse, und wenige Augenblicke später explodierte er in einer Supernova aus bläulich weißem Licht.

Wenige Minuten zuvor

Als Fleming mit Jake in den Armen ins Freie stürzte, fiel ihm als Erstes auf, dass es aufgeklart hatte. In der Ferne war am Horizont sogar ein Streifen orangefarbenes Licht zu sehen. Das Zweite, was er wahrnahm, war der Hubschrauber, der sich von Osten näherte.

Zwei Minuten später waren sie an Bord. Der Delta-Force-Soldat, der sich das Bein gebrochen hatte, war bereits geborgen worden. Er hatte über Funk seine Position durchgegeben und dem Piloten des Black Hawk nach seiner Bergung aufgetragen, auf der Bohrplattform nach Überlebenden Ausschau zu halten.

»Ist sonst niemand durchgekommen?«, fragte der Mann, als Fleming Jake zwischen sich und Amber setzte.

Fleming schüttelte den Kopf.

»Und Sie?«, fragte der Mann. »Bei Ihnen alles in Ordnung?«

Amber drückte Flemings Hand. »Uns fehlt nichts«, antwortete sie. »Uns geht's gut.«

»Sehen Sie lieber zu, dass Sie möglichst weit von hier wegkommen«, rief Fleming dem Piloten zu. »Und zwar schnell!«

»Das will ich gerade tun. Ich nehme Kurs nach Süden, Richtung Fairbanks.«

In dem Moment, in dem der Pilot den Hubschrauber wendete, drehte sich Jake um. »Schau, Onkel Milo!«

Als Fleming darauf hinter sich blickte, schoss eine Säule aus weißem Licht aus dem Gipfel des Berges, brach durch die spinnenartige Konstruktion der VenTec-Bohrplattform und stach wie ein Suchscheinwerfer in den sich verdunkelnden Himmel empor.

Dann kam es zu einer zweiten Explosion, und rings um die Basis des grellen weißen Lichts schossen riesige gelb-rote Stichflammen hoch. Fleming nahm an, dass die ungeheure Energie, die durch den explodierenden Feuerball entstanden war, das tief im Berg eingeschlossene Öl freigesetzt und eine Feuersäule gebildet hatte, die einen Augenblick lang Himmel und Hölle miteinander zu verbinden schien.

»Dann haben wir also die Welt gerettet, wie?«, brummte der Delta-Force-Mann mit einem müden Grinsen.

Fleming nickte, aber alles was er sah, als er Ambers Hand drückte und Jake fester an sich zog, war Soames' Anblick, wie er mit ausgestreckten Armen auf seiner Feuerkugel lag und verächtlich zu ihm hochblickte. »Klar haben wir die Welt gerettet«, sagte er ruhig und zerzauste Jake das Haar. »Auf jeden Fall.«

Nachspiel

Villa Ronda. Nördlich von Rom. Achtzehn Monate später

Der Empfang fand in einem der prächtigen Sommersitze der Gesellschaft Jesu statt. Bei dem festlichen Anlass wurde nicht nur die Ernennung des neuen Generaloberen der Jesuiten gefeiert, sondern auch das weltweite Wiedererstarken der heiligen Mutter Kirche.

Gäste in Leinenanzügen oder Priestergewändern nahmen auf der kühlen, von Arkaden beschatteten Terrasse der Palladio-Villa Drinks zu sich oder spazierten durch die von Sonnenlicht gesprenkelten Gärten.

Amber hatte Jake gerade beim Nachstellen seiner Schnallen geholfen, und als sie sich nun aufrichtete, legte sie die Arme um ihren gewölbten Bauch, in dem sie ein neues Leben strampeln spürte. Sie bedauerte nur, dass ihre Mutter die Geburt ihres ersten Enkelkindes nicht mehr erleben durfte.

Sie dachte an die Zeit zurück, als sie ihr Leben nur halb gelebt hatte, in Gedanken immer bei Ariel und ihrer Schuld, nie bei sich selbst als eigenständiger Person. Und dann ließ sie das Leben Revue passieren, das sie geführt hatte, seit sie und Ariel sich gegenseitig losgelassen hatten. Was hatte ihre Mutter einmal gesagt? »Wir sind unsere Beziehungen.« Erst jetzt wurde Amber bewusst, wie sehr das zutraf, und zwar sowohl im Leben wie im Tod. Als sie sich im Park der Villa umblickte, sah sie, wie Fleming zu der Gruppe gewinkt wurde, die sich um Papa Pete Riga gebildet hatte.

Sie dachte an die Welt der Quanten, die in ihrem Leben eine so wichtige Rolle gespielt hatte. In vieler Hinsicht war Fleming immer ausschließlich ›Teilchen‹ gewesen: Allein, isoliert und bindungsunfähig, hatte er sich in dem Bemühen, das Leid und Chaos auf der Welt einzudämmen, ausschließlich auf strenge Wissenschaftlichkeit und kühlen Sachverstand gestützt. Sie dagegen war ganz ›Welle‹ gewesen: so stark von der Beziehung zu ihrer Schwester vereinnahmt, dass dadurch jede andere menschliche Bindung ausgeschlossen wurde, und vollkommen abhängig von ihrer der Ablenkung dienenden quantenphysikalischen Forschungsarbeit für Soames und von ihrem Streben nach Wissen. Doch jetzt hatte dieses Streben nach Wissen ein Ende, und es bestand keine Notwendigkeit für Ablenkung mehr. Fleming und sie ergänzten sich, gestatteten sich, Individuum und Paar zu sein, Teilchen und Welle, ich und wir. Perfekte Dualität.

Wieder fuhr Amber sich lächelnd über den Bauch. Ihre Arbeit, die einmal eine abwechslungsreiche Ablenkung gewesen war, machte jetzt nur noch einen Teil ihres Lebens aus. Optrix war inzwischen so erfolgreich, dass sie nicht mehr an allen Entscheidungen beteiligt sein musste, und zu ihrer Überraschung war es ihr erstaunlich leicht gefallen, einen Großteil ihrer bisherigen Aufgaben zu delegieren.

Mit Jake an der Hand beobachtete sie, wie Fleming auf Papa Pete zuging. Im schwarzen Gewand seines neuen Amtes gab ihr Pate eine eindrucksvolle Erscheinung ab. Als General der Gesellschaft Jesu war er jetzt das Oberhaupt der Jesuiten, der so genannte Schwarze Papst. Fleming, der ursprünglich nicht zu der Feier hatte kommen wollen, hatte sich nur deshalb bereit erklärt, Amber zu begleiten, weil er wusste, wie viel sie ihrem Paten zu verdanken hatte.

Als Amber nun Papa Pete beobachtete, wie er voller Stolz im Kreis seiner Anhänger stand und immer wieder das Gespräch unterbrach, um Glückwünsche entgegenzunehmen, musste sie unwillkürlich an Soames' letzte Worte denken. Obwohl sie mit Fleming oft über seinen Plan gesprochen hatte, die Religionen und den Glauben an Gott zu zerstören, um die Menschen zu ihrem wahren freien Willen finden zu lassen, war sie nie zu einem endgültigen Urteil über ihn gelangt. Soames hatte einen sehr nachhaltigen, letztlich auch positiven Einfluss auf ihr Leben gehabt. Er war ihr immer ein Rätsel gewesen und würde es auch immer bleiben. Und trotz allem, was passiert war, fiel es ihr schwer, ihm gegenüber Wut oder Hass zu empfinden – nur Mitgefühl.

Miles Fleming konnte Ambers philosophische Sicht der Dinge nicht ganz teilen, aber als er sie so mit Jake dastehen sah, musste er einfach lächeln, so glücklich und natürlich sahen sie miteinander aus. Jake war Teil ihres Bundes geworden, und Fleming hatte schon lange nicht mehr das Gefühl, dass er sich seines Neffen nur seinem Bruder zuliebe annahm. Inzwischen gehörte Jake genauso zu ihm wie Amber.

In mancher Hinsicht hatte sich sein Leben kaum geändert. Als nach der Zerstörung von Soames' Superrechner wieder so etwas wie Normalität auf der Welt eingekehrt war, hatten die Medien versucht, die »Retter der Menschheit« ausfindig zu machen. Allerdings hatte in den ersten Monaten nach diesem gravierenden Einschnitt noch solches Chaos geherrscht, dass es ihm mit Hilfe des FBI gelungen war, seine und Ambers Rolle bei der Rettungsaktion geheim zu halten und seine Arbeit in Barley Hall wieder aufzunehmen, als wäre nichts geschehen. Da er inzwischen zum Leiter der Klinik ernannt worden war, hatte er zwar mehr Macht und konnte über mehr Forschungsgelder verfügen, aber sonst ging sein Leben weiter wie bisher.

In verschiedener anderer Hinsicht hatte es sich jedoch stark verändert. Er konnte sich noch gut erinnern, wie er gegen das Leid nicht nur anzukämpfen versucht hatte, indem er die zerstörten Körper seiner Patienten wieder zusammenflicken half, sondern indem er auch emotional nichts an sich heranließ. Doch als er jetzt zu Jake und der Frau hinübersah, die sein Kind austrug, wurde ihm klar, dass sie seine Welt darstellten. Auch wenn sie ihm vielleicht einmal Leid verursachen würden, machten sie ihn auch ganz und verliehen seinem Leben Sinn.

Er dachte oft an Rob, aber ohne die früheren Schuldgefühle und ohne die Sorge um sein Seelenheil. Er würde früh genug erfahren, ob Rob gut aufgehoben war in den lichtdurchfluteten Gefilden, die Amber im Traum gesehen hatte. Aber bis dahin würde er sich auf das Leben konzentrieren.

Soames beschäftigte ihn allerdings immer noch sehr stark – und das umso mehr, als er heute hierher gekommen war.

Nachdem die letzten beiden der vom Roten Papst prophezeiten Zeichen nicht eingetroffen waren, hatte die Welt einen tiefen Seufzer kollektiver Erleichterung ausgestoßen. Die Tatsache, dass der Weltuntergang nicht stattgefunden hatte, verleitete viele dazu, die ganze Affäre als einen gigantischen Schwindel abzutun, als die Tat eines wahnsinnigen Genies. Niemand konnte allerdings erklären, woher dieses wahnsinnige Genie gewusst hatte, was der Rote Papst verkünden würde. Trotz intensivster Nachforschungen hatte diese Frage nie befriedigend geklärt werden können.

Dennoch strömten den etablierten Religionen in den folgenden Monaten wieder Millionen erleichterter Menschen zu, als wollten sie Buße dafür tun, dass sie sich vom Roten Papst ihren Glauben hatten verwässern lassen. Für Atheisten, die sich nie mit Religion befasst hatten, spielte die Religion mit einem Mal eine wichtige Rolle. Durch die Auflösung der Kirche der Seelenwahrheit war ein enormes Vakuum entstanden, zumal da zusammen mit ihr auch alle anderen jungen und fortschrittlichen Glaubensrichtungen schwere Einbußen erlitten hatten. Einmal betrogen, wollten sich die Menschen kein zweites Mal betrügen lassen.

Dieser großen Nachfrage nach bewährten, stabilen Werten wurde vor allem eine Kirche bestens gerecht, eine Kirche, die vor der Prophezeiung des Roten Papstes kurz vor ihrer Auflösung gestanden hatte. Als sie jedoch nun ihre abtrünnigen Gläubigen wieder in ihren Schoß aufnahm, erhob sie verstärkten dogmatischen Anspruch darauf, im alleinigen Besitz der Wahrheit zu sein; sie stellte strikte Glaubensgrundsätze auf und rief sich voller Stolz zur allein selig machenden Kirche aus. In den fünfzehn Jahrhunderten ihres Bestehens war die römisch-katholische Kirche nie mächtiger gewesen.

Selbst jetzt, als er Peter Riga in seinem neuen schwarzen Gewand begrüßte und zusah, wie sich Scharen von Gratulanten vor ihm verneigten, um ihm die Hand zu küssen, musste Fleming an Bradley Soames' letzte Worte denken.

»Deshalb sandte Gott einen zweiten Sohn, einen dunkleren. Mich. Diesmal nicht, um Güte und Barmherzigkeit zu predigen, sondern um ein für alle Mal zu beweisen, dass Gott nicht existiert. Dass nur der Teufel über die Welt herrscht. Denn erst dann kann die Menschheit die Fesseln der Religion abstreifen und ihr eigenes Empfinden für Gut und Böse entwickeln – einen *echten* freien Willen. Schließlich kann man nur dann eine wirklich tugendhafte und uneigennützige Wahl treffen, wenn einem keine Belohnung in Aussicht gestellt wird. Daher ist Gottes Geschenk an die Menschen, dass Er sich selbst aus ihrem Bewusstsein tilgt.«

Es waren die Tiraden eines Irren, aber wenn er jetzt daran dachte, wie Soames mit weit von sich gestreckten Armen auf seinem Feuerball gelegen und geschrien hatte: »Sie verdienen es nicht, erlöst zu werden«, fröstelte Fleming trotz der Sonne, die warm auf seinen Rücken schien.

Nachdem er Riga gratuliert hatte, stellte er ihm eine Frage. Er sprach ihn ganz bewusst nicht mit seinem Titel an. »Peter, haben wir etwas aus dem Tag der Seelenwahrheit des Roten Papstes gelernt?«

»Natürlich, Miles«, antwortete Riga ohne Zögern.

»Was?«

Riga runzelte die Stirn, als läge die Antwort auf der Hand. »Wir haben gelernt, dass die Menschen Führung brauchen. Dass man ihnen nicht zumuten darf, Gott allein zu suchen. Wie Schafe brauchen sie einen starken, selbstbewussten Hirten, der ihnen hilft, den wahren Ruhm Gottes zu erkennen.«

Fleming lief ein Schauder über den Rücken. »Und dieser Hirte sind Sie?«

Riga lächelte, und aus seinem Lächeln sprach dieselbe glückselige Gewissheit, die Fleming in Accostas Zügen gesehen hatte.

Einen unwirklichen Moment lang war es Fleming in dem hellen, weißen Sonnenschein nicht möglich, die beiden auseinander zu halten: Alles, was den Roten vom Schwarzen Papst zu unterscheiden schien, war die Farbe ihrer Gewänder.

Danksagung

Wie immer stehe ich am tiefsten in der Schuld meiner Frau Jenny. Mehr als irgendjemand sonst hat sie *Luzifer* ans Licht zu bringen geholfen. Für die Entwicklung der Figuren und den Entwurf der Handlungsstränge waren ihre findigen Nachforschungen und kreativen Ideen unerlässlich.

Bei unseren Recherchen waren vor allem folgende Bücher sehr hilfreich: *The Quantum Self* von Danah Sohar, *Q is for Quantum* von John Gribbin (Weidenfeld & Nicolson, 1998), *Auf den Gipfeln der Welt* von Jon Krakauer (Malik) und *Das tibetanische Totenbuch*.

Mein ganz besonderer Dank gilt allen Mitarbeitern von Transworld Publishers für ihre freundliche Aufmunterung und Unterstützung, vor allem meinem großartigen Lektor Bill Scott-Kerr.

Auch meinem Freund und Agenten Patrick Walsh sowie meinem Filmagenten Sam North bin ich zu großem Dank verpflichtet.

Des weiteren möchte ich folgenden Personen für ihre Hilfe bei den Recherchen für dieses Buch danken: Commander Jerry Plant von der Royal Navy, Giles Palmer für seine Ideen zur Quantenphysik und Pete Tyler für seine Informationen über Theologie und katholische Kirche. Alle Fehler sind mir anzulasten.

Zum Schluss möchte ich meinen Eltern für ihre unermüdliche Aufmunterung und Unterstützung danken. Mit Ausnahme der unvergleichlichen Vertriebsabteilung von Transworld sind sie das beste Marketing-Team, das sich ein Autor nur wünschen kann.